ENRIQUE'S JOURNEY

被天堂遺忘的孩子

一場重現愛與勇氣的冒險之旅

—典藏增訂版—

許晉福——譯

【推薦序】

第三世界母親心中共同的痛

林照真（台灣大學新聞研究所 教授兼所長）

二十世紀後期記載了「全球化」的新神話。新神話宣稱，伴隨著科技的發明與財富的流動，人類的經濟、文化、政治、社會全部重新翻騰，科技可為全人類造福，財富得以重新分配。於是，更多人離家到異鄉尋找發財的美夢；落後地區人民得以在全球生產鏈中立足，獲得比祖先更多的工作機會。新神話昭告天下，整個世界都是競爭平台，不再有中心與邊陲的界線，人們跨界工作、進行各種流動、追逐夢想的天空。

這股全球化浪潮激勵了人類追求欲望，也為底層人民開啟脫貧的一扇窗。當這股樂觀烏托邦席捲全球、成為國際主流意識時，腳步更為劇烈的全球移民潮瞬間來到。處於邊陲、半邊陲的國家人民向第一世界國家流動，產生諸多來不及處理的法律、倫理、親情等新問題。全球化固然展開了時代新趨勢，卻也是傳統瓦解崩裂的開端。以這樣的心情閱讀本書，《被天堂遺忘的孩子》從書名到內文，提供了一個令人屏息、反思的真實案例。

《被天堂遺忘的孩子》是現代版的「苦兒尋母記」，旅程盡是陷阱與危機，本書從頭到尾充滿著緊張、險惡、與生死一瞬間的人生際遇，令人對渴望母愛的故事主角安立奎深深同情。然而，這趟旅行不僅是宏都拉斯少年安立奎的冒險之旅，也是一名西方記者的驚險之旅。

序

作者索妮雅・納薩瑞歐以敏銳的記者雙眼與無比的新聞勇氣，帶我們進入偷渡客的世界。納薩瑞歐雖然因為記者身分能獲得更多保護，但她在採訪過程中還是經歷了許多突如其來的意外與驚險，如此過人的勇氣與膽識，說明這個世界永遠需要記者揭開更多真相。

納薩瑞歐身為阿根廷裔的美國新移民，對移民世界有著更多的同情與理解。透過納薩瑞歐的親身走訪，本書內文呈現的動人情節與小說般故事，卻全是出自記者之筆的真實紀錄。這本書展現了精密動人的寫作方式，作者以各式筆法呈現偷渡客遭受的磨難；其中直敘、倒敘手法並用，有記者的觀察、旁白，也有故事中人物的吶喊與對話。戲劇化的偷渡過程，卻因為故事為真，更對讀者心中產生強烈的震撼。作者嘗試以一個小偷渡客的故事為縮影，告訴我們發生在新移民身上的不幸。在這個精緻的特寫故事中，作者雖不像調查報導文體提出結構性的批判與追究責任，或是揪出害人不淺的人蛇與土狼集團，卻是以綿密的事實累積，說出移民真相。

「移民」是社會學理論的專有名辭，在劇烈的全球化浪潮中，他們真正的身分是「偷渡客」，他們可能躲藏在巨大貨輪的貨櫃死角中，或是破舊漁船的悶熱船艙中，這是台灣所熟悉的偷渡情節。而除了大海外，在內陸國界相接的國度中，他們則可能棲身在穿越不同國境的鐵路中；一列列死亡列車的車廂頂，卻是他們尋找新生活的希望。沿路的新舊監獄中盡是他們的足跡與故事，他們可能被抓了又放，放了又被抓，多數人沒有機會向人們訴說他們的故事，但是透過本書，讀者卻得以一窺偷渡客非人道的經歷，而他們所渴求的，其實是被莫名剝奪的親情與愛情。

從書名來看，這本書寫的是孩子尋找母親的故事，但從故事的發展來看，作者寫的也是第三世界母親的心聲。安立奎的母親露德是第三世界的母親，而在全球化的世界移民現象中，最常看見第三世界國家的女性，以工作或是婚姻等方式，進行各種跨國界流動。以本書來看，露德為了改善家庭經濟狀況，期待給孩子一個溫飽的童年，只得放棄陪伴孩子成長的家庭之樂，隻身到美國尋找全家溫飽的可能。身為母親的露德必須離開孩子的心痛，同為女性的本書作者索妮雅・納薩瑞歐自然能夠體會。但她一開始時也感到非常不解，她曾在自序中問到：「為什麼一個母親寧願拋家棄子，遠走至三千兩百公里之外的國度，不知何時才能與孩子重聚？究竟是什麼樣的原因驅使她做出這樣的決定？」

讓我們也跟著作者一起思考：「是什麼原因，使得人們被迫離開生長的地方，母親要離開子女、孩子要在孤獨中成長？」如果原因是來自一個更大力量的世界結構所導致，那麼，宏都拉斯少年安立奎展開的尋母之旅，以及發生在他身上的親情、愛情、與對母親的思念等，都不會只是個案。由這些角度來看，作者雖然寫的是一個少年的故事，但顯然這些故事，卻是第三世界國家的街頭巷尾、隨手可拾的人生。

但我想作者最後一定找到原因的癥結了，故事的結尾等於提供了一個答案。當安立奎的女友馬莉雅也必須割捨三歲的孩子，到美國編織未來全家團聚的夢想時，在馬莉雅身上正重複著上一代的心情故事。這時，身為母親的馬莉雅離開孩子的心痛，讀者應該是相當能夠體會的了。本書在故事最後以三歲的小女娃雅思敏揮手向母親道別做為結局，讀者終會領悟這個故事最大的悲劇性，正在於這個命運的輪迴不已。這樣的結局，固然令人在情感上無奈，

但，或許可以形成更多的理性反思。

台灣民眾曾經有過身為移民的心酸，如今基於某些經濟優勢，也有一些亞洲新移民來到台灣，其中亦包含來台灣工作的女性移民。他們當中有許多人就是母親，卻必須痛苦地離開孩子，來台灣工作，才能為全家賺得溫飽。在全球化的氛圍中，這類故事在世界的不同角落有了共通性。身為兩個孩子的母親與關心世界移民的一份子，我向大家推薦此書，相信台灣民眾比起他國人民，更有能力體會第三世界母親的苦楚。

【推薦序】

走未完的非法移民悲歌

南方朔（作家、文化評論家）

一個十七歲的宏都拉斯少年安立奎，為了尋母而千山萬水跋涉，經過七次失敗，最後終於九死一生闖進了美國，他的冒險旅程長達一萬九千公里。這是一首慘烈的史詩，其坎坷艱險的程度，讓人惻然動容。它是安立奎個人的史詩，但它只不過是更慘烈的拉丁美洲移民史詩的一環而已。

其實，在這個全球化的時代，非法移民的問題早已成了當前最重要但又棘手的問題之一。貧窮國家的人口大量的以非法闖關的手段往富裕國家移動，於是各式各樣悲慘淒涼或動人肺腑的故事，遂每天都在發生。許多東歐非法移民凍死在阿爾卑斯山上，亞得里亞海底則不知道沉沒了多少要偷渡到法義的巴爾幹半島非法移民；至於亞洲、非洲意圖乘坐貨輪偷渡到歐美，因而悶死船艙或溺斃海岸灘頭的事例，更是多得難以勝數。如果我們不健忘，當還記得中國大陸移民乘船偷渡，闖入澳大利亞沙漠的悲慘故事，還有整船人在紐約港外窒息而死的可怕故事。在這個非法移民大增的時代，也是偷渡人口這個非法行業大盛的時代。人間的一切可怕故事，也就在這樣的背景下，以各種更極端的方式一一上演。

而在近代非法移民裡，規模最大，形同非法移民潮的，則無疑的要以墨西哥和中南美洲

人偷渡到美國居於首位。目前美國每年合法移民百萬，非法移民約七十萬，近年這種非法移民已在向百萬大關前進。這些合法與非法移民裡，拉丁美洲即佔了絕大多數。儘管美國在美墨邊界築起長達一百二十公里的阻隔圍牆，每年花費在逮捕、審問及遣返的例行支出也高達一億二千五百萬美元；甚至美國民間也出現民兵組織在邊界巡邏，但這都無法阻擋數以百萬計的中南美洲人借道墨西哥，經美國闖關偷渡的非法移民潮。而當然，有了這樣的非法移民潮，也就必然產生了龐大的人口走私黑道集團，以及依靠劫掠和剝削這些非法移民的黑白兩道。對非法移民的拉丁美洲人民而言，已成了用生命當賭注的冒險之旅，九死一生是它的當然結局。在每一個成功的偷渡者背後，是許多偷渡不成者所築起的血路。

而這本《被天堂遺忘的孩子》，主角即是來自宏都拉斯的少年。他五歲時，母親露德為了改善家計，即拋棄了兒子到美國求生。安立奎在無母的環境下長大，他的人生非常扭曲。於是在與母分離十一年之後，遂踏上了千山萬水的尋母之旅。由本書的敘述，我們看出這樣的旅程簡直極盡人間艱苦之大成。他七次失敗，最後拚盡力量，才僥倖成功。一路上他曾被警察劫掠，被黑道酷虐，從搭乘的死亡列車車頂摔下，他沒有死，其實是僥倖！以前我們讀荷馬的《奧德賽》，那也是艱苦的旅程，但儘管艱苦，它仍是浪漫的冒險；但安立奎的旅程則完全沒有任何浪漫的氣氛，只有人世間那種最可怕的恐怖。以前我們也讀過狄更斯的《苦兒流浪記》，但那和安立奎相比，則簡直成了小巫。

安立奎的旅程，其實不是旅程，而是一首大型的悲歌。拉丁美洲的貧窮落後，逼迫著它的人民一個個以生命為賭注，走上非法移民的偷渡之路。安立奎自己僥倖成功了，但他的悲歌結束了嗎？沒有，一點也沒有。他在抵達美國，與母親露德重逢後，又教他留在宏都拉斯的小妻子馬莉雅也偷渡赴美，但卻把他們的女兒雅思敏拋棄在宏都拉斯。上一代的悲歌繼續遺傳給了下一代，將來是否過了十幾年，那個叫做雅思敏的小女孩，是否還要再走一次父母輩曾走過的死亡之路呢？而這種一代代的悲歌，要到何時才能畫下休止符？安立奎的悲歌，也是他妻女的悲歌，更是宏都拉斯人民的悲歌，它至今仍在繼續中。

《被天堂遺忘的孩子》是一本讓人讀了後不忍的動人之書。本書作者《洛杉磯時報》資深秀異記者索妮雅．納薩瑞歐以高度投入且專業的態度來寫作此書，無疑的居功最偉。她為了詳盡寫實，在本書的寫作過程中，也冒著生命的危險，多次走過安立奎曾走過的死亡之路；此外她也做了大量研究，讓整個拉丁美洲的非法移民相關問題的生態，做了清楚的展開，讓人們透過安立奎的經驗，而對拉丁美洲非法移民問題有了全貌的認識。

在這個全球化的時代，非法移民問題早已跟著全球化。這是個新的野蠻領域，以剝削和劫掠的黑白兩道開始崛起，以剝削非法移民為生的新奴隸制也開始復現。至於非法移民所造成的家庭問題和社會問題，也開始日益嚴峻。這些都是全新的時代課題。當我們讀了此書，能對當今非法移民以及新型態的移民問題多一番同情與理解，進而對我們自己社會的外勞和外籍新娘問題也多出一份同情與關懷，那才不枉讀這本動人肺腑的書吧！

本書佳評

《被天堂遺忘的孩子》是當代的奧德賽。一位深愛孩子的母親，卻不得不拋下孩子，思母心切的男孩決定鼓起勇氣，獨自踏上苦難重重的旅程——在各種為家人尋求更好生活而犧牲奉獻的故事當中，本書是我所讀過最感人、最生動的。書中所描述的孤獨和悲歎會縈繞在讀者心中，令人久久無法平復。作者以最出色的方式報導這則偉大的美國故事。

——**史考特・賽門**（Scott Simon），「Weekend Edition Saturday」**節目主持人、艾美獎得主**

安立奎英勇、動人的冒險故事緊緊地揪住了每個讀者的心！大多數的美國人或他們的祖先都來自其他國家。他們歷經了各種艱難的旅程、與家人分離的痛苦煎熬——只求能在這塊新大陸實現更美好的人生。安立奎的故事以最美麗動人的方式，敘述出我們共同的過去。

——**愛德華・詹姆斯・歐蒙**（Edward James Olmos，**好萊塢名導、資深演員、金球獎得主**）

這是一則頗具分量、引人注目的故事，它將會緊緊揪住所有讀者的心、常駐在每個人的心頭。我們都應該感謝索妮雅・納薩瑞歐為了將這則真人實事帶給世人，所付出的非凡努力。這則故事兼具了無比的勇氣與熱情，和報導文學的極致。

——**艾力克斯・寇特羅茲**（Alex Kotlowitz），《The Other Side of the River》作者

本書描述一個男孩的童年和青少年時期，對讀者產生極具啟發性的有力召喚，你會漸漸對安立奎感到著迷而感恩。他的人生、他精彩的尋母歷險，讓我們學到，他如何將難以忘懷的苦難歷程轉化成一種救贖。

——羅勃特・寇爾（Robert Coles），《故事的呼喚》作者

本書讓我們藉由中南美洲移民的眼光，一窺他們為了到美國來賺錢所做的「浮士德交易」，為了提供更好的生活給家人而遠離家園所下的危險賭注。索妮雅・納薩瑞歐的報導聚焦於一位中美洲女性遠離家園到美國工作後，對家人產生的影響：她兒子與其他也渴望與父母團聚的孩子，一同踏上橫越墨西哥的旅程，在危機四伏的可怕環境中一路掙扎向前。

——泰德・柯諾瓦（Ted Conover），作家、「美國國家書評獎」得主

安立奎的苦難，安立奎的勇氣，事實上普遍存在於許多移民者身上。讀到這些孤獨的流浪者所遭遇的困境，及其發揮的驚人意志力，我們很難不感到動容。……這本書談的是愛，談的是家庭。在所 有談論邊境生活的書當中，這本書絕對名列前茅。

——《華盛頓郵報》

作者花了許多心血採訪和蒐證所寫成的這本書，講的不只是安立奎的故事，而是千千萬萬個安立奎的故事。為了尋找多年前到美國去找工作、求發展的母親，這些孩子不畏重重的

障礙，冒險北上……日後卻面臨了許多始料未及的後果。關於這一點，《被天堂遺忘的孩子》做了許多深入的探討。

——《紐約時報》

作者成功地為無數的移民賦予了血肉、歷史和聲音……這是那種自古以來便傳誦不已的故事，也是我們需要一再聽見的故事。

——《洛杉磯時報》

本書極詳細地記錄了一趟史詩般的旅程——每一年，有成千上萬的孩子踏上這樣的旅程……同時探討了移民的正負面影響，因而更凸顯了這個問題的複雜性……作者替我們每一位讀者親身見證了安立奎的故事。

——《舊金山紀事報》（San Francisco Chronicle）

作者親自站上前線，完成了這部劇力萬鈞的報導……其中不乏驚心動魄的場面，更有令人為之心碎的情節……為了生動再現年輕偷渡客於北上過程中所遭遇的種種危險，作者親自坐上載貨火車的車頂，從南到北跨越了兩千五百多公里。勇氣令人敬佩。

——《時人雜誌》（People，四顆星評價）

一個扣人心弦、驚心動魄……非聽不可的故事……如果您已經厭倦了現實與虛構之間的拔河，告訴您一個好消息：本書作者以其無懈可擊的報導功力，將一則不可思議的故事在非小說的領域裡發揮得淋漓盡致。

——《基督教科學箴言報》（The Christian Science Monitor）

扣人心弦……驚奇處處……中美洲移民偷渡到美國的經驗，在書中躍然紙上……作者將她採訪與觀察得來的資料，寫成了一部既感人肺腑又具議題意義的故事。

——《出版人週刊》（Publishers Weekly）

作者以清澈的洞見和動人的文筆，生動描繪了許多移民為追求更好的生活而經歷的恐怖旅程。

——《圖書館期刊》（Library Journal）

本書生動地描寫了拉美裔移民的貧窮生活與其深厚的家族情感，或許會讓許多美國人對移民問題的看法有所改觀。

——《科克斯書評》（Kirkus Reviews，星級評等）

透過安立奎的真人實事，本書將有史以來最大的一波移民潮生動地呈現在讀者眼前……裡頭有許多驚悚的情節……這個長達將近兩萬公里的漫長旅程，若拍成電影絕對可以媲美《法櫃奇兵》。

——《橘郡紀事報》（Orange County Register）

目錄

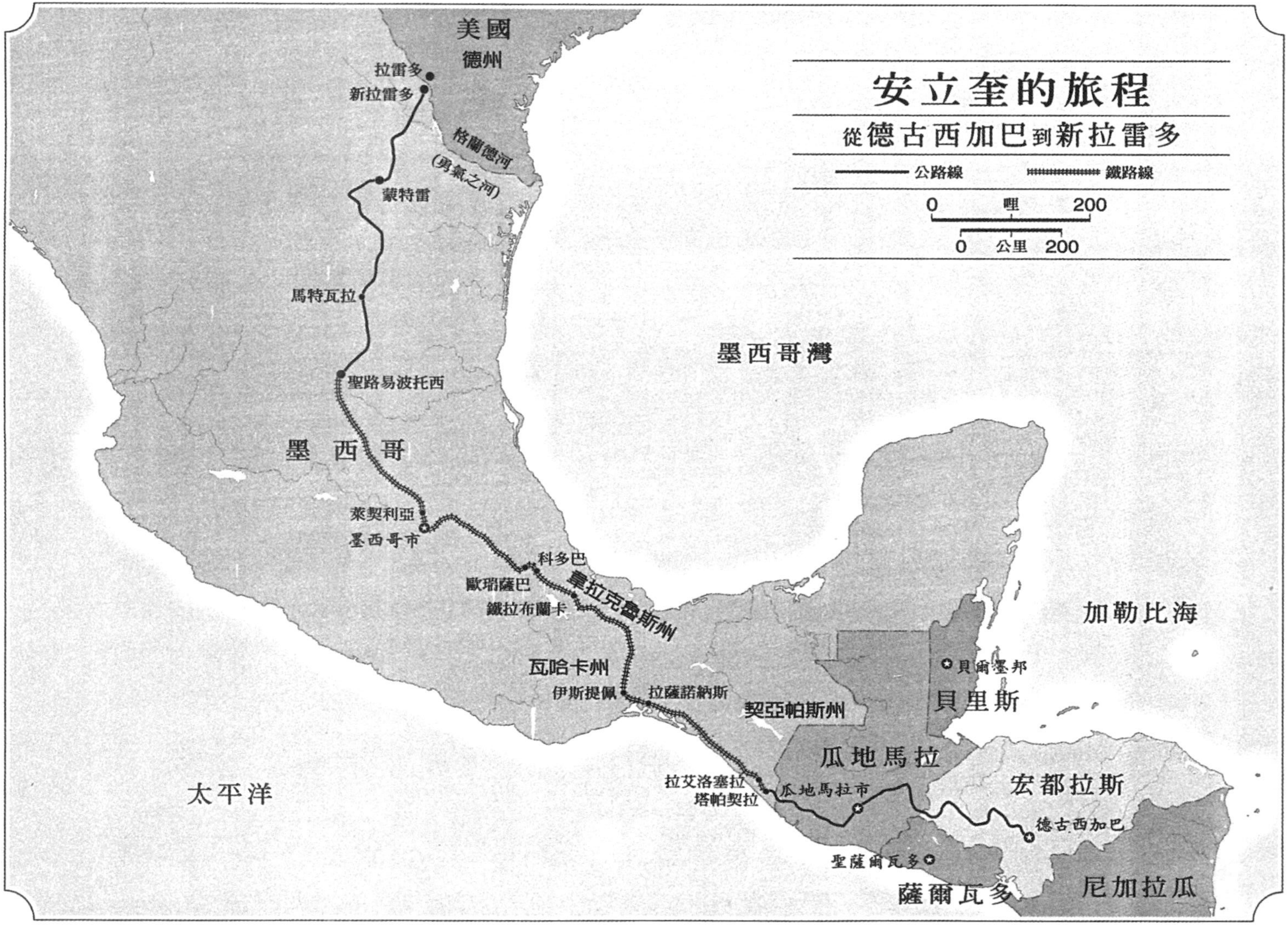
安立奎的旅程
從德古西加巴到新拉雷多
公路線
鐵路線
0 哩 200
0 公里 200
美國
德州
拉雷多
新拉雷多
格蘭德河
(勇氣之河)
蒙特雷
馬特瓦拉
聖路易波托西
墨西哥灣
墨　西　哥
萊契利亞
墨西哥市
科多巴
歐瑞薩巴
鐵拉布蘭卡
韋拉克魯斯州
瓦哈卡州
伊斯提佩
拉薩諾納斯
契亞帕斯州
加勒比海
貝爾墨邦
貝里斯
瓜地馬拉
宏都拉斯
拉艾洛塞拉
塔帕契拉
瓜地馬拉市
德古西加巴
聖薩爾瓦多
薩爾瓦多
尼加拉瓜
太平洋

作者序

星期五，早上八點。我在洛杉磯家中聽到前門一陣鑰匙轉動聲。是每兩週來我家打掃一次的卡曼（Maria del Carmen Ferrez）。她打開門，走進廚房。

卡曼身材嬌小、聰明，幹起活來迅速俐落。通常早上這個時間，我正急急忙忙地準備衝出家門去上班。但是每當她來打掃時，我倆的步調便對調過來。她在廚房四處整理打掃，我為了讓她方便清理地板，則是繞著她團團轉，幫忙撿起地上的鞋襪、報紙等雜物。這個例行儀式使得我和她得以共處一室閒話家常。

那是在一九九七年的一個早晨，卡曼與我在廚房中各據一角。她說她有個問題憋在心裡很久了：「索妮雅太太，您究竟有沒有打算要生小孩？」

「我不知道耶，」我說。卡曼有個兒子，有時候她來我家打掃時，會帶著兒子到我家來看電視。我問她是否還想多生幾個。

平日裡總是笑口常開、嘰嘰喳喳的卡曼，此刻突然安靜了下來。她眼神怪怪地直視著廚房的流理台，半晌後，才靜靜地告訴我一件我從來不知道的事——她還有四個孩子，兩男兩女，都住在遙遠的瓜地馬拉。當年，她以單親媽媽的身分，冒險來美國工作，把四個孩子都留在那裡。

至今，他們已經分開十二年了。

卡曼說，她離家的時候，最小的女兒只有一歲大。她無法陪伴大兒子麥諾（Minor）一起成長，只能在電話中聽到他的嗓音變得日益低沉。說到這兒，卡曼啜泣了起來。

十二年？我感到不可置信。為什麼一個母親寧願拋家棄子、遠走至三千兩百公里外的國度，不知何時才能與孩子重聚？究竟是什麼原因驅使她做出這樣的決定？

卡曼擦乾眼淚，開始向我解釋。她的丈夫為了別的女人而拋棄她。她雖然拚命工作，卻仍舊養不起四個孩子，「孩子們跟我要食物吃，我卻沒有東西給他們吃。」許多夜晚，孩子因為沒晚餐吃，得餓著肚子上床睡覺。她只好哄他們睡，教他們如何止住飢餓的折磨，「趴著睡，這樣你的胃就不會咕嚕咕嚕叫得這麼厲害。」

因為愛，因為希望讓孩子有機會脫離貧窮、念完小學後能繼續升學，她才會離開他們來到美國。一談起她寄回去給孩子的衣服、金錢和照片，她的神色中難掩驕傲之情。

然而她承認，她為此付出了慘痛的代價。每次和孩子通電話，她都覺得彼此間的距離越來越遠、感情越來越淡。在孩子成長過程中的長期缺席，也在孩子心中留下了無法抹滅的傷痕。她的大女兒第一次月經來潮時，整個人嚇壞了，不知道自己的身體發生了什麼變化。後來她責問卡曼：為什麼妳沒有在我身邊教我？

卡曼一直無法存夠錢請走私集團幫她把四個孩子都帶到美國來。況且，這趟旅程危險無比。一九八五年，她自己北上美國的途中，就遭到走私者搶劫，結果一連三天都沒東西吃。她更擔心，女兒在途中可能面臨強暴的威脅。更何況，她居住的地區，在洛杉磯屬於貧窮落後、吸毒與犯罪猖獗之地，她怎敢讓自己的孩子在這種地方長大？

由於擔心我不贊成她這樣的選擇，她一邊打開洗碗機電源，一邊告訴我，許多從中美洲或墨西哥來到洛杉磯謀生的移民女性都有著類似的命運——失婚的單親媽媽，為了養家活口，只好忍痛拋下孩子遠赴他鄉。

相對的，美國的中產階級或富有的職業婦女，大可以束緊腰帶度日，待在家裡，把所有的時間都拿來陪伴孩子成長，但她們卻寧可把大部分醒著的時間和精力都貢獻給工作，只用極少的時間來陪伴孩子。卡曼對此感到難以理解，她臉上帶著不可置信的表情問我：為什麼，為什麼會有人這樣做？

第二年，也就是一九九八年，卡曼的大兒子麥諾沒跟她說，就要出發到美國找她。當卡曼離家時，麥諾只有十歲大。他沿途乞討，從瓜地馬拉、墨西哥一路搭便車北上，有一天出現在卡曼家門口。

麥諾極度思念母親。他再也無法忍受另一個沒有母親的生日或聖誕節，也受夠了母親編造的各種藉口。他必須知道：母親離開瓜地馬拉，是因為從沒真正愛過他嗎？不然還有什麼更合理的理由？

然而，他在瓜地馬拉的朋友們可非常羨慕他母親寄給他的生活費和禮物，「你什麼都有！上好的衣服、上好的網球鞋。」但麥諾卻回答他們：「這些可是用母親換來的耶。從來沒有人在我身邊寵我，也沒有人在我身邊嘮叨：『做這個、不可以做那個、你吃飯了沒？』母愛，是母親以外的人無法給予的。」

麥諾跟我分享他驚險萬分的搭便車經歷。他曾遭受恐嚇和搶劫。他說，儘管如此，他還

算幸運的了。每年，有數千名兒童為了到美國尋找自己的母親，採取了更危險的方式：偷搭墨西哥載貨火車。他們給這些列車取了一個外號，叫「死亡列車」（El Tren de la Muerte）。

一個常見的抉擇

一想到拋下孩子，我就感到十分震撼：這些母親當初不曉得面臨了怎樣的天人交戰？在拉丁美洲，家庭的地位極為重要，母親的角色對許多女性而言，更具有至高無上的價值。那麼，為何有成千上萬的母親願意離開自己的孩子？換做是我，我會怎麼做？我會選擇到美國來，賺更多錢，寄回去給孩子，好讓他們可以吃得更好，念完小學三年級還可以繼續上學、讀完中學，甚至上大學？或者，我會選擇留在家鄉陪伴孩子成長，讓我的下一代繼續面對同樣的貧窮和悲苦？

另一件同樣讓我感到震撼不已的事情是：這些孩子竟然為了與母親相聚而膽敢踏上極端危險的旅程。我在想，究竟是出於何種絕望的心情，讓這些孩子——有些甚至只有七歲大——竟敢獨自上路，穿越危機四伏的土地，身無分文，唯一能依靠的只有自己的機智？

如今，美國正在經歷史上最大的移民潮，新移民正再度使美國轉型。據估計，每年有七十萬人以非法手段進入美國。而以合法方式進入美國、或取得居留權者，自二〇〇〇年以來，則以年平均一百萬人的數目增加著。與過去的移民相比，這波移民潮至少有一項重大差異。過去，拋家棄子前往美國工作的通常是父親，尤其是來自墨西哥的客籍工人，所謂的「braceros」（譯註：合法進入美國從事短期工作的墨西哥勞工）；他們留下妻子在家鄉照顧孩子，獨自到美國工作。

但是，近幾十年來，拉丁美洲的離婚率節節升高，許多家庭因此分崩離析，留下許多沒有能力撫養子女的單親媽媽。恰巧，美國有越來越多的女性選擇成為職業婦女，致使廉價服務和幫傭的人力需求大增。於是，大量的單親媽媽開始從拉丁美洲湧入美國，把孩子託付給祖父母或其他親戚、鄰居撫養照顧。

這類移民潮的第一波，出現在一九六〇和七〇年代。包括西印度群島、牙買加、多明尼加共和國等加勒比海沿岸國家，許多單親媽媽離鄉背井，前往紐約、新英格蘭、佛羅里達州等地，從事保母和安養院的工作。到了一九八〇年代，美國首府華盛頓、休士頓、洛杉磯等都市的近郊，私人幫傭的需求成長至原先的兩倍，也吸引了大批中美洲女性前去工作。

卡曼的處境在目前其實相當普遍。南加大的一項研究顯示，在洛杉磯，百分之八十二的駐家保母以及四分之一的清潔工，都是至少還有一個孩子留在家鄉的女性移民。哈佛大學的一項研究則指出，以非法方式偷渡到美國的孩童，有高達百分之八十五都曾經和父母分離過一段時間，才來到美國。

另一方面，美國各界長久以來在移民措施和反移民措施等問題上的討論，則產生了一個可悲的副作用：外來移民遭到非人化甚至妖魔化的對待。外來移民在美國的存在，根據各界觀點的不同，只剩下好處與壞處兩種看法。也就是說，他們被簡化成了成本效益的分析數字。

或許，藉由聚焦於一個移民身上——去觀察他的意志力、他的勇氣、他的缺陷——也就是他人性的一面，能有助於我們看清那些常常被簡化為非黑即白的討論。我開始思考，或許

我能藉由我的報導，引領讀者登上那些死亡列車，讓他們目睹現代移民一路上所經歷的驚險實況，尤其是那些孩童的危險經歷。一位在洛杉磯從事協助移民工作的女性告訴我：「這是屬於二十一世紀的歷險故事。」

恐懼的折磨，跳蚤的叮咬

這個想法我考慮了一陣子。身為新聞記者，我喜歡親身涉入我要報導的事件過程，看著事件發展，帶領人們進入他們這輩子可能都無法涉入的領域。我想要親自去品嚐、去聽聞、去感受這段旅程的經過。為了要鮮明而詳細地敘述這段旅程，我知道我得親自和這些移民孩童登上穿越墨西哥的載貨火車。也許，我可以從中美洲出發，緊跟著一個要到美國找母親的男孩。然而，卡曼的兒子麥諾告訴過我，列車上有幫派控制著，鐵道旁可能會遇上強盜土匪，各個火車站附近有墨西哥警察在巡邏，沿路可能會遭到強暴或搶劫，在火車行進中跳上跳下可能會斷條腿……

總之，我怕死了。更何況，我還有我的婚姻和諧問題要考慮。先前，我才剛結束一個關毒品的專題報導。為了這個報導，我成天到黑暗的車庫和小房間裡，和一群吸食安非他命、海洛因、古柯鹼的毒蟲混在一起。為了我的安危，我先生擔心了好幾個月。每天晚上，當我從毒蟲的巢穴回到家時，他還得客氣地要求我在車庫把外出服換掉，以免我帶回一海票健康的跳蚤回家繁殖。要是我在做完這系列報導之後沒多久就告訴他，我想把自己綁在載貨火車上好進行採訪，我想他一定聽不進去。一年後，我希望他已經漸漸淡忘那些跳蚤，於是決定，是我該謹慎進行下一步的時候了。

是的，謹慎地。

首先，我得盡可能地弄清楚這趟旅程的所有細節。包括：確切的路線是什麼？在行程的每一階段，可能發生的最好狀況是什麼？最糟的狀況又是什麼？偷渡客在哪些地方可能會遭遇到最殘酷的待遇？在哪些地方又可能碰到最仁慈的對待？旅程中有哪些關鍵的轉捩點？黑道份子最喜歡在哪裡搶劫？強盜最可能在哪裡殺人？墨西哥移民局會在哪裡對火車進行臨檢？

此外，我到過四所分別位於德州和加州的監獄和庇護所，採訪數十位被美國移民局居留的非法移民孩童。他們之中有很多都搭過那些火車。我也到洛杉磯一所專門供近期移民學童就讀的中學，採訪過一些學生。

在德州洛佛雷斯諾（Los Fresnos）的一個臨時拘留所中，我採訪了一對十五歲的雙胞胎兄妹，荷西・安立奎（Jose Enrique）及荷西・路易・奧莉娃・羅莎（Jose Luis Oliva Rosa），這段採訪迫使我放棄我先前的構想——從中美洲一路跟隨某個男孩，直到他抵達美國找到母親。因為，這樣做根本行不通。這對雙胞胎離開宏都拉斯，要到洛杉磯去尋找他們的母親。在墨西哥，他們有好幾個月的時間都在逃命，而且彼此失散了四次，卻運氣好到能夠再度聚首。但我，不可能跑得跟十五歲的孩子一樣快，也不敢指望自己有那樣的好運氣。所以，可行的辦法只有一個：找到一名已經安全抵達墨西哥北部的孩子，跟著他找到他在美國的母親，之後再重新建構他旅程的前半段。

透過這些在德州臨時拘留所的孩子，我更清楚了踏上這趟旅程會面臨什麼危險。在那家拘留所中，有一個名叫艾柏（Eber Ismael Sandoval Andino）的十一歲男孩，他身材瘦小，有著深邃的黑眼睛，從六歲起就在宏都拉斯咖啡農場打工，因此腿上留下了好多刀疤。他告訴我，在搭乘墨西哥死亡列車的過程中，他曾經五次看到偷渡客被火車碾斷手腳，一個男人在登上火車時斷了半隻腳，以及六個幫派份子拔刀將一個女孩子丟下列車。而他自己，也曾經摔下火車，跌在快速滾動的車輪旁，「那時候我以為我死了。我的身體像石頭一樣冰冷。」

德州這家拘留所的所長告訴我，我想要嘗試經歷這段旅程簡直是個白癡，我會丟掉性命的。他指著這些孩子說，他們根本不了解自己會面臨什麼危險，所以才盲目地踏上旅程。畢竟他們什麼都不懂。但我不同，我非常清楚這一切的風險，我一定是蠢斃了，才會想這麼做。

老實說，我不是個勇敢的人。我的童年有一段時間是在阿根廷度過的。當時，阿根廷正處於「污穢戰爭」（Dirty War，編按：又譯為「不名譽戰爭」）期間，有高達三萬人被軍方逮捕後離奇「失蹤」。我上學得和朋友結伴而行，以防發生意外。我媽把家中的書整堆整堆丟到後院裡燒毀，以免軍隊來搜索我們在布宜諾斯艾利斯的家而惹上麻煩。我們家總是窗戶緊閉，以防鄰居聽到我們家的任何政治性談話。在那些失蹤甚或被殺的人當中，有一個是我朋友，才十來歲的他，聽說遭到嚴刑拷打，頭骨也被敲碎。我還有個親戚遭到軍方綁架、毒打，數個月之後才獲得釋放。

因此，我盡可能使自己遠離危險。要是我真得為了了解某件事而非得涉險不可，我也會盡量做好保護措施。也就是說，我必須盡量把我在旅程中可能遇到的危險降到最低。譬如，我為自己設下了一個原則：絕不在火車行進時上下車（這個原則我只打破過一次）。

我在報社的一個同事幫我聯繫到墨西哥政府，拿到墨西哥總統私人特助的一封信。信中要求墨西哥各官方單位和警方配合我的採訪。因為這封信，我三度逃過牢獄之災，也說服墨西哥一個有武裝的移民人權團體「貝塔組織」（Grupo Beta），陪同我通過這趟旅程中最危險的地帶——墨西哥的契亞帕斯州（AK-47 Chiapas）。貝塔組織屬於公家機關，裡頭的幹員出身自不同的警察單位，並隨身攜帶霰彈槍及步槍。當時，他們已經十四個月沒巡邏過列車車頂了。他們解釋，即使擁有這些火力，這麼做還是很危險。因為，光在一九九九年，他們的巡邏隊就被幫派襲擊了四次。但這次，他們破例答應了我的要求。

也因為這封信，我得到了墨西哥境內營運載貨火車的四家鐵路公司的允許，可以爬上車頂。這樣一來，我在車頂上的時候，列車長就會知道。我會告訴他們注意我的訊號。我將一件紅色防雨外套綁在腰際，一旦面臨極度危險的狀況，我會揮舞我的外套。我也設法在我會經過的每個地區都找到一個聯絡人，一旦遇上麻煩，便可立即打他的手機求助。

找到安立奎

那些隻身穿越美墨邊境、卻遭到邊境巡邏隊逮捕的年輕偷渡客，平均年齡是十五歲，而且以男孩居多。因此，我想要找到一個這樣具有代表性的男孩，來做為報導的主角：他為了尋找母親，千里迢迢搭乘死亡列車前往美國。

二○○○年五月，我鎖定了十餘所位於美墨邊境、願意對偷渡客伸出援手的墨西哥庇護

所和教堂，並親自造訪了其中幾所。我告訴每一位牧師和庇護所所長，我要尋找什麼樣的對象，並每天打電話詢問，是不是有這樣的孩子到了他們那裡。沒有多久，新拉雷多（Nuevo Laredo）的聖荷西教堂（the Parroquia de San Jose）有一位修女打電話給我，說有兩個十來歲的孩子到他們那裡吃免費的餐點。這兩個孩子都是北上要尋找母親的，其中一個是男孩，十七歲，另一個是女孩，十五歲。她讓安立奎（Enrique，編按：為保護受訪者，本書部分人名，作者僅列出首名）和我講電話。儘管他的年齡比一般年輕偷渡客大了點，但他的故事卻很典型——和那些拘留在美國移民局監獄裡的年輕偷渡客所告訴我的一樣艱苦。

幾天後，我前往新拉雷多，花了兩個星期在美墨交界的格蘭德河（Rio Grande）沿岸觀察安立奎。我也和其他孩童聊過，但最後決定鎖定安立奎。包括安立奎在內，許多我在新拉雷多訪談過的孩子，都在途中被搶走了他們母親在美國的電話號碼。他們沒想到過要把電話號碼背起來。比其他孩子幸運的是，安立奎想起了一個在宏都拉斯的電話號碼，可以問到他媽媽在美國的電話。這樣一來，他便有機會繼續他的旅程，甚至找到他的母親。

從安立奎這裡，我盡可能地收集關於他的人生和他北上旅程中的每個細節，包括他記憶中去過的每個地方、經歷過的每個經驗，以及沿路上曾經幫助他或阻擾他的每個人，我全都記了下來。

接著我開始追溯他的每一步，重複他幾個星期前走過的路。

為了能夠更完整描寫出他的經驗，我想要親身見證、體驗他的經歷。我從宏都拉斯出發，訪問他的家人，去他常去的地方。學他搭上巴士，穿越中美洲，在墨西哥最南部的契亞帕斯州，搭上載貨火車。我沿著鐵軌走過他走過的路，搭上七輛不同的載貨火車。我像他一樣在聖路易波托西（San Luis Potosi）下車，然後在他當初搭便車的同一地點，墨西哥北部城市馬特瓦拉（Matehuala），攔下了一輛十八輪大卡車，搭便車抵達美國邊境。墨西哥的三十一州當中，我走過十三個州，行經的距離超過兩千五百公里——但其中有一半是在載貨火車上度過的。

我找到當初幫助過安立奎的人，去他曾經走過或待過一段時間的城鎮和重要地點。我給這些人看安立奎的照片，確認我們談論的是同一個男孩。在我搭乘的那些火車上，我遇到了其他同樣前往美國尋找母親的年輕偷渡客，例如一個十二歲的少年，他媽媽在他一歲時就拋下他前往美國的聖地牙哥工作。

從宏都拉斯首都德古西加巴（Tegucigalpa）到墨西哥，我訪問了數十位偷渡客和其他專家；這些人包括醫療工作人員、牧師、修女、警察等。這些訪問充實了這趟旅程，使我得以建構、證實安立奎的故事。我回去找過安立奎三次，跟他確認我在旅行中的所見所聞，他是否也都見過或聽過。前前後後，我花了超過半年的時間，在宏都拉斯、墨西哥和美國之間來回奔波。

到了二〇〇三年，為了蒐集更多資料，我再度從德古西加巴出發，大致沿著原先的路線又走過了一回。

危險重重的旅程

當我隨著安立奎的足跡旅行的幾個月當中，我持續面臨隨時可能被毒打、搶劫或強暴的危險。有一次，一個雷電交加的雨夜，我坐在一輛載有燃料的火車頂上，一根樹枝直挺挺打在我臉上，讓我往後跌了個四腳朝天，還好我緊抓住列車上的欄杆，才沒有摔下車去。事後我得知，我後面的某個車廂頂上，有個孩子被樹枝甩落車底，生死未卜。當我坐在火車頂上通過契亞帕斯州時，即使有貝塔組織探員的重裝保護，幫派歹徒仍舊在列車的尾端持刀搶劫人們。我一直擔心這些在列車上的歹徒。當火車在韋拉克魯斯州（Veracruz）的鐵拉布蘭卡（Tierra Blanca）停靠時，我聽說當地一個惡名昭彰、外號叫小黑（Blackie）的兇神惡煞，就在我待會兒要登上的火車上，於是緊張兮兮地想聯絡當地的警察前來搜捕。附近，一輛列車在我面前發生出軌意外，鐵路工程師跟我說，當列車脫軌翻覆時，有數名移民慘遭碾斃。

說到火車意外，有好幾次我都差一點目睹到最悲慘的景況。當火車通過韋拉克魯斯的安西納日鎮（Encinar）時，我正坐在兩節底卸車（hopper）之間，旁邊還有四名偷渡客。忽然，一名青少年從鐵軌旁的一家商店冒了出來，手上還拿著餅乾。接著他手一揚，一包餅乾往我們的方向飛了過來。很可惜，餅乾打在火車車身上，彈了出去。站在我旁邊的一個男孩肚子實在太餓了，於是跳下車廂想去撿拾，結果不小心摔倒，整個人往後跌了下去，雙腿都落在鐵軌上。他只有不到一秒鐘的時間可以作反應。眼看車輪就要碾過去了，所幸他及時把雙腿抽了出來。

火車上固然危險，火車下的鐵軌旁卻也安全不到哪裡去。瓦哈卡州（Oaxaca）的伊斯提佩鎮（Ixtepec），有一條河流經過，我曾經沿著河散步了一陣，覺得那裡頗為寧靜，應該是個安全的公共場所才是。河流上方，有一座人來人往、交通繁忙的大橋。第二天，我訪問了一個名叫凱倫的十五歲女孩，她前不久才被在火車上見過的兩名歹徒強暴。她告訴我，她就是在那座橋下被強暴的，而時間，則在我獨自散步經過後的第二天。

有一天，我和貝塔組織的探員來到契亞帕斯一個叫「芒桂多」（El Manguito）的移民檢查站附近。這個地帶，充斥著許多以偷渡客為下手對象的歹徒。突然間，我們的車輛在某條二線道上高速行駛，要追捕三名開著紅色越野吉普車的歹徒，因為他們剛搶劫完一群偷渡客，並擄走一名二十二歲的宏都拉斯婦女。我當時坐在貝塔組織開的載貨小卡車後方的貨車廂上。這輛小卡車開到那部吉普車旁，想迫使它停下來。一位貝塔組織探員站在貨車廂上拔槍、上膛，再瞄準歹徒的吉普車。我離那部吉普車只有一、二公尺之遙，只能祈禱歹徒不要向我們開火。

在更北之處，從事人權運動的拉莫斯（Raymundo Ramos Vasquez）帶我沿著格蘭德河走，去看河岸邊最罕無人煙的幾個地點，也就是移民會偷偷越過美墨邊界的地點。很巧，我們撞見一個正好要往北游向美國的偷渡客。他跟我解釋，上一次他到這裡的時候，地方警察正好抵達，他們把他的雙手銬在背後，把他的頭浸在河裡，威脅他若不把錢拿出來就要把他淹死。正當這個偷渡客在向我敘述他所遭受過的虐待時，兩個警察沿著泥巴路向我們走來。他們已拔出槍準備扣扳機。

回到美國後，我不斷重複著同樣的惡夢：在載貨火車上，有人在我身後不斷追趕，想要

強暴我。我接受了幾個月的心理治療，才終於擺脫夢魘，得以安然入睡。

在墨西哥的那段期間，我經常處於緊張的狀態。在列車上，我全身骯髒，沒辦法到浴室好好洗個澡，偶爾還得忍受酷熱、嚴寒、風雨或冰雹的折磨。

儘管我經常覺得筋疲力盡、悲慘無比，但是我知道，我這痛苦的經驗跟那些年輕偷渡客所面對的苦難相比，實在是小巫見大巫。在每趟長途的火車旅程結束後，我會拿出我的信用卡，找一家汽車旅館，好好洗個澡、吃個飯、睡個覺。相較之下，這些孩子平均都得花上好幾個月才能抵達墨西哥北部，利用不同火車班次之間的空檔，睡在樹上，或睡在鐵軌邊，喝地上水坑的水，在路邊乞討食物。經過了這趟旅程，我才稍稍能體驗到他們的辛苦。

在列車頂上學到的一課

我一直以為，十分了解移民經驗。我的父親瑪哈福（Mahafud）出生於基督教家庭，他父母為躲避在敘利亞受到的宗教迫害，流亡海外，在阿根廷生下了他。我的母親克拉拉（Clara），出生於波蘭；二次大戰期間，她的許多親戚都被毒死於毒氣室中。她娘家為躲避猶太人所遭受到的迫害，並脫離貧窮，於是在她小時候舉家移民至阿根廷。我的父親是從事基因圖譜研究的生化學教授，但當時的阿根廷主要控制在軍方手中，因此學術上並沒有多大的自由；相對的，美國則提供了更多做研究的資源和機會。於是，我家在一九六〇年移民至美國。

我了解想要追求自由、追求機會的渴望。我十幾歲時，父親過世了，我的家庭因而陷入了一段可怕的混亂時期，因此我也十分了解在貧窮中掙扎的痛苦。在一九六、七〇年代的德州堪薩斯長大，身為阿根廷移民後裔的我，偶爾會覺得自己是個外人。我能理解跨越於兩個國家、兩個世界之間的艱難。因此在很多方面，我十分能夠認同在美國的外來移民和拉丁美洲人的經驗。二十年來，我陸陸續續寫過許多有關移民的報導。

但是，我的父母畢竟是坐著噴射客機，而非搭乘恐怖的載貨火車來到美國的。我的家人，也從未在移民的過程中失散過。直到我隨著年輕偷渡客們一路搭乘載貨火車北上，我才真正體會到，為了來到美國，有些人願意付出多大的代價。

循著安立奎的足跡，我體認到，在宏都拉斯這樣的國家，女性面臨的處境有多麼艱難。許多人在工廠當女工、整理家務、當保母，一個月只能賺四十到一百二十塊美金。她們住在沒有衛浴、沒有廚房的小屋，一個月的租金卻要三十塊美金。在宏都拉斯鄉間，有些人只能住在一塊防水布下，他們沒有桌椅，只能坐在骯髒的地面上進食。

孩童穿著破爛的制服上學，買不起紙筆，也買不起一頓像樣的午餐。德古西加巴市的一個小學校長告訴我，有很多學生極度營養不良，連在學校集會中久站或唱國歌的力氣都沒有。還有很多小孩到了八歲時則是被母親要求休學，好在母親工作時幫忙照顧更年幼的弟妹，或者到街角兜售墨西哥玉米餅。七歲大的孩子在公車上兜售一袋袋的水，或者站在路邊的計程車招呼站等著幫司機換零錢。有的孩子甚至就在若望保祿二世大道（Bulevar Juan Pablo II）上沿街乞討。

來自墨西哥城的杜咪（Domy Elizabeth Cortes）告訴我，她被薄倖的丈夫拋棄後沮喪不已。少了丈夫的收入，她窮到一天只能餵小孩一餐。有幾個星期的時間，她一直在考慮是否要帶

著兩個才剛會走路的孩子一起跳水自殺。最後，她決定將孩子托給哥哥照顧，自己前往洛杉磯工作。日復一日，每天都有像杜咪一樣的母親拋下孩子——有些孩子甚至才剛滿月——前往美國，無從得知自己是否還能再見到自己的孩子。

這趟北上的旅程，我每走一步就越感到震撼，這些孩子想要到美國的決心竟如此堅決。他們願意忍受長達數月的煎熬和危險，因為他們抱有強烈的信念、絕不失敗的決心，以及想要與母親相聚的深切渴望。我在墨西哥南部碰到一個宏都拉斯少年，他被遣返回瓜地馬拉的次數已經高達二十七次。但他說他絕對不會放棄，直到在美國找到母親為止。我開始相信，再多的邊境警察也阻擋不了像安立奎這樣不計一切代價一定要進入美國的孩子。要疏導這樣一股強大的洪流，唯有從源頭處著手方能見效。

此外，我在旅途中遇到的這些偷渡客們，也賜給了我一個無價的禮物：他們提醒了我，我目前所擁有的幸福是何其珍貴。這些人為了追求這樣的幸福，寧願犧牲性命也在所不惜。

來到美國的單親媽媽，以及隨著她們而來的孩子，正在大幅改變美國的移民結構。每一年，移民至美國的女性和孩童，數量都在持續增加。他們成為我們的鄰居、學校的學生、和我們家中的幫傭。正當他們逐漸成為美國人口結構的一部分時，他們遭遇的困難和成敗，也將影響美國的未來。對所有的美國人來說，這本書應該可以為我們當代社會的這個角落，投進一絲光線，讓社會大眾正視這些問題。

此外，我也希望，這本書能夠讓那些打算從拉丁美洲來美國工作的母親們了解到，拋下孩子，會造成什麼後果和影響，好做出更睿智的抉擇。要知道，這樣的別離最後多半以悲劇收場。

我在美國訪問過的所有拋下孩子的女性移民，原本都以為這場別離只是暫時的。會來到美國的移民，個性通常是樂觀的——她們非得如此不可，否則哪拋得下她們所愛和所熟悉的一切，前往未知的國度。但事實上，和孩子相聚往往是多年以後的事。而且，就算這一天真的來臨了，情況也往往不如她們所想——很多孩子都覺得自己當年遭到了拋棄，因此對母親懷著強烈的憤怒。但這也叫許多母親覺得受傷：孩子們此刻表現出來的應該是感恩，而非憤怒啊！她們犧牲掉和子女在一起的時間，含辛茹苦地在外地工作著，為的是什麼？為的是帶給子女更寬裕的生活和更美好的未來啊！

來自拉丁美洲的女性移民們，通常得為來到美國付出沉痛的代價：失去子女對她們的愛。即使團圓了，整個家也陷入衝突的狀態。男孩常常最後被迫加入幫派，尋找他們在媽媽身上找不到的歸屬感和愛；而女孩總是早早就懷孕，開始組織自己的家庭。就許多方面來看，這樣的別離正日漸摧毀拉丁裔的家庭。他們正在逐漸失去他們原本最重視的家庭。

而北上尋母的孩子們，成功抵達美國的機率並不高。很多人最後都心灰意冷地被送回中美洲。但安立奎是鐵了心要和母親團圓。他會成功嗎？

1.

被留下來的男孩

美國
德州
拉雷多
新拉雷多
格蘭德河
(勇氣之河)
蒙特雷
馬特瓦拉
聖路易波托西
墨西哥
萊契利亞
墨西哥市
科多巴
歐瑞薩巴
鐵拉布蘭卡
瓦哈卡州
伊斯提佩
拉薩諾納斯
契亞帕斯州
貝里斯
瓜地馬拉
瓜地馬拉市
聖薩爾瓦多
薩爾瓦多

1、被留下來的男孩

他不了解。

媽媽不跟他說話，甚至不看他一眼。安立奎絲毫不知道媽媽心裡的打算。

但露德（Lourdes）知道。她了解。也只有身為一個母親才能了解，她即將給安立奎帶來什麼樣的打擊、痛楚和空虛。

他會有怎樣的反應?他是不會讓別人餵他、幫他洗澡的。他以一個兒子所能地深愛著他的母親。在母親面前，他會大方表現他對母親的感情，「媽，親親我。」他噘起嘴巴，一再地懇求。在母親面前，他的話匣子總是關不起來，「媽，妳看！」他對各式各樣的事物充滿著好奇心，不管看到什麼總會對著媽媽問東問西。然而，媽媽要是不在身邊，他就變得害羞到了極點。

露德緩緩走到門廊外頭，安立奎緊抱著她的大腿不放。站在母親旁邊的他顯得極為嬌小。露德是如此深愛這個孩子，她實在一個字都說不出口。她不能帶著兒子的照片，更不能抱他，要不然她的決心會動搖的。這一年，安立奎五歲。

她還有個七歲的女兒，貝琪（Belky），一家三口就住在宏都拉斯首都德古西加巴的市郊。貧窮的她，連兩個孩子的肚子都快填不飽了，更別說買玩具或生日蛋糕了，這些東西她一向買不起。二十四歲的她，在泥濘的河邊幫人洗衣服賺錢，還挨家挨戶去兜售玉米餅、香蕉和

二手衣。偶爾，她還會到市區的必勝客披薩店附近，在滿是灰塵的人行道上找個角落蹲下，向路人兜售她裝在木盒裡的口香糖、餅乾、香菸等雜貨。此時人行道就成了安立奎的遊樂場。他們的未來是灰暗絕望的。安立奎和貝琪不可能讀完小學，因為露德窮得連他們的制服、紙筆都負擔不起。她的丈夫拋下他們母子。而她也不可能找得到一份好工作。

她知道，只有一個地方能帶給她希望。七歲大時，她曾經幫媽媽把做好的玉米餅送到富有人家的家裡，而在電視螢幕上瞥見了這個美好的國度：紐約的高樓聳立、賭城的霓虹閃爍、迪士尼樂園有著魔幻城堡。相形之下，她自己的家實在有著天壤之別：簡陋的木板屋，只有兩間房間，鐵皮屋頂搖搖欲墜，想上廁所只能到屋外的草叢堆裡就地解決。

她決定了：她要離開這兒，到美國去討生活，再把賺的錢寄回家。只要一年，幸運的話甚至不用一年，她就可以把孩子接去跟她住了。她告訴自己：這樣做是為了孩子好。儘管如此，她心底的罪惡感仍舊揮之不去。

她蹲下來緊緊抱住女兒，親親她，再去找自己的姊姊。要是姊姊願意代為照顧貝琪，她將從北方（美國）寄回來一組金指甲給她。

但是她無法面對安立奎。他只會記得她對他說的一件事：「今天下午別忘了上教堂。」

一九八九年一月二十九日，露德走出了門廊。

不再回頭。

安立奎不斷哭著找媽媽：「媽媽呢？媽媽到哪裡去了？」

但是，他媽媽再也沒有回來過，而這，也決定了他的命運——數年後，當安立奎長成了青少年，儘管年紀還小，他決定前往美國尋找母親。然而他並非特例，據統計，每年有大約四萬八千名兒童，在沒有父母的陪同下，從中美洲或墨西哥設法偷渡到美國，其中又有大約三分之二能躲過美國移民歸化局的檢查。

這些孩子當中，有許多是到美國找工作的，有些則是要逃離家暴。被美國移民局逮捕到的年輕偷渡客，最常被送進德州一家拘留所中拘留。在該處服務的一位輔導員指出，這些孩子偷渡到美國，多半是為了與父親或母親團聚，而為了尋找母親的更佔了百分之七十五。有些孩子說，他們想知道母親是否還愛他們。德州某收容所的一位神父告訴我，這些孩子通常身上帶著他們躺在母親懷中的照片。

這場旅程對於墨西哥人來說已經夠艱難了，但對於安立奎或其他來自中美洲的孩童來說，更是難上加難。他們必須採取極度危險且非法的方式北上通過墨西哥。顧問和移民律師說，只有半數能得到走私者的協助進入美國，其他都得靠自己獨自前往美國。他們在路途中全然無助、又冷又餓，還經常成為貪污的警察、強盜，以及被美國移民局遣返的幫派惡煞下手的對象。休士頓大學的一項研究發現，這些孩童絕大多數都曾遭到搶劫、毒打、強暴，而且通常不只一次，有的甚至被殘殺至死。

他們幾乎是身無分文地從家鄉出發。在庇護所的工作人員說，有數千名孩童是靠著攀附在載貨列車的頂端或兩側一路通過墨西哥的。一九九〇年代以來，墨西哥和美國政府不斷試圖阻止他們。這些孩子為了躲避墨西哥警察和移民單位，在移動中的列車跳上跳下。一旦摔下來，火車的輪子便無情地碾過他們，小小的身體變得支離破碎。

這些孩子藉著口耳相傳或日出日落來判斷方向前進。下一餐在哪裡，何時能夠吃得到，他們通常不知道。有些人甚至連餓好幾天都沒東西吃。每逢列車臨時靠站，他們就蜷伏在鐵軌旁，用雙手捧起路邊水窪中滲著柴油燃料的髒水來喝。入夜後，他們蜷縮在車頂上、鐵軌旁，不然就是睡在樹上、高高的草叢間，或樹葉堆上。

有些孩子年紀很小。不少墨西哥鐵路工人都曾經遇到過才七歲大就上路尋找母親的孩子。在洛杉磯，一位警察在鐵軌旁發現了一名九歲大的男孩。男孩告訴他說：「我在找我媽媽。」三個月前，這男孩從宏都拉斯的庫特斯港（Puerto Cortes）出發，靠著一點小聰明和關於母親的唯一線索——她的住址，一路來到美國。他逢人便問：「請問你知道舊金山怎麼去嗎？」

這些孩子，一般都在十來歲左右。有些是還在襁褓中時就和母親分離了；他們只能憑藉母親寄回家的照片來認識她。有些孩子，則是在年紀大一點時和母親分開的，於是他們試圖以各種方式來抓住往昔的記憶，譬如睡在媽媽睡過的床上，聞著媽媽沒用完的香水，噴上媽媽的芳香劑，甚至穿上媽媽的衣服。而年紀更大的，則可能記得母親的面容、母親的笑聲、母親最愛的口紅顏色，或母親站在爐邊做玉米餅的身影。

包含安立奎在內，許多孩子開始在心中將母親理想化，編織出許多美好的回憶，譬如母親如何哺育他們、幫他們洗澡、陪他們走路去上幼稚園等等；缺席的母親，在他們的想像中變得比真實還要真實。儘管這些母親在美國可能過著三餐不繼、繳不出房租的苦日子，但是在孩子的想像當中，母親成了救贖，成了他們人生中所有問題的解答。尋找母親，對他們而言等於尋找聖杯。

困惑

安立奎滿腹疑惑。媽媽不見了，誰來照顧他？為了不讓娘家負擔太重，露德只好將兩個孩子分開，將貝琪託付給她母親和姊妹照料，安立奎則交給他父親路易（Luis）撫養，當時，路易和露德已經分居三年了。

安立奎很黏爸爸，而爸爸也很寵他。他爸爸上工廠去砌磚的時候，會帶他一起去，讓他幫忙攪拌混擬土。他們和奶奶住在一起。晚上，安立奎和爸爸同睡一張床。爸爸也不時會帶蘋果或新衣服回來給他。幾個月過去後，安立奎沒那麼思念媽媽了，但可從來沒忘記過她。他不時會問：「媽媽什麼時候才要回來看我？」

露德靠走私客的協助，搭公車穿越墨西哥。每個下午，她會閉起眼睛，想像在日暮時分，在娘家前院的尤加利樹下與安立奎一同玩耍的情景；安立奎把掃帚當成驢子，在泥濘的庭院裡來回騎著。每天下午，露德強迫自己閉上雙眼，但眼淚還是忍不住流下來。每天下午，她都告誡自己，她必須堅強，她必須繼續前進，否則孩子就得付出代價。

她隨著美國史上最大的一波移民潮進入美國。趁著夜黑風高，她從美墨邊境的堤華納（Tijuana）鑽進一條老鼠四處流竄的污水道，穿越邊境，最後來到了洛杉磯。在洛城市中心的灰狗巴士總站，走私者要露德等他一下，他去辦點事，去去就回。當初露德付錢給他的時候，他保證會一路帶她到邁阿密。

三天過去了，走私者始終沒有現身。為了避免被警察臨檢，露德故意把自己已經髒亂不堪的頭髮弄得更髒、更亂，再混入遊民當中。她不斷祈禱上帝能派人來引領她，告訴她接下

來該往哪裡走。但她能找誰求助呢？飢餓不堪的她，開始在城裡亂走。到了城東，她發現了一家小工廠。卸貨碼頭旁的一個鐵皮棚子下，一群女人正替紅綠番茄分類。露德走過去討份工作。很幸運的，老闆答應了。飢腸轆轆的她，一邊將番茄放進箱子裡，一邊幻想：她切開一顆多汁的番茄，灑上鹽……。工作了兩個小時，她領到十四塊美金的工錢。後來，透過她哥哥在洛杉磯的一位朋友，她弄到了一張偽造的身分證，也找到了一份工作。

她搬入一對住在比佛利山的夫婦家中，照顧他們三歲大的女兒。他們的家很寬敞，地板上鋪有地毯，牆壁裝潢是桃花心木板。這家主人很好，他們給露德一百二十五美元的週薪，而且每晚和週末都可以休假。露德告訴自己，如果在這裡待得夠久，他們或許可以幫她取得合法的居留權。

每天早上，當這對夫婦出門上班，小女孩會哭著找媽媽。露德一邊餵她吃早餐，一邊想著安立奎和貝琪。她問自己：「我的孩子也會哭成這樣嗎？我怎麼是在餵著別人家的小孩，而不是我自己的小孩呢？」為了哄雇主的女兒吃飯，她假裝湯匙是飛機，逗孩子開心，但是當湯匙落在小女孩口中時，難過的情緒總會徹底佔據她的內心。

下午，小女孩從幼稚園放學回家，露德會陪她玩、或翻翻圖畫書。這個女孩和安立奎年紀相仿，讓露德不由得經常想起安立奎。很多時候，她實在難過得無法克制，便遞上一個玩具給小女孩，衝進廚房，到小女孩看不到的地方不停流淚。七個月後，她實在無法忍受了，便辭去工作，搬到長灘的一個朋友家住。

賺了一些錢之後，她開始寄東西回德古西加巴的老家，譬如衣服、鞋子、玩具車、機器戰警玩偶、電視等等。她在信上問道，孩子們喜歡她寄回家的東西嗎？她還提醒安立奎要守規矩，用功讀書。她希望安立奎將來可以順利完成高中學業，找份白領工作，譬如當個工程師什麼的。她想像兒子穿著清爽俐落的襯衫和發亮皮鞋的樣子。她還在信上說，她愛他。

安立奎向奶奶問起母親。奶奶總是回答：「媽媽很快就會回來的。別擔心，她會回來的。」但她一直沒有回來。安立奎不懂，媽媽為什麼就這樣憑空消失了。他的心情，從茫然變成困惑，再從困惑變成青春期的憤怒。他七歲時，爸爸帶了一個女人回家。對那個女人而言，安立奎是個經濟上的包袱。某天早上，她把熱可可潑到安立奎身上燙傷了他。安立奎的爸爸氣得將她趕出去。但兩人的分手並沒有維持多久。

「媽，」安立奎的爸爸跟自己的媽媽說：「我現在滿腦子都是那個女人。」為了把那女人追回來，他於是把自己洗得乾乾淨淨、灑上古龍水，再盛裝打扮去跟蹤她。安立奎總是黏在爸爸身邊，求他別離開他。但爸爸卻命令他回家去找奶奶。後來，爸爸開始建立起新家庭。父子倆除了偶爾碰面，很少有機會見面。安立奎對父親的愛，慢慢轉變成鄙視。「他不愛我了，他只愛他和那個女人生的小孩，」他告訴姊姊貝琪說：「我沒有爸爸了。」

安立奎的父親也注意到了他的轉變。他告訴安立奎的祖母說：「他看我的眼神，彷彿我不再是他父親了，他好像想掐死我一樣。」而這一切，安立奎的父親認為，多半應歸咎於安立奎的母親：「她保證會回來卻沒有做到。」

對於貝琪來說，母親的消失帶給她的痛苦，並不比安立奎少。她和媽媽的妹妹羅莎・亞美莉雅（Rosa Amalia）住在一起。母親節那天，學校舉辦了慶祝活動，這對貝琪而言是一大

煎熬。當晚，她躲在自己的房間裡暗自垂淚，然後開始責怪自己：對於母親的離開，她應該要感恩的；畢竟，要不是媽媽從美國寄錢回來，她哪有錢買書、買制服、上學念書呢？不只如此，她的銳跑（Reebok）球鞋、黑色涼鞋、床上的黃色小熊和粉紅小狗玩偶，不也都是母親從美國寄回來的嗎？

她有個朋友，媽媽也同樣到美國工作去了。偶爾兩人會聚在一起互吐苦水、彼此安慰，並提醒自己：最起碼，我們的媽媽都還活著。她們認識的一個女生，媽媽去美國後卻因為心臟病發而過世了。

但是，羅莎．亞美莉雅認為，露德的離去讓貝琪產生了嚴重的情緒問題。她似乎經常被一個難以避免的疑問給折磨著：要是媽媽都不要我了，我還有什麼存在的價值？

貝琪告訴阿姨：「有好多時候，我一醒來就覺得好孤單。」她變得喜怒無常，有時候會突然不和任何人說話。當她的心情又陷入灰暗時，外婆便會警告家裡其他孩子：「乖一點喔，現在有人心情不好。」因為母親的缺席而感到茫然失措的安立奎，如今只有祖母可以依靠。孤單的他，和老祖母住在一個九平方公尺的簡陋屋子裡。這棟房子，是祖母瑪麗亞（Maria Marcos）當年自己用木板釘成的。透過木板的縫隙，可以見到外頭的天光。屋子裡有四間房，其中三間沒有電，房子裡也沒有自來水。雨水隨著屋頂的補釘鐵皮，滲進屋內的兩個水桶。門前有污水道通過。祖母在附近一塊石頭上用力搓洗發霉的二手衣，準備沿街叫賣。石頭旁是間公廁——一個用混凝土做成的坑洞。旁邊還放著洗澡用的水桶。

安立奎和祖母住的這個地方，位於德古西加巴最貧窮的地區之一，卡里薩爾（Carrizal）。

有時候，安立奎會望著綿延的山丘，極目遠眺；想當初，他和母親就住在山丘的另一頭，而今，他姊姊貝琪仍和媽媽的娘家住在那裡。由於兩地相隔將近十公里，姊弟倆沒什麼見面的機會。

通常，露德每個月會寄錢回家，有時候是五十塊，有時候是一百塊，有時候卻一毛錢都沒有。這些錢雖然夠祖孫倆吃飯，卻負擔不起安立奎的學校制服、學費、筆記本和鉛筆，因為這些東西在宏都拉斯都很昂貴。生日禮物就更不用說了。儘管如此，每逢生日，祖母瑪麗亞總是會抱抱他，開心地祝他生日快樂。有一天，祖母說：「你媽寄回來的錢不夠，所以我們兩人都得去工作了。」

喜歡在祖母家的芭樂樹上攀爬嬉戲的安立奎，這下子沒有時間玩樂了。放學後，他得提著果汁桶和玉米粽沿街叫賣。

有的時候，他會扛著叫賣裝備到卡里薩爾的巴士車站，在販賣芒果和酪梨的攤販間，叫賣一杯杯的水果切片。

滿十歲時，他已經可以獨自坐公車到菜市場賣東西了。他把肉豆蔻香料、咖哩粉、辣椒粉等分別塞在小袋子裡，再用熱臘封口，然後站在市場的黑色大門外大聲叫賣：「香料！有沒有人要買香料？」他沒有擺攤的執照，只好在木瓜攤的推車之間遊走。不只是他，這裡還有一些五、六歲的小孩子，在人行道上向顧客兜售一把把的番茄、辣椒。還有一些則是在攤販之間推著粗製的木頭小推車東奔西走，幫客人載運他們買的蔬菜水果，以賺取小費。他們沿著菜市場四處問人：「需要幫忙嗎？需要幫忙嗎？」這些小男孩駝著背，手臂緊繃地賣力

推著擺滿了東西的小推車。

在做生意的空檔，有些年輕的市場工人會跑去吸強力膠。

平日裡，祖母瑪麗亞會煮香蕉、義大利麵或煎蛋，偶爾則殺隻雞給安立奎吃。而安立奎也懂得回報。當祖母生病時，他會幫祖母在背上擦藥、端水給祖母喝。每週有兩、三次，他必須跑到山腳下，到送水車那裡去擔幾桶飲用水到山頭上的祖母家，這對小小年紀的他是很吃力的。

每年的母親節，他會在學校做張心形的卡片，再送到祖母手上，上面寫著：「奶奶，我好愛妳。」然而，奶奶終究不是母親。安立奎多麼渴望聽到媽媽的聲音。有一次，他試著用當地的公共電話打國際長途給媽媽，卻怎麼樣都打不通。安立奎母親的表妹瑪莉亞（Maria Edelmira Sanchez Mejia）是他們家親戚中少數擁有電話的，安立奎只有在這裡才有機會跟媽媽說到話。然而，露德其實很少打電話回家，甚至有一整年完全沒有打過。有一天，露德終於打電話回去了，表妹瑪莉亞說：「親愛的！我還以為妳死了呢！」露德的解釋是，省下電話錢，她就可以多寄點錢回家。其實，這背後還有另一個原因：她在美國的生活，遠不如她當年在宏都拉斯的電視上所看到的那般美好。在美國，她和三個女性友人合租一間公寓房間，而且得睡在地板上。她交了一個男朋友，這個人也來自宏都拉斯，他後來也搬來長灘跟她一起住。露德滿懷希望。因為她注意到，她的好友艾瑪（Alma）自從和墨西哥男友同居後，存錢的速度變快很多。因為，她男友會幫她繳房租和帳單，讓她可以到潘尼（JCPenny）和席爾斯（Sears）這類高級的百貨公司，買東西給她在宏都拉斯的兩個女兒。她正在存錢，打算回宏都拉斯蓋間房子。

露德的男友，名叫桑托斯（Santos），在宏都拉斯曾經為露德的繼父工作。他是個砌磚工人，由於工作的效率又快又好，人稱「快手（El Veloz）」。露德告訴自己，有了桑托斯幫她，她一定能在兩年內存到足夠的錢把兩個孩子接來，不然，她也可以把積蓄全都帶回宏都拉斯蓋間小房子，在街角開家雜貨店。

然而，她不小心懷孕了。懷孕的過程十分艱苦，她得挺著肚子在冷凍魚肉工廠工作，成天面對著鮭魚、鯰魚，不斷地包裝、秤重。在某個夏日的清晨五點，她的羊水破了。嗜酒如命的桑托斯，這時候竟然跑到酒吧去慶祝。他請酒吧裡的一個女酒友，幫他把露德送到一家公立醫院生產。當時露德已經發燒到四十一度，整個人陷入精神恍惚的狀態，這位女酒友幫露德擦去不斷從眉頭滴下的汗水。露德哭喊著：「把我媽找來！把我媽找來！」此時她已呼吸困難。護士在她臉上掛上氧氣罩。最後，她生下了一個女孩，取名黛安娜。

兩天後，露德仍舊虛弱無力，但醫院卻要求她出院，至於她的寶寶，醫院也只願意再多收留一天。至於桑托斯，他從未在醫院現身，也不接家裡電話。他的女酒友，已經先把露德的衣物帶回露德的住處。露德出院時，連套內衣褲都沒有，只能穿著醫院給病人穿的藍色紙袍。回到家，她坐在廚房裡難過地啜泣著，深切思念著家鄉的母親、姊妹和所有親人。

隔天早上，在外頭狂飲了三天三夜的桑托斯，終於回到家，他劈頭便問：「小孩咧？」然而，還來不及聽到露德的回答，他已經醉得不省人事。露德只好獨自去醫院把黛安娜抱回家。

從事飛機零件組裝工作的桑托斯，後來丟了工作。露德則在貨架上摔倒，肩膀受了傷。她向雇主抱怨她肩傷有多難受。黛安娜出生後兩個月，露德被開除了。她在一家披薩店和酒吧找到工作，但桑托斯不希望她在那種地方上班。某天晚上，桑托斯喝醉後，看到露德開車載一位男同事回家，醋勁大發，竟動手往露德胸口揍了一拳，將她打倒在地上。隔天早上，露德發現自己胸部多了一大塊瘀血。她告訴自己：「我不會忍受這種對待。」

黛安娜滿周歲時，桑托斯決定回宏都拉斯。他保證會在當地好好投資，把兩人共同辛苦存下的幾千塊美金滾上好幾倍。結果，他竟跑去花天酒地，抱著一個十五歲的年輕女孩痛快豪飲，把錢喝個精光，從此再沒有和露德聯絡過。

桑托斯失聯兩個月後，露德已經付不起車貸和房租，只好另覓住處。最後，她租了間車庫——實際上是個車棚。屋主在車棚邊搭起了幾面牆，裝上門、廁所，沒有廚房，但月租就要三百塊錢。

此時的露德，只好和她已兩歲大的女兒黛安娜，棲身在水泥地板上的一張床墊上睡覺，忍受著會漏水的屋頂、會淹水的車庫，以及不時爬上床的鼻涕蟲。她買不起牛奶或尿布，女兒生病時也沒錢看醫生。有時候她們得靠緊急社會福利金才能過活。

失了業的露德，再也無法寄錢回家。走投無路之下，她只剩下一種選擇：到長灘一家叫「藍海酒吧一號」（El Mar Azul Bar #1）的夜店裡當陪酒小姐（fichera）。

店裡有兩張撞球桌，長長的吧台，和幾張高腳椅，店門外則閃著紅藍色的霓虹燈。露德的工作，是坐在吧台和客人聊天，不停慫恿客人叫店裡昂貴的酒請她喝。上班的頭一天，她感到羞愧不已。她不禁開始想像，她的兄弟們正坐在吧台邊批判她。她也擔心，要是她認識的人走進這家店，怎麼辦？要是認識她的人把她在這種地方上班的消息傳回宏都拉斯的媽媽耳中，怎麼辦？她坐在酒吧最陰暗的角落裡開始哭泣。她不斷問自己：「我到底在這裡幹什麼？這就是我的人生了嗎？」之後有九個月的時間，她夜夜耐心傾聽酒醉的男人談論自己的問題，聽他們訴說他們有多想念留在墨西哥的妻兒。

後來，一位友人幫露德找到了工作：白天到煉油廠的辦公室和住家打掃，晚上到加油站替人加油、賣香菸。早上七點，她先把女兒送到學校，再去打掃一整天，傍晚五點，去接女兒放學，再送到保母那兒，然後繼續工作，一直到凌晨兩點，再去接黛安娜，回家後便累倒在床上。每天，她只有四個小時可以睡覺。

找露德幫忙打掃的雇主當中，有些十分友善親切。一個住在麗浪多海灘（Redondo Beach）的女主人，總會在爐子上留下午餐給她。另一個女主人則告訴她：「冰箱裡的東西都可以吃，別客氣。」露德告訴這兩位好心的雇主：「主一定會保佑妳的。」

但有些雇主卻似乎存心要羞辱她。一位住在帕洛思維德（Palos Verdes）這個高級住宅區的女主人，要求她不能用拖把拖地，要她跪在地上擦地板。露德的關節炎因此惡化，使得她有時走路像個老太太一般。露德的膝蓋因為長期接觸清潔劑而脫皮甚至流血。這位女主人甚至未曾給露德一杯水喝。

運氣好的時候，露德可以在打掃辦公室和住家的工作中，每個月賺進一千到一千兩百塊美金。露德也多兼了幾份工作，其中一份工作是在糖果工廠上班，時薪二點二五美元。除了

寄給安立奎的現金，每個月她也寄五十塊美金回家給媽媽和貝琪。

匯錢回家，是露德最開心的時刻。她最大的恐懼是失業，因為沒工作就代表沒有錢寄回去。除此以外，偶有幫派槍戰也令她恐懼萬分。露德說：「沒人知道死神什麼時候會降臨到自己身上。」她住處附近的一座小公園是幫派群聚之處。她半夜下班返家時，常常碰到流氓過來要錢。她總是給他們三、五塊美金。因為，如果她死了，她的小孩怎麼辦？

然而，她寄回家的錢，實際上並不能代替她這個媽媽的角色。此時貝琪九歲了，她對媽媽在美國又生了一個女兒感到很不滿。她擔心，媽媽會不會因此就不要她和弟弟了？更何況，多了一個寶寶，她的開銷一定更大，這樣她就更沒有錢寄回家，也很難存夠錢接她們去美國了。貝琪氣憤地說：「她怎麼可以再生一個？」

此外，安立奎和露德通電話時的氣氛則越來越僵。因為他住在市區的另一頭，當露德打電話到瑪莉亞家時，他不一定接得到。就算幸運和媽媽通上電話，他們的對話也經常是簡短而急切的。儘管如此，在這些對話中，露德卻不知不覺地在安立奎心中埋下了某個想法的種子。

「妳到底什麼時候才要回來？」安立奎追問。但露德不肯正面回答。她只保證，她一定會很快派人去接他。

他從來沒想到過：如果媽媽不回來，那他可以過去找她啊。這個想法，當時在安立奎的心田裡已經埋下了種子，儘管母子倆都沒有意識到這一點。從那時候起，每一次和媽媽講電話，安立奎最後都會說：「我想要跟妳在一起。」

「回來吧，」露德的母親也在電話上懇求她：「也許家裡只有豆子可以吃，但妳一定不會餓肚子的。」然而，露德怎麼可能答應呢？她當初拋下孩子，為的是什麼？現在怎能空手而回？距離她母親家四條街以外的地方，有一棟用紫色裝飾的白色豪華大宅，黑色的鐵門背後佔有半個街廓之大。房子的女主人能蓋得起這棟房子，是因為孩子到美國首府華盛頓之後賺了大錢。露德沒有錢為母親蓋這樣一棟房子，更別說為自己了。

儘管如此，她心裡打定了一個主意：她要成為美國公民，到時候再合法地將孩子接到美國來。前前後後，她找了三名移民顧問，花費了共計三千八百五十美元的顧問費。這些人全都承諾要幫她忙，最後卻都不了了之。

他們其中一位據說是個律師，住在洛杉磯市。還有一位是個盲人，自稱在美國移民局工作過。露德的朋友也說這個人可以幫他們取得工作證明。另外一位是曾經僱用露德到家裡幫忙打掃的婦人，住在長灘，她答應要幫露德取得公民身分。後來，那位盲人死於糖尿病，不久後露德收到美國移民局的通知，說她的申請遭到了駁回。

在露德住的那層公寓裡，有一位比露德年長、名叫多明佳（Dominga）的婦女，她對露德像是媽媽對女兒一樣的照顧。她會在露德手頭拮据時借錢給她，也會指導她如何儲蓄理財，以便早日將子女接到美國。露德如果晚歸，她會留個玉米粽或湯在桌上；餐桌旁的牆上，則掛了一幅黑色天鵝絨的畫，畫的主題是：最後的晚餐。有一天，多明佳得知自己的一個兒子在偷渡時被抓了，於是來到美國移民局位在洛杉磯的辦公室求助。走廊上，她遇到了一個女人，這女人告訴她：她叫帕特爾（Gloria Patel），是個律師，她認識移民局裡的人，可以協助

她兒子取得合法身分。

說著說著，她又說，她其實是在替移民局裡的某個人工作。她隨即遞上一張名片，名片上印有自由女神像，和「移民顧問，專業法律服務」幾個大字。她告訴多明佳，取得公民身分的費用是一人五千，其中三千元必須預付。但要是多明佳能夠找齊五、六個人一起申請，她兒子的移民申請費用就可以免費。

回到家，多明佳興高采烈地告訴露德：「我碰到了一個女人，一個很厲害的律師！她可以幫我們在一個月之內取得公民身分。」最多不會超過三個月。她大力遊說住在同一棟公寓裡的其他非法移民報名參加。一開始，大家都抱著懷疑的態度。有些人便要多明佳帶他們到帕特爾的辦公室去看一看。帕特爾的辦公室，位在一棟高級辦公大樓，瓜地馬拉的領事館也在此處。一行人走進帕特爾的辦公室，看見會客室裡坐滿了人，有兩個男人還正在高談闊論，說他們的家人如何在帕特爾的協助下順利取得了居留權。帕特爾還出示了一些文件，證明多明佳兒子的移民手續已經在進行當中。

一行人要離去時，帕特爾還做了一個令大家感激不已的舉動：她願意將多明佳的費用降到三千五百元，其他幾個人的頭期款也降為一千元。露德於是把身上的八百塊錢全數掏了出來。

過沒多久，帕特爾開始催大夥兒支付尾款。這下子露德開始猶豫了。她真要把這筆錢交給帕特爾嗎？還是不如寄回去給在宏都拉斯的兒女呢？她撥了通電話給帕特爾。帕特爾宣稱自己是宏都拉斯人，但口音聽起來卻比較像哥倫比亞人。

帕特爾開始鼓動起她的三寸不爛之舌：「如此千載難逢的機會，很多人是求之不得呢，妳竟然想要放棄？更何況價錢這麼便宜！」

「我只是想謹慎一點，妳知道，外面小偷很多。而且，我賺的錢實在不多。」

「誰說我要搶妳的錢來著？」

露德開始在心中祈禱：主啊，這些年來，我唯一的期盼，就是與我的孩子重聚，求求，一定要幫幫我。於是，她交出了七百塊錢，其他人則是將三千五百元全部繳清。

臨去時，帕特爾告訴她們，證件核發下來後她會以郵寄方式寄上。一個星期過去了，他們沒聽到半點消息，幾個人決定到她辦公室問個究竟。結果，到了現場，辦公室大門深鎖，人去樓空，一問之下，才知道這間辦公室只出租了一個月。至於帕特爾先前出示的那些所謂移民文件，原來不過是填了文字的申請表而已。

發生了這樣的事情，露德相當自責：她要是答應許久前那個美國人的約會就好了，如果一切順利，她說不定已經嫁給了他，也說不定早已經把孩子給接來了。

為了給兒女一點希望，她告訴安立奎：「聖誕節我會回去。」

安立奎開始在心中幻想與母親團聚的情景：母親抱著一雙耐吉球鞋回家看他，他苦苦哀求：「媽，拜託妳留下來，和我住在一起。妳可以在這裡工作。我年紀大一點以後，也可以工作賺錢。」

終於，聖誕節到了，安立奎滿心期待地守在家門口，卻始終沒見到母親的身影。年復一年，露德都承諾要回家，卻總是食言，令安立奎大失所望。終於，他心中的困惑演變成了憤

怒。「我需要媽，我想念媽，」他告訴他姊姊：「我想要跟她在一起。別人家的孩子都有媽，我也要。」

有一天，他向奶奶問起：「我媽媽是怎麼去美國的？」奶奶瑪麗亞回答：「大概是坐火車去的吧。」多年後，安立奎將會憶起這個答案——而另一個種子，就這樣在安立奎的心中埋下了。

「火車？火車長什麼樣子啊？」

「坐火車非常非常危險，有很多人死在那裡。」

十二歲時，安立奎再一次聽到母親說她要回來。

「是嗎？」安立奎回答：「希望如此，希望如此。」

但是他心裡有數：在他家鄉，出去後會再回來的媽媽，實在少之又少。因此他開門見山地告訴媽媽，他不認為她會回來，一方面也在心裡頭告訴自己：「這是個天大的謊言。」

母子倆通話時的氣氛越來越僵。

「回來吧，」安立奎要求媽媽：「妳為什麼要待在那裡？」

「這樣我才能賺錢養你啊。」

露德開始做惡夢。夢中，她尚未取得美國的合法居留權，就回去探望孩子。但在擁抱子女的當兒，又驚覺要是不趕快回美國，孩子就沒辦法填飽肚子，沒辦法上學念書。她看到餐桌上的盤子空空如也。但她沒有錢僱用人口走私販子，只好隻身偷渡回美國。沒想到，回去的路變得恍如迷宮，她左彎右拐，最後卻回到了起點。每一次從惡夢中驚醒，她都嚇得冷汗淋漓。

還有一個惡夢則是往事的重演。那時候貝琪兩歲，露德已經教她如何上廁所了，但她還是經常把便便大在褲子裡。「妳這個髒鬼！」露德斥責道。有一次，她氣得忍無可忍，往女兒的屁股上踢了一腳，結果貝琪跌倒在地，臉撞到門角，嘴唇裂開。露德伸手想安慰女兒，卻怎麼樣都摸不著。醒來時，她彷彿還聽得到女兒在耳邊嚎啕大哭。

來到美國後，露德很少寫信，因為她大字不識幾個，又相當以這點為恥。如今，她更是連隻字片語都不寫了。每一次看到貝琪，安立奎就問：「媽什麼時候回來？她什麼時候才要接我們過去？」

僱用人口走私販子將孩子偷渡到美國的作法，露德不是沒有想過，但由於危險性太高，她不敢輕易嘗試。在中美洲，人口走私販子一般稱為土狼（coyote），但這些人往往不是酒鬼，就是毒蟲。偷渡行動通常以集團方式為之，由數名土狼負責接應，但有些土狼卻會在半路將孩子棄之不顧。

露德很清楚這樣做有多危險，因為相關的故事時有所聞。她一個住在長灘的好友，曾經花錢僱土狼將妹妹從薩爾瓦多帶到美國。一路上，這個妹妹會不時打電話向姊姊報平安，但從某一天起，她卻不再打電話來了。

兩個月後，家人從與她同行的一名偷渡客口中聽到消息。說土狼在墨西哥將二十四名偷渡客送上船，但由於負載過重，船在海上翻覆了。最後，四個人僥倖生還，其餘全部罹難。罹難者的屍體，有的被沖入海中，有的則埋在海邊的沙灘上，其中包括這個失蹤的妹妹。在

生還者的帶領下，女孩的家屬來到墨西哥的一處海灘，往埋屍處一挖，發現女孩的屍體已經腐爛，但手指上還套著她高中畢業時的紀念戒指。

露德的另一個朋友，她三歲的兒子在土狼的護送下穿越美墨邊境時，被邊境巡邏隊逮個正著，有整整一個星期的時間下落不明，讓他的母親心急如焚。

透過許多故事，露德得知，很多土狼在運送偷渡客時，一看到有危險就自己落跑，將孩子丟在機場、公車站或街上。墨西哥政府開設的收容之家，就安置了不少這樣的小孩，他們有的年僅三歲，臉上滿是困惑與絕望的表情。

舉例來說，年約四、五歲的維多（Victor Flores），就被一個女性土狼給丟在公車上。由於他身上沒有任何證件或電話號碼，最後被送進卡薩帕瑪（Casa Pamar）的一家收容所安置；卡薩帕瑪位於墨西哥的塔帕契拉（Tapachula），鄰近瓜地馬拉的北部邊境。後來，墨西哥相關單位將孩子的照片送到中美洲各國的電視台播放，以便孩子的家屬前去認領。

小男孩告訴收容所裡的一名統籌人員赫南德絲（Sara Isela Hernandez Herrera），他叫什麼名字，卻不曉得自己年紀多大，也不曉得自己是從哪兒來的。他只知道，他媽媽去了美國。小男孩緊緊抓住赫南德絲的手，怎麼樣也不肯離開，還要赫南德絲抱他。幾個小時後，他開始喊她媽媽。下午，赫南德絲結束工作準備回家，小男孩就發出他細細小小的聲音懇求赫南德絲，要她留下來，或帶他一起走。赫南德絲只好拿出一罐草莓果醬給他，一邊撫摸他的頭髮，用哀傷的聲音說：「可是我有自己的家啊。他們住在很遠的地方。」

法蘭西斯科（Francisco Gaspar），十二歲，來自瓜地馬拉的孔塞奇翁魏赫特拉（Concepcion

Huixtla），一臉驚嚇的表情，坐在塔帕契拉一間墨西哥偷渡客拘留所的走廊上。他抓起身上查理布朗T恤的一角，擦拭著從眼角滾落臉龐的淚珠。他正在等待遣返。想當初，協助他偷渡的土狼，好不容易將他帶到了墨西哥西部沿海的納亞里特州（Nayarit），卻在特皮克（Tepic）拋下了他。因為腿短，他沒能跳上火車。「我的土狼沒有注意到，」法蘭西斯科啜泣著說。移民局人員逮到了他，便將他送往塔帕契拉。

法蘭西斯科離開瓜地馬拉時，父母已經亡故。他從褲袋裡掏出一張小紙片，上面寫著他叔叔馬可仕在佛羅里達的電話，「我要到美國去收割紅番椒，求求你們幫幫我！求求你們幫幫我！」

說著說著，他猛地從椅子上站起，一手抓住脖子上的手工製塑膠念珠，一邊向走廊上的陌生人一個個發出懇求。他瘦小的胸膛激烈起伏，一張臉因為痛苦而扭曲變形，哭聲哀痛欲絕，一口氣都快喘不過來了。他向在場的每一個偷渡客乞求，乞求他們把他帶回特皮克，去找他的土狼。他觸摸其他偷渡客的手，哀聲道：「求求你帶我回特皮克！求求你！求求你！」

再回到露德身上。前男友桑托斯的失蹤，對她來說是莫大的打擊。黛安娜四歲時，她爸爸桑托斯回到了長灘，不久後卻在移民局掃蕩非法勞工的行動中被逮個正著，然後遣送回國。後來，露德聽說他離開了宏都拉斯，再次前往美國。然而，他的人影從未出現，就連他在宏都拉斯的母親也不曉得他發生了什麼事。最後露德只好私自認定，他不是命喪於墨西哥，就是淹死在格蘭德河裡了。

「我真的寧願他們冒生命的危險來這裡跟我相聚嗎？」露德捫心自問。不，她不要他們

冒這個險。況且，加州地痞流氓太多，毒品太氾濫，治安也太敗壞，她不希望兒子住在這裡。

更何況，她錢存得還不夠。根據移民權益運動人士的統計，收費最低廉的土狼，偷渡一個孩子收費三千美元，女土狼則要價六千塊錢。至於坐商用客機這種最高檔的偷渡方式，索價更高達一萬美元。露德希望一次將兩個孩子同時接過來，以免其中一個覺得她偏心，這樣一來她必須存更多錢。

但安立奎等不及了。他心想，沒關係，他可以自己來，他要自己過去找媽媽，他要坐火車偷渡。於是他在電話上告訴媽媽：「我要過去找妳。」

別開玩笑了，露德說，這太危險了，你再耐心地等一等吧。

叛逆

如今，安立奎的怒氣開始沸騰。母親節快到時，他在學校裡拒絕製作給母親的卡片。他開始打其他小孩，下課時還偷掀女生裙子。有個老師為了管教他，拿起長長的戒尺要打他，沒想到他一把抓住戒尺，不肯鬆手，反倒把老師給逼哭了。

接著他跳上老師的桌子，咆哮著問：「誰是安立奎？」

「就是你！」全班異口同聲地回答。

儘管被學校勒令休學三次、留級兩次，他從未放棄念書的決心。在當地，有大約一半的孩童未能完成小學學業，但他終究畢業了。畢業那天，學校舉辦了一個小型的典禮，一位老師過去摟摟他，口中喃喃地說：「謝天謝地，這小子總算要離開了。」

那天他身穿藍色的袍子，頭頂學位帽，臉上的表情好不得意。但他母親那邊的家族沒有一個人前來觀禮。此時的安立奎，十四歲了，也堂堂邁入了青少年。結果，他在街頭鬼混的時間更長了。一個叫「毒藥」的幫派，控制了卡里薩爾街頭，這個地區很快成為德古西加巴治安最差的地方。祖母叫他早點回家，但他不聽，總是在外頭踢足球踢到三更半夜。而且，他現在拒絕出去賣香料，因為他不想被女生看到自己在街上兜售什錦水果，也不想被人家稱做「賣玉米粽的」，那樣他會覺得很丟臉。晚上，當他脫光了衣服上床就寢，祖母有時候會趁著他無法逃跑之際，拿出皮帶來管教他，說：「算帳的時候到了。」安立奎做錯幾件事，她就抽打幾下。

在卡里薩爾街頭，安立奎沒有父母在身旁保護，只好刻意裝出一副兇狠的形象。每當和祖母走在一塊兒，他會把聖經藏在衣服裡，以免讓別人看出來他是要和祖母上教堂去做禮拜。過沒多久，他乾脆連教堂都不去了。祖母瑪麗亞告誡他：「不要和那些壞孩子鬼混。」

「我想跟什麼人交朋友，妳管不著！」安立奎頂撞道。更何況，她又不是他媽媽，她有什麼權利干涉。後來，安立奎開始徹夜不歸。為此，瑪麗亞經常徹夜守候，等到孫子終於踏進家門，她聲淚俱下地說：「你為什麼要這樣對我？難道你不愛我嗎？你再這樣下去，我就要趕走你囉。」

「好啊，妳趕我走啊！反正又沒有人愛我。」聽到孫子這麼說，瑪麗亞又趕緊安慰他：她很愛他，她只是希望他踏踏實實地工作、規規矩矩地做人，這樣才能夠抬頭挺胸、問心無愧。

結果安立奎竟回答：我高興做什麼就做什麼，沒有人管得著。但瑪麗亞可以說已經把安立奎當自己的親生兒子了，她告訴他：「留在我身邊吧。我希望你將來可以為我送終。只要你願意，我的財產以後全都是你的。」她在心中不斷祈禱，在孩子的母親派人來接他以前，她最好把孫子抓得牢牢的。然而，瑪麗亞的親生子女卻有不同的看法，他們勸她撒手不管：瑪麗亞已經七十歲了，她要是繼續為了安立奎的事情傷腦筋，一條命恐怕要葬送在他手中。

傷心不已的瑪麗亞，只好寫了封信告訴露德：妳必須再幫他找個家。對安立奎來說，這等於再一次被拋棄。最初是媽媽拋棄他，後來是爸爸拋棄他，現在連奶奶都不要他了。

露德的安排下，她大哥馬可（Marco Antonio Zablah）將安立奎接到了自己家裡。多年以前，當露德還是安立奎現在這個年紀時，她也曾經被馬可接濟過，好減輕他們母親的負擔，因為他們家有太多孩子要養了。如今，馬克也可以像當初幫忙妹妹那樣接濟他的外甥。

儘管如此，露德寄給兒子的禮物從來沒有斷過，例如一件橘色的polo衫、一件藍色的褲子、一台卡式錄音機。而且，露德很自豪的是，她有辦法供應女兒念書，讓她不僅能夠進入私立中學就讀，後來還上了大學念會計。在宏都拉斯，有將近一半的人，一日的生活費只有一塊美金，甚至更少。因此窮苦人家的小孩能夠上大學的，可以說是絕無僅有。

不只貝琪，安立奎也從母親的資助中受益良多，他自己也明白這一點。要是母親當初沒有到美國去，他現在的處境很可能是：在鎮上的垃圾堆裡覓食為生。安立奎知道，有一些留在宏都拉斯的單親媽媽，她們的小孩儘管才六、七歲，卻必須在垃圾堆中撿東西果腹。這樣的日子，露德小時候也經歷過，她清楚得很。

山頂上，幾十個大人和小孩在爭相卡位，等候一輛輛的垃圾車開上山來。終於，垃圾從卡車上傾瀉而下，「腐食者」們一擁而上，在垃圾堆裡瘋狂翻找，看能不能在廢棄的塑膠、木頭或罐頭中間找到可以吃的東西。一包包從醫院裡來的、裝滿了血與胎盤的廢棄物，在他們腳下汩汩地流動著；但他們不怕，能填飽肚子才重要。偶爾，一個幸運的孩子從垃圾堆裡撿到了一包發霉的麵包，便開始盡情享用。常常，當一群年輕人在酸腐發臭的餿水中覓食時，成百上千的黑色禿鷹也飛過來在他們頭頂上盤旋，還不時在他們頭上大便。

為了餬口，有些小孩則必須幹粗活、做苦工。露德小時候的家一條街以外的地方，有一家鋸木廠，鋸完木頭後留下來的木屑，也成了一種生財之道。經常，在這裡可以看到滿臉污泥的小孩，光著腳丫子爬上堆成小山的淺棕色木屑堆上，動作俐落地拿起生鏽的空罐頭，將木屑舀進白色的大塑膠袋裡。裝完了以後，再將這些袋子拖上山，走個大約八、九百公尺，賣給當地人家作火種或弄乾濕泥的乾燥劑。有個十一歲的少年，三年內每天都不間斷地這麼做，而且一天三趟，為的是賺錢買衣服、買鞋子、買上學用的文具。

想要賺錢，挨家挨戶去幫人家燒垃圾，也是一種方式。你偶爾可以看到這樣的情景：下午，三個年約八到十歲的小孩，在母親面前排排站好，準備從媽媽手中領取燒垃圾用的木塊。「給我三塊！」其中一個小男孩說。接著，這個母親便將一塊破布和好幾片柴薪放在他右肩上。

露德家附近有一所幼稚園，每天早上會有五十二名孩童前來報到。五十二個孩子當中，有四十四個都是赤腳上學。當他們進幼稚園時，園方的助手會從一個籃子裡拿出一雙鞋，遮

給他們穿上。等到下午四點鐘要放學了，這些孩子一定要把鞋子交回去。要不然，回到了家，他們的媽媽恐怕會把鞋子拿去變賣，好換取食物。

附近的河谷裡，有豬隻和黑色的老鼠在出沒覓食，而此處也是孩子們嬉戲玩耍的地方。晚餐時間到了，家家戶戶的母親們開始發放玉米餅給孩子們吃，一個孩子三塊。要是連玉米餅都沒有，作母親的只好拿糖水給孩子們果腹。

在安立奎搬去和舅舅同住大約一年後，有一天露德撥了電話過來——但這次是從北卡羅萊納州打來的。「在加州生活很辛苦，」露德說：「那裡外來移民太多。」而且，加州的雇主們給移民的待遇不高，對待他們的方式也相當苛刻。露德雖然同時兼兩份差，卻仍然存不到什麼錢，所以才決定跟一位女性朋友來到北卡，重起爐灶。要想生活得到改善，要想早日與兒女團聚，這條路是她唯一的希望。她將她在加州的所有財產，一部二手福特汽車、一個五斗櫃、一台電視，以及她和女兒共用的一張床，全部加以變賣，再將所得的八百元做為搬家的盤纏。

北卡人不像加州人那麼不友善。在這裡，車門不關沒關係，家裡的門也可以不用上鎖。沒多久，她在一家墨西哥餐廳找到了一份侍應生的工作，也在一棟拖車屋裡租到了一個房間，月租一百五十美元，比她當初在洛杉磯租的那個小車庫便宜了一半。終於，她開始能夠存一點錢下來了。她心想，等到她存夠了四千塊錢，她可以請哥哥馬可幫她把錢投資在宏都拉斯，到時候她或許就可以回家了。一段日子後，她找到了一份更好的工作：在工廠的生產線上擔任作業員，時薪九塊半，加班的話更高，時薪十三塊半。

黛安娜從出生到現在，一直都還沒有受洗，但露德擔心，要是黛安娜沒有接受這個儀式，哪一天要是不幸意外身亡，靈魂恐怕會被打入地獄。而之所以一直沒有帶她去受洗，是因為她希望女兒是在宏都拉斯接受這個儀式，而且教父教母都是宏都拉斯人。要是能夠回到家鄉，她心上的一塊大石頭就可以放下了。

來到北卡之後，露德認識了一個油漆工，他同樣來自宏都拉斯，兩人交往一陣子之後便同居在一起了。露德的這個新男友，個性沉靜、溫文有禮，會適時給露德建議，也排遣了她的寂寞。星期天，他會帶露德母女倆到公園裡去散步蹓躂。有段時間，露德在兩家餐廳兼兩份工作，他也會在露德晚上十一點下班後過去接她，好把握難得的相處時光。兩人不久後便墜入愛河，開始稱呼彼此為honey。

另一方面，安立奎非常想念母親。還好，舅舅和舅舅的女朋友對他很好。舅舅馬可，在宏都拉斯邊境從事貨幣兌換的工作。這份工作利潤豐厚，幾年來更因為有固定的客源而大發利市。這個客源是誰？就是出沒於邊境、有美國政府在背後撐腰的尼加拉瓜游擊隊（Contra）。

馬可的家，位在德古西加巴一個中產階級住宅區，家中有五間臥室，馬可自己的兒子也住在這裡。馬可對外甥真的很好，不但每天給他零用錢，買衣服給他，還送他到一家私立的軍事學校讀夜間部。

白天，安立奎就幫舅舅跑跑腿，幫他洗他的五部車，在舅舅身邊跟進跟出。而馬可也幾乎是視如己出般地疼愛這個外甥。兩人經常一起打撞球、看電影——透過電影，安立奎目睹了紐約市的高樓大廈、拉斯維加斯的耀眼燈光，和迪士尼樂園的魔幻城堡。由於安立奎膚色

黝黑，他舅舅給他起了「小黑人」的暱稱。兩個人的站姿很相像，膝蓋有點內翻，臀部往前縮。不過，安立奎個頭相當嬌小，雖然十來歲了，有點駝背的他，就算挺直了身體，身高仍不滿一百五十二公分。儘管如此，他臉上那燦爛的笑容和一口漂亮的牙齒卻非常迷人。

馬可非常信任這個外甥，連銀行的存款業務都放心交給他去辦。他告訴安立奎：「我真希望你可以幫我工作一輩子。」安立奎感覺得到，舅舅愛他，也重視他的意見。

有一天，馬可的一個手下到外頭去兌換倫皮拉（lempira，譯註：宏都拉斯的基本貨幣單位），回程中在公車上遇搶，慘遭殺害。他一個二十三歲的兒子，逼不得已只好到美國去謀求生計。結果，還沒渡過格蘭德河，他就決定打道回府；回來後，他將一路上的經歷都說給安立奎聽，包括他如何搭上火車，如何在行駛中的火車上跳來跳去，以及如何躲避移民局人員的追捕。

自己的手下被殺，馬可感到痛心不已，於是發誓要金盆洗手。幾個月後，他接到一通電話，對方表示願意出一大筆錢僱他到薩爾瓦多邊境兌換五萬元倫皮拉。最後，他答應了，但他告訴自己這絕對是最後一次。

得知了這件事，安立奎表示想跟舅舅一起去，但馬可說他年紀太小，不讓他去。最後，他找了弟弟維多一起去。很不幸地，他們也遇上了持槍的搶匪。結果馬可胸膛中了三槍，腿部中了一槍，他弟弟維多則是臉上中彈，最後兩人都一命嗚呼。安立奎好傷心，他親愛的舅舅居然就這樣走了。

九年來，露德已經存了七百塊錢，為的是有朝一日將子女接到美國來。如今，她只好拿這筆錢來幫哥哥料理後事。

一下子失去兩個兄弟，她感到天旋地轉。離開宏都拉斯後，她見過馬可一次（那時候她剛搬到長灘），卻從來沒有再見過維多。她淚眼婆娑地乞求上帝，要是死者可以在生者面前現身，請上帝恩准維多來到她面前跟她道別吧。「維多啊維多，我知道你已經不在人世了，但是我好想再見你一面。拜託你，拜託你出現在我面前吧，我一定不會害怕的。」

另一方面，這件事也激起了露德的憤怒，她發誓絕對不要再回宏都拉斯。這樣一個犯罪猖獗、目無法紀的國家，人民要如何生存？為非作歹的人可以將其他人當牲畜一樣任意殺戮，卻不會受到制裁，究竟天理何在？她告訴自己，除非是被迫遣返，否則她絕對不會回去。禍不單行，她的兩兄弟在慘遭殺害後不久，她工作那家餐廳居然被移民局官員突擊檢查。所有非法勞工都在這次的掃蕩行動中遭到逮捕，只有露德例外，因為她那天休假。

露德決定，她不要再等了。由於有男友的經濟支援，她決定帶七歲的女兒去受洗，並找了一位值得信賴的墨西哥裔油漆工和他太太當女兒的教父教母。當天，她為女兒穿上了一套裙長及地的白色洋裝，還給她戴上了一頂花冠。執事神父在黛安娜身上灑了點聖水，儀式便告完成。露德總算了卻了一樁心事。

然而，執意留在美國的決心，卻讓她陷入了另一個惡夢。某日清晨四點，她聽到她母親的聲音，響亮清楚地叫了她三次：露德，露德，露德。半夢半醒之間，露德從床上彈起，口中還發出尖叫。這一定是個不祥的預兆。會不會，她母親已經往生了？會不會，她再也無法見母親一面了？她感到傷心欲絕。

回到宏都拉斯。馬可和維多過世後沒幾天，馬可的女朋友就把馬可當初送給安立奎的禮物，包括電視、音響和任天堂遊戲機，全都給變賣了。她沒說為什麼，只告訴安立奎說：「你不能再住在這裡了。」之後便把他的床鋪扔到了街上。

染上毒癮

十五歲的安立奎，這下子只好收拾衣服，去投靠外婆。「我可以住在這裡嗎？」他問。這裡，其實是安立奎出生後的第一個家，想當初，他和他母親就住在這個小小的灰泥屋裡，直到媽媽一去不回。後來，他搬到父親和祖母同住的那棟木屋裡，直到父親找到了新老婆拋棄他為止，這是他第二個家。至於第三個家，則是他舅舅馬可那舒適的家。

如今，他回到了起點。但這裡已經住了七個人，包括他外婆阿桂達（Agueda Amalia Valladares 兩個離了婚的阿姨，和四個年幼的表弟妹。這個家很窮。過去，在馬可的資助下，這個家的經濟還勉強過得去，但是現在，這個經濟來源消失了，而且還多了一項開銷：撫養維多的幼兒。這孩子的生母，在孩子還是嬰兒時就拋下他到美國去了，之後對孩子也一直不聞不問。「這個家連食物都買不起了，」患有白內障的阿桂達這麼說。儘管如此，她還是收留了安立奎。

家族中一下子死去了兩個男人，所有人都籠罩在愁雲慘霧當中，沒有人能挪出心思去關心安立奎。漸漸地，他變得沉默寡言、內向自閉，再也沒有回學校念書。一開始，他和他二十六歲的阿姨米麗安（Mirian）同住一個房間。有一天，米麗安半夜兩點醒來，發現安立奎正在床上啜泣，手中還抱著舅舅馬可的照片。如此不時以淚洗面的日子，安立奎過了大概六個月。舅舅是如此疼愛他，生活中少了舅舅，他變得失魂落魄。

過沒多久，阿桂達開始對這個孫子心生嫌惡，因為他經常晚歸，回到家時又用力敲門，把全家人都給吵醒，令阿桂達相當不滿。大約一個月後，米麗安有一次在半夜裡醒來，卻聞到丙酮的味道，並聽到塑膠袋窸窸窣窣的聲音。黑暗中定睛一看，她發現安立奎正躺在床上，用一個塑膠袋罩住口鼻嗅聞著。原來，他正在吸食強力膠。

家人得知後，將他趕到了屋後的一間小石屋裡；這裡距離主屋只有大約兩公尺遠，卻彷彿是另外一個世界。阿桂達曾經把這裡當作廚房，在此生火煮飯，因此牆壁和天花板都已經燻黑。這裡沒有電，木板門只能開到一半，而且相當潮濕。唯一的一扇窗，只有窗格子卻沒有窗玻璃。往外走兩、三公尺，是安立奎上廁所的地方——設備極為簡陋，就上方一個木板棚架，地上一個洞而已。

這裡成了安立奎自己的家。在這裡，他可以為所欲為，可以徹夜不歸，沒有人管得著。然而，這對他而言，等於再一次被拋棄。在舅舅的葬禮上，他注意到一個模樣羞怯、一頭褐色鬈髮像波浪般起伏的女孩。這女孩是他鄰居，和阿姨住在隔壁。安立奎很欣賞她迷人的笑容和親切的氣質。然而，這個當時十七歲、名叫馬莉雅（Maria Isabel）的女孩，一開始卻很受不了安立奎。因為她注意到，這個曾經跟舅舅住在高級住宅區的男孩，總是打扮得漂漂亮亮、纖塵不染，而且頭髮留得很長，看起來桀驁不馴。

「我不喜歡他，」她這樣告訴她的朋友。

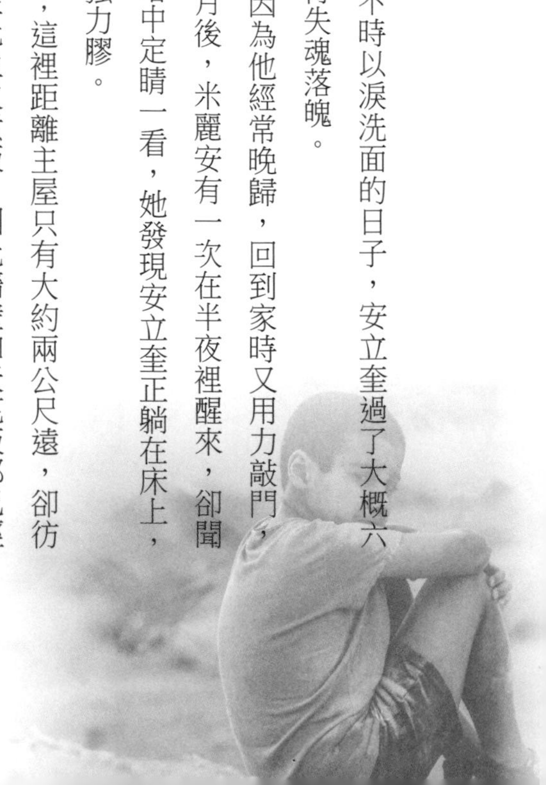

安立奎自己也看得出來，這女孩八成是看到他衣著光鮮、態度嚴肅，就以為他是個自大狂妄的傢伙。但是他不死心。每次看到馬莉雅經過，就輕輕吹起口哨，想辦法跟她搭訕。「妳願意當我女朋友嗎？」他每個月都這樣問她。

「我要考慮考慮，」馬莉雅回答。

然而，被拒絕的次數越多，他就越想得到她。馬莉雅那嬌滴滴的笑聲，那愛哭的模樣，在在令他心動。要是看到她跟別的男孩子打情罵俏，他就恨得牙癢癢的。

他開始買玫瑰花送她。有一天，他還送了一塊黑得發亮的徽章，上頭畫了一對年輕男女深情對望，旁邊還寫著：「我愛的人是我生命的重心，而那個人就是你。」此外，他還送過馬莉雅乳液、泰迪熊、巧克力。馬莉雅夜校下課後，他會陪她散步回家。他曾經帶她到鎮上的另一頭去看他祖母。漸漸地，馬莉雅開始對他產生好感。

當安立奎第三次問她，她願不願意當他女朋友時，她總算點頭了。

對安立奎來說，馬莉雅不只是寂寞時的慰藉而已。他們彼此了解，氣味相投。跟安立奎一樣，馬莉雅很小就離開了父母身邊，過著居無定所、寄人籬下的生活。

七歲時，她跟著媽媽伊娃（Eva），橫跨了大半個宏都拉斯，來到德古西加巴山邊的一棟小屋裡借住。跟安立奎的媽媽一樣，伊娃這麼做，也是為了離開她薄倖的丈夫。

這棟屋子很小，長三點七公尺，寬四點六公尺。有一扇小小的木板窗，和滿佈塵土的地面。而且，這裡沒有廁所，母女倆如果想大小便和洗澡，只能夠在外頭就地解決，或者到鄰居家借用。這裡沒有供電，沒有廚房，要想吃飯就必須在外頭點柴生火。如果想喝水或用水，她們必須到下坡處兩條街以外一位親戚家，用水桶把水扛上來。豆子和玉米餅，是母女倆最主要的食物。養家活口的重擔，將患有氣喘的伊娃壓得快喘不過氣來。

然而，住在這裡的不只她們母女倆，還有另外七個人。晚上，九個人就以頭腳相接的方式，擠在屋裡的兩張床，和塞在兩張床之間的一張草席上。馬莉雅必須和另外三個女人共用一張床。

馬莉雅十歲時，要是聽到屋外有運柴的貨車經過，便會跑出去追趕，大喊：「給我點柴！」她的鄰居安赫拉（Angela Emerita Nuñez）聽到她這麼說，便給了她一點。

從此以後，馬莉雅每天早上都會去問安赫拉，有沒有什麼家務事是她可以幫忙的。安赫拉很喜歡這個可愛溫順、頭髮鬈曲、笑口常開的小女孩。而且，在她眼中，這女孩也是個工作勤快、意志堅強的鬥士；馬莉雅原本有個雙胞胎姊姊，但出生後一個月就死了，馬莉雅卻勇敢地活了下來。

「妳看著好了，」馬莉雅自己也說：「我絕對不會因為懶惰而餓死的。」

確實，馬莉雅非常勤快，她會幫安赫拉餵小孩吃飯、替小孩洗澡，幫忙做玉米餅，或幫忙拖地。因此，安赫拉經常留她在家裡吃飯，最後甚至留她在家裡過夜，而且一個星期就有好幾天；由於安赫拉的家寬敞許多，馬莉雅只需要跟安赫拉的女兒共用一張床。

終於，馬莉雅小學畢業了，她母親得意地將她的畢業證書掛在家裡的牆上展示。馬莉雅在校的成績不錯，但從來沒有就升學的事情問過母親的意見。

「她怎麼說得出口呢？」伊娃說：「我們家沒有那個能力供她繼續念書。」伊娃自己，

連一天的學校都沒有上過，而且從十二歲起就開始頂著竹簍在外面兜售麵包。

馬莉雅十六歲時，和家人發生了一次爭吵。她的一個表姊認為，馬莉雅想覬覦她的男朋友，伊娃因此數落了女兒一頓，氣得馬莉雅決定搬到鎮上另一頭去投靠她阿姨葛羅麗亞（Gloria）——而安立奎的外婆正是她的鄰居。葛羅麗亞在家門口開了一家小吃店，她搬過去可以幫阿姨的忙。對於女兒的這個決定，伊娃並不反對，畢竟，這個家雖然有東西吃，但吃得並不好，她很高興葛羅麗亞可以幫她減輕負擔。

葛羅麗亞的家很樸素，只有兩間房。窗戶上沒有窗玻璃，只有木頭窗板。儘管如此，這個家對馬莉雅而言就已經如同天堂。在這兒，她和表妹有她們自己共用的一間臥室。再者，她阿姨在管教上也比較寬鬆，會准許她晚上偶爾出去跳個舞、參加派對，或到年度的市集上走走逛逛。相對的，伊娃對這些事情是一概不准，因為她擔心女兒的行為受到街坊鄰居的議論。

如今的馬莉雅，身體發育已經成熟，她想要知道避孕方法，便央求一位表姊帶她去聽一場生育控制座談會，而這位表姊也答應了。然而，安立奎的態度卻完全相反，他迫切地想要讓馬莉雅懷孕。他以為，只要懷了他的小孩，馬莉雅就不會拋棄他。他已經被太多人拋棄過了。

安立奎外婆家附近，有一個外號叫「小地獄」（El Infiernito）的地方，裡頭有些人就住在用破布搭成的圓錐形帳篷裡。一個叫救世鱒魚幫（Mara Salvatrucha）的幫派，控制了這個地區。該幫派的成員，有些原本是美國公民，住在洛杉磯，後來因為美國通過一項聯邦法令，規定觸犯重罪的外來移民必須遣送回國，這些人才在一九九六年之後陸續遭到遣返。如今，這些人活躍於中美洲和墨西哥許多地區。以小地獄為例，這裡的流氓會隨身攜帶chimba，也就是水管做成的槍枝，還把消毒用的酒精稀釋後當飲料喝，他們稱之為charamila。他們會在公車上搶劫乘客，或在教徒們做完禮拜離開教堂時發動攻擊。

安立奎有一個朋友名叫荷西（Jose del Carmen Bustamante），兩人有時候會為了買大麻而冒險進入小地獄。當然，這樣做很危險。有一次，膽小沉默的荷西就在這裡遇到了歹徒的恐嚇，被對方用鐵鍊套上脖子。荷西和安立奎都知道這裡是龍潭虎穴，不宜久留，因此只要一買到大麻菸，就趕緊離開，到山上一家撞球間外頭，坐下來享用大麻，一邊聽著從撞球間裡傳來的音樂。

除了荷西，安立奎還有兩個吸大麻的同伴，這兩人都曾經偷偷跳上駛向北方的載貨火車。其中一個綽號叫做「貓」的，有一天談起移民局人員如何朝他射擊，以及在半路上有多麼容易遭到土匪搶劫。安立奎一邊吸著大麻，一邊聽著他的這些經歷，竟覺得這一切聽起來好刺激、好驚險，於是便下決心自己不久後也要試他一試。

除了吸大麻，安立奎有時候也會夥同這群朋友，在晚上十點左右，走過一條崎嶇陡峭的道路，來到另一座山的山頂，躲在一堵寫滿了塗鴉文字的牆旁邊，吸食強力膠，直到夜半方休。有一天，馬莉雅在街上和他偶遇，聞到他渾身散發濃濃的油漆味，不禁大驚失色。

「那是什麼味道？」難聞的氣味令馬莉雅退步三舍。「你在吸毒嗎？」

「哪有！」安立奎連忙否認。

強力膠的吸食者，有很多並不忌諱讓人知道，他們直接把強力膠放入裝嬰兒食物的罐子裡，隨身攜帶，毒癮犯時就打開蓋子，將嘴巴湊上去吸食。然而，安立奎仍企圖加以隱瞞，不敢張揚。他的作法是：將少量的強力膠放進塑膠袋裡，藏入身上的口袋，眼見四下無人，再拿出塑膠袋，打開封口，罩住口鼻，用力擠壓袋子的底部，好將強力膠的氣體吸入肺部。

後來，安立奎的姊姊發現，馬莉雅的牛仔褲上怎麼沾了不少黃黃黏黏的東西？仔細一看，才發現是強力膠；原來，是安立奎和馬莉雅擁抱時留在她衣服上的。

安立奎的改變，馬莉雅也注意到了。他嘴巴裡經常黏答答的，脾氣變得暴躁易怒、神經兮兮，眼珠子佈滿血絲，有時候則混濁如玻璃，而且眼皮常常睜不開，不然就是看起來像喝醉了一樣。問他問題，他的回答總是慢半拍，而且動不動就發脾氣。當藥效發作時，他變得安靜、疏離、睏倦。但興奮感一過，他又變得歇斯底里，口出惡言。

毒蟲！她一位阿姨這樣叫他。

但安立奎沒有吭聲，只是眼神呆滯地望向前方。貝琪如果想阻止他出門，他又會說：「沒有人了解我。」

他外婆指著一個鄰居說：「再這樣下去，你遲早會變得跟他一樣！」這個鄰居，吸膠的歷史已經長達十年，他的皮膚蒼白、粗糙如魚鱗，而且連站都站不起來，只能用手臂撐著身體在地上爬。

安立奎終於害怕了起來：難道，他要變得跟他們一樣？鎮上，吸膠的小孩起碼有好幾百個，這些人的下場是什麼，他清楚得很。

譬如，有些人會流落街頭，晚上就睡在垃圾桶旁。有一個灰鬍子的牧師很好心，不時會用一個紫色的大桶子運來香甜溫熱的牛奶，再將牛奶舀進大大的碗公裡給他們喝。有時候，二、三十個吸膠者就站在牧師的箱型車後頭排隊，等著領牛奶喝，令周圍的空氣頓時充滿了強力膠的刺鼻氣味。這些人大多睡眼惺忪，有些人甚至連站都站不穩。他們無力地拖著已經發黑的雙腳，一邊打開裝強力膠的罐子用力嗅聞，再舉起熱氣蒸騰的碗，湊近髒兮兮的唇邊送入口中。

牧師要是伸手想拿走他們吸膠用的罐子，這些人就一把鼻涕、一把眼淚地哭了起來。年紀較小的孩子，有時候會遭到年長者的毆打或性侵害。六年的時間內，這位灰鬍子牧師，就目睹了二十六個孩子因為吸膠斷送了性命。

當強力膠發揮作用時，安立奎有時候會出現幻覺，譬如幻想自己被追殺，看到妖怪精靈、成群的螞蟻來襲，或小熊維尼漂浮在半空中。儘管還能走路，他卻感覺不到地面的存在，有時候腿甚至變得不聽使喚、沒有反應，令他覺得地動天搖，或彷彿墜入了無底洞。

有一次，他和朋友在山上吸膠，差一點跌落山谷。情況最糟的那兩個星期，他甚至認不得家人，雙手抖個不停，還咳出黑色的痰。

但沒有人把這一切告訴他的母親。貝琪的學費，已經遲繳三個月，要是再不繳，學校就不准她參加期末考了。露德的煩惱已經夠多了，何必再讓她多添一樁呢？

一次嘗試

十六歲的生日快到了，安立奎決定為自己留下一個難忘的紀念。現在的他，什麼都不要，只要媽媽。某個星期天，他和荷西決定要嘗試看看，他們要搭火車前進「北方」。一開始，沒有人注意到他們。在轉了好幾趟巴士之後，他們越過瓜地馬拉，來到墨西哥的邊境。他告訴邊境的守衛：「我要去美國找我媽媽。」

「回家去吧，」守衛說。

儘管如此，兩人仍躲過了守衛的監視，溜過邊境，踏上墨西哥領土，走了大約二十公里，來到塔帕契拉。走著走著，他們看到前方的火車站附近停了一列載貨火車。然而兩人還沒踏上鐵軌，就被警察給攔了下來。所幸，除了身上的錢被洗劫一空，兩人都獲得了釋放。——荷西先走，安立奎晚一點才離開。

後來，兩人找到了彼此，還看到了另一列火車。這一次，安立奎總算成功跳上火車——他這輩子的第一次。火車緩緩駛離塔帕契拉站，安立奎心想，接下來應該不會再發生什麼倒楣事了。

然而，對於如何安坐於火車頂上，兩人根本一竅不通。荷西嚇壞了。安立奎則大膽許多，他開始在火車慢速行駛時，從一節車廂跳到另一節車廂。跳著跳著，他不小心滑了一跤，跌下火車——所幸，他不是滾落到鐵軌上，而是掉在一個裝了襯衫和褲子的包袱上。

他反應很快，馬上爬起身子，再度跳上火車。然而，這次的壯舉很快便畫下句點。當火車開到韋拉克魯斯州的鐵拉布蘭卡鎮時，警方便將他們從火車頂上逮了下來，送進拘留所中，等待遣返。同一所間囚室裡，還關了許多救世鱒魚幫的混混。一趟旅程下來，安立奎身上多了些瘀青，也扭傷了腳。他好想念他女朋友馬莉雅。在回程的路上，他和荷西撿了一些椰子，加以變賣，再用這些錢坐巴士回家。

一項決定

然而，安立奎的毒癮更重了。十二月中，他欠了藥頭六千元倫皮拉，相當於四百美元，但他身上只有一千元倫皮拉。他向藥頭允諾，過幾天他一定會把剩下的錢付清。然而他食言了。隔週，冤家路窄，他在街上遇到了藥頭。

「你敢騙我，」藥頭說：「我要宰了你。」

「冷靜點、冷靜點，」安立奎故作鎮定地說：「我會付你錢的。」

「好，這是你說的，」藥頭撂下狠話：「要是你沒把錢付清，我就要你姊姊的命。」

但藥頭認錯人了，他把安立奎十八歲的表姊坦妮雅（Tania Ninoska Turcios）當成了他親姊姊。貝琪和坦妮雅正好都剛剛念完高中，許多親戚正在尼加拉瓜一家旅館裡為她們慶祝。

趁著大夥兒不在家，安立奎悄悄來到阿姨羅莎・亞美莉雅和姨丈卡洛斯（Carlos Orlando Turcios Ramos）家的後門前，準備把門撬開。然而，他猶豫了，他怎能對自己的親人做出這樣的事情呢？他關上門，轉身離開。但他心裡明白，那藥頭坐過牢，還擁有一把口徑點五七的手槍，他的恐嚇不是玩假的。於是，他深深吸了一口強力膠，折返門前，準備將門打開。來來回回重複了三次，終於，他告訴自己：「沒辦法，我只有這條路可走了。」

他進到屋內，撬開臥室房門，走到阿姨的一個大櫃子前，拿刀從後面將櫃子扳開。裡頭，存放了阿姨的二十五件珠寶首飾，他將這些全數放進一個塑膠袋裡，再拿到附近一個木材堆置場裡藏好。晚上十點，阿姨一家人回到家，看到臥室裡翻箱倒櫃，便詢問住在隔壁的鄰居，他們說沒有聽到狗叫。「一定是安立奎，」羅莎・亞美莉雅說。接著馬上打電話報警，卡洛斯之後也隨同幾名警察四處找人。

「怎麼了？」安立奎說這話時，吸膠所帶來的興奮感才剛剛消退。

「你為什麼要這麼做？為什麼！」羅莎・亞美莉雅氣得失聲大叫。

「不是我。」然而，話才說出口，他一張臉已經因為羞愧而通紅。警察給他銬上手銬，帶進警車，安立奎先是渾身顫抖，然後便哭了出來。「我不是故意的，我當時嗑了藥。」接著他告訴警察，他會這麼做是因為藥頭威脅，要是他不給錢，坦妮雅就會沒命。他帶著這群警察前往珠寶的藏匿處。

「你們希望他被關嗎？」警察問。卡洛斯這時候想到了露德。他不能這麼做。於是他請求警方釋放安立奎，回到家後則命令坦妮雅不能出門，直到危險解除了再說。

因為這次的事件，卡洛斯深深體認到，安立奎極需要別人的幫助。於是幫他在一家輪胎店找到了一份週薪十五塊錢的工作，每天中午還找他一起吃飯（有雞肉和自家烹煮的湯），並告訴家人，安立奎很需要他們的關愛。

事發後隔月，也就是二〇〇〇年一月，安立奎開始嘗試戒毒。頭幾天，他吸毒的量是減少了，但最後仍然屈服於毒品的誘惑。他回家的時間越來越晚，儘管口頭上答應馬莉雅不會再到山上去吸膠，事實上卻沒有做到。結果，他也越發厭惡自己——他的樣子好邋遢，他的人生正在走向毀滅。

所幸，他仍保有一絲的清明。他告訴貝琪，他知道自己該做什麼：他要去找媽媽。

對於他這個想法，他阿姨安娜·露西亞（Ana Lucia）也表示同意。身為這個家唯一的經濟支柱，幾個月來又一直和安立奎處於劍拔弩張的狀態，說實在的，她累了。

雖然安立奎有在輪胎店裡工作，但他對這個家而言仍然是個負擔。更何況，他還玷污了這個家唯一的東西：清譽。結果，安娜·露西亞和阿桂達都說出了一些很傷人的話，這些話她們幾個月後仍記憶猶新。有一天，安立奎才踏進家門，安娜·露西亞劈頭就問：「你這個沒有用的廢物，你是從哪裡回來的啊？你大概只有吃飯的時候，才知道要回家吧。」

「閉嘴！」安立奎頂撞回去：「我從來沒有跟妳要過任何東西。」

「你這個遊手好閒的懶鬼！不知長進的毒蟲！」安娜·露西亞的咒罵聲大到連鄰居都聽得見：「這不是你的家，這個家也不歡迎你。你乾脆去找你媽媽算了。」

「誰說我住在這裡了！我是一個人住的。」

「你難道沒有吃這個家裡的東西嗎？」

安立奎一次又一次用半懇求的語氣低聲地說：「拜託妳不要再說了，拜託妳不要再說了。」但安娜·露西亞不肯住口。最後，安立奎發飆了，往安娜·露西亞的屁股上重重踢了兩下。安娜·露西亞發出尖叫。

安立奎的外婆隨即衝到屋外，掄起一根棍子轉回屋內，說安立奎要是膽敢再動他阿姨一

根汗毛，她絕對會狠狠揍他一頓。安立奎猛然轉身，大叫：「反正沒有人關心我！沒有人關心我！」便氣沖沖跑了出去。安娜・露西亞則在他身後威脅說，要把他的衣服全部扔到街上。如今，連安立奎的外婆都希望他去美國了。沒辦法，他正在傷害他的家人，也在傷害他自己。

「他離開這個家，對大家都好吧！」他外婆無奈地說。

道別

在街上狂奔了一陣，安立奎在街角一塊石頭上坐了下來，想到自己再一次被拋棄，淚水便止不住流了下來。等馬莉雅找到了他，過去想要安慰，才發現他吸了膠，此刻正處於亢奮狀態。他告訴馬莉雅，他眼前出現了一片火海，他母親剛剛想穿越過來，但沒成功，如今正躺在火海的另一邊奄奄一息。安立奎靠近火舌，想過去救媽媽，沒想到火海中卻走出一個人，舉槍射向他。安立奎被射倒在地，片刻後又毫髮無傷地站了起來，但他母親卻已經斷氣。

「妳為什麼要離開我？」安立奎發出哀嚎：「為什麼？」

馬莉雅的這個男友，很多人都不甚滿意：「妳到底看上他哪一點？妳不曉得他在吸毒嗎？」

連安立奎的姊姊和外婆也勸她離開他，另外找個更好的歸宿。馬莉雅的叔叔，對這個吸毒的青少年也存有戒心，儘管在同一家店工作，他從未主動表示要開車載安立奎一道上班。

馬莉雅不是不知道安立奎有這些嚴重的缺點，但她就是離不開他。安立奎很有男子氣概，脾氣又硬，每當兩人吵架，他會冷戰到底，直到馬莉雅先開口打破僵局。在安立奎之前，馬莉雅雖然交過兩任男友，但安立奎才是她真正愛上的第一個男生。而且，她有她自己的問題，而安立奎可以帶給她慰藉。她阿姨葛羅麗亞的兒子，是個嗜酒如命的酒鬼，不但會亂扔東西，偷東西，也經常跟家人起口角爭執。

或許是情到深處無怨尤吧，她就是拿安立奎沒轍。晚上，他們會一起坐在安立奎外婆家外面的大石頭上，把握這難得的兩人世界聊天談心。安立奎會談他的媽媽，他和祖母瑪麗亞在一起生活的日子，以及他和馬可舅舅相處的往事。有一天馬莉雅問他：「你為什麼不戒毒呢？」

安立奎只淡淡回了一句：「很難。」

當兩人一起走過他吸毒的地點，馬莉雅會緊緊握住他的手，希望帶給他一點力量。

其實，安立奎很慚愧自己對親人做出了那些事情，而且，馬莉雅現在說不定還懷孕了。馬莉雅不希望安立奎走，於是苦苦哀求他留下，並保證自己絕對不會背棄他，還願意搬進小石屋裡跟他一起住。但安立奎很害怕，他怕自己最後可能會流落街頭，甚至死於非命。要想得到解脫、得到救贖，媽媽是他唯一的希望。「要是你認識她，你就知道她是多麼好的一個人了，」他告訴他的朋友荷西說：「我愛她。」

是的，他非去找他媽媽不可。

在中美洲，每個地區都有一個土狼。在安立奎住的那裡，土狼是住在附近的山頂上。如果託他幫忙安排偷渡到美國，一個人的費用是五千塊錢。金額如此龐大，安立奎根本無法想像。

做了決定之後，他便賣掉他僅有的一點財產，包括媽媽送他的床，死去的舅舅送他的一件皮外套，以及一個已經生鏽的衣櫥。臨去前，他走到鎮上的另一頭，要去向奶奶瑪麗亞說再見，半路上卻碰到他爸爸。「我要走了，」他說：「我要到美國去了。」他順便向父親要錢。結果，他父親只給了他足夠買汽水的錢，然後祝他一路順風。

到了祖母家，他告訴祖母說：「奶奶，我要走了，我要去找媽媽了。」

他奶奶求他別走，還表示願意在她家那已經夠擁擠的土地上，為他蓋一棟一房的屋子。但安立奎心意已決。

最後，奶奶將身上的錢全都拿出來給他，總共是一百元倫皮拉，相當於七美元。

隔天早上，他去向姊姊辭行：「姊，我要走了。」

貝琪感到胃部抽緊。儘管兩人聚少離多，但自己從小到大經歷過的種種寂寞孤獨，弟弟是唯一能感同身受的人。她沒多說什麼，只是安靜地到廚房裡去煮了一桌豐盛的菜，包括玉米餅、炸豬排、米飯，以及灑上起司粉的烤豆子，為弟弟餞行。最後，她終於忍不住了，眼眶裡噙滿了淚水說：「別走。」

「我非走不可，」安立奎回答。

其實，這個決定對安立奎而言，又談何容易。每一次和母親通電話，母親總是警告他說：別去，太危險了。但他認為，只要到了美國邊境，距離都這麼近了，她總不會再拒絕他吧。他把這個想法告訴荷西：「要是我到了美國邊境再打電話給她，她怎麼可能不歡迎我呢？」

安立奎在心裡暗自發誓：「我一定要到美國去，就算花上一年的時間也無所謂。」除非努力了一年都不成功，他才會考慮放棄，回宏都拉斯。

回到住處，這個個頭矮小，臉上笑容稚氣未脫，喜歡放風箏、吃義大利麵、踢足球、玩泥巴，喜歡和四歲的表弟一起看米老鼠卡通的安立奎，一個人安安靜靜收拾好了行囊。行囊中有一件燈芯絨褲子、一件T恤、一頂帽子、一副手套、一隻牙刷和牙膏。

最後，他拿起母親的照片，注視良久，但並沒有把照片放進行囊裡，以免弄丟。母親的電話，他除了抄在一張紙上，還用墨水寫在褲腰帶的內側，以防萬一。褲袋裡，則放了他此行的盤纏，總共五十七美元。

二〇〇〇年三月二日，安立奎來到外婆阿桂達的家門前。站在陽台上，他不禁回想起十一年前，母親就是從同樣的地方離開的。他抱了抱外婆和羅莎・亞美莉雅阿姨，便轉過身，踏上了旅程。

2.

求救

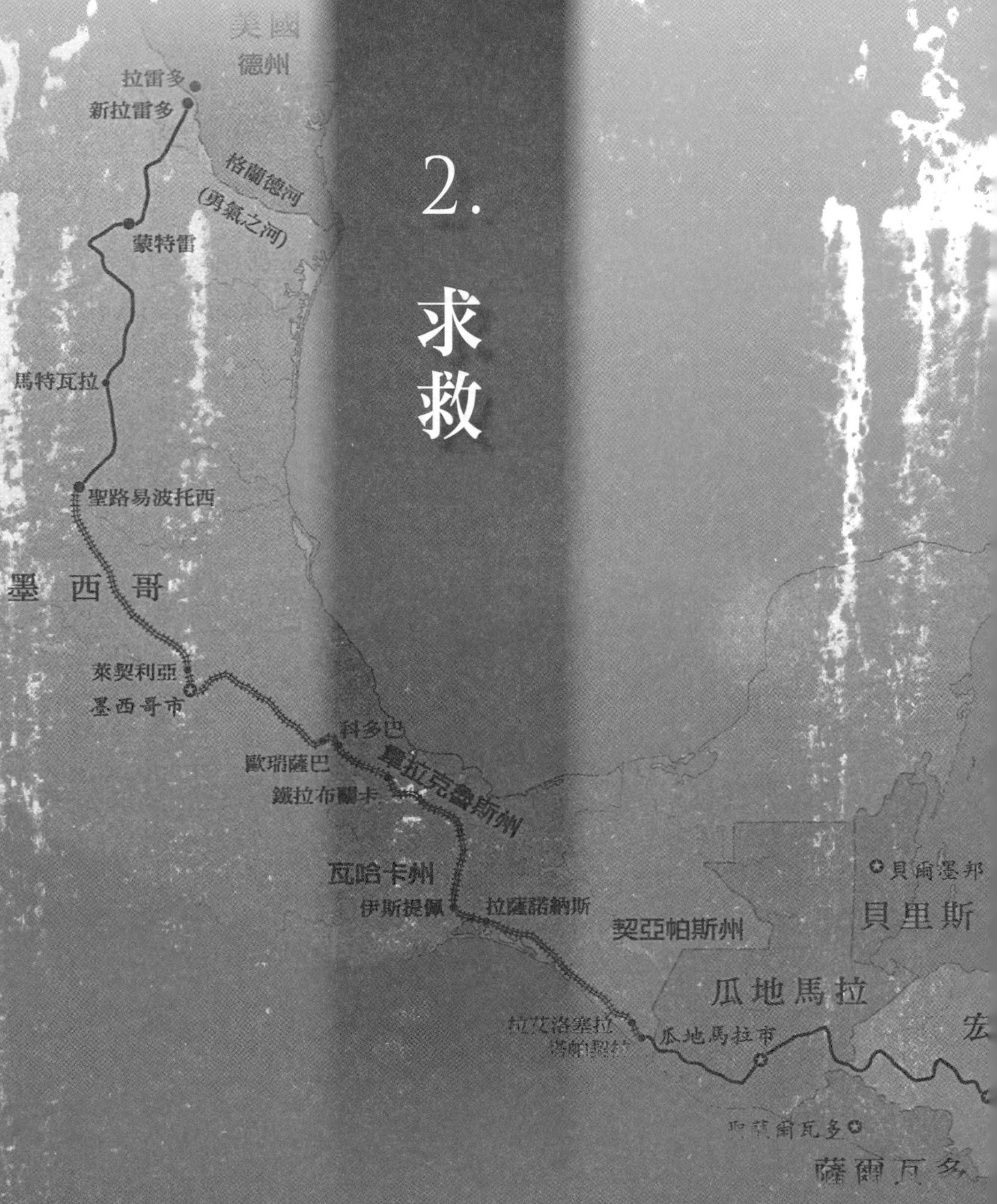

美國
德州
拉雷多
新拉雷多
格蘭德河
(勇氣之河)
蒙特雷
馬特瓦拉
聖路易波托西
墨西哥
萊契利亞
墨西哥市
科多巴
歐瑞薩巴
鐵拉布蘭卡
韋拉克魯斯州
瓦哈卡州
伊斯提佩
拉薩諾納斯
契亞帕斯州
瓜地馬拉
拉艾洛塞拉
塔帕契拉
瓜地馬拉市
貝爾墨邦
貝里斯
聖薩爾瓦多
薩爾瓦多

2、求救

這裡是拉薩諾納斯（Las Anonas），一個只有三十六戶人家、位在鐵道旁的小村莊，位在墨西哥的瓦哈卡州。這天，一個叫葛梅茲（Sirenio Gomez Fuentes）的農場工人，在結束了一整天的工作之後，看到一個駭人的景象：一個男孩傷痕累累、佈滿血污，全身上下只穿了條內褲。

那是安立奎。他赤著雙腳，跌跌撞撞地蹣跚而行，右腳的足脛上，有一個大大的傷口。再往上看，他的上唇破了，臉的左半邊也腫了好大一塊。他正在哭泣。

他的雙眼通紅，佈滿了血絲。他抓起從鐵道旁撿到的一件骯髒的毛衣，擦拭著臉上的傷口。葛梅茲聽到他用氣若游絲的聲音說：「給我一點水喝，求求你。」

葛梅茲原本的戒慎恐懼，這下子全轉變成了同情。他趕緊跑進他的茅草屋裡，端來一杯水給他。

喝完了水，安立奎又問：「你有褲子可以給我穿嗎？」

葛梅茲再次衝回屋裡，拿出了一條褲子。褲襠和膝蓋處雖然破了洞，但多少可以將就著穿。好心的葛梅茲又告訴安立奎，他可以去找他們村長卡拉斯科（Carlos Carrasco），不管發生了什麼事，村長或許幫得上忙。

安立奎照著他的指示，沿著一條泥土路，一跛一跛來到了這個村的中心。路上，他看到

一個男人頭頂著白草帽騎馬而來，便上前問他哪裡找得到村長，結果那人回答：「我就是。」

男人端詳了安立奎一會兒，便問：「你是從火車上跌下來的？」

經村長這麼一問，安立奎又哭了起來。村長跳下馬，牽起他的手，來到了他位在教堂旁邊的家。

「媽！」他高聲喊道：「這裡有個可憐的孩子，被打得遍體鱗傷。」村長的母親萊絲比亞（Lesbia Sibaja），聽到兒子焦急的聲調便馬上衝了出來。

卡拉斯科看著安立奎那腫脹不堪的臉頰和嘴唇，心想：他快要死掉了。接著他走進教堂，拖出一張長板凳放到羅望子樹下，再攙扶著安立奎躺上去。村長的母親，轉回屋裡燒好開水，再灑入鹽和藥草，好幫安立奎清潔傷口。清潔完傷口，她又捧來一碗有許多肉末和馬鈴薯的熱湯。安立奎用湯匙舀起那褐色的湯，再小心翼翼送進嘴裡。他斷了好幾顆牙，因此咀嚼困難。

消息很快傳開了，村民們紛紛過來圍觀。「他還活著嗎？」問這話的，是一個身材壯碩、留著一頭烏黑長髮的婦女，名叫葛洛瑞亞（Gloria Luis）。「你為什麼不回家去？回家不是比較好嗎？」另外幾個婦女也異口同聲勸他回去。

「不，我一定要找到我媽，」安立奎安靜地答道。

二〇〇〇年三月二十四日的這一天，安立奎十七歲了。他告訴村民說，十一年前，他母親離開了在德古西加巴的家，去美國工作，從此一去不回，所以他決定偷搭載貨火車，穿越墨西哥，到美國去找媽媽。

葛洛瑞亞看看安立奎，不禁想起自己的子女。

在拉薩諾納斯，大部分的人都是在田裡做工，一天的工資是三十披索，約合三塊錢美金。葛洛瑞亞決定幫幫這個孩子，儘管她的收入也並不多。她伸手從口袋裡掏出十塊錢披索，塞到安立奎手中。另外幾名婦女也動了惻隱之心，紛紛掏出五塊錢或十塊錢披索給他。村長卡拉斯科，則給了他一件襯衫和一雙鞋。他以前也照顧過受傷的偷渡者，但有些人後來仍宣告不治。因此他心想，這孩子傷得這麼重，要是找不到人開車載他去就醫，給他衣服恐怕也無濟於正好，這時候有一個人開著小貨車經過，他是該郡首府聖佩卓塔帕那提培克市（San Pedro Tapanatepec）的市長狄亞茲（Adan Diaz Ruiz）。

卡拉斯科央求他載這個孩子去看醫生。但狄亞茲猶豫著，事實上他還有點生氣：「誰叫他們要偷渡，這是報應。」離這裡最近的一家公立醫院，開車過去大概要一個半小時；根據過去的經驗，從火車上跌落而受傷的偷渡者，到醫院接受治療的醫藥費通常在一千到一千五百元左右。這麼高的醫藥費，安立奎根本付不起。更何況，狄亞茲生氣地想，中美洲各國政府為什麼老要把自己的問題丟給墨西哥呢？

然而，看到眼前這個個頭矮小、說話輕聲細語的男孩可憐兮兮地躺在板凳上，狄亞茲提醒自己，活著總比死了好吧。十八個月來，他埋葬了八具偷渡者的屍體，這些人幾乎都是被火車給碾死的。而且他今天聽說了，這類屍體可能又要再多上一具，死者的年紀大概在三十七、八歲左右。送這個男孩去看醫生，就要花這個郡六十塊錢。但如果他死了，把他埋在公墓裡則要花三倍的錢。因為他必須僱人去開挖墳地，找人處理相關文件，並依照法律規

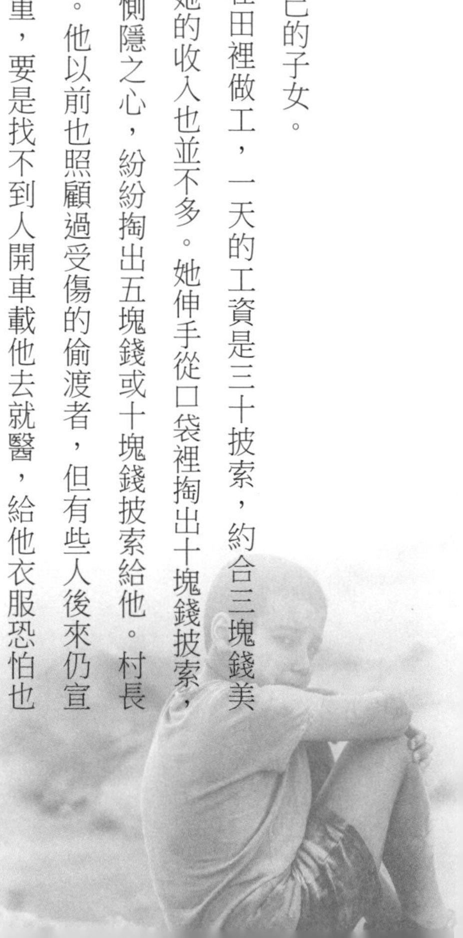

定，派人到又濕又熱的墓園裡，在這具無人認領的屍體旁守七十二個小時。

更何況，去墓園裡祭拜的人，要是聞到屍體的腐臭味，一定會抱怨的。

「好吧好吧，」這位市長最後告訴安立奎：「我幫你就是了。」

他吩咐司機雷卡多（Ricardo Diaz Aguilar）將安立奎載去就醫。坐進市長的小卡車裡，安立奎再度啜泣起來，但他這一次哭是因為太高興了。「我以為我死定了，」他告訴司機說。

過了一會兒，他看到一位警官開著一輛白色的小卡車往他們的方向過來。他搖下車窗，然後便愣住了。他認得這個留平頭的警官和他的車子。

這個警官也嚇了一跳，他和安立奎沉默對望了幾秒鐘。

接著，他和市長的司機聊了一下最新發現的偷渡者屍體，沒多久便開車走了。

「昨天搶劫我的人就是他，」安立奎說。

接著他開始描述事情的經過。前一天，他和另外四名偷渡者在距離此地南方八公里處的一條河中洗澡，洗完澡後便在岸上等身體吹乾。忽然，有人大喝一聲：「過來。」是個留平頭的警官，手裡還握了把槍。一名偷渡者見狀，一溜煙跑了，但安立奎不敢，只好乖乖聽話。警官將這幾人押進他卡車的後座，然後便提出勒索：交出一百披索才准離開。還好，這群同伴當中有一個人有這麼多錢，便依言把錢交了出去。「這件事不准你們告訴任何人，」警官警告說。

聽到這個故事，司機臉上並未露出意外的表情。他說，在這裡，執法的警察們要求火車停下來，再上車毆打或搶劫偷渡客，是家常便飯，只不過墨西哥的聯邦調查局（Agencia

Federal de Investigacion）一概予以否認。

其實，安立奎之前已經和腐敗的墨西哥警察打過交道了。有一次，他越過邊境，來到墨西哥的塔帕契拉，走了才大約二十四公里路，就被兩名警察給逮個正著。

兩名警察將他押到卡車的後座，惡狠狠地問：「你從哪裡來的？你身上有多少錢？錢交出來才可以走。」就這樣，他身上僅有的四塊錢美金都被他們給搶了去。

在塔帕契拉的阿爾伯給白楞（Albergue Belen），有一家非法移民收容所，收容所負責人瑞格尼神父（Flor Maria Rigoni）說，裡頭的四、五位偷渡客，都曾經遭到警方搶劫、毆打或勒索。在塔帕契拉火車站，市警察和州警察甚至會為了誰有權行搶而彼此大打出手。不少偷渡客都說自己曾經遭到警方囚禁，直到在美國的親戚匯了贖金才獲得釋放。

事實上，從偷渡客身上揩油，是移民局幹員日常工作中很重要的一環，否則的話，薪水微薄的他們哪有辦法住豪宅、開名車？在公路的檢查哨，他們會向土狼索討過路費，每偷渡一人就必須支付五十到兩百塊錢美金。勒索的所得，有一半是檢查哨的哨長獨得，另一半則由他的手下瓜分。誰要是膽敢阻擋財路，人身安全絕對備受威脅。

一九九九年，塔巴斯科州（Tabasco）一位政府官員因為大力抨擊警察的貪污腐敗，幾天後竟發生一場離奇的車禍，一命嗚呼。「誰要是敢公開指責警察貪瀆，醒來時背上大概會多一把刀，」瑞格尼神父說。

言歸正傳。市長的司機將車子駛進聖佩卓塔帕那提培克市，繞了半天，終於找到一家尚未打烊的診所。

毅力

從小就與母親分離的安立奎，六個月前第一次踏上尋母之旅，那時候他還是個菜鳥。如今，他已經成了老手，像許許多多的孩子一樣，以朝聖者的心情，用盡各種可能的方法跋山涉水，不畏艱險，為的是找到自己的母親。他們偷搭火車，一路上得轉搭個七趟到三十趟，才能穿越墨西哥，抵達美國邊境。最幸運的，一個月就可以到達目的地；若中途停下來打工賺取生活費，則要花上一年的時間，甚至更久。

旅程中，有些人可能一連五天都沒有進食。他們身上最寶貴的財產，通常是一張紙，也許用塑膠袋包著，再塞進自己的鞋裡。這張紙為什麼寶貴呢？因為，上面有電話號碼：他們和母親聯絡的唯一管道。有些人連這個都沒有。

合法的證件就更不用說了，沒有人有這樣的東西。很多小孩會遭到墨西哥警方或移民局人員的逮捕，然後遣返到瓜地馬拉。但絕大多數的人都會再接再厲。安立奎跟無數的孩子一樣，也歷經過許多次的嘗試。第一次，他是和朋友荷西一起去。兩人從宏都拉斯出發，經過三十一天，走了大約一千六百公里，他們穿越瓜地馬拉，來到墨西哥中部的韋拉克魯斯州，有一天卻在火車頂上遭到移民局人員逮捕，然後被押解到偷渡客稱為流淚公車（El Bus de Lagrimas）的車子上，遣返回瓜地馬拉。這些公車一天最多八班，每年坐上這些公車被遣返的傷心旅客，至少有十萬名之多。

第二次，安立奎選擇隻身前往。出發後第六天，火車在墨西哥境內已經走了兩百四十公里，他卻在此時犯了一個錯誤：脫下鞋子在火車頂上睡著了。當火車在托拿拉鎮（Tonala）被警方攔下來進行搜捕時，他只好選擇跳車。然而，他光著腳實在跑不遠。在草叢裡躲了一個晚上，終究還是遭到逮捕，也再度坐上公車回到瓜地馬拉。

第三次，他才進入墨西哥兩天，就在距離邊境三百零五公里處的查衛特思（Chahuites）附近被抓了。當時，他正在一棟空屋裡睡覺。警察搜刮完他身上的錢財，便把他移交移民局。安立奎再一次登上流淚公車，回到瓜地馬拉。

第四次，他出發後頭一天，走了十九公里，晚上便在塔帕契拉火車站附近一座墓園裡頭睡覺——據說曾經有女偷渡客在此地遭到強暴甚至姦殺。一如往例，安立奎再度被逮到，並遣返回瓜地馬拉。

第五次，他是在墨西哥市北方的蓋瑞塔羅（Queretaro）被移民局抓到的，當時，他正走在鐵道旁，滿臉已經被蜜蜂叮得都是包。這一次，他的旅程維持了將近一個星期，行經距離長達一千三百四十八公里，但他還是再一次被遣返回瓜地馬拉。

第六次，他差一點就成功了。歷經五天多的時間，隨著火車走了兩千五百一十六公里，他來到格蘭德河畔，遙遙望見了美國的領土。被移民局人員逮到時，他正一個人在鐵軌附近吃東西。移民局人員將他送往墨西哥市一個外號叫獸欄（El Corralon）的拘留所。隔天，他再度坐上遣返公車，但這趟總共花了十四個小時才回到瓜地馬拉。

車子越過蘇奇亞特河（Rio Suchiate），在一個道路崎嶇的邊境小鎮卡門（El Carmen）讓偷渡客下車。正如格蘭德河畫分了墨西哥與美國的領土，蘇奇亞特河則象徵著瓜地馬拉與墨西哥的分界線。附近的山丘上，有一塊牌子用大寫字體寫著：歡迎來到瓜地馬拉。

安立奎不禁覺得，自己好像一直在原地打轉。

旅途中，安立奎睡過地上，跟其他偷渡客一起擠過涵洞，甚至睡過墓地。有一次，他餓得實在受不了了，於是不顧火車仍在行進當中，從後面車廂跳到了第一節車廂，再跳下車，從地上撿起一顆鳳梨，再趕緊爬上後面的車廂。還有一次，他連著兩天沒有喝水，喉嚨又乾又渴。放眼望去，附近沒有任何民家，好不容易找著了一個餵牛用的小食料槽。一看，槽邊有許多白色的泡沫，是牛的口水；泡沫底下，長了許多綠色的霉菌。再往下看，霉菌底下還積了一些黃色的死水。安立奎管不了那麼多，伸手舀了幾口，送入乾巴巴的嘴裡。渴得半死的他，竟覺得這些水是人間美味。

安立奎知道，一旦遭到遣返，他一定得趕快返回河邊，設法進入墨西哥，因為，瓜地馬拉的邊境城鎮都是犯罪猖獗、治安極壞之處。有一次，他被遣返回瓜地馬拉時是半夜兩點，他只好躲在邊境檢查哨附近，不敢闔眼，提心吊膽過了一夜。

要到墨西哥，許多偷渡客都選擇在瓜地馬拉邊境的德功烏曼（Tecun Uman）渡河。軍火走私、毒品走私和人口走私，是這裡的三大經濟命脈。除了暴力事件頻傳，這裡還充斥著流鶯和貧窮的偷渡客。該地的死亡率，平均為每週二到三人。兩大敵對幫派，控制了這個地區，一是前面提過的救世鱒魚幫，一是第十八街幫（18th Street），兩者都起源於洛杉磯。

在德功烏曼，由於河面較寬，水勢較緩，因此渡河較為容易。偷渡客們下了遣返公車，很多人會僱請人力車伕將他們載往河邊。因此這裡常常可以看到一輛輛大型的人力三輪車，載著偷渡客在塵土飛揚的大馬路上疾駛而過，一方面還得閃避在大馬路中央招搖而過的豬隻或焚燒中的垃圾。

泥濘的河岸邊，散發出臭水溝的味道。騷莎音樂（Salsa music）的樂聲，從不遠處的餐廳裡飄送過來；但這些餐廳往往不只是餐廳，而是兼作妓院之用。在德功烏曼的移民收容所裡擔任法務助理的哥迪奈茲（Marvin Godinez）說，有些來自中美洲的孩子，由於身無分文，走投無路，因此走上了賣淫、嗑藥或扒竊之路。

一輛輛三輪車，載來了滿車的衛生紙及百事可樂，再裝卸到前往墨西哥的竹筏上。這些竹筏，是用好幾塊木板捆在兩個牽引車內胎上製成。河面上，常常可見好幾十艘這樣的竹筏穿梭來去。船夫們要不是用長篙撐船前進，就是用一條長長的繩索將自己綁在竹筏前面，再以游泳的方式帶動竹筏。大部分偷渡客都寧願花錢坐竹筏，也不想冒生命危險涉水過河。

但安立奎不同，他寧願從卡門鎮，也就是遣返公車放偷渡客下來的地方，跋涉過河，儘管這裡沒有竹筏，河面較窄，河水較急，河床也較為崎嶇。這裡的河水，顏色就像加了太多奶精的咖啡一樣。安立奎踏入河中，水深及胸。隨著雨季接近，水位越漲越高。每次渡河，他總會約一、兩個偷渡客同行，以便在跌跤或溺水時有人照應。走著走著，河水已經淹到下巴，再加上水流強勁，河床凹凸不平，他只能蹣跚前行。終於，他抵達了對岸，但已筋疲力盡。

這是安立奎的第七次嘗試。正是在這次偷渡中，他被打得遍體鱗傷，後來又遇到拉薩諾納斯的村民好心相助。

安立奎事後回憶道：

那時候已經入夜了，他正坐在一列載貨火車的一節槽車頂上。一個陌生人這時候爬了上

的事。來，跟他要菸。這男人動作很快，但安立奎不疑有他。偷渡客在不同的車廂間移動是很平常

但安立奎沒有看到，這個陌生人背後還跟了兩個人，另外三個人則從車廂的另一頭偷偷爬了上來。儘管整列火車頂上總共坐了好幾十名偷渡客，但其他人都離他有相當的距離，就算他大聲呼叫，別人也不見得聽得到。

這些陌生人當中的一個，爬到安立奎坐著的鐵柵旁，然後忽然抓住他的雙手，又有一個人從他身後制住了他，把他的臉壓到地上。不一會兒，六個人已經將他團團圍住。其中一個人說，把你身上的衣服脫光。另一個人晃晃手中的木棍，然後重重擊在他的後腦勺上。快！又有一個人大聲喝叱。安立奎的臉上隨即又挨了一棍。

混亂中，安立奎感覺自己的鞋子被人脫掉，然後是幾隻手在他的褲袋裡摸啊摸的。其中一人從中掏出一張小小的紙條，上面有安立奎母親的電話號碼。這號碼要是弄丟了，他上哪去找媽媽？不料，那人竟隨手一扔，紙條就這樣隨風而去。

接著，這群人又脫掉了他的褲子。褲子的腰帶內裡，有他用墨水寫下的母親的電話號碼。但沒有什麼錢，只有他沿路乞討而來的幾枚硬幣，加起來連五十披索都不到。這幾人咒罵幾聲，反手便將褲子丟下車。

這下子他們揍得更用力了。

「饒了我吧，」安立奎哀求道。

「閉上你的狗嘴！」

安立奎的帽子飛走了，身上的襯衫也被剝掉。接著他左臉頰挨了一下，三顆牙齒應聲斷裂，碎掉的牙齒好像碎玻璃，在他嘴裡沙沙作響。這群人意猶未盡，朝他身上繼續猛打，前後持續了大約十分鐘。一場搶劫，竟演變成了一場嗜血的遊戲。忽然，他們其中一人跨坐到安立奎身上，將一件外套的袖子纏在他脖子上，開始用力絞扭。

安立奎覺得呼吸困難，咳了幾聲，再用力地大口吸氣。他一方面想鬆開勒在脖子上的衣袖，一方面要抵擋他們的棒打，於是一雙手狂亂地在脖子和臉頰間來來回回。

「把他扔下車，」其中一個人咆哮道。安立奎立時想到媽媽。他要是就這麼死了，被人丟到了亂葬岡，媽媽就永遠不曉得他的下落了。

「求求祢上帝，」他開始禱告：「別讓我就這麼死了，我還想見到媽媽。」忽然，套在他脖子上的衣袖鬆開了。安立奎用力撐起身體，雙膝跪地。他身上除了內褲，其他衣服全被剝光了。他掙扎著站起身，沿著燃料車的車頂往前跑，但由於車頂光滑而不平坦，鐵軌又鋪設得不怎麼齊整，火車車身會劇烈地左右搖晃，因此他得小心翼翼地保持平衡。在沒有任何燈光的情況下，他只能看到自己的腳。慌亂中，他跌了一跤，又趕緊站了起來。

在六、七個大踏步之後，他來到了車廂的尾部。

此刻，火車正以大約每小時六十四公里的速度前進。隔壁的車廂，同樣是一輛燃料車。要想在這樣的速度下跳到另一節車廂，無異是自尋死路。要是一不小心跌入車廂間的空隙，一定會被吸到火車底下，慘遭碾斃。

然而，那群人已經追趕過來。於是他戒慎恐懼地從車頂跳到連結兩車廂的鐵桿上。火車

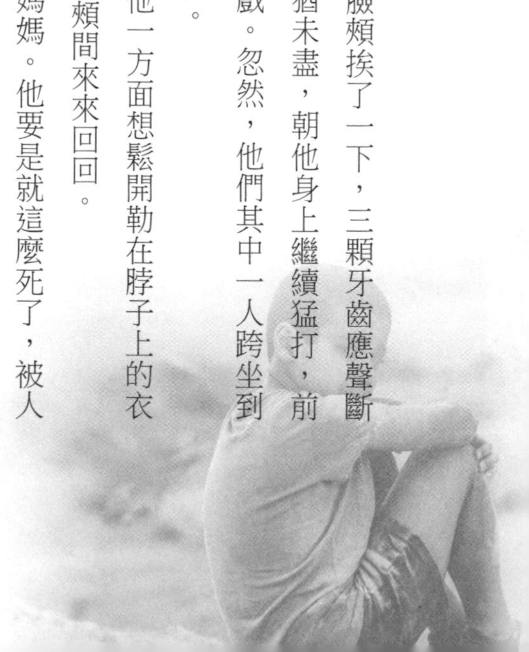

的車輪，在下方幾公吋處疾速滾動著，還冒著熱氣。他聽到搶匪開槍射擊的聲音，他知道，他現在只有一條路可走了。於是他縱身一躍，往外跳入那空洞的漆黑之中。落地的地點，是鐵軌旁的泥地。他翻轉身子，以膝蓋著地的方式爬行了兩、三公尺，他感到膝蓋發出刺痛。最後，他終於體力不支，癱倒在一棵芒果樹下。他逃過了那些人的毒打。

雖然看不到血，但他覺得自己全身各處都在流血。除了臉上，耳朵和鼻子裡也都流出了黏黏的液體。這些液體流進嘴裡，他一嚐，苦的。儘管如此，他還是大大鬆了一口氣；畢竟，之後，他睡了大約十二個小時。再醒來時，他動動身體，試著要坐起身子，這時候他想到了媽媽、家人，以及可能懷了身孕的馬莉雅。「我要是死了，他們怎麼會曉得呢？」

安立奎的女友馬莉雅，一直以為他並沒有真的離開宏都拉斯。他一定是開玩笑的。他也許去哪裡探望朋友，隨時都有可能回來的。

安立奎離開後幾個星期，他祖母瑪麗亞越過大半個德古西加巴，去找安立奎的親戚和馬莉雅。她告訴他們，安立奎曾經去向她道別，說要到美國去找媽媽，有誰有他的消息嗎？

原來，他不是開玩笑的。

馬莉雅很清楚，安立奎很渴望跟媽媽在一起。他已經說過不曉得多少次，他要到美國去找媽媽。可是，他怎麼捨得離開她呢？要是他在中途受了傷，或遭人殺害的話，怎麼辦？要是她再也見不到他的話，怎麼辦？

想著想著，馬莉雅哭了，她責怪自己不該讓安立奎離開的。她開始低聲禱告：「主啊，求求祢答應我一個願望。讓墨西哥移民局抓到他，把他遣返回宏都拉斯，讓他回到我身邊來。」這樣的禱告詞，在宏都拉斯非常流行，尤其是那些自小就和母親分離的孩子，特別喜歡許這樣的願望。

馬莉雅變得心神不寧，只好暫時從夜間部休學。體重也開始下降。要是她懷孕了，要是安立奎為了找媽媽而丟掉了性命，她怎麼辦？

這時一位朋友獻上一計：她們倆可以一起到美國去。也許，在行經墨西哥的途中，她們就會找到安立奎也說不定。雖然馬莉雅沒有錢，但這位在服飾店工作的朋友說她有，她手頭上的積蓄有一萬元倫皮拉，相當於七百五十美元，儘管還不夠僱用土狼，但如果馬莉雅答應陪她一起去，她願意和她共用這筆錢。「到了那裡，我們會過得比較快樂，還能夠擁有一切，」這位朋友說。

最後，馬莉雅決定了：她要去找安立奎。兩人也敲定了出發的日期。

失算

迷迷糊糊中，安立奎再度沉入夢鄉，第二次醒來時，他覺得日頭好高，陽光好烈。他發現自己的左眼睜不太開，看東西也看不大清楚，兩個受了傷的膝蓋則是無法彎曲。

他在附近找了根樹枝，勉強撐起身子，再以很慢很慢的速度，拖著一雙赤足和腫脹的膝蓋，一拐一拐地沿鐵軌走。好不容易，他看到了一個牧場工人，便過去向他要水，沒想到對方卻叫他滾蛋。越走，安立奎越覺得頭暈，腦筋也越來越不清楚，後來，他決定改道，沿鐵

軌往南走。經過了大約好幾個小時，他發現自己又回到了原點，那棵芒果樹下。

然而，就在芒果樹的另一側，他看到了一座茅屋，茅屋的四周是白色的圍籬。渾身是血的他，於是朝茅屋走去，就這樣遇到了茅屋的主人葛梅茲。

在只有一間病房的診所裡，醫師托雷多（Guillermo Toledo Montes）將安立奎從外面病人等候的門廊帶進來，讓他躺在檢查檯上。

經過檢查，他發現安立奎的左眼眶受到劇烈震盪，眼皮受了傷，從此或許會一直維持著這種耷拉的姿態，無法恢復正常。他的背上滿是瘀青，右腿上有多處撕裂傷，頭皮上還有一處尚未結痂的傷口。此外，他斷了三顆牙，上面兩顆，下面一顆。

托雷多幫安立奎在左眼下方的皮膚上和額頭上各打了一針。他注射的是局部麻醉劑。他一邊幫安立奎清理傷口上的髒東西，一邊想起他治療過的某些偷渡客最後仍難逃一死，覺得這孩子真是福大命大，便說：「你能夠撿回這條命，要謝天謝地囉。」

當傷勢太難處理時，托雷多有時候會將病人轉送到阿里阿加（Arriaga）的一家醫院，距離此地約一個半小時的車程。阿里阿加的紅十字會，平均每個月要收進十名偷渡客，這些人不是從火車上跌落，就是遭到土匪或流氓圍毆，甚至直接被歹徒丟下火車。有些人則是遭到槍擊，不然就是為了抵禦歹徒的斧頭而被砍傷手臂。要是運氣不好，被棄置於鐵道旁較偏僻之處，這些偷渡客可能要等上一、兩天，才會被路過的人發現而獲救。

拉薩諾納斯的紅十字會，曾經收容過一個來自宏都拉斯的十七歲青少年，他失去了左腳；也處理過一個當時正嚴重痙攣的婦女，可憐的她，不但六天沒吃東西，還摔下了火車。

不止如此，他們還收過三個被火車碾斷肢體的患者：一個斷了條腿，一個斷了隻手，一個則是身體被切成兩半。到場救護的急救人員，有時候為了移動傷者，必須將他們已經被碾平的手或腳從鐵軌上移開。有的時候，他們到達事故現場時，當事人已經斷氣。一般來說，死者的屍體不應任意搬動，但有時候他們卻不得不如此，以免屍體遭到郊狼或禿鷹啃食。

諸如此類的悲慘景象，在阿里阿加這家醫院裡簡直多不勝數。安立奎遭人毆打是三月份的事，在那之前兩個星期，一個薩爾瓦多人被人發現癱倒在鐵道旁，意識昏迷，左手臂骨折。同年四月，一個宏都拉斯人跌落火車，摔斷了一條腿；另一人則在火車頂上遭人以斧頭襲擊，送到醫院時，右手韌帶已經斷裂。五月，一個宏都拉斯人左鎖骨骨折。六月，一個尼加拉瓜人右胸膛斷了一條肋骨。七月，一個十七歲的宏都拉斯人失去了雙腿。八月，一個薩爾瓦多人到院時，一條腿已經快要斷掉，只剩下幾塊肌肉和皮膚與軀幹相連。十月，兩個來自薩爾瓦多的年輕人，在火車頂上遭高壓電電擊，其中一人身上有百分之四十七的面積遭二度灼傷。十二月，一個宏都拉斯人被送進醫院時，雙腿和膝蓋都已骨折。社工人員巴拉干（Isabel Barragan Torres）說，這些發生火車事故的偷渡客，最常見的下場就是失去左腿。

有些人失去了手腳以後，覺得無顏回到家鄉，讓親人看到自己現在的狼狽模樣，便在這裡待了下來。有些人則決定回中美洲去。這時候醫院的社工人員會叮嚀他們：「告訴你家鄉的人，不要再往這邊走了。」

「你為什麼不回家去呢？」安立奎的主治醫師問。

「不，」安立奎搖搖頭：「我不想回去。」接著他客氣地問醫師，他能不能在這裡幫忙

幹活，好抵付他所使用的抗生素、消炎藥等醫藥費。

醫生搖搖頭，說：「你現在打算怎麼辦？」再去搭火車吧，安立奎說，「我在這裡沒有親人。而且我想去找我媽媽，所以必須往北走。」聖佩卓塔帕那提培克市的警方，並沒有把他送交移民局。當晚，安立奎便在這家診所的混凝土地板上席地而睡——這間只有一個病房的診所，同時也是當地醫療體系的指揮站。天剛破曉，為了趕搭有通往鐵道附近的公車，安立奎收拾好東西便離開了。由於他滿臉是傷，走在路上不免引人側目。

一名男子看到他這副模樣，走上前去，什麼話都沒說就遞給了他五十披索，之後還有一個人也給了他二十披索。就這樣，安立奎跛著雙腿緩緩往該市的近郊走去。終於，他痛得受不了了，揮手攔下了一輛車，「可以麻煩你載我一程嗎？」

「上車吧，」駕駛說。然而，這是個嚴重的錯誤。這位駕駛，事實上是移民局的人，只是當時不在值勤當中。此人將車子開往移民局的檢查哨，將安立奎交了出去。你不能再往北走了，移民局的人員說。安立奎在心中告訴自己：沒關係，這次失敗了，還有下次，下一次我一定要成功。移民局的人將他帶上巴士，濃濃的汗臭味和柴油味撲鼻而來。還好，車上沒有中美洲的幫派份子，他大大鬆了一口氣。來自中美洲的幫派份子，有時候會故意自投羅網，讓移民局的人加以逮捕，好乘機在遣返公車上行搶。一逮到機會，他們就抽出身上的碎冰錐，脅迫車上的乘客一一交出身上所有值錢的物品。

安立奎搭乘的這輛巴士，沿途停靠了好幾個地方，好載運其他的偷渡客。囚禁偷渡客的拘留所，有些地方的廁所簡陋到尿液和糞便都快滿出來了。被叫到名字的偷渡客，一一走出囚室，等候向監所人員領取自己的財物。然而，很多時候，這些人能領回的，往往就只有身上所穿的衣物，外加一條腰帶。

上了遣返公車，有些人開始意識到，自己再也撐不下去了。歷經了嚴寒、酷熱、飢餓，此刻又身無分文，他們氣力虛弱地癱軟在椅子上。這些人多半遭遇過悲慘的事件，譬如遭到痛打、強暴、摔下火車等等，以致於意志力已經崩潰。如今在他們看來，抵達美國根本是永遠不可能實現的幻夢。

但也有些人堅持到底、不屈不撓。他們歷經過數十次的遣返，卻仍誓言一定要達到目標，絕不放棄。他們會利用在遣返公車上的這段時間好好休息，以為下一次的出發做準備。此外，他們也懂得從失敗中汲取教訓，為下一次的行動做更周全的計畫。

公車上，已經坐了大約二十名待遣返的偷渡客。每個人都意志消沉，有些人甚至表示要放棄，回薩爾瓦多或尼加拉瓜算了。有好長一段時間，公車上非常安靜，除了滅音器所發出的喀啦喀啦聲，就再也聽不到別的聲音了。

至於安立奎，他這次雖然功敗垂成，到不了美國。但是他不斷告訴自己：他絕不會輕言放棄，他要再試一次。

3. 勇闖龍潭虎穴

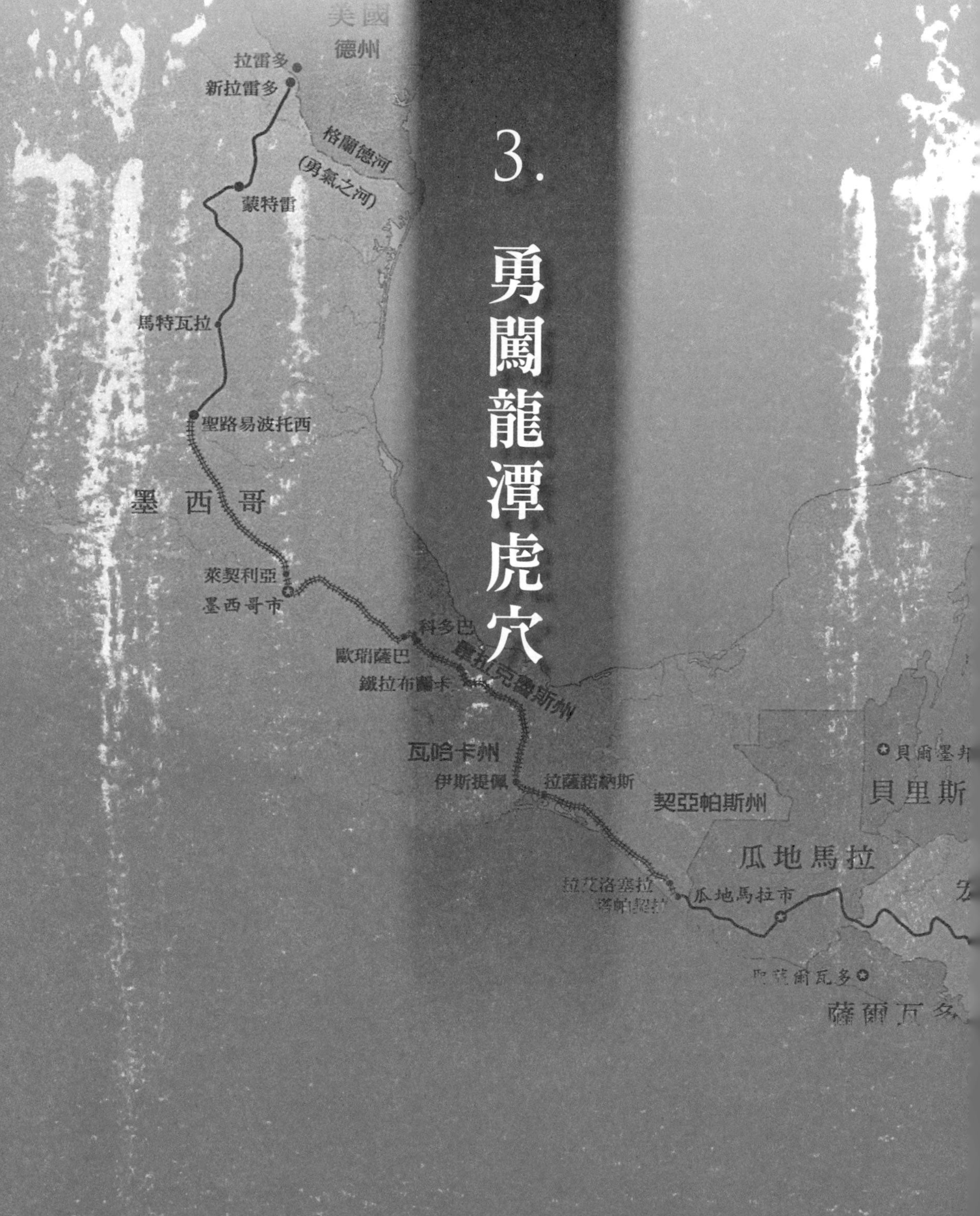

美國
德州
拉雷多
新拉雷多
格蘭德河
(勇氣之河)
蒙特雷
馬特瓦拉
聖路易波托西
墨西哥
萊契利亞
墨西哥市
科多巴
歐瑞薩巴
韋拉克魯斯州
瓦哈卡州
伊斯提佩
契亞帕斯州
瓜地馬拉
瓜地馬拉市
貝里斯
薩爾瓦多

3、勇闖龍潭虎穴

安立奎踏入了水深及胸的河裡，準備涉水而過。身高一百五十公分的他，習慣駝背，又不會游泳。他帽子上的「大無畏」三個字，此刻看起來像在吹牛。

這條河，蘇奇亞特河，是兩國領土的分界線。安立奎的背後，是瓜地馬拉，前方是墨西哥，而且是墨西哥最靠近西南隅的一州：契亞帕斯州。每當偷渡客踏上契亞帕斯的土地，他們會說：「接下來要進入龍潭虎穴了。」

在這個龍潭虎穴裡，十七歲的安立奎吃盡了苦頭，但也學到不少教訓。在契亞帕斯，他有可能遇上土匪行搶，有可能碰到警察搜身，也可能遭到地痞流氓殺害。但他非冒這些險不可，因為他一定要找到媽媽。

這一趟，是他前往「北方」的第八趟了。而每一趟的第一關就是這裡。關於這個龍潭虎穴，他已經有了幾點重要的認識。

第一，在契亞帕斯，千萬別搭公車，因為公車會經過九個常駐的移民局檢查哨。儘管火車也會經過檢查哨，但是至少，他可以趁火車煞車時跳車，只要跑得夠快，他就能在附近找到藏身處，之後再從鐵軌的另一側跳上車。

第二，在契亞帕斯，千萬別獨自一人行動。入夜後或起霧時是最好時機，因為這時候他可以看見移民局幹員的探照燈，對方卻看不到他。刮大風下大雨就更棒了，因為這時候他就

算坐在裝滿汽油的槽車車頂，而幹員們帶了手電筒，他們也很難抓到他。更何況，下雨時幹員通常喜歡待在室內。

第三，在契亞帕斯，千萬別相信任何公家人員。就連一般的老百姓也得當心，因為他們多半不喜歡偷渡客。

安全地渡過了蘇奇亞特河，安立奎來到塔帕契拉火車站附近的一座墓園裡，打地鋪睡覺。睡覺前還將他那頂寫了大無畏三個字的帽子拿下來，放在腦袋底下，以免遭竊。

前幾次，他是在其他地方睡覺的。有一次，他是睡在距離墓園幾條街以外、一個靠近火車站的地方。有一次，他是睡在火車站附近的草叢裡。還有一次，他發現了一棟荒廢的空屋，便找來兩張硬紙板，一張鋪在地上，一張蓋在身上，好抵擋蚊子的叮咬。從這裡，他很容易可以看到北上的火車。這些火車，要是錯過了一班，恐怕要再等個兩、三天，才會等到下一班。

然而，安立奎曾經兩度在火車站附近遭到警方逮捕。由於警方封鎖了附近的街道，令他插翅也難飛。

而這一次，安立奎覺得這座墓園應該比較安全。一方面，這裡離火車站夠近，能夠在火車進站前，老早便聽到柴油引擎的低吼和氣笛的鳴聲；另一方面，這裡離火車站又不會太近，那些在火車站附近巡邏搜捕偷渡客的警察們，應該不會輕易地就抓到他們。安立奎希望，明天最好有北上的火車經過。接著，他找來幾塊破布墊在腦袋底下當枕頭，之後便沉沉睡去。

「嘿，快醒醒。」睡夢中，安立奎聽到有人低聲警告。說這話的是昨晚跟他一起睡在陵墓上的一個幫派份子。原來，有五輛載滿了市警察的小卡車，沒開車燈，靜悄悄開到了墓園外頭，想趁天未亮之際展開緝捕。指揮官一聲令下，警員們散了開來，進到這座迂迴曲折、恍若迷宮的墓園裡就好戰鬥位置；他們有的扛著 AR15 步槍，有的手握十二號規格（gauge）的散彈槍，有的則手持點三八的手槍。

然而，暫且撇開警方的緝捕行動不談，此刻的墓園景色正美。月光是溫暖的淡黃色，夜空是沉靜的深藍色。安立奎仰望墓碑上方，木棉樹的周圍，點點繁星佈滿了夜空。再看看周圍的十字架和安放骨灰的地窖，不同的顏色相互輝映，有鮮藍色的，有螢光綠的，也有淺紫色的。在微曦的晨光中，一陣風吹來，樹梢便竊竊私語了起來。一陣更強的風吹起，連較粗大的樹枝也隨之顫動，風與樹交談的聲音漸次增強，直到樹葉和枝頭都開始手舞足蹈。彷彿，這座墓園要以一首交響曲來迎接朝陽的來到。

忽然，警方的無線電響起，安立奎偷偷從陵墓邊緣朝外窺看。

即使景色再美，這座墓園卻危機四伏。三年前，一名十七歲的女孩在此等火車時，被歹徒拖到墓地裡姦殺。再往前一年，一名年輕男子在此遭人以金屬棒重擊額頭。更久以前，一名年輕婦女在此被歹徒以破布塞住嘴巴，遭到強暴，之後又被對方用石頭砸死。

所幸，安立奎認識了四個救世鱒魚幫的兄弟，他們將這座墓園當作藏身之處。在先前的一次旅途中，他也認識了一個該幫的弟兄，綽號叫做「巫師」（El Brujo）。有了他們的保護，即便是墓園裡最黑暗的角落——那裡有偷渡客留下來的排泄物、舊衣服、沙丁魚罐頭，有掃墓者留在墳地上的香燭，還有巫師舉行儀式時所斬殺的雞——如今在他看來就沒那麼可怕了。要是少了他們，他根本不敢穿過黑色的鐵門，進來這裡。

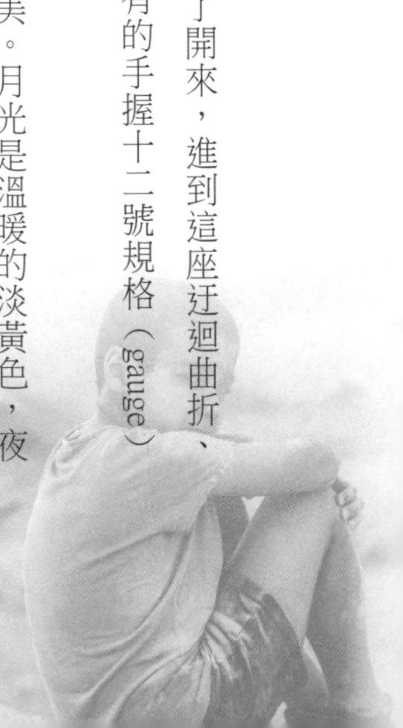

在這個偷渡客的「宿舍」裡，安立奎曾經按照家鄉的偏方，以尿漱口，好治療他上一次被打斷、如今仍隱隱作疼的牙齒。墓園裡的某些墳墓，上頭覆蓋著台狀墓石，是大約三十公分高的長方形石塊，它的墓碑則是三角形的，用來當枕頭應該不錯，但安立奎並沒有在這種地方睡覺，而選擇了一座陵墓的屋頂。這座陵墓，裡頭埋了康恰利多（Conchalitos）家族的四名成員，是當地某餐館前幾代的老闆。當晚，和安立奎一起睡在這陵墓上的，還有救世鱒魚幫的一名成員，十五歲的「胖老爹」（Big Daddy）。陵墓的一片灰泥牆上，有人用噴漆噴上了「救世鱒魚幫」和「雅加」（El YAGA）幾個大字；雅加是該幫在當地分支組織的頭頭。

然而，這幾個字此刻並不能提供任何庇護。身著藍色制服的警察，已經將他們和其他三十多名睡在墓地裡的偷渡客團團圍住。有些人想逃跑，在墳墓之間竄來竄去，但安立奎知道，這樣做沒有用；他上一次在墓園裡也試圖這麼做，最後仍落入警方手裡，遭到遣返。

他和胖老爹在陵墓的屋頂上躺平身子，想躲過警察的視線。

安立奎甚至設法屏住呼吸。

有幾名警察朝他們的方向看了過去。兩人都假裝自己沒有被看到。

接下來，一名警察將視線越過陵墓屋頂的邊緣，朝內察看，這時候胖老爹再也忍俊不禁，噗嗤笑了出來。

「下來，」警察命令道。

這下子無路可逃了。一干人被移往塔帕契拉監獄。「報上你的名字、年齡、籍貫。」經過一番盤問之後，他們跟隨獄卒穿過四道鐵門，通過中庭，來到三間小牢房前。難聞的臭氣，從茅坑裡飄了出來，瀰漫在空氣中。為呼吸新鮮空氣，囚禁於牢房中的男人和男孩，全都緊緊挨在牢房的金屬欄杆旁。

最後，一行人被帶往隔壁由移民局管理的監獄。這裡有好幾間牢房，裡頭有水泥長凳和厚重的鐵門，但每一間都人滿為患。在行經牢房外的院子時，安立奎聽到了一個傳言：有一列火車將在早上十點出發。

「我絕對不能錯過，」他在心中告訴自己。

他看到院子的牆邊停放了一輛腳踏車，開始密切注意移民局人員的一舉一動。終於，機會來了。趁著監所人員一時分心，他一個箭步衝到牆邊，爬上腳踏車。幾個偷渡客見狀也跑來幫忙，合力將他抬起。他抓住一根水管，將身體往上拉，翻到隔壁一座民房的屋頂上，再一躍而下。忽然，他感到頭痛欲裂；那是他上次挨打的地方，至今仍腫脹未消。但是至少，他自由了。他開始往回跑，跑回先前那座墓園——偷渡客的休息站。

日出時分，這裡像任何地方的墓園一樣，冷清荒涼。然而，只要火車即將出發，咻咻的噴氣聲從火車的煞車線裡冒出，這裡會頓時變得熱鬧萬分。數十名偷渡客（其中不乏孩童），突然從灌木叢間、木棉樹後、墳堆之中，洶湧而出。

他們沒命地往前跑，跑過墳墓間的羊腸小道，再衝下斜坡，來到一條約莫六公尺寬、臭氣沖天的臭水溝旁。還好，水溝裡有一些大石頭可供他們踩踏，連續跳過了大約七顆大石頭後，他們登上對岸，再使勁甩掉腳上的髒水。此刻，他們距離鐵軌只有幾公尺了。

安立奎也在人群當中，在二〇〇〇年三月二十六日的這一天。他在行進中的火車旁邊快

跑，一方面還得留意腳下。鐵軌底下的路基，左右兩側各是四十五度的斜坡，路面上還散落著許多和他拳頭一樣大小的石頭。要是踩在這些石頭上，將很難保持平衡，因此可能會趕不上火車，於是他盡量將腳上那雙破爛的網球鞋踩在鐵軌的枕木上。枕木與枕木之間，距離大約在一公尺左右，但由於被雜酚油給浸透了，因此滑不溜丟。

火車頭開始加速了，速度有時候加快到每小時四十公里。墓園的盡頭處再過去，有一條科亞坦河（Coatan River），河面上有一座橘色的橋，安立奎知道他一定得在火車上橋以前登上火車，否則就來不及了。有了這麼多次的經驗，他已經學會在火車加速以前盡快行動。大部分的載貨火車，每一節車廂的左右兩側都各有兩道梯子。安立奎總是先選擇靠前面的梯子往上跳。要是沒能跳上去，腳落到了鐵軌上，他還有片刻的時間，在後面的輪子碾過來以前及時抽腿。

但要是跑得太慢，他可能會被梯子的力量給往前甩，跌個狗吃屎，接著被前面的或後面的輪子給奪走一隻手、一條腿，甚至一條命。

偷渡客對這種狀況的形容是：「被火車給吃了。」

為了搶搭火車，安立奎的足脛上已經留下四道鋸齒狀的傷疤。

梯子的最下面一級，高度在安立奎的腰部。當火車往外傾斜時，它的位置就更高了。要是火車正在轉彎，底下的輪子則會冒出白色的灼熱火花，燙傷安立奎的皮膚。但是他不能顧慮太多，想太多就來不及了。於是他看準了一節灰色的底卸車，跟在旁邊跑了一會兒，接著伸手抓住梯子，再使出全身的力氣一躍，一隻腳先踩上最底層的橫梯，另一隻腳再跟上去。

他成功了。

放眼望向前方，許多成年男子和年輕男孩都掛在槽車的側邊，正在尋找可以站立或坐下的地方。有些年紀較輕的孩子由於身材較矮，腳蹬不上梯子，只好用膝蓋抵在橫梯上，再一格一格往上爬。他們的膝蓋，不消說，留下了好多處傷口和瘀青。

突然有人發出尖叫。安立奎循聲一看，一個年約十二、三歲的男孩，一隻手正死命抓著一節燃料車最底下的橫梯，但由於沒有足夠的力氣將自己往上拉，兩條腿已經被火車底下強烈的氣流吸往車底。氣流的力量越來越強，男孩的雙腿也越來越靠近車輪。

「用力！用力往上拉！」附近的一個男子說。

「不要放手！」另一名男子也大叫。

幾個男子開始往男孩那節車廂爬過去，口中還不住替他加油打氣。他們希望在男孩雙臂力氣耗盡以前到達那節車廂。怕只怕，那男孩撐不了那麼久。男孩兩隻手死命抓著梯子，在梯子旁晃啊晃的。幾個男子小心翼翼爬到他那節車廂，再往下爬，伸手抓住了他。緩緩地，他們將男孩拉了上去。男孩的雙腿不住晃盪，在梯子上撞擊了好幾下。但是至少，他活了下來，他的腿還在。

車頂歷險

今天的火車上，女性偷渡客沒有半個；也難怪，這太危險了。小孩子倒是有好幾個，其中有些甚至比安立奎還要年輕，比方說有個才十一歲而已。根據塔帕契拉的移民人權團體貝

塔組織的估計，從塔帕契拉偷渡上火車的人當中，十五歲以下的就佔了百分之二、三十。這個十一歲的小男孩跟安立奎一樣，被父母留在宏都拉斯交給奶奶撫養，而他現在要獨自一人到美國去找媽媽。他告訴安立奎，他好想好想再見到媽媽。

安立奎碰到過的偷渡客當中，年紀最小的只有九歲。這些孩子有些甚至不太會說話，只能夠用褐色的大眼睛或稚氣的笑容向人示意。談起母親時，有些人表達得很直接：「我覺得好孤單。我沒見過我媽，只有在電話上跟她講過話。我不喜歡這樣。我想要親眼見到她。要是見到了她，我一定要好好地抱抱她。」

安立奎目測了一下，火車上的偷渡客大概有兩百多人；他們就像一支小小的軍隊，從墓園之中突圍而出，唯一的憑藉是他們的機智，或者狡猾。但是，這支軍隊要面對的敵人很多，包括移民局的人員、貪污的警察、街頭上的混混，以及土匪強盜。一位在移民收容所服務的牧師便比喻，這些偷渡客打的是一場「無名的戰爭」（la guerra sin nombre），而契亞帕斯則是一個「沒有十字架的墓園，許多人臨死時還得不到他人的祝禱。」一九九九年的一份人權報告也指出，想偷渡闖越契亞帕斯的人，「的的確確是在跟時間賽跑、跟死神賽跑。」

然而，由於安立奎如此渴望母親，這些苦頭對他來說算不了什麼。在危急存亡之際，他會暫時忘了母親，但有時候一想到母親，他心中的孤獨感會強烈到幾乎將他淹沒。他一直記得，當母親從美國打電話回宏都拉斯時，他會聽到她聲音中對他的關心，以及她每次掛電話之前總會說的話：「我好愛你、好想你。」

此刻安立奎正在審慎思考：這一次他該坐哪一節車廂呢？他一定要比上一次更加小心才

行。

有蓋貨車（boxcar）高度最高。它的梯子沒有直通車頂，移民局的人比較不可能爬上去。而且，他要是以平躺的姿勢藏匿在車頂上，可享有一項優勢：當移民局的幹員往他的方向靠近時，他可以輕易看到，當移民局的幹員往上爬時，他也能趕快跳到另一節車廂。但是，有蓋貨車的車頂上沒什麼地方可供抓握，因此非常危險。貨車裡就安全多了。可是，貨車的門要是讓警察、鐵路局保全人員或移民局人員給拴住，他就會圍困其中，無處可逃了。

貨車上了鎖會發生什麼事？一個叫紀培達（Darwin Zepeda Lopez）的偷渡客，敘述了他的親身經歷。有一次，土狼誤以為他付了錢，將他連同其他客人帶到了四節有蓋貨車前，當時，貨車門全都是打開來的。他和另外四十名偷渡客進了其中的一節，土狼從外頭將貨車的金屬門一滑，啷一聲，鎖上了車門。當時是二〇〇〇年四月，在墨西哥南部，室外的氣溫迅速爬升至攝氏三十七度半以上。車廂很快變成了烤箱。

隨著火車北上，水壺中的水也逐漸喝盡。眾人開始汗流浹背，車廂內的空氣也變得越來越潮濕。紀培達開始覺得無法呼吸。許多人開始大喊救命，有些則跪地祈求上帝趕快讓火車停下來。

所幸，車門上有幾個生鏽的小孔，從那兒可以呼吸到一點新鮮空氣，後來，許多人開始為了爭位置而大打出手。四個小時過去了，一個患有氣喘的婦女實在撐不住了，她央求大家給她水喝，不久後便癱倒在地，陷入昏迷。旁人開始七手八腳地找水，好不容易找到了一丁點的水，再扳開她的嘴將水滴入。最後，大家真的無能為力了，只好任由她死去。後來，有

些人甚至踩在她身上，好湊到位置最高的洞孔旁呼吸新鮮空氣。

接下來的五個小時中，在移民局官員和墨西哥警察停下火車、打開車門之前，紀培達又目睹了另外七名偷渡客不支倒地。他形容這節有蓋貨車就像個活動的停屍間。

安立奎搖搖頭，有蓋貨車太危險了。他將目光投向別處。還有一個地方似乎是個不錯的藏身地點，那就是車廂下方，輪軸與輪軸之間，大約三十公分寬的鐵製避震器上。可是，那裡空間狹小，他也許塞不進去。而且，火車行進時會濺起地上的石頭。更何況，他要是手臂酸了或不小心睡著了，很可能會直接掉到車輪底下。「這樣做太瘋狂了，」他告訴自己。

沒關係，他還有別的選擇。某些底卸車的尾部有圓形的壓縮機，他可以坐在上頭，雙腳吊掛在車輪上方。還有些底卸車的尾部則有一塊小小的平台，平台的大小正好和他的兩隻腳相差不多，也許他可以站在上面？啊，不行，要是站在那裡，他的手就必須一直緊抓著旁邊的欄杆不放，幾個小時下來，一雙手肯定會變得麻木。

最後，他選擇了一節底卸車的車頂。這節底卸車，裡頭裝滿了貨物，因此車身較穩。車身邊緣的欄杆，則可供抓握。坐在離地四公尺高的車頂上，要是前方有人往車廂的兩側靠近，或者從另一節車廂過來，他都能看得一清二楚。不過，車廂的車頭和車尾處，底下的車輪是暴露在外的：直徑九十公分、厚度十三公分，閃閃發光的金屬輪子，不斷地滾動著。於是他盡量保持距離，以策安全。

安立奎的身上，沒有任何可能妨礙他快跑的東西。除非，天氣實在酷熱難當，他才會找條尼龍繩將一個空塑膠罐綁在手臂上，並且一有機會就裝水。

火車上的其他偷渡客，有些會在口袋裡塞一支牙刷，少數人則會攜帶具有紀念意義的小東西，以睹物思人。譬如，有一位父親就把他八歲女兒最心愛的髮帶套在手腕上。有些人會隨身攜帶一本小小的聖經，聖經內頁的空白處則寫上母親、父親，或其他親戚在美國的電話號碼。

其他可能出現的東西還包括：指甲剪、念珠、上頭印有聖克里斯托多巴（San Cristobal）或聖猶達斯塔戴歐（San Judas Tadeo）肖像的肩衣——這兩位都是守護聖人，聖克里斯托多巴眷顧的是旅人，聖烏達斯塔戴歐則會助人化險為夷。

一如往常，火車行進時搖晃得非常厲害。安立奎雙手緊緊抓著身旁的欄杆。偶爾，當火車加速或減速時，連接車廂的鐵鏈會相互撞擊，並震得他猛往前衝或突往後倒。底下，車輪發出的聲音音色豐富，有時低沉如雷，有時尖銳刺耳，有時清脆響亮。在前後車廂的推擠或拉扯下，車身有時候會突然傾斜，難怪有偷渡客戲稱它為鐵蠕蟲（El Gusano de Hierro）。

契亞帕斯的鐵道，建造至今已經有二十年之久。有些枕木已經下陷，當雨季來臨，鐵軌的路基變得鬆軟泥濘時更是如此。一旦鐵軌間長出雜草，鐵軌就變得更加滑溜了。

火車在轉彎時，常常讓人覺得它好像快要翻覆。以安立奎此刻搭乘的火車為例，儘管一週內行駛的次數不多，但根據契亞帕斯鐵路局（Ferrocarriles Chiapas-Mayab）營運長萊諾索（Jorge Reinoso）計算，這種火車每個月平均出軌三次，狀況不佳時更高達十七次。

一年以前，一輛車型類似、裡頭裝滿了沙子的底卸車，就不幸翻覆，活埋了三名偷渡客。在另一個地點，更曾經有六節底卸車同時翻覆。車上的偷渡客，有一個在列車過橋時被碾斃於車身與橋身之間，有一個則是在河川的下游被人發現屍體。這幾節車廂的殘骸，最後是車底朝天，四散在鐵道旁。安立奎自己也碰上過火車出軌。當時，他搭乘的那列車廂搖晃得十分劇烈，因此有那麼個片刻，他考慮要跳車逃命。連安立奎這麼不願意向恐懼低頭的人，都被那次的事件給嚇得半死，難怪有偷渡客稱這些列車為死亡列車。

但不是每個人都這麼悲觀，也有些人想法比較樂觀。他們認為這些列車擔負了一項神聖的使命：載著車頂上滿滿的偷渡客，往北前進，邁向一個新的國度，彷彿這是場永無止境的遷徙。這些人稱這些火車為朝聖列車（El Tren Peregrino）。

至於安立奎，他則是對火車的魔力感到驚奇不已——它可以帶他去找媽媽。對他而言，這些火車是「鐵馬」（El Caballo de Hierro）。

火車的速度加快了。在通過一條臭氣薰天、水色濁黃的河流之後，前方出現了一個黑影。坐在火車前端，也就是最靠近火車頭的幾個偷渡客開始大叫，要後面的人小心。警告聲像漣漪一般，在火車震天價響的噪音之中迅速散開，從這人傳到下一人，再從這節車廂傳到下一節車廂。「小心樹枝！」偷渡客們大叫，接著便做出閃避的動作。

安立奎抓緊車頂上的欄杆，準備閃避。所有的偷渡客彷彿演練過似的，默契十足地同時做出同樣的動作：閃向左，再閃向右。在這種緊要關頭，只要稍有不慎，抓錯時間低頭看錶或張望火車後方，便可能被樹枝勾出車外，拋入空中。住在鐵道旁的瑪蒂達（Matilda de la Rosa），就目睹過一個嚇人的情景：一個偷渡客上門求助，當時他一顆眼珠子已經掉出眼眶，掛在臉上，這人只好用右手將眼珠子撈住。「是火車把它給挖出來的。」他告訴瑪蒂達。

緊張時刻——火車停車時

每一次，只要火車的速度開始減緩，安立奎就進入高度警戒狀態——要小心移民局的人。這時候，偷渡客們會叫醒彼此，然後爬下梯子，好準備跳車。他們往外拉長身子，好看清楚火車為什麼變換速度。會不會，這又是虛驚一場呢？火車的速度會變慢，有時候是因為對面的方向有火車過來，因此不得不停靠在側線上，讓來車先過，有時候是因為偷渡客在車廂之間移動時不小心踩到了煞車線。還有的時候，有偷渡客會不耐煩火車的速度太慢而故意剪斷煞車線，致使列車長必須停車進行檢修。此外，彎道彎度過大也可能令火車必須減速慢行。總之，等到火車再度加速，大夥兒就再爬上火車。這種在火車梯子上爬上爬下的情景相當奇特，彷彿他們正在跳一支舞步奇特的兩步舞。

火車又開始減速了，但是這次，火車停靠的地方是維斯特拉（Huixtla）。看到它紅黃兩色的火車站，偷渡客們很清楚一件事：前面就是拉艾洛塞拉（La Arrocera）了——全墨西哥最令人膽寒的移民局檢查哨。墨西哥南部的檢查哨，安立奎已經成功地躲過了六、七個，但這一站是最教他害怕的。

拉艾洛塞拉這個名字，源於兩大米倉；移民局之所以選擇此處抓人，是因為它地處荒僻。此地有地勢開闊、廣達兩英畝的牧牛場，又沒有太多房屋或繁忙的街道供偷渡客躲藏。因此，到了這一站，車上有大約一半的偷渡客會遭到移民局逮捕。

儘管如此，安立奎曾經成功地逃過了這一關。比方說上一次，他整個人躺平在一輛底卸車的車頂。由於已經入夜，移民局人員的手電筒燈光雖然從他車廂上多次掃過，卻終究沒發

現他的蹤跡。屏息了好一會兒，火車又開始前行，他這才鬆了一口氣。

但是這次，火車抵達此地時，適逢炎熱的中午。火車上的緊張氣氛逐漸升高。有些人在火車頂上站起身子，想看清楚移民局人員的動靜。沒有多久，他們看到前方不遠處的鐵軌旁埋伏了大約二十名移民局人員，便高聲警告：「快下車！」待火車速度減緩，許多人紛紛往外跳。

煞車的過程中，列車的車身斜向一邊。安立奎從這節車廂跳到那節車廂，最後來到了一節有蓋貨車上。火車這時候完全靜止了。他撲倒身子，打開四肢，臉朝下緊貼在車頂上，希望移民局的人不會看到他。很可惜，有好幾個人都發現了他的蹤跡。

「下來！你這王八蛋，快滾下來！」

「不！我不下去！」有蓋貨車沒有梯子可以直通車頂。要上去只有一個方法，就是在兩個相臨的車廂間，打開雙腿，踩著車身上突出來的小平台，一吋一吋地往上爬。安立奎心想，或許他們不會上來抓他。

「下來！」「不要！」移民局的人開始呼叫支援，而其中一個也開始往上爬了。

安立奎趕緊爬起來，沿著車頂往前跑，來到車廂的盡頭，再從車廂間大約一百二十公分寬的間隙上一躍而過。在此同時，有三名幹員也在地上追著他跑，一邊用石頭和棍子丟他；這樣的情景，許多偷渡客說他們也曾經歷過。探員們丟過來的石頭，打在車身上啷作響。安立奎從這節車廂跳到那節車廂，再從那節車廂跳到下一節車廂，並且要隨時留心腳步的平穩，尤其從底卸車跳到燃料槽車上時，他必須特別小心，因為，槽車的車頂較低，而且是圓的。

這列火車總共有二十幾節車廂，安立奎就快跑到盡頭了。接下來，他大概非得隻身一人在拉艾洛塞拉冒險不可了。這是個近乎自殺的危險舉動，但是他別無選擇。唧唧！又有好幾顆石頭打在火車上。他急忙爬下梯子，跳入鐵道旁的灌木叢中。

「站住！你給我站住！」幹員們大叫。

但他死命飛奔，後頭響起了幾聲像是槍響的聲音。

墨西哥的移民局幹員，除非碰到特殊情況，否則不准攜帶槍械。然而，一位已退休的幹員透露，這些人大多都擁有點三八的手槍。一些在偷渡客收容所工作的人也說，他們收容過的偷渡客裡，有些身中槍傷，有些則慘遭凌虐。不久後，安立奎碰到的一個胸膛上佈滿菸疤的男人，告訴安立奎，他身上的這些烙印，便是拉艾洛塞拉的移民局幹員們的傑作。

然而，此刻躲在灌木叢間的安立奎，最害怕的不是移民局的人，而是手持開山刀的Madrina。

Madrizas 這個名稱，在文字上玩了一點遊戲；它指的是協助執法人員執行殘酷刑罰（madrina）的平民百姓，其地位就有點像牲畜群中負責約束秩序的那頭動物（madrina）。人權團體和部分警察單位指出，包括強暴和凌虐在內等某些最殘忍、最可怕的酷行，便是這些 madrina 所犯下的，不僅如此，某些執法人員還會與他們分享搶奪而來的財物。

這些 madrina，有時候會偽裝成偷渡客，與真正的偷渡客一起混在火車上。一逮到機會，再透過無線電向移民局人員通風報信，說火車上有多少偷渡客、藏身何處，讓幹員們能夠在火車停下後，鎖定目標，將偷渡客一舉成擒。由於 madrina 穿的是便服，不像移民局幹員身著

綠色制服，因此很難辨認得出來。

跑了一陣之後，安立奎的前面出現了一道有刺的鐵絲網。他趴伏在地，從下面鑽了過去，之後又出現一張雙股纏絞而成的鐵絲網，所幸上面沒有刺，他也鑽了過去。然而，這些鐵絲網可通了電。

住在鐵道附近的葛爾維絲（Guillermina Galvez Lopez），夜裡不時會在火車經過後聽到尖銳的哭喊聲，原來，有偷渡客在行經長了雜草的泥濘地之後，又碰到了這些鐵絲網，所以觸電受傷。

「救命啊！救命啊！」他們的叫聲往往非常淒厲。

十個月中大概有十次，她會在家門口看到斷了手、斷了腳，甚至斷了頭的偷渡客。這些人通常是為了躲避移民局幹員的追捕，或者在火車行進間匆促上下車而受傷的。

為了保護身上的金錢，偷渡客們也想出了各種方法。有些人是將錢縫進褲子的接縫處。有些人是把一些藏鞋子裡，一些藏襯衫裡，一、兩枚硬幣再塞到嘴巴裡。有些人把錢放在塑膠袋裡，然後塞入私處。有些人則把鈔票捲起來，塞入枴杖裡。有些人是把芒果的核掏空，丟入披索，再假裝正在吃水果。

但安立奎沒這麼做，因為他身上根本沒多少錢，何必多此一舉？

安立奎很清楚，他已經深入土匪的地盤了。根據有關單位的說法，在附近長達五公里的泥地上，有至少三、五群強盜在其中出沒，他們有的隨身攜帶著烏茲衝鋒槍，有的則嗑了藥。

很多偷渡客都提到過類似的經歷。

「別跑，再跑就宰了你。」土匪們大喝，接著命令偷渡客脫掉衣服，臉朝下趴在地上。他們一邊用刀子抵著他們的喉嚨或耳朵，命令他們：安靜，不要抬頭。

接著割開偷渡客衣服上的腰帶、領口、袖口，搜刮可能藏在裡頭的錢，並將其皮帶、手錶、鞋子全部據為己有。誰要是膽敢抵抗，絕對會被毒打一頓，甚至慘遭滅口。最後，土匪們還撂下狠話：「你要是膽敢跟警察說半個字，我們一定會把你做掉。」當地的居民常常看到，被洗劫一空的偷渡客，赤身裸體地走在路上。

這些土匪當中，比較有名的有猛蛇（El Cantil），高高瘦瘦的他，綽號是根據一種行動特別敏捷的毒蛇所取的。有馬車夫（El Cochero），他底下總共帶領了十名兄弟。有絲手（La Mano de Seda）他的搶劫技術特別高明。還有勇者馬拉（La Mara Va liente），他住在附近的布宜諾賽利斯鎮（Buenos Aires），作案地點則主要在雷佛馬牧場（Reforma Ranch）與鐵道交界附近。

白天行搶完了以後，這些土匪晚上就到附近的維斯特拉去喝酒、嫖妓。例如昆多酒廊（Quinto Patio），它有著粉紅色的門面，招牌上還寫著：有女士陪舞。此外還有大使夜總會（La Embajada）、松果酒店（Los Pinos）、微風酒店（Las Brisas），以及標榜鋼管舞的諾亞諾亞酒吧（BarElNoa Noa）。

這些強盜惡名昭彰，卻始終逍遙法外，因此南方貝塔組織的一位主管康波斯（Mario Campos Gutierrez）認為，警方有包庇之嫌。康波斯說，這些強盜有很多都是現任的警察或曾經當過警察。一旦遭到逮捕，他們往往只要拿出賄賂，很快就可以獲得釋放。若是有目擊證

人提出對他們不利的證詞，這些證詞往往會離奇消失。從事發一直到審判，中間往往需要好幾個月的時間，偷渡客等不了那麼久。而且，當地的居民要是膽敢出庭作證，身家性命一定會受到威脅，這種情況在當地已經很多年了。

當地一位不願意透露姓氏的老先生安東尼歐說：「誰要是敢說半個字，就會被宰掉，還是保持沉默比較安全。」

在附近賣冰淇淋的一位攤販也表示：「就算被抓，這些人最後一定會出獄，當初舉發的人到時候就慘了。這些人連在光天化日之下也敢為非作歹，這兒根本是個沒有法治的地方。」

上一次，安立奎幸運地逃出了虎口，因為他非常謹慎，還結識了一群幫派份子。由於幫派份子多半備有武器，土匪不敢任意招惹，只敢挑弱者下手。記得上次，他跟這群道上兄弟跳下火車，從一群腰配大刀的墨西哥人身邊跑過，那群人雖然瞪了他們一眼，卻沒有任何行動。

但是這次不同，這一次他只有一個人。為了催促自己加快腳步，他不斷告訴自己：「我不能錯過火車，我不能錯過火車。」

他要是錯過了先前搭乘的那班火車，接下來幾天恐怕要像一隻待宰的羔羊，擔心受怕地躲在灌木叢和高高的草叢間，直到下一班火車出現為止。

由於他跑得很快，連太陽穴旁脈搏的跳動他都感覺得到。腳下，地面又濕又滑，叢生的雜草，觸鬚長達將近一公尺，將他絆倒在地。他趕緊爬起身，繼續跑。跑著跑著，他經過了一棟廢棄的磚造房屋，屋頂已經不見了大半。

這是棟惡名昭彰的房子。不久前在這裡，貝塔組織在一堆長滿了看似天堂鳥的翠綠色葉子的磚塊旁，發現了兩雙皺巴巴、髒兮兮的褲襪被丟棄在滿佈灰塵的地上。有許多女人在此遭到強暴，最近的一個案例是個十六歲的女孩，她在三天之中被強暴好幾次。

有許多人則是遭到輪暴。曾經有一個已經懷了四個月身孕的薩爾瓦多婦女，被十三名強盜用槍抵住頭，在南下的鐵道旁慘遭性侵害。這些遭強暴的婦女到達醫院時，體內往往都有嚴重的內出血，臀部上也留下長長的抓痕。有些人因而懷孕，少數人甚至變得精神錯亂。在契亞帕斯的一家收容所，一個曾經遭強暴的婦女不斷來回踱步，兩隻手緊緊抱住胸前，眼神空洞呆滯。在另一家收容所，有個婦女則是每天要洗上好幾個小時的澡，好去除身上的污穢和恐怖的回憶。

休士頓大學在一九九七年所做的一份調查研究指出，被德州警方拘留的女性偷渡客，每六名當中就有將近一名，曾經在北上的旅途中遭到性侵害。有些女孩為了防身，在北上前就先剪短頭髮，束緊胸部，好偽裝成男孩。有些人甚至在胸部寫下TENGO SIDA幾個字，意思是：「我得了愛滋病。」

安立奎不敢停下腳步，來到了奎爾橋（Cuil Bridge）上。橋下，有一條寬約十二公尺、水色黃濁的河流。南方貝塔組織的官員指出，這裡是最最危險的地方。猛蛇帶領的那幫土匪就經常在此埋伏。他們將草席搬到附近的樹上，在樹上吃飯，等待獵物出現。還僱用當地的小孩當報馬仔，要他們一見到偷渡客就騎上腳踏車火速前來通風報信。等偷渡客上了橋，他們便從樹上一躍而下，將偷渡客團團圍住。有些土匪則藏身於橋上或橋下濃密的灌木叢和藤蔓

之間，不然就是假裝成釣客在河邊釣魚，或拿著刀子偽裝成農夫在附近除草，一見到獵物出現就吹口哨示意，要同伴設下陷阱準備行動。

不過一個月前，這裡就出過事情。五名薩爾瓦多人，在凌晨四點鐘上了這座橋，埋伏在附近的強盜一湧而出，開槍擊中了其中一人的背。四個月後，四名二十多歲的年輕人，也在此遭到襲擊，全都不幸喪命。其中有三名是薩爾瓦多人，他們雙手被反綁在背後，頭部中槍斃命；另一名是墨西哥人，他被強盜以利刃刺死。死後，幾個人的財物被搜刮得一乾二淨，身上只剩下一件內褲。根據當地一位居民的計算，此地遭土匪殺害的偷渡客已經多達四十名，其中有些是被土匪以開山刀砍死。

安立奎使出渾身的力氣衝過橋，又繼續沒命地往前飛奔。他的右手邊，有山丘聳立。腳下，農地的土壤潮濕肥沃，上頭不但種了許多玉米，種玉米的田埂間還種了稻米。從沃土裡升起的潮濕與溫熱，令他的體力一點一滴地流失，但他還是繼續跑，許久後才終於停下腳步，彎下腰，大口大口地喘氣。

看來，他是逃出虎口了，儘管他不曉得為什麼。也許是因為他這次特別謹慎，也許是因為他沒命奔跑，也許是因為他先前做了正確的決定——由於在有蓋貨車上躲了一段時間，等到跳離火車時，土匪們早已尾隨其他偷渡客而去。

總之，他暫時是安全了。但他口渴得要命，他很需要水喝。左右張望了一下，他看到了一棟房子。但房子裡的人不願意給他水喝。執教於塔帕契拉南方邊境大學（El Colegio de la Frontera Sur）的移民專家安海利斯教授（Hugo Angeles Cruz）指出，很多契亞帕斯人對中美洲的偷渡客都很反感。他們認為，中美洲人比墨西哥人還要貧窮，還要落後無知。他們帶來了疾病、娼妓、犯罪，還搶走了當地人的飯碗。

在檢查哨，這些人還引發槍戰。當地的居民擔心，當移民局的人員向偷渡客開火時，也許會誤傷在外頭玩耍的小孩。更何況，有些偷渡客是不能夠信賴的。偷渡客持槍或拿刀搶劫當地居民的事情，時有所聞。例如，曾經有一個老婦人好心收留一名偷渡客，對方竟然用水管將她活活打死。還有一個在菜市場賣雞肉的攤販，一向對外地人很友善。有一次，他好心提供住處給三名薩爾瓦多人睡覺，還表示願意僱用他們幫忙殺雞和拔雞毛。結果，這三個偷渡客恩將仇報，不但搶走了他的財物，還一刀割斷他的喉嚨。

像安立奎這樣的男孩，在當地有一個稱號，叫「來路不明的臭小子」。當地居民一見到這些人，不但會出言侮辱、咒罵，放狗咬他們，連光著腳丫子的小孩都會拿起石頭扔過去或用彈弓射他們，嘴裡還一邊咒罵：「滾！」「去找工作做吧！」

因此，偷渡客一旦流落此地，有可能連飲用水都討不到。有些人為了解渴，只好用T恤撈起水溝裡的水喝。連要個水都這麼困難了，食物就更不用說了。安立奎計算過，在某些地方，十戶人家就有七戶會把他攆走。

他們會說：「我們家今天沒有煮飯，連玉米餅都沒有，你去別的地方試試看吧。」

或者：「沒有，我們這裡沒有吃的。」

在拉艾洛塞拉，很多居民一聽到火車駛近就把自己關在家裡。當地的一位家庭主婦羅培茲（Amelia Lopez Gamboa）就表示，出於害怕，她會把全家人都關在他們家那只有一個房間

的磚造房屋裡，並拴上大門。

甚至，有些人則直接通報警方過來抓人。

走著走著，安立奎看到了另一個偷渡客。和安立奎一樣，他也很需要水喝，但是卻不敢開口跟別人要，因為他害怕不小心落入陷阱。對偷渡客來說，在契亞帕斯乞討，簡直像羊入虎口一樣危險。

「我去，」安立奎說：「就算被抓了，頂多就我一個人被抓。」

而且，他一個人去，別人也比較不會害怕。

他走向一戶人家，略低著頭，輕聲地說：「我肚子好餓，妳可以給我一塊玉米餅或一點水嗎？」

開門的是個女人，她一看到安立奎頭上的傷口便問：「你怎麼了？」接著她拿出一些水、麵包和豆子給安立奎。另一個偷渡客這時候才走過來，她同樣給了他一些食物。

忽然，氣笛聲響起。安立奎馬上轉身往鐵軌的方向跑。他一邊跑，一邊四處張望，因為移民局的人有時候會埋伏在前面的鐵軌附近，等偷渡客上車之際乘機捉拿。其他先前逃過一劫的偷渡客，此時也紛紛從矮樹叢間跑了出來。他們跟在火車旁邊快跑，瞄準了時機再伸手抓住梯子，一躍而上。

不過，火車司機有時候會緊急發動，立即加速，讓偷渡客來不及再回到車上。不過，這一次火車並沒有全速前進。安立奎跳上了一節底卸車，火車開始加速。總算，他可以暫時放鬆一下了。

一項決定

遠在宏都拉斯的馬莉雅，此刻的心情卻是緊張萬分。她已經打定主意，她要去找安立奎。幸運的話，也許在墨西哥境內就可以找到他。就算沒有，她也會繼續北上，前往美國。動身的日子，她已經和朋友商議好了。

在預定出發日期的前兩日，她把這個計畫告訴了阿姨葛羅麗亞：「我要去美國。」她要葛羅麗亞答應不把這件事情告訴任何人，尤其是她那管教嚴格的母親伊娃。

後來，葛羅麗亞在馬莉雅的床單底下發現了一封辭別信，信上不但寫道：「我要跟一個朋友一起到墨西哥去找安立奎。」還表示要把她的填充玩具送給葛羅麗亞十四歲的女兒。看到這封信，葛羅麗亞才警覺到馬莉雅是認真的。

當晚，她覺得一顆心忐忑不安，輾轉難眠。隔天早上，她忍不住了，將這件事告訴了她女兒卡拉（Karla Yamileth Chavez）。

卡拉得知後立刻去質問馬莉雅：「妳瘋了啊？妳想葬送自己的性命不成？」
更何況，馬莉雅要是真的懷孕了，懷裡的胎兒說不定會在旅途中送命。說完，她馬上找人去請馬莉雅的母親過來。

伊娃知道後斥責女兒說：「妳腦袋裡到底在想些什麼啊？有問題的話就回家，家人可以幫忙解決的。」

馬莉雅靜靜聽完母親的教訓，沒說什麼。她很後悔自己做了這個決定。當她的旅伴在預定日期過來找她時，她只好說聲抱歉，請對方回家。然而，看到眾人的反應如此激烈，她心

裡更相信了一件事：安立奎的處境一定非常危險。

保持清醒

安立奎腳底下的這隻鐵蠕蟲，時而尖聲高叫，時而低聲呻吟，時而發出清脆的唧聲。黑色的槽車、鐵鏽色的有蓋貨車、灰色的底卸車，沿著一條與太平洋海岸平行的軌道蜿蜒北上。向右望去，山丘上種滿了咖啡樹，茂盛的玉米株更長到了鐵道旁。青蔥翠綠的熱帶農作物，構成了一片蒼茫的樹海。

午後兩、三點，氣溫高達攝氏四十度半。坐在底卸車上的安立奎，兩隻手由於一直緊緊抓住欄杆，如今已經灼熱通紅。他索性冒險放開雙手，最後更脫下身上的衣服，鋪在屁股底下。前方的火車頭，冒出溫熱的柴油煙。鐵道旁，有人在焚燒垃圾，製造了更多熱氣和一股燒焦的臭味。很多偷渡客帽子都被偷了，乾脆脫下身上的汗衫綁在頭上。放眼望去，住在鐵道附近的人家，有村民正在河裡戲水沖涼，順便洗去一天工作的辛勞，也有人在自家的泥磚屋或煤渣屋附近的蔭涼處，躺在吊床上悠閒小憩。此情此景，許多偷渡客看了是羨慕不已。他們只好安慰自己，這列不斷左右上下搖晃的火車，就像是漂浮在水面上的冰塊一樣。

安立奎的頭抽痛著。陽光在金屬的折射下，刺痛著他的眼睛和皮膚。原本就所剩不多的氣力，現在更是逐漸乾涸。為了找地方遮陽，他不時在車上變換位置。有那麼一段時間，他是站在燃料槽車尾端突出來的一塊窄窄的平台上。這地方距離底下的車輪只有十幾公分，因此他千萬不能睡著。否則只要火車稍一震盪，他就會滾落車底。

再者，偷渡客要是在火車頂上睡著了，很容易成為救世鱒魚幫的下手對象。救世鱒魚幫的混混，有很多是在美國犯了罪，遭到遣返，之後便在契亞帕斯定居下來。因為，契亞帕斯的警察對幫派份子的態度，比薩爾瓦多或宏都拉斯的警方寬容多了。「在薩爾瓦多，警察不會抓你，只會殺了你。」說這話的是二十五歲的厄都亞多（Jose Eduardo Aviles），來自薩爾瓦多的他，被美方從洛杉磯遣返以後，便在契亞帕斯落了腳。

蘇奇亞特河，是許多偷渡客展開偷渡之旅的起點，然而，這條河以北的載貨火車，車頂往往被救世鱒魚幫控制住了。偷渡客若是遭到他們打劫，往往不敢聲張，因此成了下手的最好對象。

在契亞帕斯，有大約兩百名幫派份子在瓜分偷渡客這塊大餅。阿爾伯給白楞偷渡客收容所的主事者瑞格尼神父就指出，這樣的組織在當地總共有十一個，每一個都控制了特定的路線和火車站。每隔一段時間，各幫派還會開會決定彼此的勢力地盤。

二十四歲的門多薩（Jorge Mauricio Mendoza Pineda），是救世鱒魚幫的一份子，他如此描述該幫在契亞帕斯的活動情形：「在我們的火車上，我們會向那些偷渡到美國的人索取保護費。通常他們會給錢。他們要是對我好，我就對他們好。他們要是對我不好，我就……這時候他們再怎麼求我饒命，都沒有用。」

在火車出發以前，這些幫派份子會在火車站附近巡視，看看哪些偷渡客買了食物，之後又把錢藏在什麼地方。然後他們會上前攀交情，告訴對方自己也是火車上的偷渡客，問對方能不能施捨一點錢。很多人會在脖子上掛一串塑膠製的白色念珠，以卸除偷渡客的心防。他

們會問：「你是從哪裡來的啊？你要去哪裡？你身上有錢嗎？」

等到火車開動，十幾二十名幫派份子便帶著開山刀、匕首、棍棒、鉛管、手槍等武器跳上車，直到火車加速，再慢慢圍向偷渡客，恐嚇道：要錢還是要命？很多幫派份子都有毒癮，他們會在棒球帽的帽沿裡藏入大麻或快克古柯鹼，因此犯案時更加囂張。一位叫坎特羅斯（Emilio Canteros Mendez）的火車司機，經常在後照鏡裡看到武裝歹徒的行跡。偷渡客如果膽敢抵抗或身上沒錢而激怒了歹徒，通常會在火車行進中被丟出車外，或遭到歹徒砍傷然後棄置車頂，待火車靠站時已一命嗚呼。

偷渡客要是不聽歹徒的警告，在事後向警方報案，往往會遭到嚴厲的報復。南方貝塔組織的康奇諾（Julio Cesar Cancino Galvez）回憶道，他曾經在塔帕契拉火車站碰到大約三十名偷渡客質問他，當地警察為什麼不對這些幫派份子進行掃蕩？康奇諾告訴他們，警方需要證人，他鼓勵他們站出來。結果，一名十九歲的宏都拉斯青年挺身而出，將攻擊他的歹徒仔細描述了一番。

幾個小時後，康奇諾接到紅十字會的詢問，問他能不能協助一個受傷的偷渡客。過去一看，竟然是先前向警方舉發的那名青年。他右邊的肋骨斷裂，胸部和臉部嚴重淤傷，講話時必須用手護住胸部，聲音氣若游絲。原來，他報案時被兩名幫派份子聽到了，結果遭到毒打。歹徒離去時還厲聲警告：「這一次放過你，下一次逮到你，絕對要你的命。」這名青年擔心性命不保，於是主動要求遣返。

這一天，安立奎坐的這列火車上，很多偷渡客都靠攏在一起，想說人多勢眾可能安全一點。他們不時觀察周遭的動靜，任何身上有刺青，尤其是腳踝邊有骷髏圖案的人，他們會特別小心（根據警方的說法，腳踝邊的骷髏有幾個，就代表他們殺過多少人）。還有些歹徒會頭戴黑色的毛線帽，並拉下來將臉罩住。這些人的手段據說極為殘忍。有偷渡客表示，曾經看過九名歹徒將偷渡客扔下車，再逼迫兩個少年彼此性交，否則也要將他們扔下車。

安立奎已經有過幾次偷渡經驗，自然耳聞過道上幾個最兇殘的老大。比方說印地安人（El Indio），他掌握了瓜地馬拉靠近墨西哥的邊境地區。比方說小黑，他來自薩爾瓦多，身材微胖、膚色黧黑，額頭上刺著ＭＳ（救世鱒魚幫的縮寫），從墨瓜邊境到契亞帕斯北方的阿里阿加，都在他的勢力範圍。此外像雅加、Porkie、老鄉，也是令人聞風喪膽的道上人物。

由於偶然的機遇，安立奎在頭幾次北上的旅途中都躲過了幫派份子的騷擾。當他在宏都拉斯的公車站等公車要去墨西哥邊境時，他注意到一個青少年，經過攀談，得知此人是混幫派的，綽號叫巫師。儘管他不喜歡黑幫，但經過兩個小時的相處，當他們從宏都拉斯到瓜地馬拉時，兩人已經成了朋友。他們頭一次搭火車穿越契亞帕斯時，巫師將他介紹給同幫的幾個弟兄認識，包括個頭矮小、骨瘦如柴的「胖老爹」，長了一對斜眼的「中國佬」（El Chino），和大嘴巴大眼睛的「小丑」（El Payaso）。在後續的幾次旅程中，只要遭到遣返，安立奎就設法和這些幫派份子混在一起，好保護自己。

然而，在他的第七趟旅程，這種方便的關係卻結束了。當時，他和巫師及其兩名幫中弟兄同搭一列火車，他們身上都帶了開山刀。當火車在契亞帕斯的某個站停靠時，其中一人的襯衫被他們幫的死對頭，第十八幫的人給偷走了。他們決定展開報復，將偷衣服的傢伙給丟

下火車。由於安立奎拒絕參與此事，和這幫人便產生了嫌隙。「為什麼救世鱒魚幫和第十八幫就非得誓不兩立、仇殺彼此不可呢？」安立奎說。

因為這次的爭執，救世鱒魚幫的這三個人決定不再與安立奎為伍；少了他們的保護，安立奎當晚便在車頂上遭到六名男子毆打。這是他第二次孤單一人坐火車，從現在起，他一定要更提高警覺才行。

火車上的偷渡客，在經歷過不眠的幾個日夜之後，終於抵擋不住強烈的睡意，有些人乾脆解下身上的皮帶或衣服，將自己綁在底卸車尾部的柱子上，站著打盹。有些人則乾脆跳下火車，將頭和腳枕在鐵軌上睡了起來。他們認為，要想補眠而又不錯過下一班火車，這是唯一的辦法——他們相信，當火車駛近時，火車頭所引起的震動一定可以驚醒他們。有些人則有個錯誤的認知，以為睡在這裡，便不會遭到蛇的攻擊。然而，很多人實在是太累了，在鐵軌上睡得極沉，以致於當火車逼近時竟沒有聽到震耳欲聾的氣笛聲和尖銳刺耳的煞車聲，結果被火車碾斷手腳，甚至頭顱。另一方面，當火車駕駛看到有人躺在鐵軌上睡覺時，往往已經距離太近而煞車不及，他們只好祈求上帝的原諒，繼續把車開過去。

而安立奎呢，他只有在火車更深入北方，火車頂上不再見到幫派份子的蹤影時，才膽敢小睡片刻。底卸車車頂上有個用來裝貨物的活板門，而活板門旁邊有個凹槽，他會把身體卡在裡頭睡覺。要不然，他也可能趁火車轉彎時觀察一下其他車廂的情形。要是剛好有一節有蓋貨車的門沒關，他會趁火車減速時跳下車，再跳進那節車廂裡補眠。

在契亞帕斯，大多數火車偷渡客都會盡量保持清醒。像賀南德茲（Dagoberto Hernandez

Aguilar）就會用腦海中的一個畫面來警惕自己：曾經，有兩名青少年在一節有蓋貨車車頂上睡著了，忽然，火車猛地一彈，兩名青少年被甩出車外，生死不明。從此賀南德茲在火車上會不斷提醒自己：「死的人也可能是我。」

除此之外，偷渡客用來提神的方法還很多，如吸食安非他命，甩自己耳光，做交互蹲跳，告訴別人自己到美國後要賺多少錢，講笑話給彼此聽，把酒滴入眼睛，不然就是唱歌。清晨四點，火車頂上往往像合唱團一樣熱鬧。

今天，由於怕再次遭到毆打，安立奎只要一看到陌生人跳上他那節車廂，就變得緊張兮兮、坐立不安。後來，他發現到，既然恐懼有助於他保持清醒，他為什麼不主動加以引發呢？於是，他爬上槽車的車頂，加快腳步跑了起來，眼看快接近車尾了，再張開雙臂，飛翔般地縱身一躍，跳到下一節搖晃不定的車廂上，然後再從那節車廂跳到另一節車廂。車廂與車廂間的距離，一般在一點二到一點五公尺之間，有些更長達二點七公尺。

火車來到契亞帕斯州北部。放眼望去，男人們拿著鋤頭在玉米田裡幹活，婦女則在廚房裡擀玉米餅。放牛的孩子騎坐在牛背上，面帶微笑，好不悠閒。在田裡幹活的農人，看到火車經過也抬起頭來，揮揮手中的鐮刀，為車頂上的偷渡客打氣：「加油喔！」隨著火車駛近山區，地面上的芭蕉園越來越少，牧牛場則越來越多。火車的速度慢了下來，彷彿蝸牛在爬。不知從何時開始，一隻隻的帝王蝶出現了，在火車周圍上下翩躚。

太陽下山後，燠熱的暑氣隨之消散，蟲聲與蛙鳴此起彼落地響起，與偷渡客的歌唱聲構成了一支大合唱。不一會兒，月亮露臉了，成千上萬的螢火蟲也出現在火車周圍飛舞放光。

再抬頭，天上繁星點點，燦爛的星光將夜空點綴得好不美麗。

前方就是聖拉蒙（San Ramon）了，代表火車已接近契亞帕斯北界。時間已過午夜，執法的警察應該睡了。火車上的工作人員說，警方經常在這裡執行大規模的掃蕩行動。某列車長表示，警方經常一次出動十五個人，要求火車停下來讓他們搜捕偷渡客，這位列車長還曾經聽到警察對偷渡客喝叱道：「別動，再動我就把你砍成兩半。身上的錢全部交出來，不然就把你遣送回國。」

然而，墨西哥聯邦調查局局長瓦瑞茲（Sixto Juarez）對此一概否認，他表示，要是有偷渡客在聖拉蒙遭警察行搶，這些警察應該是黑道份子或土匪假扮的。

安立奎也曾經在這裡被抓。當時，他雙腳起了水泡，所以丟掉鞋子好透氣。然而，在赤腳的情況下，他實在跑不贏警察。這一次，他的腳雖然還沒乾（先前在拉艾洛塞拉逃警察時弄濕了），他還是決定把鞋子留在腳上，好隨時落跑。

一夜無事。破曉時分，天際的星星逐漸隱去，東方的群山後頭也開始露出晨曦。鐵道兩側的田地裡瀰漫著霧氣。送牛奶的男子騎著驢子，將馬口鐵製的牛奶罐繫在鞍頭上，正準備開始送貨。

安立奎猜想，每十個偷渡客當中大概只有一人能夠到達這裡。南方貝塔組織的主管康波斯則估計，有大約一半的偷渡客最後能夠到達這裡——在歷經多次的失敗之後。一個偷渡客表示：「我已經度過最大的難關。」另一位偷渡客則說：「一到這裡，我就開始高唱哈利路亞。」

歷經多次的失敗，安立奎這次總算逃出了契亞帕斯這個龍潭虎穴。儘管還有好長的路要走，但他至少活了下來。說起來，這也算是個不小的成就呢，安立奎不禁感到自豪。

虎口下的悲慘遭遇

與安立奎同行的偷渡客們，有很多都曾經遭到逮捕和遣返，但有些人下場更可憐，簡直可以說慘遭蹂躪。對這些人而言，這些北上的火車既非朝聖列車也非鐵馬，他們給它取了另一個綽號，叫吃人列車（El Tren Devorado）。

根據紅十字會的估計，這些搭火車前往美國的中美洲偷渡客，每隔兩天就有大約一人被火車碾斷手腳。但實際情形可能還要更慘。在塔帕契拉紅十字會負責訓練急救人員的拉巴那列斯（Martin Edwin Rabanales Luttman）指出，上述估計數字僅針對契亞帕斯州一地，更何況，那些被火車截成兩半或斷頭而當場死亡的人，並沒有算在裡頭。

偷渡客摔下火車的原因很多。有些是睡著後不幸跌落，有些是被幫派份子丟出車外。偷渡客為了矇騙警察，偽裝成墨西哥人，身上都不會攜帶身分證件。一旦死亡，他們就被當成無名屍體，在公墓裡草草埋葬。在塔帕契拉，這些人的屍體是和流產的胚胎或難產的嬰兒葬在一起的。

在契亞帕斯州北方的阿里阿加，警察局長克魯茲（Reyder Cruz Toledo）的桌上有一本黑皮簿子，專門用來張貼這些死者的照片。有些照片因為太新，根本還來不及貼上去。

在大多數的照片裡，死者的眼睛都是張開的。

為方便家屬前來認屍，局長將簿子擺在伸手可及之處。但是他說，這些屍體從來沒有人認領過。

卡羅思（Carlos Roberto Diaz Osorto），來自宏都拉斯的十七歲青少年，差一點就闖越契亞帕斯了。如今他躺在平民醫院（Hospital Civil）急診病房的第一號病床上，這是一家位於墨西哥南部阿里阿加鎮的醫院。其實，在他自己被送進這家醫院的四天以前，他曾經看到一個男人被火車碾斷雙腳。儘管看得心驚肉跳，他仍強壓住心中的恐懼，因為他要到美國求發展。

這天，他來到了阿里阿加附近的一個彎道旁。當火車駛近此處，便開始減速慢行，卡羅思在一旁跟著跑，心中卻仍拿不定主意：「我到底要不要跳上去？」後來，他看到自己的表兄弟跳上了倒數第六節車廂，心頭開始發慌：他會不會一個人被丟在這裡？

等火車上了橋，他仍然不肯放棄。他跨大步子，在枕木上跳躍前行。跳了幾下，他鞋帶鬆了，兩腳上的鞋子陸續飛了出去。最後，他伸手抓住一節燃料車的梯子，但由於車速太快，一時鬆了手，還好緊接著又抓住了一根欄杆。

火車猛力拉扯他的身體。他用力抓住欄杆，但車身底下的氣流是如此強勁，不斷將他的腿用力吸入，眼看越來越靠近車輪了。他慢慢鬆開手指，打算用雙腳在車輪上一蹬，彈出車外。沒想到，他手才放了開來，強烈的氣流便將他吸了進去。車輪隨即碾過他的右腳，再從左膝蓋上方處碾斷了他的左腿。

「救命啊！痛死了！」卡羅思哀嚎著。他的呼吸變得急促，身上不斷冒出冷汗，也開口要水喝，但他不知道自己的聲音會不會有人聽到。

待墨西哥紅十字會的急救人員趕到現場，躺在鐵軌旁的卡羅思，已經流失了將近三分之一的血，所幸熱燙的鐵軌將他身上的許多動脈都已燒乾。急救人員趕緊為他綁止血帶。一位醫師則鋸斷他的骨頭，再縫合每一根動脈和靜脈，然後將周邊的皮膚拉到傷口上方，加以縫合。紅十字會的救護人員，有時候身邊並沒有防止感染的藥物可用，但卡羅思很幸運，他們找到了一些盤尼西林。

在火車意外中不幸斷手斷腳的偷渡客，有很多最後都回到了塔帕契拉，住進一家名叫「善良的牧人耶穌」（Jesus the Good Shepherd）的收容所。這個地方，距離他們最初登上火車的那個火車站，只有幾條街遠；收容所的主持人歐爾佳（Olga Sanchez Martinez），不遺餘力地在照料這些在「虎口」中受到重創的傷患。

歐爾佳是個個頭嬌小的中年婦人，一頭絲緞般的黑髮長度及臀，頸項間則掛了一串樸素的白色念珠。她成天忙碌不已，一直在想辦法解決問題。為拯救偷渡客的性命，她買血、買藥，還親自照顧病人，直到他們能夠被接回家為止。她常說：「誰說這世上有不可能的事。所有的病痛都可以治癒，正所謂天下無難事，只怕有心人。」

平民醫院的外科醫師路易斯（Jose Luis Solorzano）也說：「要不是她，很多病人早就沒命了。」

然而，醫院裡的這些傷患幾乎每一個都告訴歐爾佳，他們寧願命喪虎口，也不想看到自己現在這個樣子。他們滿懷怨恨，詛咒上帝：為什麼上帝沒有保護他們？他們也咒罵歐爾佳。他們的眼裡佈滿了驚懼。如今變成了這副模樣，還有誰願意嫁他或娶她？他今後能夠做什麼

工作？更別說下田幹活了！「讓我死了算了，」他們生氣地推開歐爾佳，拒絕歐爾佳幫他們包紮殘肢和傷口，也拒絕進食，有的甚至試圖上吊自殺。

聽著傷患們訴說滿腔怨憤，歐爾佳坐在病榻上的一角，一邊用手輕撫他們的頭髮，一邊告訴他們，上帝讓他們活下來是有理由的。「祂大可以帶走你的，但祂沒有這麼做，而保全了你的性命和一雙眼睛。」處在如此巨大的痛苦和絕望當中，他們只能從一個東西身上找到力量。

「主對你另有安排，」歐爾佳說：「你將學會用不同的方式活著。」

接著她開始講自己的故事。

七歲時，歐爾佳說，我的腸子出了毛病，但因為負擔不起醫藥費，所以一直沒有接受治療。我的身體變得越來越糟。從那時候起，我斷斷續續生了幾次大病。十八歲時，我曾經暫時失明、無法說話、手臂長瘡，還開始掉頭髮。後來，我陷入昏迷，三十八天之後才甦醒過來。醒來時，我的體重只剩下三十公斤，名副其實的皮包骨。

一年後，我的身體稍微好轉，就到一家玉米烙餅工廠工作，結果，有一天工作時不小心，被機器切斷了左手的兩根手指。說到這兒，她伸出手讓傷患看個仔細。但由於長期胃痛，我後來終於病倒了，臥病在床好幾個月，我絕望到企圖割腕自殺。

一九九〇年，一位醫生告訴我，我得了癌症，只剩下幾個月可活。可是，我死了，我兩個年紀還小的孩子怎麼辦？他們的父親是個酒鬼，又老愛拈花惹草，我如何能放心把孩子託付給他呢？

信教一向不怎麼虔誠的我，那天居然上了教堂。我雙膝跪地，開始禱告：「人家說上帝確實存在。既然如此，為什麼祂不治好我的病？我多麼想看到我的孩子長大，就算只能多看幾天也好。」最後，她和上帝約定：只要祂治好了我，我就盡力去幫助別人。

歐爾佳的故事，病床上的傷患聽得非常專心。

歐爾佳接著說，她後來開始讀聖經。由於聖經上告訴她要去幫助病弱的人和飢餓的人，她開始到當地的公立醫院去探視病患。一年後，她看到一個十三歲的薩爾瓦多男孩，這男孩在跳上火車時發生意外，失去了雙腿。歐爾佳看到後潸然淚下，在回家的路上還忍不住質問神：怎麼可以？祂怎麼可以如此殘忍？

後來，這身無分文的小男孩，傷口還沒痊癒就讓醫院給趕了出來。歐爾佳看他可憐，便把他帶回家照料。三天後，醫院裡又來了一個同樣來自薩爾瓦多的年輕傷患，他則是失去了雙臂。歐爾佳告訴他：「你不會孤單的，讓我來幫助你吧。」她把這男孩也接了回家。

在醫生旁邊觀摩過幾次之後，她學會了如何包紮傷口。沒有多久，她家裡已經收容了二十四名傷患，多到連前門都快打不開了。為騰出更多空間，她索性把家具都搬到屋外去。她丈夫也一起幫忙，替那些失去雙手的男孩包紮傷口、清洗身體。然而，傷患不管是吃飯、醫療、坐輪椅、回鄉等等，都需要錢，歐爾佳於是開始募捐。一九九九年，有人將一間原本做玉米烙餅的小工廠借給她，她用來照顧受傷偷渡客的收容所於是正式開張。

故事講到這裡，歐爾佳傾身向前，告訴面前的傷患，自從她那天在教堂裡對上帝許下了承諾，她之後就再也沒有生過大病了。「你看，」歐爾佳說：「主從來沒有棄我於不顧。」

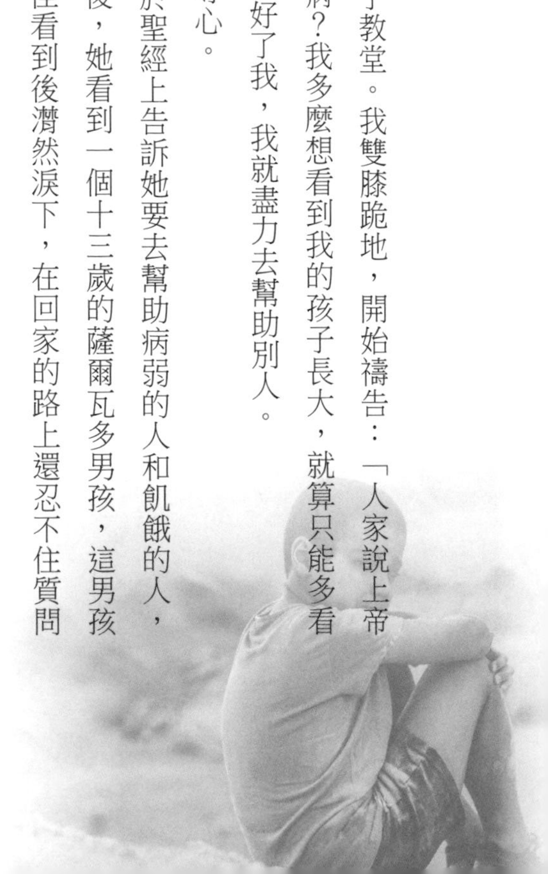

接著她伸出她殘缺不全的手。「主需要你。祂需要的不是四肢健全的你，而是你的心。你有很多東西可以奉獻出去的，你知道嗎？」

但歐爾佳也坦承，這件工作並不輕鬆。在這裡，每天都至少有一名新的傷患，被抬進它淡綠色的大門內。這時候工作人員就將傷患的名字，以及他們截肢或受傷的部位，記在一本簿子裡。收容所自成立以來，治療過的人已經不下一千五百位，但新的傷患還是一直源源不絕地進來。由於收容所只有四間臥房、十五張床，有些病患只好睡在長廊的地板上。

歐爾佳做這些事，全屬義務性質，沒有拿半毛薪水。一個星期七天，她每天都在為了籌措食物、輸血袋、藥物、義肢和建地（她希望成立一家永久性的收容所）的經費而努力奔走，從清晨忙到深夜。她會到醫院前兜售玉米脆餅、豬皮、蛋糕、水果切片、及別人捐贈的麵包。偶爾，契亞帕斯有幾家教會會允許她前去募捐。

不時，她還會拿著身體殘缺的傷患的照片以及他們所需要的藥方，在街上向汽車駕駛人募捐。很多人看到她這麼做都覺得她瘋了——與其幫忙這些跑到墨西哥來搶劫殺人的偷渡客，她還不如省下力氣來幫助自己的同胞。

每週日，她會在清晨四點起個大早，準備把人家樂捐來的舊衣服拿到山上一個戶外市集裡去販賣。她到達目的地時，天色通常還很昏暗。於是她先將六大袋的舊衣服倒出來，鋪放在一條狹窄的人行道上，再將一些裡頭裝了豆子、砂糖或洗衣皂的小袋子整齊地排在一旁——當地某雜貨店的老闆，如果有貨品包裝破損了而賣不出去，就會送給她拿來兜售。每當有客人停下腳步，歐爾佳就趕緊在她面前的舊衣服堆裡東翻西找，看能不能找到一件令顧客滿意的東西。

「衣服一件兩披索！」她扯開喉嚨大聲叫賣。

歐爾佳的善行義舉，還得到不少人的鼎力相助，例如：某旅館的老闆、一位推銷肥料的業務員、一位賣童裝的婦人，以及一家五金行的老闆。有個曾經嗜酒如命、後來決心戒酒的人，則自願當她的司機，經常開著他那輛破卡車載她四處奔波。當傷患沒辦法坐巴士回家，他就和歐爾佳一同將傷患載回他們在中美洲的老家。一位在私人診所執業的醫師，有空時也會過來幫偷渡客醫腳，只是歐爾佳必須提供手術用的材料。歐爾佳教會裡的一位朋友赫南德斯（Marilu Hernandez Hernandez），偶爾則和她一起到教堂前募捐；允許他們這麼做的有七間教堂，地點則坐落在五個不同的鄉鎮。

要是收容所裡有傷患失血過多，眼看就快沒命，歐爾佳又沒有錢可以買血，他們會到鐵道旁去拜託火車上的偷渡客免費捐血，哪怕當時已經三更半夜。

經費不足，一直是歐爾佳最頭痛的問題。一個截肢病人，需要至少三百元的醫藥費。有的時候，收容所的傷患連飯都沒得吃，歐爾佳只好撙節用度，將患者的抗生素劑量減少，好讓每個人都能多少分配到；紗布要是用光了，則只好用煮沸過的破布來代替。至於人造義肢，一雙要價至少兩千元。歐爾佳認識一位製造義肢的骨科醫師，叫安東尼歐（Jorge Luis Antonio Alvarez）；歐爾佳每一次去找他，都會順道帶幾張照片過去，好打動他的惻隱之心。其實，她已經積欠這位醫師四千五百元了，但也只能一點一滴地慢慢償還。最讓歐爾佳難過的是，很多傷患在她還沒有能力為他們購買義肢前，就必須離開了。

有的時候，歐爾佳會對上帝失去耐性。在「虎口」下遭到襲擊的偷渡客，有些傷勢實在太重，最後仍回天乏術。有的時候，歐爾佳一下子無法籌到錢去買血或買藥，來幫助這些人度過難關。這時候她會生氣地質問上帝：「到底要我怎麼做？」

曾經有一名十三歲的少女，在鐵道旁遭到強暴，結果脖子扭斷，骨盆破裂，因此無法走動也無法說話。遺憾的是，少女最後仍難逃死劫，歐爾佳只好親手將她埋葬。包括這名少女在內，歐爾佳至今已經安葬了四十名偷渡客。她會盡量為他們購得木棺，好讓他們在入土時還能夠保有一點尊嚴。所幸，大多數傷患在歐爾佳的細心照料下都逐漸康復。

每天一大清早，歐爾佳第一件事就是到當地的公立醫院報到。這一天，她一進到急診室，就有一位身披粉紅袍子的社工跑過去，臉上帶著鬆了一口氣的表情。

「歐桂塔女士，妳又有新的病人了，」社工說。

「是偷渡客？」歐爾佳問。

社工點點頭。二號病房裡，歐爾佳看到了安德莉亞（Andrea Razgado Perez），十來歲的她，剛剛失去了右腿。歐爾佳告訴她，她知道她很害怕被丈夫當成廢物而遭到遺棄。「但只要妳意志堅強，沒有什麼是妳辦不到的。」

接著她告訴安德莉亞，她收容所裡有一個偷渡客，在失去雙腿後仍勇敢地活了下來，還在收容所裡幫忙煮飯，把砧板放在輪椅的扶手上切菜。聽到這裡，安德莉亞開始痛哭失聲。

「別哭別哭，」歐爾佳說：「這是一個新的開始，代表妳即將重生。妳其實什麼也沒失去啊。主希望我們每個人都成為有用的人。妳一定要堅強地活下去。別忘了妳還有兩隻手呢。

相信主，勇敢地活下去吧。」

探視完醫院的病患後，歐爾佳接著轉往收容所，在那裡，被火車碾斷手腳的人更多了。比方說馬丁尼茲（Transito Encarnacion Martines Hernandez），他兩條腿都斷了。歐爾佳向他承諾，她一定會想辦法籌到一千八百塊錢，好幫他裝設義肢。「你一定可以再站起來的，」歐爾佳說。

然而，馬丁尼茲一想到自己在宏都拉斯的老家，就感到痛不欲生；如今雙腿殘缺，他還能夠在家鄉的泥土坡上散步嗎？他還能夠種豆、種玉米、種咖啡樹，還能夠跟朋友一起踢足球嗎？他只能夠在一個陌生的地方重新開始。

「我乞求上帝讓我還能夠再走路，還能夠找到工作。」他已經在收容所等了好幾個月，他知道，要想再站起來，歐爾佳是他最大的希望。

在收容所的另一張床上，坐著另一個同樣失去雙腿的傷患，她名叫萊緹（LetiI sabela Mejia Yanes）。有著一頭柔軟鬈曲的棕髮、滿臉瘦骨嶙峋的她，是個單親媽媽。想當初在宏都拉斯，她和三個孩子一天只吃一餐——而且食物多半是兩片麵包，外加一杯很淡很淡的咖啡。她最小的孩子則只有一片麵包可吃，喝得則是母奶。有的時候，幾個孩子餓得受不了而開始嚎啕大哭，她只好想辦法湊錢，買一小塊做玉米餅的麵糰，再和入一大杯水裡，讓大家充飢。

最後，跟許多母親一樣，她決定到美國去。孩子們哀求她別走。她九歲大的兒子告訴她：「我已經會寫我的名字了！」他可以休學開始工作啊。但萊緹還是決定離開。她將十一歲的

馬龍、九歲的麥爾文和一歲半的丹尼爾，託付給親戚代為照料；當時，丹尼爾連走路都還不會呢。

後來，萊緹發生意外被送進醫院，歐爾佳帶了抗生素和兩公升的血去看她，之後將她接入收容所，餵她吃止痛藥，幫她拆繃帶。一開始，萊緹難過得想一死了之，直到傷勢好轉，才逐漸走出絕望。現在的她，最大的願望就是能夠再次見到自己的孩子。於是她開始打起精神，在床上做女紅，在一件件的枕頭套上繡出穿著舞衣的灰姑娘。她要等，一邊繡一邊等，直到歐爾佳幫她買到義肢為止。

在收容所裡，歐爾佳幫病患洗澡，煮飯，餵他們吃藥，幫他們加油打氣；每當看到病患戴上義肢踏出第一步，她心中便有說不出的喜悅。但是，她受不了病患的自憐自艾。這時候她會連哄帶騙地帶他們去海邊（收容所裡的病患多半沒見過大海），讓他們坐在沙灘上，感受著海裡的浪花打在他們的殘肢上。

除了照料傷患，歐爾佳每天還有一件例行工作。晚上七點一到，她會跑到附近的教堂裡去做禮拜。聖壇上，有一頭青銅製的綿羊、兩尊有翅膀的天使，以及一副木雕，木雕的主題是：耶穌和門徒正在享用最後的晚餐。歐爾佳在雕像前雙膝跪地，閉上眼睛，雙手合十，開始禱告。

她會告訴上帝她當天做了些什麼事，感謝上帝賜給她力量穿越這些苦難，請求上帝賜予她關於如何籌措醫藥費和義肢費的靈感，並祈求上帝多給她十年的壽命，好為受傷的偷渡客們建立起一座永遠的避風港。禱告的最後，她總是用下面這句話作結：「這一切能夠實現，全賴主的恩賜。」

夜裡，當火車的氣笛聲響起，她會祈求上帝保護那些偷渡客逃過火車的意外或歹徒的攻擊，讓收容所的「生意」能夠冷清一點。

在契亞帕斯這個龍潭虎穴，有些偷渡客遭遇到的，是另一種形式的苦難：強暴。

某日，一群為數十一人的中美洲偷渡客，來到了契亞帕斯的危危灘（Huehuetan）。為躲避移民局檢查哨的盤查，他們決定繞道而行。不一會兒，一群暗中埋伏的土匪冒了出來。匪徒共計五人，其中一人身上刺有眼鏡蛇的圖案；他走上前去，將偷渡客中唯一的一名女性，十七歲的溫蒂，逼進了玉米田裡。

一名偷渡客趁隙想逃，卻被一名土匪用大刀的刀背重擊了三下。歹徒接著命令另外的九個男人（包括溫蒂的丈夫），將身上的衣服剝到只剩下內褲，臉朝下趴在地上，好方便他們從脫下來的衣物中搜刮財物。至於接下來發生的事情，溫蒂的丈夫和其他幾名偷渡客是如此追述的：手臂上有眼鏡蛇刺青的那名男人，命令溫蒂脫掉褲子，溫蒂不從，歹徒便將她摔在地上，用刀尖抵住她的肚子。

溫蒂開始啜泣，歹徒又將刀子架上她的脖子，她只好乖乖脫下褲子。歹徒搜了搜褲子，然後說：「妳要是敢大叫，我就把妳剁成肉片。」然後便強暴了她。

另外的幾名土匪，則在一旁辱罵趴在地上的偷渡客和他們的母親，並恐嚇要閹掉他們。「誰叫你們不乖乖待在自己的國家！」接下來的一個半小時，五名歹徒輪番上陣，進玉米田裡強暴了溫蒂。

溫蒂的丈夫氣得怒火中燒，卻什麼事也不能做。再見到溫蒂時，她變得呆若木雞，淚流不止，卻不言不語，後來，她嘔吐了一陣，便昏死過去。她丈夫和其他偷渡客趕緊帶她到附近的檢查哨。她醒來後顫抖著說：「讓我死了算了。」至於那群歹徒，沒有一個遭到逮捕。

溫蒂的遭遇並非特例，中美洲的女性偷渡客有不少都曾經在行經墨西哥途中遭到強暴。一九九七年，休士頓大學針對美國移民歸化局拘留在德州的偷渡客進行調查，發現每六個人當中就有大約一人曾經遭到性侵害。

然而，北方邊境大學（El Colegio de la Frontera Norte）的文化人類學家瑞茲（Olivia Ruiz）指出，中美洲人在墨西哥所受到的污衊和羞辱，並不僅止於此，由於這些人來自開發程度較低的國家，因此被很多墨西哥人視為次等人種。再者，瑞茲告訴我們，可能遭侵害的對象不只是女性，也包括男性。

來到瓦哈卡

很幸運地，安立奎躲過了許多人遭逢的厄運，來到瓦哈卡州南部的交通要塞伊斯提佩——瓦哈卡位在契亞帕斯北邊，距離墨西哥南部邊境四百五十九公里。接近正午時分，火車發出了幾聲尖銳刺耳的聲音便停了下來，偷渡客們紛紛跳車，到附近的民家乞討水和食物。

儘管逃出了虎口，大多數人仍心有餘悸。在這樣的小鎮，陌生人相當醒目，因此很容易被發現。他們穿著骯髒的衣服，身上也因為好幾天甚至好幾個星期沒洗澡，而發出臭味；他們的腳上通常沒穿襪子，鞋子也破損不堪。蚊子的叮咬，在他們身上留下了好多疤。而且，他們看起來疲累萬分。

大多數偷渡客都選擇待在鐵軌旁的草坡上，因為，這裡要趕搭火車比較方便，要是有警察出現突襲，附近的金合歡或牧豆樹樹叢也可以提供掩護。

與安立奎同行的兩個偷渡客不敢到鎮上去，拿出二十披索請他代為購買食物，還表示食物拿回來後會分一點給他。

安立奎身上的黃襯衫，如今已滿是污垢，還發出濃濃的柴油味。他將它脫下，把穿在下面的白色襯衫替換過來。也許，這樣他便能成功地偽裝成當地人。而且他打定主意，看到警察時絕對不要慌張，要若無其事地從他們面前走過去。

這個時候，融入當地的環境非常重要。

因此，偷渡客們會把他們衣服上的標籤給剪掉，有些甚至會事先買好墨西哥的衣服，或上面印有墨西哥足球隊名的衣服。至於當時隨身帶來的背包，則多半在進入墨西哥境內時便丟掉了。

為保持身上的乾淨，安立奎睡覺前會找一些硬紙板鋪在地上。要是拿到了一瓶水，他不會全部喝完，而會留一點用來洗手。看到附近有河流或小溪，他會脫光衣服跳進去，好好洗個澡。有機會的話，他會向當地居民討件乾淨的衣服，不然就是在河邊將身上的衣服用力搓洗乾淨，再放在河岸上等它晾乾。

帶著兩位同行偷渡客給他的二十披索，安立奎走上鎮上的大街，途經一家酒吧、一間店舖、一間銀行和一家藥房。最後，他在一家理髮店前停下腳步。他那頭頭髮又鬈又長，很容

易讓他露出馬腳。這裡的人頭髮通常比較直一點。

他大踏步地走進了店裡。「¡orale, jefe! 嘿，老闆！」他刻意掩飾中美洲人那比較平板的腔調，放輕音量，用高低起伏較明顯的腔調，說出這句瓦哈卡人常說的話。他告訴理髮師傅，他想要理個軍人式的平頭。理完髮，他拿出自己僅存的錢來付帳，還小心翼翼地不要講 pisto 這個字。在他家鄉，pisto 是錢的意思，在這裡指的是酒。

不只如此，很多地方他都要很小心才行。移民局的幹員，很懂得透過問話來盤查身分，譬如他們會問：墨西哥的國旗是不是有五顆星（宏都拉斯的國旗有五顆星，但墨西哥的國旗一顆星都沒有），用來做蘸料的研缽叫什麼（叫 molcajete，這個字是墨西哥獨有的，其他的西班牙語系國家並沒有這個字），你體重多重（中美洲人使用英磅，墨西哥人則使用公斤）等等。

在瓜地馬拉，agua 指的是汽水，在墨西哥則指清水。此外，夾克在這裡叫做 chamarra，不叫 chumpa；T恤叫做 playera，不叫 blusa。

有些意義相同、但在墨西哥和中美洲國家發音雖近似卻不完全相同的字，更是移民局幹員在辨識身分時的最愛。譬如，腰帶這個詞的發音分別是 cinto 或 cincho，鬢角的發音則分別是 patillas 或 patitas。

走著走著，安立奎忽然在某家店的窗玻璃中看到了自己的倒影。自上次遭人毆打以來，這是他第一次看到自己的模樣。眼前的景象讓他打了一個寒顫。他滿臉是紫黑的瘀青和傷疤，一隻眼睛的眼皮則無力地耷拉著。

他不禁停下腳步。「原來我被打得這麼慘，」他喃喃地說。想當初母親離開他時，他五歲。如今，他幾乎完全變了個樣。窗玻璃裡，他看到的是一個遍體鱗傷、瘦骨嶙峋、嚴重毀容的年輕人。他不禁怒從中來，內心的意志也更堅決了：他一定要繼續往北推進。

4. 禮物與信仰

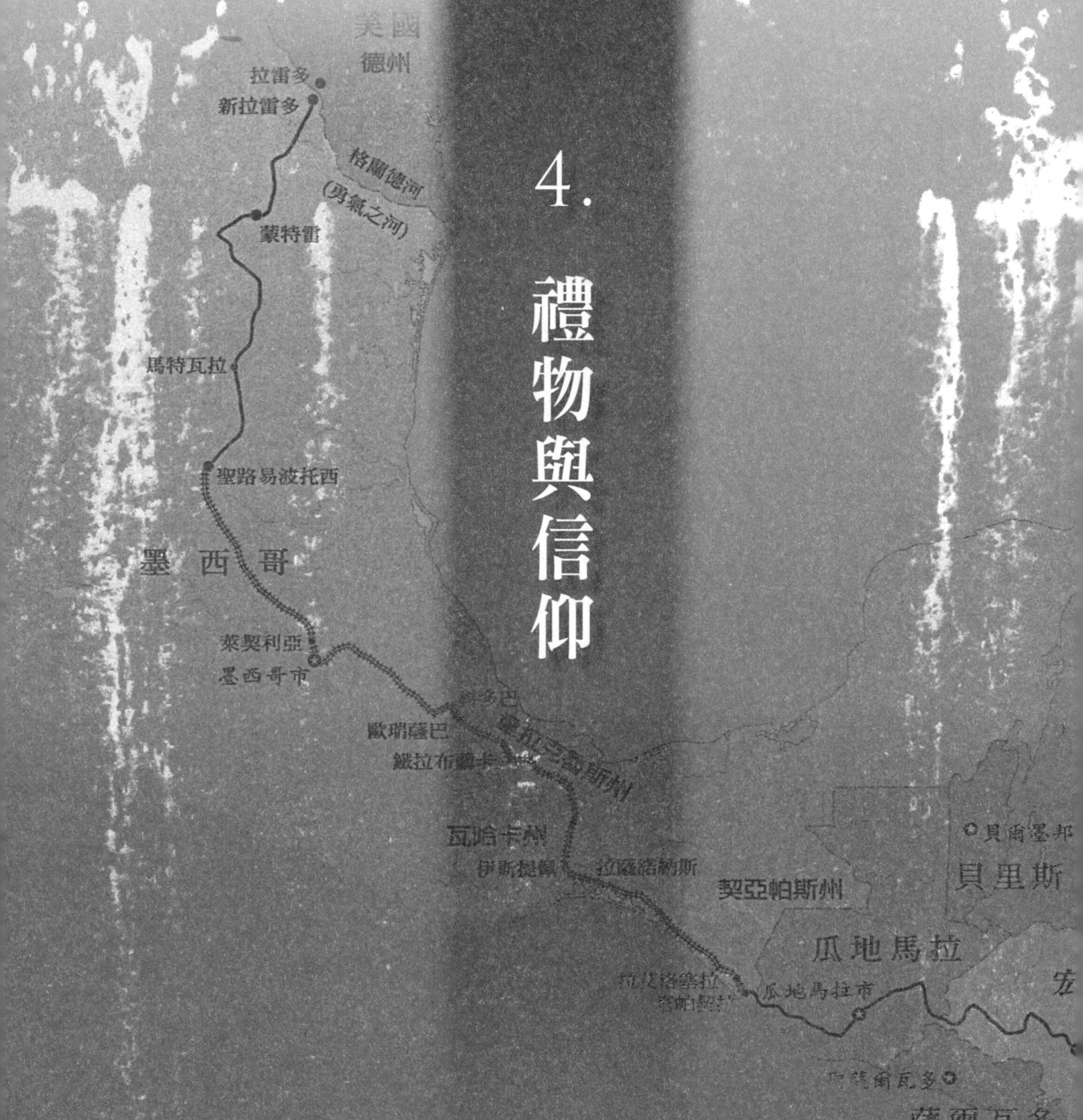
美國
德州
拉雷多
新拉雷多
格蘭德河
(勇氣之河)
蒙特雷
馬特瓦拉
聖路易波托西
墨西哥
萊契利亞
墨西哥市
歐瑞薩巴
瓦哈卡州
伊斯提佩
契亞帕斯州
瓜地馬拉
瓜地馬拉市
貝里斯
薩爾瓦多

4、禮物與信仰

火車持續往北推進，車頂上的安立奎此時看到了一座雕像，耶穌的雕像。

韋拉克魯斯的田野裡，一座高山從正在幹活的農夫和駝著甘蔗的驢子之間拔地而起，高高聳立於列車前方。山頂，立著一座十八公尺高的耶穌雕像，祂身著白色上衣、粉紅色的袍子，兩手朝外伸，伸向火車上的安立奎和他的旅伴。

有些人看得目瞪口呆、不發一語，有些人開始低聲禱告。

時間是二〇〇〇年四月初，在這列由有蓋貨車、槽車和底卸車構成的火車上，這群偷渡客的穿越墨西哥之旅，已經完成了將近三分之一。

很多人把這一點歸功於宗教信仰。他們在火車頂上向上帝禱告。每當火車靠站，他們就跳下車，在鐵軌旁下跪，祈求上帝給予幫助、指引和保佑，讓他們能安全抵達「北方」，躲過土匪的搶劫和毆打、躲過警察的搜捕、以及墨西哥移民局的強制遣返。

只要上帝回應他們的呼求，他們向上帝保證，自己從此絕對滴酒不沾，有朝一日會前往聖地朝聖，並終身事奉上帝。

很多人身上會帶著一本小小的聖經，外頭用塑膠袋裹著，以免在渡河時或下雨時弄濕。他們在聖經內頁的空白處，寫下可以幫助自己的人的名字和地址。要是碰到警察臨檢，警察往往會檢查聖經的封皮處是否有藏匿金錢，但檢查完後通常會將聖經歸還。

翻開聖經，有些地方往往折損得特別厲害，譬如詩篇的第二十三篇：「我雖然行過死蔭的幽谷，也不怕遭害；因為祢與我同在；祢的杖，祢的竿，都安慰我。」又譬如詩篇的第九十一篇：「禍患必不臨到你，災害也不挨近你的帳棚。因祂要為你吩咐祂的使者，在你行的一切道路上保護你。」

除了聖經，有段特別的禱詞是不少人的精神慰藉，那就是La Oracion a las Tres Divinas Personas—向三位一體的聖父、聖子和聖靈禱告。禱詞不長，只有六句，在遭逢危險時可以一口氣唸完。他們相信，在這種緊要關頭就算唸得太快，上帝也不會介意的。

夜裡，安立奎爬上一節有蓋貨車的車頂。星光下，他看到一個男人正在禱告，此人雙膝下跪，俯身向前，面前擺著一本聖經。

安立奎從車頂往下爬。

他不向上帝求助。因為，他認為自己做過太多壞事，沒有資格向上帝祈求任何東西。

但他卻收到了禮物。

一小包禮物

原本，他心裡已經做了最壞的打算，因為他一路下來學會了一件事：任何一個陌生人舉起手來，都可能是要攻擊他的。然而，到了瓦哈卡州和韋拉克魯斯州，他發現，這裡的人竟然如此友善。當地的居民在看到火車上的偷渡客時會揮手致意，或高聲警告前方有警察埋伏。儘管他們還是不喜歡自己晾在曬衣繩上的衣服被偷渡客順手牽羊，但只要偷渡客開口，他們多半樂意奉送，當地的一位警長這樣告訴我們。一位火車司機也表示：「瓦哈卡和韋拉克魯斯的人比較有可能伸出援手。」伊斯提佩的一位議員賽圖納（Jorge Zarif Zetuna Curioca）則說：「這是我們這裡的民情。」

儘管並非人人如此，樂善好施的精神在這裡確實比較普遍。很多當地的居民說，這份精神源自於薩波特克（Zapotec）和米斯特克（Mixtec）的原住民文化。還有人說，對偷渡客伸出援手其實也是在表達抗議，抗議墨西哥政府對非法移民的冷酷無情。

在韋拉克魯斯，一位住在鐵道附近的居民便說：「政府不應該把他們送回中美洲。我們自己的國家都有這麼多人想偷渡到美國了，怎麼可以阻止中美洲人這麼做呢？」

在看到耶穌塑像之後沒多久，安立奎又是孤單一人了，他坐在一節有蓋貨車上。夜幕落下後，火車駛進一個很小的小鎮，並發出憂傷的氣笛聲。安立奎往旁邊一看，竟看到十多人從他們在鐵軌旁的家衝出來，手上還抓著小小的包袱。

部分偷渡客開始害怕起來。這些人是要拿石頭扔他們嗎？他們在火車頂上壓低身子，好躲避可能的攻擊。不一會兒，安立奎看到一個婦女和一個小男孩正在他那節車廂旁快跑著。

「小兄弟！來，這個給你！」兩人大喊，接著丟出一包餅乾——給安立奎的第一份禮。

安立奎伸出一隻手，另一隻手仍緊緊抓住火車上的欄杆不放。很可惜，這包餅乾拋得太遠，撞上火車車身後便彈落在地。

鐵軌的兩側，此刻出現了許多婦人和小孩，他們正準備將手中的包袱拋給車頂上的偷渡客。他們快步跑著，小心瞄準，而且多半沉默不語，以免失了準頭。

「還有還有，這裡還有！」

安立奎往下看，是剛剛那個婦女和男孩。他們正合力將一個藍色的塑膠袋往上拋。這一次，袋子穩穩地投進了他的手中。他在夜色中向他們高聲道謝：「謝謝！謝謝！再見！」他不確定這兩個陌生人有沒有聽到他的道謝；火車的速度太快了，這兩人的身影一閃而過。

他打開袋子，裡頭有六塊麵包。

他感到喜出望外，這些人太慷慨了。在韋拉克魯斯，每當火車在行經彎道或村莊時減緩速度，他就會看到二、三十個村民從他們在鐵軌旁的屋子裡一湧而出，面帶微笑地向偷渡客熱情招手，高聲呼喚，再抓準時機把食物扔上火車。

尤其是安西納日（Encinar）、花堡（Fortin de las Flores）、奎查帕（Cuichapa）、普雷西迪歐（Pr esidio）這幾個鄉鎮，當地居民的樂善好施更為人所稱道。來自宏都拉斯的年輕偷渡客瓦耶（Fernando Antonio Valle Recarte），就指著韋拉克魯斯的土地說：「這裡的人都很善良，而且樂於施捨。」

另一名偷渡客羅達斯（Jose Rodas Orellana）則回憶道，有一次他正準備跳上火車，一名男子從家裡跑了出來，二話不說，將一塊大大的煎蛋三明治塞到他手中，然後轉頭回家。

「沒有這些人，」羅達斯激動地說：「我們根本撐不下去。這裡的人很願意給予，不像契亞帕斯，那裡的人只想奪走你的東西。」

一般而言，偷渡客都喜歡趁著暗夜進行偷渡；到了這裡卻不同，偷渡客反而希望在大白天裡經過，因為這樣比較有機會得到當地居民們送來的禮物。

然而，對照現實，我們不禁對此地居民的樂善好施感到驚嘆。世界銀行在二〇〇〇年做過調查後發現，在墨西哥大約一億人口中，有百分之四十二點五的人，一日的平均生活費只有兩塊美元，甚至更少。在鄉村，五歲以下的孩子，有百分之三十，因為吃得太少而發育遲緩；至於住在鐵道旁這些簡陋屋子裡的居民，往往又是當中最貧苦的。

這裡的居民會送上的禮物包括：毛衣、玉米烙餅、麵包、檸檬汁。像有個麵包師父是將自己剩下來的幾條麵包送了出去；有個女裁縫送了好幾袋的三明治；有個青少年送了幾串香蕉；有個木匠送了一些豆子捲餅；有位店老闆則送了一些動物造型餅乾、油酥餅，和幾瓶半公升的水。還有些當地居民曾經目睹偷渡客因為精神不濟而摔下火車，便用塑膠罐裝了些可口可樂或咖啡送去給他們提神。

一個叫桑提亞哥（Leovardo Santiago Flores）的年輕人，會依時令送上當季盛產的水果，譬如十一月送柳丁，七月送西瓜和鳳梨。還有一位年過百歲、名叫瑪莉亞的駝背老婦人（Maria Luisa Mora Martin），她曾經在墨西哥革命期間淪落到只剩芭蕉樹樹皮可吃；每一次聽到火車經過，她便會趕緊抓起一些烙餅、豆子和醬料裝進袋子裡，再要她七十歲的女兒索樂達（Soledad Vasquez）趕快衝下山坡，到鐵軌旁把食物送給偷渡客吃。

「當我有一塊烙餅，我願意分一半給別人，」一位布施者說：「因為我知道，上帝一定會賜予我更多。」另一位說：「我不喜歡自己吃飽了，別人卻在餓肚子。」

還有一些人說：

「看到這些人歷盡千辛萬苦來到這裡，你會很感動。你能夠想像他們走了多遠嗎？」

「上帝教我們要人飢己飢、人溺己溺。我只是在奉行祂的教誨而已。」

「當別人很需要某樣東西，你能夠給予他，是件很快樂的事。」

「生不帶來，死不帶去。有能力給的時候為什麼不給呢？」

「我會想到，自己有一天也可能身陷危難。到時候我一定也希望有人對我伸出援手。」

這些布施者，有很多都來自窮鄉僻壤，在那裡，每五個年輕人就有大約一個前往美國求發展。因此他們很了解，很多窮人之所以離開自己的國家，不是因為他們想這麼做，而是因為他們不得不這麼做。他們自己的孩子也曾經為了到美國去而吃盡苦頭；因此他們很清楚，這對中美洲人而言更是難上加難。

從教職退休的芙羅瑞絲（Raquel Flores Lamora），住在鐵道旁一個叫聖塔羅沙（Santa Rosa）的小鎮，她有個兒子就差點在偷渡到美國的過程中喪命。他走了三天三夜，直到雙腳長滿水泡，原本以為要活命就唯有向移民局自首一途了。還好，同行的幾名偷渡客很幫忙，一路將他揹到了美國。每晚，一聽到火車經過，芙羅瑞絲就立刻從破舊的沙發上彈起，抓起食物和衣褲（其中有很多是她孩子從加州寄來讓她布施給偷渡客的），趕往鐵軌旁分送。

布雷尼茲（Baltasar Breniz Avila）也有兩個兒子徒步到了美國。途中，他們忍受酷暑，而且幾乎無水可喝，還得時時提高警覺，以免遭到毒蛇或土匪的攻擊。如今，他們在加州橘郡（Orange County）當洗車工。

「幫助別人，就好像在幫助自己的孩子，」布雷尼茲說：「我相信他們一定也得到過別人不少的幫助。」

對某些人而言，偷渡客的一句感謝，就構成布施的充分理由了。有些偷渡客因為餓了好幾天，在拿到東西吃時感動得痛哭流涕。當然，表達感激不是非得如此激動不可。偷渡客的一個微笑，或幾下用力的握手，就令這些布施者感到值得了。

這些人之所以如此樂善好施，跟當地主教萊耶斯（Hipolito Reyes Larios）的大力鼓吹有關。聖經中最讓萊耶斯動容的經文之一，是馬太福音的第二十五章第三十五節。裡頭提到，我們應對陌生人表現歡迎、同情與關懷。「而表現慈悲的方式之一便是，」萊耶斯主教說：「為偷渡客提供庇護。」

在萊耶斯管轄的數十個小教會裡，許多牧師不但盡心傳揚使徒馬太當初講的這段話，還在生活當中身體力行。瓦倫西亞之瑞托利亞教堂（Iglesia Rectoria de Beato Rafael Guizar y Valencia），是一個用黃磚砌成的簡陋小教堂，裡頭只有四十張長板凳，教堂的神父維亞內瓦（Ignacio Villanueva Arteaga）在週日講道時，會直截了當地告訴教徒：能夠慈悲為懷、捨己為人，才算是虔誠的天主教徒。他還在講道中提到，中美洲人為什麼迫不得已必須離開祖國，他們在途中又可能遭遇哪些危難和阻礙。

維亞內瓦還會提起另一個難民的故事：想當初耶穌還在襁褓當中，他父親約瑟夫見到天使化現，警告他即將有危難降臨，要他們趕緊離開以色列，逃往埃及。講道的最後，維亞內瓦會帶領眾人一齊禱告，祈求上帝保佑這些偷渡客安全抵達目的地，找到工作，並於來日有機會回到自己的祖國。

每隔兩、三個星期，該州和當地的警察都會在附近展開緝捕偷渡客的掃蕩行動。所幸，

任何偷渡客只要跑進了這座教堂，就會得到維亞內瓦神父的保護。這位禿頭的神父會告訴警方：「他們是偷渡客沒錯，但我們會給他們東西吃。」截至目前為止，警方從來沒有進教會搜捕過。教堂外的院子裡，疊了好些綠色的草蓆，有偷渡客跑進來躲警察時，神父就將這些草蓆拖進一間平常用來進行主日學和教義問答的房間裡，讓偷渡客有地方睡覺。

某天晚上，有七名偷渡客跳下火車，一路飛奔，最後在他的教堂外遭到警方逮捕。維亞內瓦聽到喧鬧聲後趕到屋外，見狀便高聲勸阻：「他們不偷不搶，你們為什麼要逮捕他們？他們只是想到北方去而已，放他們走吧。」沒有多久，八輛警車陸續抵達現場，神父的身旁也聚集了超過五十名教友。經過維亞內瓦苦口婆心的勸服，警方最後才釋放了這些偷渡客。神父說，為了籠絡警方，他可是花了好大的力氣。譬如，每年的復活節，他會邀請警員在遊行中幫忙抬十字架。

同樣的情形，也發生在附近、位於安西納日的「聖依西卓拉布拉多教堂」（Parroquia San Isidro Labrador）。每個星期，這裡的神父會呼籲上教堂的民眾捐獻食物給偷渡客。一個人就算年紀老邁、身懷六甲，或因為其他理由而不方便到鐵道旁去，沒關係，他可以把食物送到教會來，教會再派人把這些食物一起送到鐵道旁去。

此種對偷渡客雪中送炭的舉動，究竟始於何時，沒人記得，但最早可能起於一九八〇年代，當時，中美洲戰火連天、民不聊生，許多人為了另謀生路，開始利用北上的火車進行偷渡。每當火車一停，他們再乘機到附近挨家挨戶去乞討，這時候的他們，往往已經骨瘦如柴，身上又髒又臭，而且爬滿了跳蚤。有時候，有些人因為飢餓過度、體力不支，不小心從火車上跌落。

也許是這樣的悲慘景象打動了一些人的惻隱之心，後來開始有一些住在鐵路沿線，特別是住在韋拉克魯斯州的墨西哥人，會趁著火車要轉彎或行經狀況不佳的鐵軌而必須減緩速度時，到鐵軌旁去施捨食物給偷渡客。有些人家裡雖然沒有多餘的食物，也會拿幾個塑膠瓶裝滿自來水送去給他們；甚至，有些人連瓶子都沒有，也還是到鐵道旁去為偷渡客禱告祈福。隨著偷渡客與日俱增，當地居民想幫助這些人的決心也更加堅決。

在韋拉克魯斯州的鐵路沿線，很多人一聽到火車的聲音，就敏捷地展開行動。

比方說住在花堡，現年六歲的歌萊蒂絲（Gladys Gonzalez Hernandez）。父親開雜貨店的她，經常豎長了耳朵，一聽到火車的氣笛聲，便趕緊從家中貨架上抓起幾包餅乾、幾瓶水、幾袋油酥餅，然後奪門而出，隨父親跑到鐵道旁，向火車上的偷渡客招手，再將懷裡的餅乾、水和油酥餅，投到偷渡客的手上。

歌萊蒂絲會這麼做，是受到父親的耳濡目染。現年三十五歲的西羅（Ciro Gonzalez Ramos），希望女兒長大後成為一個善良正直的人。

歌萊蒂絲在很小的時候，有一次問父親：「你為什麼要給那些人東西吃？」西羅的回答是：「他們從好遠好遠的地方來，而且好幾天沒吃東西了。」

其實，西羅會這麼做，也是跟別人學的。多年以前，他的一位鄰居有一天聽到有人敲門。門一開，是個偷渡客，他掀動枯乾的雙唇哀求道：「求求你給我一點東西吃！求求你！」原來，這個人已經兩天沒吃東西了。這位鄰居拿出了六個豆子餅給他，結果他兩三下就吞下肚

了。吃完後他滿懷感激地說：「謝謝你給我這麼好吃的東西，讓我能夠填飽肚子。你這麼好心，上帝一定會保佑你的。」從此以後，這位鄰居就開始趁火車經過時送食物去給偷渡客吃。西羅得知後也起而效法。

在安西納日，同樣有許多熱心助人的民眾。某個夏日，傍晚六點左右，住在鐵道附近，現年四十歲的耶素斯（Jesus Roman Gonzalez）和三十二歲的妹妹瑪達蓮娜（Magdalena Gonzalez Roman），正在家門外乘涼。附近的鄰居，從事的工作不是土木工就是作莊稼的，在辛苦工作了一整天之後，大家都出來閒話家常。蓊鬱的高山間，有白雲環繞，隨著暮色漸深，天氣涼快了許多。鐵道旁，一位牧羊人正悠閒地驅趕羊兒回家。

柴油引擎的氣笛聲響起。瑪達蓮娜和耶素斯只有兩分鐘的時間。他們立刻衝進屋內。兩人的母親，現年七十八歲的艾思佩蘭薩（Esperanza Gonzalez Roman），動手調整了一下身上粉紅色的圍裙，然後抓起一根手杖。

耶素斯二話不說，抓起三件親戚們穿過不要的毛衣，塞進一個尼龍袋裡，再在袋口上打結，好方便攜帶。瑪達蓮娜則是拿了一個橘色的塑膠袋裝了幾塊烙餅，又拿一個藍色的袋子塞了幾塊麵包，再用湯杓舀了一些檸檬汁倒進一個塑膠瓶裡，匆忙之下還灑了一些出來。

火車頭的氣笛聲越來越響，頻率也越來越密。接著，瑪達蓮娜將爐子上的一碗燉肉倒進塑膠袋裡，一邊喃喃自語：「這樣行了嗎？這裡有麵包、烙餅，還有……」她趕緊衝向前門。

氣笛聲近在咫尺了。兄妹倆拔腿往外跑，他們的母親已經走到了木門外，長長的灰色髮辮在身後晃啊晃的。

暮色中，火車的車頭燈熒熒發亮。要轉彎了，火車的速度慢了下來，地面發出轟隆隆的聲音，火車的車輪則鏗鏘作響。火車司機為了提醒這二十多名帶著食物、飲料和衣物前來援助的居民當心，將氣笛鳴了五次。兩兄妹挨近了鐵軌旁，站穩腳跟，緊緊相擁，以免被火車行進時產生的強風給吸入火車底下。耶素斯張望了一下，在一節底卸車上看到了一個偷渡客。「上面有人！」他高喊，然後將手中的毛衣高舉過頭，揮了幾下。底卸車的車頂上，一個身著綠色和白色衣服的青少年，緩緩爬下梯子，右手緊抓梯子，左手則用力往外伸。

接下來的幾秒鐘非常重要。瑪達蓮娜將裝麵包的藍色袋子遞給耶素斯，耶素斯再將袋子連同毛衣往上舉，丟到少年手中。幾秒鐘後，瑪達蓮娜將手中的檸檬汁也扔了上去。太好了，每一樣東西他都接到了。

在震耳欲聾的噪音中，少年扯開嗓子高喊：「謝謝！」

「願上帝保佑你！」耶素斯也大聲祝福他，眼裡滿是笑意。

至於兩人的母親艾思佩蘭薩，則沉默地站著一旁，雙手高舉向天。原來，她在向瓜達盧佩聖母（Virgin of Guadalupe）禱告，她祈求聖母保佑這些孩子安然抵達「北方」，投入母親的懷抱。

但有些人認為，給偷渡客食物、為偷渡客祈禱還不夠。有個鎮就把教會的大門打開，歡迎偷渡客前去投靠。有些居民更邀請偷渡客回家過夜，讓他們待上好幾天，甚至好幾個月。還有些人則協助偷渡客躲避警察的緝捕，但這樣做很危險，因為很可能被冠上人口走私的罪名。

在聖母庇佑（Maria Auxiliadora）教會，神父雷穆斯（Salamon Lemus Lemus）望著中庭，促狹地說：「我這間教堂已經被他們給佔領了。」

確實，教堂的庭院裡有數百名偷渡客正在閒晃。而教堂的每一個角落，包括三間原本用來從事聖典、洗禮和青年主日學的大房間、車庫、走廊、院子裡的泥土地面，以及從前的聖器室，都成了偷渡客睡覺的地方。要睡覺時，偷渡客就隨手拿起一塊硬紙板，在任何他找得到的空地上席地而睡。但由於人數實在太多了，這些偷渡客通常待個三天就必須走人，好空出位置給後來的偷渡客使用。

二十多年來，這個教會的教友們在歷任神父的帶領下，不斷在為了爭取勞工和窮人的權益而努力奮鬥。他們在偷渡客身上看到過太多悲慘的遭遇了，譬如在又濕又冷的夜裡（有時候氣溫甚至在零度以下），幾名偷渡客依偎在鐵道旁的空地裡一起睡覺；被警察逮捕時，他們頭髮遭到拉扯，雙手反剪在背後，再被踹進卡車的後座裡；為躲避警察的追捕，很多人更因而不幸受傷──兩年當中，就有三十二名偷渡客被火車碾斷了手腳。

歐瑞薩巴（Orizaba）教區的發言人特魯希友（Julio Cesar Trujillo Velasquez）指出，身著綠白兩色制服的市警察，會帶狗來抓人；此外不管是市警察還是州警察，都會毆打偷渡客，有些甚至會搶走他們的錢，再將他們狠狠摔入卡車的後座。教友們於是自發性地組成了一些團體，一聽到有偷渡客遭到警方虐待，他們馬上衝到事發現場，為偷渡客聲援。

「他們是人，不是動物耶，」教會的義工桑切斯（Gloria Sanchez Romero）忿忿地說：「沒有人希望受到那樣的對待。」

警方為了逮人，有時候會衝進教會裡去，甚至連槍都拔了出來。有一次，移民局的幾名幹員闖入某座教堂，動手逮捕了四名偷渡客，再押解到卡車上。

教會的執事神父表達抗議。

「救救我們！我們會被毒打的！」一名偷渡客大聲求救。

「閉嘴！」一名幹員喝道，並抽出警棍揍了那名偷渡客幾下。

神父的身邊，此時已聚集了上百位民眾，神父義憤填膺地說：「這裡可是教堂，你竟然褻瀆了這個地方。我要求你馬上釋放他們！」最後，移民局幹員雖然放了人，但只放了他們在教堂內抓到的那四個，卻不包括他們在教堂外逮捕到的另外六名偷渡客。

此外，教徒們也舉行公開示威活動。比方說有一次，當地的一家公立醫院外集結了大約一百五十人。他們拉開一條長布條，上面寫著：「醫院不該與偷渡客為敵」。

示威的緣由是：前不久，有一名偷渡客被警察推向火車，因此斷了一條腿，後來被送進該醫院救治；然而，在調查單位還來不及採納證詞以前，這名偷渡客就被偷偷遣送回國了，示威民眾於是前來抗議醫院與移民局狼狽為奸。抗議民眾走了大約一點六公里的路，來到醫院前高聲吶喊：「我們要正義，我們要公理！」還封鎖了當地公路的出入口。

教會的義工路易斯（Luis Hernandez Osorio）表示，很多教徒覺得自己應該做得更多。有些人開始讓偷渡客進到教堂裡睡覺和吃飯。風聲傳開後，警方開始加強查緝活動，然而到教堂尋求庇護的偷渡客也越來越多。

路易斯和一群教友前去向主教陳情：「您一定要幫忙才行。這些人也是我們的同胞啊，

教會當然要對他們敞開大門。」但也有民眾表示反對，他們同樣聯合起來去向主教陳情，希望他下令禁止教會收容偷渡客，理由是：這些偷渡客會威脅到老弱婦孺的安全；玷辱教會的形象；他們把洗過的內衣褲晾在教堂的牆上；他們已經好幾個星期沒洗澡了，身上臭氣沖天；他們會隨地吐痰，還誘拐當地的少女；他們是陌生人，而且有可能為非作歹；孩子們上完教義問答後用來嬉戲玩耍的那塊漂亮的草皮，如今都被他們弄得髒兮兮的。

結果，主教選擇與偷渡客站在同一邊。他打電話給頭髮花白的雷穆斯神父，指示他盡全力幫忙偷渡客，還承諾要募款成立偷渡客收容所。主教說：「我認為這就是教會的使命。這是非常非常重要的。」部分教徒不滿主教的這項決定，於是退出教會，原本有大約八百名信眾的這家教會，教徒人數一下子驟減一半。

後來，教會和警方及移民局達成一項非正式的停戰協議，警方承諾不再進教堂逮人。數以百計的偷渡客（其中又以男性居多），就在教堂的寬闊庭院裡住了下來。他們在這裡休息、玩骨牌、洗衣服，再將洗好的衣服晾在縱橫交錯的曬衣繩上。庭院的一側，有個開放式的廚房。每天三次，偷渡客們會在這裡大排長龍，等著領取食物。食物的內容多半是米飯、豆子，或別人捐來的任何東西，譬如一大碗湯。庭院的另一側有個大池子，是他們洗衣服的地方。晚上十點，大多數人都已經在地上躺平，準備睡覺；由於空間不夠，他們多半必須頭腳相接地擠在一起，活像罐頭裡的沙丁魚。而且，他們沒有被子蓋。

該教區所有的四十所教會和十一個神職人員住所，大家有錢出錢，有食物出食物。每逢二、三月的聖灰節（Ash Wednesday），或九月的移民節，這些教會還會進行募捐。募捐用的信封，上頭畫了一列載貨火車。每一次，他們大概都可以募得三千三百塊美金，而主教也會親自到各教會去鼓吹信眾慷慨解囊。此外，教會的教友們偶爾也會到街上去挨家挨戶地向店家募捐。教會義工桑切斯說，一般而言，每五個商家當中會有四家願意樂捐。比方說，有兩家麵包店的老闆，每天打烊後會捐出剩下的麵包；有個賣禽肉的老闆，每隔兩、三週就送來五十隻雞鴨；一家位在科多巴（Cordoba）的菜市場，每週六會將當週沒賣掉的蔬菜全部送來；有個善心的民眾，會定時捐出兩、三大袋的砂糖；有些人儘管經濟情況較差，也會送上一小包的豌豆、油、米或扁豆；有些人則會在晚餐時多煮一點，再把剩菜剩飯送過來；還有些人會送上幾袋的混凝土，做為來日興建移民收容所之用。

而最大的一份禮物，可能要算是該教會神父所送的。他告訴教會的信眾：「這些人會一直出現，而且會越來越多。興建移民收容所是勢在必行。」

神父是個以身作則的人，六十三歲那年，他不動聲色地便將好不容易存下來的三萬七千五百美元退休金全數捐出，用來購買興建收容所的建地。

有些人或許沒錢，卻貢獻了寶貴的時間。個頭矮小、眼珠深邃烏黑的路易斯，每天除了要花八個小時在自己的會計工作上，還撥出額外的八小時在教會幫忙，譬如應付警察、尋找新的募款對象、每晚去拿麵包店捐獻的麵包等等。每隔八天，他還要開車載著一個大缸子，到當地一家魚貨店去拿店主人送的海產。這些海產，拿回去當偷渡客的主食，通常可以維持個兩、三天。

「我每天都要應付好多好多問題，但我卻覺得很平靜安詳，」路易斯說：「我一直希望

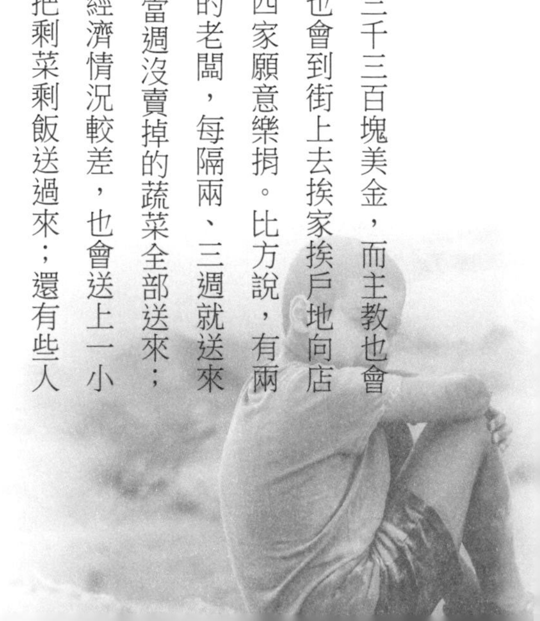

自己的人生能過得有意義。做這些事，讓我覺得很充實、很滿足。」

擔任建築師的潘亞（Alfonso Pena Valencia），也是該教會的義工。每週六天，他在這裡擔任警衛，時間從晚上七點到凌晨一點。而另外的一天，也就是星期六，他更是工作到清晨才下班。他太太羅西塔（Rosita），則是在教會幫忙急救。潘亞說：「我喜歡這裡，我想要幫助其他人，他們就像我的兄弟一樣。」

然而，對某些人而言，光為偷渡客提供短期的庇護是不夠的。胸膛寬闊、笑口常開的歐爾特加（Maria del Carmen Ortega Garcia），會邀請偷渡客到她家過夜。這些人令她想起自己的兒子。一九九五年，她十八歲的兒子侯西（Jose Geronimo）非法偷渡到美國遭到逮捕，被有關單位從加州遣送回國。沒想到，他一過邊境就失去了消息，從此音訊全無。於是歐爾特加開始對偷渡客伸出援手，先是送上咖啡，後來則開始提供洗澡的地方。

二十二歲的宏都拉斯人伊斯拉艾爾（Israel Sierra Pavon），有一天在鐵軌旁遇到了歐爾特加，他乞求歐爾特加給他一點錢。結果，歐爾特加不但給了他六披索，還告訴他可以去她家吃飯——往前走一段路，院子裡繫了一頭豬的，就是她家。結果，伊斯拉艾爾在她家免費住了九個月，一邊打工賺取盤纏。至今，歐爾特加已經收容過十七名偷渡客，其中有些只待了幾天，有些則待上好幾個月。

中年婦女阿姬芮（Francisca Aguirre Juarez），前排的牙齒幾乎快掉光了，身上的毛衣也百孔千瘡。

她的家儘管只有一個房間，裡頭卻塞了三張床；其中的一張，是她和她女兒睡的，中間的一張，是她兒子和偷渡客一起睡的，另外的一張，則睡了兩個偷渡客。兩年時間下來，這個家已經收容過八十名偷渡客。他們待在這裡的時間，多半在一個星期左右。阿姬芮為了和警方保持友好的關係，偶爾會請他們吃東西。儘管如此，房東很不高興她收容這麼多偷渡客，因此威脅要趕她出去。

阿姬芮的工作，是在鐵道附近的街角賣 memelitas，一種以黑豆為餡料的點心。由於收入微薄，她連自己的孩子都快餵不飽了，但還是經常趁火車在早上六點到晚上十點之間經過的時候，送食物去給偷渡客吃。

到了鐵路旁，她會打手勢提醒火車駕駛減速慢行，並扯開嗓門：「拜託開慢一點，我要拿東西給他們吃！」

但不是每個司機都會理她。「嘿！這裡有食物！」她一邊高聲呼叫，一邊想辦法將手中的水、蘋果、襪子或豆子三明治扔到偷渡客手中。甚至，她還經常在半夜一點半或三點鐘起床，到鐵軌旁去送食物。

「很多人只想賺錢、存錢，但我不是這種人，」阿姬芮說。她之所以幫助偷渡客，起因於某次的經驗：一個二十五歲的宏都拉斯青年，在跳上火車時一個不小心，被碾斷了一條腿，結果，他在原地痛苦呻吟了兩個小時，才被路過的人發現送到醫院急救。從此以後，她便發願要幫助這些人，「幫助他們會讓我覺得比較好過。他們受的苦難比我還多。」

住在安西納日的布雷尼茲，住家距離鐵路只有兩條街遠。有一天，他看到一個從宏都拉斯偷渡來的二十五歲青年，便給他幾塊玉米薄餅果腹。青年吃完了薄餅，正準備從他家門廊

上離開，一輛藍白色的警車卻出現在他家前方的泥土路上。

他趕緊將青年帶進屋內。一會兒，警察過來敲門，「把人交出來！他是偷渡客，我們要逮捕他。不把他交出來，我們就以人口走私的罪名將你逮捕。」

這些警察手上有手槍，還有機關槍。布雷尼茲心裡明白，犯了人口走私罪是要吃好幾年牢飯的。以兜售手工木椅為生的他，此時強忍住心中的恐懼，對門外的警察客氣地說道：此人是他的親戚，從大老遠的地方來拜訪他，他沒有理由將他交給警方。

終於，警察撤退了，但他要這名偷渡客在他家裡再多待一個小時，等到確定外面安全後再離開。

在聖母庇佑教會，包括執事的神父在內，很多信徒都曾經因為援助偷渡客而遭到警察恐嚇，「下次再讓我看到你這麼做，我一定會逮捕你。協助中美洲人偷渡是犯法的，你不知道嗎？」

教會的義工路易斯說，人道援救並不犯法，但警方的恫嚇可不是說說就算了。該教會的教友，已經有五個人曾經因此而遭到逮捕，儘管沒有一個人被定罪，但這大概都是他們花錢換來的。有一家人，因為提供地方給三名偷渡客睡覺，結果包括父親、母親和兩個兒子在內，一家四口全都遭到逮捕。警方後來大敲竹槓，要他們交出兩萬披索才肯放人。教會的另一位信徒，一位計程車司機，有一次好心載五名偷渡客一程，結果被州警察逮捕。他擔心吃上人口走私的罪名，只好拿出三萬披索加以賄賂，才獲得釋放。

位在山腳下的米拉多坎培席諾（El Campesino El Mirador），是一個在鐵路旁的小村莊。

當地的村民告訴我們一個故事：除了個人或教會，有時候一整個城鎮或一整個村莊也會因為看不慣警察的胡作非為而群起反抗。

該村的警力，是由鄰近的諾加勒斯（Nogales）所支援的。二〇〇〇年五月底，某日下午，一列北上的載貨火車在側線上停了下來，好讓對向的南下火車先行通過。忽然，幾個狀似喝醉了的警察，從鐵道旁一家酒吧內走了出來。他們看到那列靜止的火車上坐了大約五十名偷渡客，便上前準備逮捕。偷渡客見狀趕緊跳車，往山區的方向逃逸。

警方立刻拔腿追趕。村民指稱，警方後來開始拔槍射擊。一名來自宏都拉斯，年約十七、八歲的女孩，手臂中槍。當時的她，懷了八個月的身孕——據她說，她會懷孕是因為在契亞帕斯時被一個警察給強暴了。這女孩使出渾身的力氣往山上爬。爬了大約九十公尺，她來到一個小小的混凝土平台邊。平台上，立了一副白色的十字架。由於失血過多，她已經沒有力氣再往前走，只能在平台邊大口喘氣。不多時，三名警察追趕而來，扯她頭髮，用腳踢她，還拿起警棍用力毆打。

「饒了我吧！」女孩大聲哀嚎：「你們已經用槍打傷我了。求求你們不要再打了，要不然我肚子裡的孩子會死掉的。」

當地的一個村民，三十八歲的瑞耶絲（Maria Enriqueta Reyes Marquez），這時候爬到十字架上，看到女孩的手臂已經被子彈打斷一根骨頭。回憶起當時的場景，瑞耶絲眼裡泛起淚光：「他們打她簡直像在打狗。喔，不，她的情況比狗還慘。警察並不會虐待囚犯啊，為什麼要這樣毒打這些可憐人？為什麼！為什麼！」

「別再打了！」瑞耶絲終於忍不住大叫。

沒多久，女孩和十字架周圍聚集了大約五十個村民，他們痛罵這三個警察：「懦夫！你們為什麼要毆打她？」其中兩名警察眼見群情激憤，拔腿就跑，衝往山下。另一個反應較慢，屁股上被狠狠踢了一腳，才趕緊溜之大吉。

後來，當地的一位居民被發現陳屍在鐵軌旁的水溝裡，眾人懷疑，他可能是在警察開槍時被無辜波及的。眾人的憤怒這下子終於沸騰。隔天，該村及鄰近兩個鄉鎮號召了大約五百個村民，徒步前往市政廳的所在地諾加勒斯（肇事警察所屬的單位也在這裡）。他們有些人手拿石頭，有些手持棍棒，將市政廳重重包圍，要求市政府將警方前一日逮捕的偷渡客——總計十五人，有些還遭到了毆打——全數釋放。

花了兩個半小時徒步到諾加勒斯的瑞耶絲，提高分貝對市長吶喊：「我們是人，他們也是人，我們應該用人道的方式對待他們。要遣返他們可以，但不應該對他們開槍或毒打。」

村民們表示，他們不想再看到諾加勒斯的警察踏入他們村莊。

附近的門多薩（Mendoza）紅十字會會長拉米瑞茲（Samuel Ramirez del Carmen）證實，前一日該會的急救人員確實接到了這樣一個個案：她懷有身孕，在諾加勒斯受到槍擊。而這一次的抗議，也成功地將警察驅離了該村。

當地的新聞記者拉莫思（Julian Ramos Hernandez）指出，因為該次事件，有八名警察最後遭到革職。「警察對偷渡客開槍，實在教大家義憤填膺、忍無可忍，」拉莫思說。

另外瑞耶絲也告訴我們，事情發生後，火車上那批偷渡客因為餘悸猶存，在山上躲了整整一個月。村民們很熱心，一天照三餐帶食物和水上去。至於警察，瑞耶絲說，從此再沒有回來過。

新的貨物

由於擔心自己的好運可能僅止於先前拿到的那六塊麵包，安立奎忍住飢餓，盡量不現在把它們吃掉。再過一個多小時，火車就要到科多巴了。

屆時，火車載運的貨物將有所不同，而且多半是價值高昂、比較容易損壞的東西，如福斯汽車、福特汽車、克萊斯勒汽車等等。因此，這裡的警衛人員會嚴格把關，仔細檢查每一節車廂，一旦發現了偷渡客，便設法加以逮捕，再交給有關單位發落。更重要的是，要是有偷渡客跌落火車而受傷或身亡，火車就必須停在原地，等候調查人員前來處理——這對鐵路公司而言是一大損失。墨西哥鐵路運輸局（Transportacion Ferroviaria Mexicana）的一位官員岡薩勒司（Cuauhtemoc Gonzalez Flores）告訴我們，火車多停留一分鐘，他們就多損失八塊錢。

看到一條排放污水用的渠圳出現在鐵軌旁，安立奎知道，科多巴快到了。火車上的偷渡客，此時紛紛喝光手中的水，因為，身上帶著水壺是跑不快的。如果身上有毛衣或多餘的衣服，他們會綁在腰間。安立奎緊緊抓住手中那袋麵包。晚上十點左右，一股熟悉的氣味飄入鼻孔，原來，在紅磚砌成的火車站旁，有一家烘焙咖啡豆的工廠。然而，這個味道同時也在提醒他：要準備跳車了。等到火車開始減速，他抓準時機，往下一跳，落地後立即拔腿飛奔。

躲過了火車站警衛的搜查，他放慢腳步，來到火車站北邊一條街外的人行道上，席地坐

下。兩名警察走了過來。

他不能跑，跑的話更容易被抓到。他將麵包塞進牆上的一個縫隙中，再勉強自己吞下恐懼，刻意裝出一副滿不在乎的模樣。

這兩名身著深藍色制服的警察，筆直地朝他走去。

安立奎沒有移動，甚至沒有退縮。因為他知道，警察的嗅覺很靈敏，他們可以察覺到恐懼，知道一個人是不是非法移民。他告訴自己，要鎮定，不要面露驚慌，也不要躲躲藏藏，反而要勇敢地與他們四目交接。

這些警察可不是帶禮物來的，他們掏出手槍，將槍口對準安立奎的胸膛，喝叱道：「別跑，跑的話我就開槍。」接著，他們將安立奎連同另外兩名坐在附近、年紀比他還年輕的男孩，押到鐵路旁一個洞穴般的工寮中。當時，工寮中已經有二十名偷渡客被另外七名警察押至此處。看來，這是一次大規模的掃蕩行動。

警察命令偷渡客沿著牆邊排成一直線，「把口袋裡的東西全都交出來。」

安立奎明白，要想不被遣返回中美洲，他只有一個辦法：賄賂。當時他身上有三十披索，相當於三塊美金，是他在鐵拉布蘭卡挑石頭和掃地賺來的。他先前曾經在該地短暫停留，一方面就是要為今天這種狀況預作準備：被警察逮捕時用錢來換取自由。有些警察拿了二十披索就放人，但有些警察很壞，拿了你五十披索或更多，卻還是照樣把你交給移民局。此時安立奎只能在心中暗自祈禱，他身上帶的錢最好足夠。

輪到安立奎了，他按照警察的指示掏出口袋裡的東西。

皮帶、一頂突擊者隊（Raiders）的球帽、三十披索。他瞄瞄其他的偷渡客，每個人面前都擺了幾樣私人財產。

「可以了！滾吧！」看樣子他是不會被遣返了。可他卻停下腳步，鼓起勇氣，問：「我可以把我的東西和我的錢拿回來嗎？」

「錢？什麼錢？」警察回答：「如果你不希望你的旅程在這裡畫下句點，就忘了這件事吧。」安立奎聞言立刻轉身，頭也不回地走了。在韋拉克魯斯雖然可以碰到不少仁慈的陌生人，這裡的執法人員卻不可信賴。關於剛剛提到的那件事，花堡鎮的警察局長表示不予置評。

離開了工寮，疲累不堪的安立奎，先回到原地拿出藏匿的麵包，再爬上一輛平底貨車，沉沉睡去。破曉時分，他聽到火車的聲音，便抓起麵包，跳下貨車，跟在火車旁跑了幾步，然後縱身一躍，再次上了火車。

群山之間

過了一段時間，安立奎發覺，火車開始往上爬，行進也比較順暢了。天氣變得越來越涼。火車在經過許多高達十八公尺的竹子之後，駛上了一條長長的橋；橋下，是一個深深的峽谷。金百利克拉克（Kimberly-Clark）工廠，從煙囪裡排放出陣陣難聞的白煙；他們在這裡將甘蔗搾成漿，再製成面紙和衛生紙。

火車持續朝北前進，周圍的景色也不斷改變。想當初在瓦哈卡，到處是廣闊的牧牛場。那裡的氣候極為燠熱，每當安立奎往後望，會覺得身後的鐵軌好像被高溫烤焦似了，彎彎曲

曲的。此外，濃重的濕氣，讓鐵軌旁的電線上長了許多綠色的球狀霉菌。火車從一條河上駛過，河流的寬度大概相當於一個街廓。在瓦哈卡，安立奎總是汗流浹背。每當火車速度減緩，他都覺得快被自己身上的汗臭味給薰死過去。

到了韋拉克魯斯，周圍的景致起了明顯的變化。田裡有各式茂盛的農作物，如一排排銀色的鳳梨樹，以及又細又長、不時與火車擦身而過的甘蔗。安立奎還看到製糖工廠的煙囪，以及附近民家曬在鐵皮屋頂上的自製玉米餅。火車走了一段之後，他又看到大片大片的沼澤地和密密麻麻的蚊子。在這裡，有一樣東西他必須特別當心，就是蜜蜂。他聽人家說，這裡的蜜蜂有很多是所謂殺人蜂（Africanized bee），一旦被火車頭冒出來的煙給激怒了，牠們可是會集結起來對火車頂上的偷渡客發動攻擊的。

除了地貌，火車也有所改變。這裡的鐵軌是固定在混凝土枕木上，焊接得很牢固，維修的情況也比較良好。這裡的載貨火車，總長度較長，行進時比較順暢，速度較快，出軌的頻率也較低。由於火車數目變多，偷渡客的人數變少（因為有很多在契亞帕斯就受了傷或遭到遣返），火車上的偷渡客相形之下便少了許多。安立奎一路看下來，發現有些火車頂上只坐了十幾二十個人。

到了歐瑞薩巴，火車上的工作人員也開始換班。趁著火車進站停靠，安立奎向一個站在鐵軌附近的人乞討：「你可以給我一塊錢披索，讓我去買點東西吃嗎？」那人問起他臉上的傷疤。安立奎回答說，他一個星期多前在火車頂上遭到圍毆。結果，那人給了安立奎十五披索，折合美金一點五元。

安立奎拿這些錢跑去買了汽水、起司，用來配他的麵包。往北看，青翠的群山外，有一座山覆蓋了皚皚白雪，那是歐瑞薩巴峰（Pico de Orizaba），墨西哥的最高峰。

這裡的天氣，和先前那些熱氣蒸騰的低地大相逕庭，溫度低了許多，在夜裡更是寒冷刺骨。安立奎討來了兩件毛衣。火車快要開動前，他跑到每個車廂的後頭察看，偷渡客有時候會把不要的衣物丟棄在這兒。果然，他撿到了一件毛毯。

火車發動了，他拿出起司、汽水和麵包，與另外兩個男孩分享。這兩個男孩，一個是十三歲，一個是十七歲，目的地都是美國。吃著手中的麵包，安立奎在心裡默默感謝著送他麵包的那些善心人士。

火車上的偷渡客，彼此間很容易建立起某種革命情感：大家會互相照顧，傳授知識或經驗，把自己的東西與他人分享。休息的時候，他們會輪流把風。要是發現鐵軌旁有人正準備跳上車，而火車行進速度卻太快的話，他們也會大聲警告。

「不要跳！你會被撞死的！」

有時候，安立奎多撿到了一件襯衫，或聽說了某個躲警察的好辦法，他也會與人分享。其他偷渡客對他也很慷慨，他們會告訴他自己學會的墨西哥單字，或給他一小塊肥皂，讓他跳到清淺的小溪裡洗澡。

然而安立奎很清楚，這些情誼都是稍縱即逝的。即使是親兄弟，能夠一同出發又一同到達目的地的人，實在少之又少。甚至，他們很多時候只能棄受傷的同伴於不顧，以免被警察逮到。安立奎在韋拉克魯斯等火車時，聽到一個三十一歲的薩爾瓦多人述說自己的親身經歷：

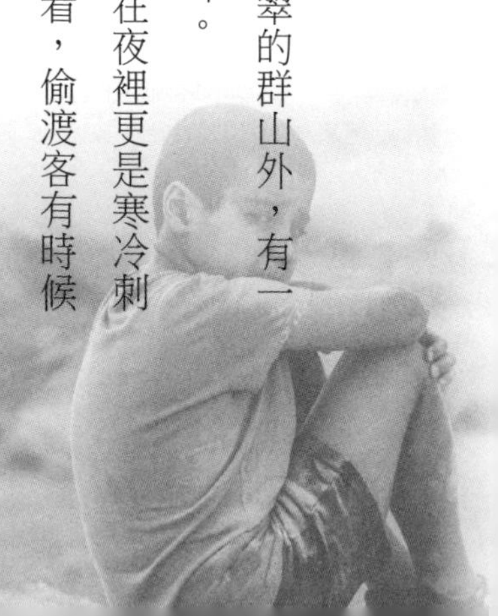

他先前在某火車站看到一名男子為躲避移民局人員的追捕，被火車碾斷了右腿，於是他脫下自己身上的衣服，幫他包紮止血。但由於害怕自己也落入移民局的手中，因此包紮完後便棄他而去。

「別丟下我！」受傷的男子哭喊道。根據警方的說法，該名男子當天稍晚便嗚呼哀哉了。

在候車的空檔，安立奎會刻意遠離其他偷渡客，在高高的草叢裡獨自睡覺，因為他知道，這樣子比較不容易成為警察的目標。然而，同伴間的相互扶持往往是活下去的重要關鍵。安立奎事後回想道：「要是我一路上一直獨來獨往，我或許會比較早到達北方，但更可能永遠到不了。」

火車進入了群山的懷抱。安立奎邀請另外兩個男孩和他共用一件毛毯。也好，三個人擠在一起會更溫暖。車頂的出入口和某道爐柵之間是個不錯的位置，他們在此躺下。安立奎還找來一些破布放在腦袋底下當枕頭用。火車韻律有致地左右搖晃，車輪也隨之發出喀哩喀啦的輕響，將三個男孩很快搖入了夢鄉。

火車進隧道了。阿庫爾辛格山脈（Cumbres de Acultzingo），總共有三十二座隧道，這只是其中的頭一座。這些隧道，全是以墨西哥的州名來命名的；每過一座，安立奎便唸唸它的名字，並數算接下來還有多少隧道要過。外頭豔陽高照，裡頭卻伸手不見五指。有人大叫了幾聲：「哎！」再聽聽隧道裡傳來的回音，覺得很有趣。有的時候，火車的尾巴都還沒離開上一個隧道，火車頭就已經進入了下一個隧道。轉彎時，車廂嘰嘰嘎嘎地怪叫起來。隧道太多太長了，安立奎和兩個同伴乾脆繼續睡。好不容易，火車又回到了燦爛的陽光底下，一看，火車正在山腰上盤旋。再往下看，谷地裡種植了許多農作物，如玉米、蘿蔔、萵苣等等，在谷地裡點染出各式深淺不一的綠。

墨西哥隧道，是其中最長的一座。在長達八分鐘的時間裡，整列火車完全隱沒在隧道當中。黑色的柴油煙因此全卡在火車頂上。

偷渡客們很快感到肺部灼熱、眼睛刺痛。有些趕緊爬下梯子，好躲過這些難聞的毒氣。安立奎雖然閉上了眼睛，臉和手卻很快就蒙上了一層灰，鼻孔裡也沾滿黑灰。不只是偷渡客，火車司機也害怕經過這裡，因為，引擎要是過熱，火車就非得停下來不可。許多偷渡客跑到了隧道的出口，好呼吸新鮮的空氣。

待火車駛出隧道，車頂上很快開始結冰。為抵擋刺骨的寒風，偷渡客們有的瑟縮在車廂之間，有的則和陌生人緊緊挨在一起。在寒風的吹拂下，他們感到皮膚刺痛，全身也發抖起來。很多人沒有毛毯或毛衣，有些更只穿著單薄的襯衫。他們的嘴唇龜裂，眼睛也變得呆滯無神。有些人緊緊抱住自己的身體，有些人則是三人一組，在車廂後頭的凹洞處疊羅漢般地擠在一起。他們拉起身上的衣服摀住口鼻，再用口中呼出來的氣息取暖。當火車速度慢了下來，他們便跳下車跟在旁邊跑，以驅走寒意。

有些人冒險跑到火車的最前方，利用柴油引擎所冒出的煙來取暖。有些人則跳進裝滿砂石或穀物的車廂裡（但裡頭裝載的貨物必須夠滿，這樣他們到時候才爬得出來）。入夜後，有些年紀較長的偷渡客會拿出威士忌來喝，但又不能喝太多，以免喝醉了而跌下火車。有些人蒐集了一些垃圾和廢棄的舊衣物，在車輪上方突出的平台上生火。他們伸手靠近火焰，再

將熱呼呼的手掌心貼在他們已經凍僵了的臉頰上。

到了清晨，火車駛入平地，底下的鐵軌也變直了。此處是海拔兩千五百公尺，火車的速度加快到每小時五十六公里。安立奎從睡夢中醒來，揉揉惺忪的睡眼，看到鐵軌兩旁種滿了人工栽培的仙人掌，正前方則聳立著兩座巨大的金字塔——這是古都特奧蒂瓦坎（Teotihuacan）的遺址，建造於阿茲特克文明之前。

接著，安立奎看到了轉轍器、臂式信號機，看到了開發住宅、天堂 Spa 的廣告看板、排水溝、計程車。前方就是萊契利亞（Lecheria）站了，火車開始減速，安立奎也開始準備落跑。

這裡是墨西哥市。

懷疑的眼神

在這裡，偷渡客們當初在韋拉克魯斯受到的熱情款待再不復見。墨西哥市的一位婦女一談起偷渡客便皺起眉頭：「我怕他們。他們講話的腔調好怪，而且全身髒兮兮的。」她家的金屬門上有個厚重的門栓，她可不敢隨便將它拿開。

安立奎挨家挨戶地去敲門，想乞討一些食物。但墨西哥市是個犯罪猖獗之地。有不少教會曾經在教徒們做禮拜時遭到土匪洗劫，最後只好僱用武裝警衛來保護教友的安全。為求自保，墨西哥市市民大多防衛心重，對陌生人懷有敵意。偷渡客在此常常吃閉門羹——「我沒有東西可以給你，」很多人都這樣告訴偷渡客。

住在萊契利亞的羅德莉桂（Olivia Rodriguez Morales），家住在火車站以南一條街外的地方。她的丈夫，退休前是鐵路公司的工程技師。她的家，是用一輛鐵鏽色的有蓋貨車改建而成。她帶著一副銀邊眼鏡，頸項間掛著一串綴有金色十字架的項鍊，平日裡輕聲細語、說話溫柔，然而一旦被問到偷渡客，她便停下手中的針線活，身體變得僵硬，臉上也忽然罩上一層寒霜。

羅德莉桂告訴我們一個故事。她家附近有一個年輕人，一日下午在鐵道旁碰到六名偷渡客向他要錢。他回說沒錢。當晚，他卻在回家的路上遭到這六個人挾持。他們用有刺的鐵網將他的雙手反綁在背後，然後搶走他的錢、他的錶、他的衣服，還用大刀重擊他的頭部。最後，他全身赤裸裸地被丟在路邊。

更慘的是，當晚後來還下了雨。這年輕人只能夠拖著自己受傷的身軀慢慢走回家。由於傷勢嚴重，他在醫院裡住了整整三個月。羅德莉桂和鄰居們後來聽說，他被這六名偷渡客給強暴了，但他自己對此是絕口不提——也難怪，這裡有很多長輩是看著他長大的，這對他而言情何以堪。

曾經，羅德莉桂也同情過偷渡客，給他們食物或其他的幫助。但是現在不同了，每天，她都會碰到好幾個偷渡客上門乞討，跟她要玉米餅、咖啡、衣服或襪子，但她總是斷然拒絕，「發生了那件事之後，我們不再信任這些人了，所以都把門關得緊緊的。」

每天早上，這裡的居民出門上班時，心中總是懷著一絲恐懼：在鐵軌旁那開著黃花的矮樹叢間，會不會藏匿著偷渡客，或其他因為犯了法而亡命天涯的歹徒呢？「你不曉得他們是誰。有些人偷渡是真的為了賺錢養家，但有些人則是幹了壞事所以逃亡來此，」羅德莉桂說。

她的鄰居艾瑞歐拉（Oscar Aereola Peregrino）同意道：「一個人做錯了事，卻害大家都跟著付出代價。」

安立奎連敲了好幾個人家的門，卻沒有人願意同情他。最後，他總算碰到一個好心的婦人，給了他一些玉米餅、豆子和檸檬汁。

現在，安立奎必須當心州警察。火車站附近，有很多州警在巡邏站崗。位在墨西哥市西北郊的萊契利亞，是一個飛沙走石、煙囪林立的工業區。安立奎放眼望去，看到了一家廢金屬回收廠、一家固特異輪胎工廠和一家塑膠工廠。鐵道旁，廢棄物散落一地，有壞掉的洋娃娃、老舊的輪胎、狗的屍體，還有破破爛爛的鞋子。移民局的幹員，有時候會開著普通的車子在此出沒，安立奎提醒自己務必當心。在這裡，偷渡客多半藏身在槽車之間、槽車當中或草叢裡頭。

火車站的北邊，有一片廣闊的田野，田野上開滿了各式黃色和紫色的花，還有牛羊在上面吃草。除此之外，地面上有幾個用混凝土做成的涵洞，寬約一公尺，安立奎挑了一個爬進去。他上一次來到此地，是和其他偷渡客一起擠在涵洞裡過夜的，行蹤隱藏得很好，警察完全沒有發現。他告訴自己，這一次，除非運氣太差，否則他應該有機會到達美國邊境。

這個地方離墨西哥鐵路系統的中心，有大約二十一公里的距離。儘管這個站的規模不是最大，但營運也夠繁忙了，它共有兩個月台、六條鐵軌。火車在駛入墨西哥市以前，一定會先在這裡靠站，將載有易燃物的車廂卸下，之後再於離開墨西哥市北上時，將這些車廂給接回去。

負責為萊契利亞站及其他車站進行人員調度的山契斯（Jose Patricio Sanchez Arellano）告訴我們，在萊契利亞站，每二十四個小時就有十五班列車發出。躲在涵洞中，安立奎可以聽到外頭傳來唧唧的聲響，是車廂在連結或卸下時所發出的。當車廂連結完成後，整列火車的總長度可能長達將近一點六公里。

重要的時刻來了，安立奎必須審慎挑選。從這裡出發的火車，不是每一列都會到達邊境。在萊契利亞站，有發車營運的鐵路公司有三家，其中一家叫菲若斯（Ferrosur），是許多偷渡客的最愛，因為，他們派駐在火車上的警衛最少。不像墨西哥鐵路運輸公司，他們有時候為了預防盜賊用剪線鉗撬開貨車門進去偷竊貨物，會特別加派警衛在火車上嚴加看守。

晚上九點三十分，一列北上的火車靠站了，這是安立奎比較中意的目標。這班火車，將一路駛向墨西哥與美國德州的交界處，而且抵達時間多半在夜裡，在漆黑夜色的掩護下，他應該比較容易躲過警察的偵伺。不過，墨西哥市以北的鐵路系統比較新穎，車速也快，偷渡客多半不會坐在車頂上。

他們必須另覓棲身之處。安立奎張望了一下，看到幾節特別的車廂。在萊契利亞，鐵路公司有時候會將上了鎖的大型貨櫃，裝進另一個體積更大一點的車廂裡去，簡單講，就是一個箱子裡再裝一個箱子。由於兩個箱子之間有點空隙，有些偷渡客便把它當成棲身之所，躲在裡頭。然而，這樣做有個危險：火車要是緊急煞車，車廂裡的貨櫃可能會滑動，將躲在縫隙中的人壓成肉醬。

最後，安立奎和他的兩個同伴挑了一節有蓋貨車，並用一塊石頭卡住門縫。他們要是在

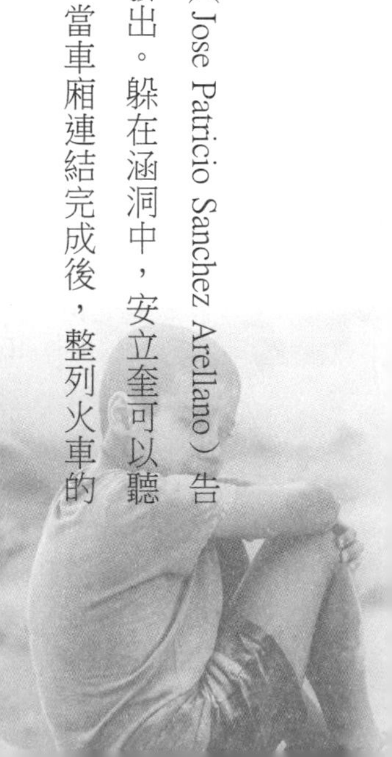

裡頭被抓到，恐怕插翅難飛，但他們仍然決定冒險，因為，墨西哥北部的移民局檢查哨少得多。一位鐵路公司主管估計，在這條路線上，火車被警察攔下來臨檢的機率，五次當中只有一次。為了不弄髒身體，三個男孩又找來幾塊硬紙板做為臥鋪。

眼尖的安立奎，注意到附近一節底卸車上有張毛毯。他爬上梯子想要去撿，卻聽到頭頂上傳來滋滋滋的聲音。在墨西哥市以北兩百三十公里的鐵路沿線上，火車上方都有著通了電的電線。它們原本是舊型火車頭的配備，如今這些火車頭雖然已經除役，這些電線仍然通了兩萬五千伏特的高壓電，以防設備遭人蓄意破壞。儘管電線旁貼了警告標誌：「高壓電，注意危險」，很多偷渡客根本不識得幾個大字。

不過，你不一定得碰觸到電線才會被電到。因為，電線周圍約五十公分以內都是可能觸電的範圍。然而，整列車中高度最高的車廂，也就是載運汽車的貨櫃車，和電線的距離也差不多才九十公分而已。走進墨西哥市鐵路公司的大型控制室，你可以看到電腦螢幕上閃著藍色或綠色的線，這代表情況正常，然而，平均每六個月，這裡的工作人員就會看到電腦上的畫面閃了幾下，之後便消失不見。這表示，有偷渡客爬到火車頂上觸了電，造成系統短路。等電腦再度啟動，螢幕上閃著紅光的點就是事發地點。

安立奎爬上梯子，小心翼翼伸出手，抓住毛毯的一角，一扯，毛毯到手了。接著他爬回有蓋貨車內，躺入兩位同伴用稻草鋪成的稻草堆上。接下來的路途中，三個男孩共飲一瓶水和一瓶果汁。

這列現代化的火車，很快便穿越墨西哥市的市郊，駛入越漸荒涼的野地裡。極目所見，外頭不是砂石、矮灌木叢、長耳大野兔和蛇，就是光禿禿的大石頭、乾涸的河床和嶙峋的峽谷。火車又走了一會兒，外面開始瀰漫起濃霧，這時候安立奎已沉沉睡去。

但是，他睡得太沉了，當火車在墨西哥中部的沙漠中被警察攔下來時，他竟然沒有察覺。穿著黑色制服的警官，叫醒這三個蓋著毯子、睡在稻草上的男孩。安立奎好害怕。他想起上一次火車在此停下來時，他跳下了車，從地上抓起兩把石頭，差一點就被抓到。但是這次，他根本無路可逃。幾名警察將三個男孩帶去見他們的長官，當時，這位長官正在營火旁煮一鍋燉肉。他要三個男孩趴在地上，好檢查他們有沒有攜帶毒品。沒想到，檢查完後，這位長官並沒有逮捕他們，還給了他們一些玉米餅、水，還有牙膏。

安立奎感到又驚又喜。這位長官不但允許他們再度上車，還提醒他們一定要在聖路易波托西之前下車，因為，那裡的車站有六十四名鐵路警衛在看守。每當火車快進站了，這些警衛就從四條街外的地方開車跟在火車旁巡邏，一旦有偷渡客跳下車，他們就上前逮捕，再交給移民局處置。這一次，還好有這位好心長官的提醒，安立奎和兩名同伴在距離聖路易波托西八百公尺處就跳車了。

這兩位同伴出錢招了一輛計程車，來到該鎮的北邊。下了車，再由安立奎負責去找食物。然而，他不斷碰壁，最後才總算跟某個人要到了一顆柳丁，又跟另一個人要到了三塊玉米餅。他再把這些拿回去跟同伴分享。

從出發到現在，安立奎總是選擇不斷前進。想當初在南部，要是沒東西可吃，他起碼可以在鐵軌附近摘芒果來果腹。有一次在契亞帕斯，他就連吃了三天芒果。但是，這裡的土地

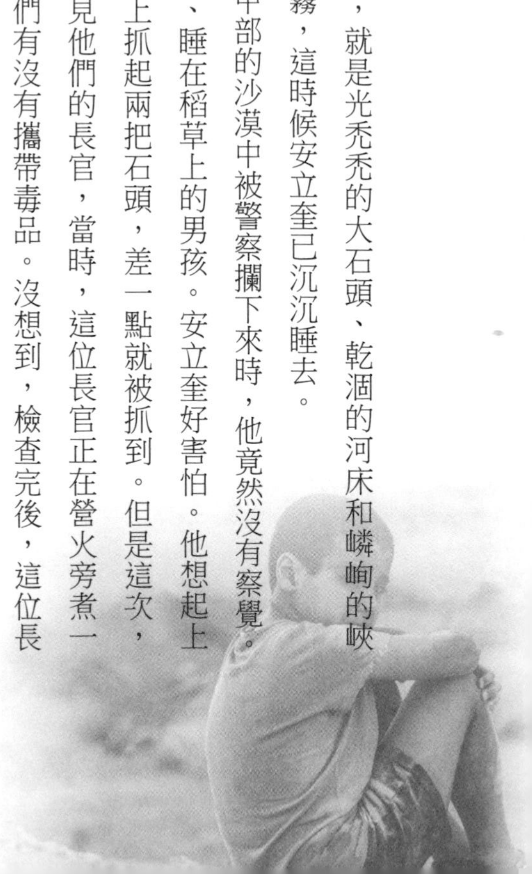

太荒涼、太乾燥，沒有多少野生植物可供食用；乞討的話，風險又太大。放眼望去，他沒有看到任何農田，只看到玻璃工廠和家具工廠。看來，他要想活下去就得去打工。更何況，他不希望到達邊境時身無分文。聽人家說，美國牧場上的工人，看到偷渡客前去乞討，可是會舉槍加以射殺的。

安立奎拖著蹣跚的步伐，來到山坡上一個製磚的小工廠前。他很客氣地向工廠主人討食物吃。結果，這個主人很慷慨，還提出了一個不錯的建議：安立奎如果在這裡幫忙，不但有食物吃，還有地方可以睡覺。安立奎欣然接受。

某些偷渡客指出，有些墨西哥人會故意剝削非法移民，譬如苛扣工資，或是工資遠低於市場行情（一天五十披索，約合五美元）。可是，這位製磚工匠給的價碼卻還要更好：一天八十披索。不僅如此，他還提供鞋子和衣服。

安立奎在這裡工作了一天半。這一類製磚工廠，在聖路易波托西北緣的鐵道附近有大約三百家。

製磚的流程是：先將黏土、水和乾燥的牛糞倒入一個大池子裡，再捲起褲腳，往這團濕黏黏的東西上踩啊踩的，好像在製造葡萄酒那樣。等到這團東西變硬了，先將之倒入木頭模型中，再倒出來放在地上，待其乾燥。

這些東西乾燥以後，再一塊塊放入一個差不多有一個房間大小的爐灶中。爐灶底下，有木屑助燃。燒製的過程中，可以看到陣陣的黑煙從爐灶裡竄出來；每一批磚塊，都要在爐子裡烤上十五個小時。

安立奎負責的工作是挑土。一天的工作結束後，他會到牛舍裡的飲水槽邊舀水沖澡，好洗去滿身的黏土與牛糞。晚上，他則跟同搭一列火車的旅伴，在工具間裡滿是灰塵的地板上席地而睡。

「我一定要到邊境去，」他告訴這位同伴。

問題是，他還要再搭火車嗎？從第一次到現在，他已經搭過三十趟火車了；而這一趟，他的運氣很好，從瓜地馬拉邊境附近的塔帕契拉，靠著載貨火車走了一千六百公里到達此地。他的好運會持續下去嗎？

他的雇主建議他，不妨搭乘一種名叫 combi 的福斯休旅車，這種車在該市以北四十分鐘車程處的檢查哨是不會被攔檢的。一旦通過了檢查哨，他可以搭乘巴士前往馬特瓦拉，之後再以搭便車的方式，坐卡車一路通往格蘭德河畔的新拉雷多。

卡車之旅

工作了一天半，安立奎賺得了一百二十披索，他先拿出幾披索買了一支牙刷。

接著再走到馬路上，揮手招了一輛 combi。果然，這輛車輕輕鬆鬆便通過了檢查哨。下了車，他再花八十三披索，搭上一輛巴士前往馬特瓦拉。途中，他看到沙漠裡長了許多高高的、形狀歪七扭八的約書亞樹，也看到路邊有人在販賣蛇皮。三個小時後，巴士從一道粉紅色的拱門下方駛過，馬特瓦拉到了。

走出巴士站，他看到一個心腸好像不錯的男人，便問：「你可以幫幫我嗎？」

結果，這個男人給了他一個睡覺的地方。隔天早上，安立奎徒步來到一個卡車停靠站。許多開往美國的卡車司機，走的都是這條路線，因此馬路上常常有卡車呼嘯而過。有些司機會在這裡停下來吃個飯或加個油。

「我身上沒有錢。你可以載我一程嗎？只要往北，多遠都沒關係。」安立奎對他碰到的每一位司機這麼問。

但是，大家都拒絕了他。其實，這些司機大老遠從墨西哥市獨自開車到此，很多人也希望接下來六百一十公里的路途中能夠有人作伴。但是，一位在這裡停車休息的卡車司機告訴我，十個司機當中起碼會有九個人拒絕載偷渡客。因為，他們怕被警方冠上人口走私的罪名。更何況，他們要擔心的已經夠多了：有些警察，會在司機的車上栽贓毒品，藉此恐嚇取財。還有些司機則因為擔心遭偷渡客攻擊，所以拒絕讓他們搭便車。

早上十點左右，終於，安立奎遇到了一個肯冒險的司機。這位司機開的是一輛十八輪的卡車，車上載滿了啤酒。安立奎上車後，司機問他：「你從哪裡來的？」

「宏都拉斯。」

「你要到哪裡去？你是不是有爸爸或媽媽在美國呢？」他見過像安立奎這樣的小孩。

安立奎於是把媽媽的事情告訴他。

到了洛斯波西多（Los Pocitos），路旁的一塊告示牌寫著：前方一百公尺處有檢查哨。車行速度頓時慢了下來，一吋一吋地慢慢前進。終於輪到安立奎他們這輛車了，執行勤務的警察問司機車上載了什麼，並要求檢查證件，還打量了安立奎一下。

司機早就準備好說詞：我的助手。警察便沒有再追問下去。

前方幾公尺處，有士兵正在攔車檢查，看車上有沒有挾帶毒品或槍械。一會兒，輪到了安立奎這輛車。兩個看起來像是菜鳥的新兵，沒多說什麼就揮手要他們走了。

這位司機偶爾會透過車上的雙向無線電與別人交談，但安立奎似乎充耳不聞，很快便睡著了。不多時，外頭的景色再度起了變化。這裡再也看不到約書亞樹，取而代之的是低矮的灌木叢。接下來的兩個檢查哨，安立奎同樣安然通過。

在距離格蘭德河不遠處，這位司機停車下去吃飯，回來時還帶了一盤炒蛋、烤豆子，和一杯汽水——安立奎此行得到的另一份禮物。這趟卡車之旅，對他來說簡直像做了一場夢。

在距離邊境二十六公里處行，他看到了一塊牌子，上面寫著：新拉雷多海關就在前方，請減速慢行。

別擔心，司機說，在那裡他們只檢查巴士。

沒有多久，安立奎又看到了一塊告示牌：歡迎來到新拉雷多。

待卡車行經加州汽車旅館（Motel California），不久，安立奎便在市區外離機場不遠的地方下了車。他用身上剩下來的三十披索坐上公車，進入了市區裡頭。

過去，他只要進入墨西哥中北部，都差一點遭到逮捕和遣返。但是，他每一次都僥倖逃過了。

比方說有一次，火車來到了瓦哈卡州的瑪遜亞斯羅梅洛（Matias Romero），移民局幹員將火車重重包圍，抓住了許多偷渡客。安立奎運氣很好，他跳車後迅速撲到附近的矮樹叢間，

躲在裡頭好半晌不敢呼吸。過了大約一個小時，他聽到火車再次發動，這才跳出樹叢，衝向鐵軌，跟在火車旁快跑幾步，再一躍而上。

另一次的遭遇，發生在韋拉克魯斯州的美狄亞斯阿瓜斯（Medias Aguas）。當時，火車在此停靠片刻，安立奎爬下車坐在鐵軌旁，同其他偷渡客閒話家常。深夜裡，周遭安靜到了極點，只聽得到引擎的空轉聲和壓縮機的運轉聲。

忽然，一束手電筒的光束射向安立奎，兩名身著綠色雜役服的士兵大喝：「別跑！」原來，火車站旁有一個小型的軍事單位，當時正出動士兵逮捕偷渡客。

安立奎拔腿便跑，幾名士兵也緊追不捨。已將近兩天沒有闔眼的安立奎，此刻雖疲憊不堪，最後仍甩掉了士兵，沿著鐵軌跑了兩條街，來到該鎮北方一條叫米蓋爾伊達戈（Miguel Hidalgo）的泥土路上。左右張望了一下，他看到了一棟房子，裡頭似乎無人居住，其後院則面向鐵軌。為了預防淹水，房子是蓋在九十公分高的木樁上。他迅速衝過後院，趴下，再匍匐爬到房子底下。他等待著。沒聽到任何動靜。

夜很深了。他覺得好倦、好累。他看到房屋底下散落了幾塊木板，便動手將這些木板拖到身邊，再立起來放在四周，以免讓別人看到他。不出幾秒，他便在泥地上睡著了。

唧唧的巨響，畫破了深夜的寧靜，是火車在裝卸車廂。不久，火車慢慢駛離車站，從安立奎和他所在的那棟屋子旁邊經過，地面也隨之發出轟隆隆的低鳴。

但安立奎什麼也沒聽到。在泥土和木板的保護下，他睡得好熟好熟。

至於這一回，他運氣同樣不錯。在新拉雷多市區內蜿蜒繞行了許久，公車最後在市中心的貴族廣場（Plaza Hidalgo）停下。貴族廣場是一座市立公園，面積相當於一個街廓。園裡頭種植了些高大的棕櫚樹，樹底下則人山人海。這些人有些是偷渡客，他們坐在大型鐘塔前的階梯上。還有些是走私人口的土狼，他們透過耳語的方式向偷渡客宣傳：只要多少錢就可以帶他們到美國去。

但安立奎哪裡有錢？在公園裡走著走著，他遇到了一個在火車上見過的人，此人同樣來自宏都拉斯。這個人後來把他帶到格蘭德河河畔的一個營地，安立奎一見就很喜歡。他決定在這裡待下來，直到成功渡河為止。

夕陽西下時分，安立奎極目遠眺，凝望著河對岸的美國。那兒到底是怎麼樣的一個神祕國度？

他只知道，母親就在那神祕國度的某一處。事實上，母親現在對他而言，也成了神祕難解的事物了。母親離開他的時候，他的年紀還那麼小，因此幾乎記不得母親的長相了，只依稀記得，她有一頭鬈曲的頭髮和一雙巧克力色的眼睛。至於她在電話裡的聲音，則如此遙不可及。

在過去四十七天裡，安立奎心心念念只有一件事：活下去。如今再度思念起母親，他覺得天旋地轉，幾乎快要被強烈的情緒給淹沒。

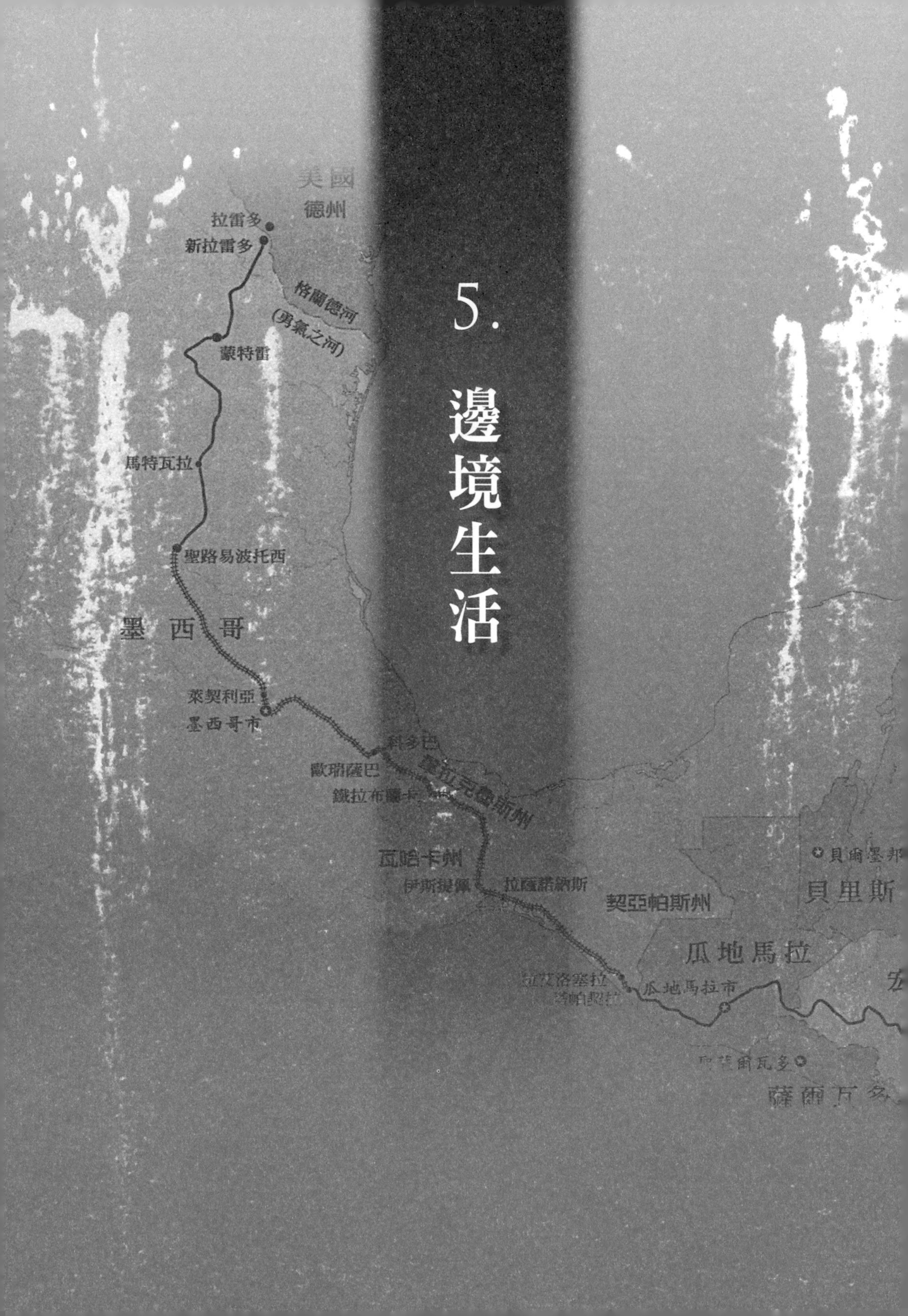
美國
德州
拉雷多
新拉雷多
格蘭德河
(勇氣之河)
蒙特雷
馬特瓦拉
聖路易波托西
墨西哥
萊契利亞
墨西哥市
科多巴
歐瑞薩巴
鐵拉布蘭卡
韋拉克魯斯州
瓦哈卡州
契亞帕斯州
瓜地馬拉
瓜地馬拉市
貝里斯

5. 邊境生活

5、邊境生活

「你已經踏入美國領土，」一位邊境巡邏警察用擴音器高聲警告：「請回去。」有的時候，安立奎會脫下身上的衣服，踏進格蘭德河裡想涼快涼快。但是，擴音器裡傳來的咆哮聲總令他心驚肉跳，只好乖乖聽話回到岸上。「謝謝你的合作。」

他覺得自己彷彿身陷泥淖，進退失據。在新拉雷多，當地人稱為「勇氣之河」（Rio Bravo）的格蘭德河南岸，他已經逗留了好幾天。他眼觀四面，耳聽八方，不斷在盤算著要如何渡河。越過了這條水色青黃混濁的河流，在對岸的某個地方，他就可以找到媽媽了。

但他其實是在挑戰未知。在最近的一次通話中，母親說她人在北卡羅萊納州。但北卡羅萊納州在哪裡，要怎麼去，以及她現在到底還在不在那裡，老實說，他根本不曉得。他甚至弄丟了她的電話號碼。他當初壓根兒沒有想到應該把號碼給背下來。

不只是他，許多從中美洲或墨西哥隻身前往美國的年輕偷渡客，都沒有記下聯絡人的電話號碼或居住地址。他們將寫有號碼或住址的紙片用塑膠套包著，再塞進鞋子裡或腰帶後方。有些歹徒在綁架了偷渡客之後，會利用這個號碼打電話向他們的母親要求贖金。

沒有了電話號碼和目的地地址，很多年輕人從此困在河邊，進退不得。在灰心失意的情況下，很多人也因此誤入了歧途，步向邊境生活中最壞的下場：毒品、絕望、死亡。

這時候是二〇〇〇年四月下旬，算一算，安立奎離開家鄉已經有將近兩個月了。經歷了

先前七次的嘗試，他已經成了識途老馬。這一次是第八趟，而他也成功地遠征了兩千九百公里。最近，他媽媽一定打電話回家過，也應該從家人口中得知了他北上的消息。她現在大概很擔心吧。

所以，他一定要打電話給她才行。更何況，她現在說不定已經存夠了錢，可以僱土狼幫他偷渡到對岸了。

還好，他還記得家鄉的一個電話號碼——他當初工作的那家輪胎店。他可以打電話過去，請老闆去向他阿姨羅莎或姨丈卡洛斯（他當初會到那裡工作就是姨丈安排的），問他母親的電話，之後他再打電話過去問。

但是，兩通電話需要兩張電話卡（母親那邊他打對方付費電話就行了）。一張五十，兩張一百；他不可能乞討到這麼多錢，新拉雷多人不會這麼大方的。他注意到，邊境有很多墨西哥人雖然都主張自己有權利偷渡到美國去（「耶穌基督當初就是個偷渡客啊！」他們說），卻連一丁點的食物、金錢或工作都不肯施捨給中美洲人。

看來，他只好自己想辦法賺錢了。在這裡，年輕偷渡客能夠選擇的工作極為有限，不是幫人擦鞋，在人行道上兜售糖果或口香糖，就是幫人洗車。他決定幫人洗車。

避風港

安立奎加入的這個營地，是偷渡客、土狼、毒蟲和罪犯的避風港，儘管裡頭龍蛇雜處，對他而言，這裡比新拉雷多任何一個地方都還要安全。在新拉雷多，為移民局工作的人多達五十萬人，此外還有各式各樣的警察，他們都可能將他逮捕，然後遣送回國。儘管他此刻進退不得，但總比回到起點要來得好。

要進入這個營地，得先經過一條蜿蜒狹窄的下坡路。營地前，高高密密的蘆葦，遮蔽了美國移民局的偵察視線。美國移民局的執法人員，除了用照相機監測，還不時駕著白色休旅車在對岸陡峭的防波堤上來回巡視。

營地裡，有五張又濕又髒的床墊，是大夥兒擠在一塊睡覺的地方。安立奎睡的那張，包括他在內，總共有四個人一起睡。有些人甚至沒床墊睡，只能在硬紙板上將就。此外，有一張立起來的床墊，外皮已經剝落，裸露在外的彈簧便成了大夥兒的「衣櫥」。住在這裡的每個人，都可以分得一塊彈簧用來掛自己的衣褲。

但是，這裡沒有廁所，誰想大小便就到附近的草堆裡解決。因此，安立奎不時可以聞到人畜的排泄物所散發出來的臭氣。此外，營地上到處都是垃圾。紅色的螞蟻，密密麻麻地在地上爬來爬去；無數的蚊蚋，在河面上聚集盤旋。白天，這裡的天氣灼熱逼人。每天安立奎都會脫去身上的衣物，涉足入河，走到水深及膝處，洗去身上的汗水和污垢。當他不敢進城裡去喝公園裡的自來水，他就喝河裡頭的水。雖然，這條河匯聚了數十個城鎮的髒水廢水；雖然，有人告訴他一項迷信：喝了勇氣之河的水，就會一輩子困在新拉雷多無法脫身。但他還是冒險這麼做了。河水嚐起來味道很重，但他並不覺得噁心反胃。

不過，這座營地可不是睡覺的好地方。因為，這裡整夜都有偷渡客來來去去。他們有的游泳，有的乘坐輪胎的內胎，待划到河中央一個長滿植物的小島，便休息或藏匿片刻，並等

待渡河的時機。美國移民局一旦發現偷渡客的蹤跡，就會用擴音器大聲警告，要他們回頭。對岸堤防的幾條街以外，有個移民局檢查哨，那裡的車聲在這邊也聽得到。

安立奎很清楚，要想再見到母親，他非得渡過這條河不可。望向對岸，他看到教堂的尖塔、鐵軌、和三支閃著紅光的天線。他試著要回想起母親平靜的聲音。

要是有辦法打電話給她就好了。

每晚，毫無例外，安立奎總是鼓起勇氣，拿起一個原本裝油漆的大塑膠桶和兩塊破布，往新拉雷多市政廳走去。市政廳大樓的一側有個水龍頭，他先在這裡把水裝滿，再到附近的停車場招攬生意。停車場的對街，有一個賣玉米餅的攤子，這個攤子的工作人員跟其他的攤販不一樣，他們不會趕他走。每當有人開車到這兒要買東西吃，安立奎就揮動手中的紅色抹布，引導客人停車，就像機場的地勤人員引導噴射客機到登機門前停機一樣。

然而，他做的並非獨門生意。同一條人行道上，拿著水桶等著幫客人洗車的偷渡客，還有兩、三個。

一輛車子開了過來。黃色車身、鉻製輪輻，雪芙蘭出品的 Impala。開車的是個女的，正在講行動電話。安立奎朝她走去，「需要我幫您洗車嗎？」女人講完電話，告訴他不用。

又一輛車子開了過來，裡頭坐著一個男人和他的小女兒。「需要我幫您洗車嗎？」

「不需要。」

開 Impala 的那位女駕駛，手裡拿著玉米餅走回來了。安立奎走到停車場出口，待前方沒什麼車了，再揮揮手中的紅布，引導她駛離現場。忽然，這女人搖下車窗，塞了三披索到他手中。這一天，安立奎總共向好幾十人招攬生意，但只有一、兩個人說要洗車。凌晨四點，對街的攤販收攤了。他算算身上的錢，總共賺了三十披索，相當於三美元。

生存的依靠

烤肉的陣陣香氣，在玉米餅攤的周遭瀰漫著。攤販從一個大桶裡夾出肉塊，放在一個大型的砧板上，然後切片。客人則坐在長條形的不銹鋼桌子前大啖美食。這家店收攤了以後，有時候會請安立奎吃幾塊玉米餅。

否則的話，他一天只有一餐可吃，地點則在聖荷西教堂（Parroquia de Sa n Jose）或聖子教堂（Parroquia del Santo Nino）。這兩家教堂都有發餐票給偷渡客，其中一張餐票可吃十餐，另一張可吃五餐。也就是說，如果一天吃一餐，安立奎最少可以撐個十五天。這些餐票，簡直像黃金一樣珍貴，連黑市裡都有流通。因此，當偷渡客要到河裡洗澡而不得不把餐票留在岸上時，一定會隨手攜帶幾顆石頭，好用來對付扒手。

每天，安立奎都會上其中一家教堂去吃飯。由於警察不會擅闖此地，因此安全得很。在聖荷西教堂，一位叫莉孟（Leti Limon）的義工，每天都像時鐘一樣準時，推開黃色的雙扇門，高聲問道：「有誰是新來的啊？」

「我！我！」好幾個男人和男孩在中庭裡高聲回應，然後爭先恐後地往大門擠去。

「排隊！排隊！」莉孟說。其實，她自己也很窮，她的工作，是在河對岸的德州拉雷多幫人打掃房子，工錢一次二十塊錢。她提供食物給偷渡客的善行，已經維持了有一年半的時

間。她想，主耶穌應該會同意她這麼做吧。新來此地的偷渡客，可以從她手中領到一張米黃色的票券；每上教堂吃一頓飯，餐票上就會打一個洞。根據教堂裡一位神父的計算，來此用餐的偷渡客中，有百分之六是年幼的孩童。

進了教堂，偷渡客們先在一張長桌旁的椅子後頭站定。桌子的上首前有一面壁畫，上頭畫著耶穌伸出雙手，伸向桌上的玉米餅、番茄和豆子。祂頭頂上則寫了幾個大字：凡勞苦擔重擔的人，可以到我這裡來。

忽然，教堂裡的燈光調暗了，兩個大大的風扇也越轉越慢，然後停了下來。這樣做，是為了讓大家聽得到飯前的感恩禱告。在一片寂靜當中，室內的氣溫陡然升高，熱得讓人窒息；許多人臉上都滲出斗大的汗珠，身上的衣衫很快便濕透了。接著會有教堂的義工或偷渡客帶領眾人進行簡短的禱告。然而，有些人已經兩三天沒吃東西，根本等不及了。他們從椅子後頭伸出雙手，一手摸向玉米餅，另一手則抓住麵包。

禱告完畢，一位義工說：請大家脫帽，盤中的食物請務必吃完，沒吃完的請分給其他人享用。

話才說完，拉椅子的聲音已經此起彼落地響起。很多人屁股都還沒碰到椅子，湯匙已經送到嘴邊。由於偷渡客的人數比教堂的椅子還多，因此有些人只好站著吃，有些人則跨坐在地，盤子放在膝蓋上。眾人狼吞虎嚥。叉子敲擊在盤子上的聲音響了一陣之後，盤中的豆子、燉肉、番茄、米飯和甜甜圈，已經一掃而空。

教堂的一面牆上，掛了一幅瓜達盧佩聖母的肖像，對面，則掛了一張美國德州的地圖。

偷渡客用餐完後經常聚集在此，討論那裡要怎麼去？河流狀況如何？水位是高是低？地圖外雖然包有塑膠套，但由於經常有人在地圖上指指點點，因此有些地方還是被指印給弄髒了。討論完後，有些人會設法挾帶一顆蘋果或一根香蕉給外頭的朋友吃。

在這裡，安立奎也認識了一些同樣要到美國去找媽媽的孩子。比方說有一個十六歲的青少年，名叫愛爾米斯（Ermis Galeano），他同樣困在這裡進退不得。安立奎和他交換了彼此的經驗之後發現，他們倆有許多共同點。譬如，他們都來自宏都拉斯。還有，他們都曾經遭到搶劫。和安立奎一樣，愛爾米斯也曾經在火車頂上遇到搶匪；他們用木板猛毆他的臉，打斷他前排的兩顆牙齒，留下了兩個黑洞。最後，他身上的衣服幾乎全被剝光，只剩下一件內褲；渾身是血的他，痛苦得不斷啜泣。而他寫有母親電話號碼的那張紙，也被搶匪搜了出來，拋入風中。

愛爾米斯的母親瑪麗亞，在他十歲大時就離開他，前往美國的北卡羅萊納州。她後來有寄錢回家，也寄過五封信和十五張照片。每兩個星期，她會打電話回家一次。

但是，這對愛爾米斯來說哪夠？他好想念過去的時光，譬如偶爾和母親搭三個小時的巴士到德古西加巴購物，譬如和母親一起去賣玉米餅的小吃店吃東西。此外，他也好想念母親做的義大利麵，以及她身上的氣味。在母親走後，他不時會拿起她用過的芳香劑往身上噴，不然就是望著她的照片凝視良久，直到淚流滿面。他會在母親的床上睡覺，彷彿這樣就可以更靠近她一點。

母親走後，雖然有阿姨代為照顧，但是那不同。「只有我媽媽對我說過『我愛你』，」

愛爾米斯說。這次是他第三次北上尋母。

十五歲的嘉布里艾拉（Mery Gabriela Posas Izaguirre）——她比較喜歡人家叫她嘉比——也向安立奎分享了自己的故事。

她離開宏都拉斯有很充分的理由。她的母親，是個失婚婦女，為了籌錢送嘉比上學，於是變賣掉家裡的餐桌、冰箱、鍋碗瓢盆，最後甚至賣掉了家裡的幾張床，嘉比從此只能睡在地上。

一九九九年七月，某一天的一大清早，嘉比的媽媽躺到她身邊和她緊緊相擁。前一天晚上，她也對兒子們這麼做了。下午，嘉比放學回到家，卻不見母親人影，只看到了一封短信：「我必須離開一陣子。我要去外面努力打拚。」她交代嘉比的哥哥，要好好照顧弟妹，要記得禱告，而且一天三次：用餐前、睡覺前和出門前。

母親走後，兄妹三人飽受思念之苦。他們開始在媽媽的床上睡覺，好像這樣就可以親近她似的。殘留在枕頭上的母親的氣味，令嘉比常常聞著聞著就睡著了。睡夢中，她會看到過往的生活情景，譬如母親常常在早上斥責她，叮嚀她必須準時到校上課。偶爾她還會幻想，待會兒就要和母親一起去公園散步了。從前，她常常嘲笑母親喜歡聽的貝多芬音樂很老古板，現在卻覺得好懷念。

「這個家變得好冷清、好空洞，」嘉比說。

每一次家中的電話響起，她就快步衝過去接，「妳到底什麼時候才要回家？」得不到明確的答案，她的聲音便嚴厲了起來：「既然要離開我們，妳當初幹嘛要生下我們？」

在嘉比班上四十八名學生當中，共有三十六人面臨了類似的情況：不是父親在美國，就是母親在美國，其中又以母親居多。

嘉比的母親，當時在美國東北部一戶人家幫忙打掃家裡和照顧兩名幼兒。有一天，她寄了一個芭比娃娃給嘉比，但盒子已經被那兩個小孩給拆開了。嘉比看到後怒不可抑。想像著自己的母親正在和別人家的小孩玩得不亦樂乎，她好傷心。

「在海邊度假愉不愉快啊？」電話中，她酸溜溜地問母親。

兩人很快起了口角。

「我拋下自己的孩子來照顧別人家的小孩，妳能夠想像那是什麼滋味嗎？」做母親的質問：「我好痛苦，妳知道嗎？」

嘉比不信。她只想跟媽媽在一起。

秋去冬來。有一天嘉比的媽媽在電話中聲淚俱下，說她病了，她好孤單、好寂寞，還丟掉了工作。「所以我一定要去找她，」嘉比說：「我那時候的想法是：『我這麼年輕，一定可以幫她的，況且，這樣她才能夠回家。』」嘉比的這個決心，在一九九九年的聖誕節來臨之前變得極為堅決。

可是，她要是隻身上路，很可能會遭到強暴。她母親很擔心這一點，於是央求她妹妹，也就是嘉比的阿姨，當時二十六歲的羅黛絲，陪她一起去。她花了兩千塊錢的頭期款，僱請一個土狼幫忙護送。沒想到，這個土狼食言而肥，一行三人才剛踏入墨西哥的南方邊境，便

搶走兩人身上的財物，還將她們遺棄在塔帕契拉。兩人後來被遣返到瓜地馬拉。

但她們鍥而不捨，決定再試一試。這一次，兩人取道契亞帕斯州的拉坎東叢林（Lacandon jun- gle）。途中，為求果腹，姨甥兩人還曾經在烏蘇馬辛塔河（Usumacinta River）邊，幫人家洗了好多天的衣服。每當有土狼經過，她們就央求對方帶她們翻山越嶺，前往美國邊境。

「妳們是女孩子，沒錢的話，」曾經有土狼告訴她們：「知道該怎麼做吧？」

每一次，嘉比都生氣地拒絕了。

最後，總算有土狼答應了。這一行人，總共有四個土狼、八名偷渡客，嘉比後來得知，每個偷渡客都付了五千到八千美元不等的代價，請土狼幫忙護送。由於嘉比沒付錢，土狼便要求她走在隊伍的最前頭，當開路先鋒。他們還不時找機會接近她，想跟她發生性關係，但嘉比一概加以拒絕。為了降低被騷擾的機會，她故意把自己弄得很醜，而且不苟言笑，不梳頭髮，也幾乎不睡覺。不久後，她的腿上爬滿了黑色的壁蝨；她覺得自己身上的血彷彿快被這些蟲給吸乾了，但她從來不敢掀開裙子把牠們撥走。她不斷不斷地告訴自己：「我一定要見到媽媽。」

一段日子後，姨甥兩人脫離了這個隊伍，改以搭便車的方式前進。有一次，她們企圖從檢查哨附近繞道而過，卻被一個移民局的女幹員給逮到了。這位幹員命令嘉比脫光衣服，好檢查裡頭是否有藏匿金錢。搜查完後，她斥責說，才這麼一點錢，她是不可能放她們走的。

「求求妳，求求妳讓我們走，」嘉比苦苦哀求道：「我一定要去幫我媽媽的忙。」

「好吧好吧，妳們走吧！」沒想到她真的放她們走了。最後，嘉比和羅黛絲總算到達了新拉雷多。嘉比告訴安立奎，她也覺得自己好像困在此地，動彈不得，有時候她甚至想要自殺，一了百了。

在教堂吃飯的過程中，安立奎還認識了一個來自宏都拉斯的青少年，名叫凱爾文（Kelvin Maradiaga）。他也一樣，在北上的旅程中，弄丟了母親雅達琳達（Adalinda）在紐約的地址和電話。在墨西哥南部，為躲避警察的追捕時，他不慎失足跌落一個積水的坑洞當中。他用麥克筆記下的母親電話號碼，因此變得模糊難辨。

後來，一個賣玉米餅的攤販老闆給了他一份洗盤子的工作。等賺夠了錢，他便去買了張電話卡打電話回宏都拉斯老家，想問到母親的電話。他撥的那個號碼，是他家鄉一個農業信用合作社的電話；很不幸地，這個號碼已經停用。

經過了幾個月的漂泊，凱爾文擔心自己可能會只剩一條路可走：回宏都拉斯，問到母親的電話之後再度北上，也就是說，一切必須從頭開始。「要是有辦法跟她通上話，她一定會告訴我，她最近有哪些煩惱；我也會告訴她，我最近碰到了哪些問題。我必須見到她，我想要見到她，」凱爾文說。

每次吃完了飯，這些偷渡客就聚在教堂外頭打屁聊天，彷彿在進行某種簡單的「街頭心理治療」。大家會比較說，誰在火車上的遭遇最慘？他們用來衡量旅程的計算單位，並非走了幾天，而是丟了幾雙鞋、遭了幾頓毆打、被搶走了多少財物。身上的傷疤，也是他們用來炫耀的資產。

甲說：「我徒步走了四天。」

「那算什麼，」乙不甘示弱：「我走了二十八天！」他們也經常亮出雙腳，讓別人看看自己腳上起了多少膿包，又有多少片腳指甲因為長途跋涉而外翻。

但是，有個年輕人沒有人比得過。他，在這裡已經待了好幾個星期，此刻正坐在教堂外一張青綠色的金屬長椅上。他抬起右腿，脫掉腳上的黑色高底運動鞋。黑色的牛仔褲底下，露出了一根義肢。

河邊營地的土狼

河邊的這個營地，帶頭者是一個叫提林達洛（El Tirindaro）的人。吸食海洛因成癮的他，通常會跟偷渡客索討毒品或啤酒，才肯讓他們在他這個相對安全的避風港裡住下來。不過，他並沒有向安立奎要任何東西。在土狼這個行業當中，提林達洛這種人，通常被戲稱為「養鴨人」（patero），因為，他將人偷渡到美國的方式是：讓客戶坐在輪胎的內胎上，他再像鴨子一樣，在水中划啊划的，將內胎慢慢拖到河的對岸。其他的土狼，是將客戶安排在租來的房子或旅館裡頭。但提林達洛做的是小本生意，他只能讓他的客戶住營地。而安立奎，將來很有可能成為他的客戶。

為維持施打海洛因的龐大開銷，提林達洛除了走私，還幫人刺青，或將偷渡客遺留在河岸上的衣服拿去販賣。手頭拮据的時候，他便重操舊業，當起小偷。有次安立奎在街上和他巧遇，看到他手裡抱著一隻活火雞，其實，那是他剛剛從人家後院裡順手牽羊來的。

每當毒癮一犯，提林達洛就變得脾氣火爆，因此他常常需要來一管。安立奎便不時看到他躺在床墊上，將墨西哥製的黑焦油海洛因（black tar heroin）和水放在湯匙中，再拿出打火機，點火，加熱，倒入注射筒，然後一針刺進靜脈當中。

等到藥效一發作，他就開始產生幻覺、幻聽，看到大批大批的人湧向營地。有時，他的反應會變得極為遲緩，以致於連動都不能動，或無法從床上起身。每完成一筆大生意，他可以賺得兩千到三千美元，但是，一天之內就把它們全部花光，用來買海洛因。他喜歡將海洛因與古柯鹼混合使用。

偶爾，他也會拿這些毒品，去跟他在熊幫（Los Osos）的幾個朋友一起分享。熊幫，是當地的一個黑道組織，名字的由來，跟他們喜歡光顧的一家撞球酒吧有關。這個營地裡除了有偷渡客，還有十名永久的住客。其中有七個都是毒蟲，他們稱海洛因為 la cura 解藥。

此外，營地裡還有幾個在美國犯了罪而被遣送回國的墨西哥人。其中有一個叫做 El Lagrima，眼淚。他身上刺了幾個圖案，有代表墨西哥黑手黨的字樣ＴＪ，代表他死去的一個弟兄的一滴眼淚，以及緊靠在右眼眼角旁的一道蜘蛛網。

營地裡的永久住客，除了上述這些人，還包括七名滯留多時的偷渡客。其中一個，跟安立奎一樣來自宏都拉斯，他已經在這裡住了七個月之久。這段期間，他曾經三次偷渡到美國，但三次都遭到逮捕。一次又一次的失敗，讓他變得心灰意冷，結果染上吸膠的惡習。他告訴安立奎，每一次偷渡過河，他都是一個人孤伶伶去的。而安立奎也很安靜地聽他訴苦。在這裡，安立奎被封了一個外號，叫 El Hongo，磨菇；因為他總是如此沉默寡言。

沒事的時候，安立奎總是盡量待在營地裡頭。因為，在這裡他可以得到保護。當地的熊

幫份子，喜歡在附近的一座橋下和河邊埋伏搶劫，有了和提林達洛的這一層關係，安立奎便不至於成為他們下手的對象。

熊幫的最初成員，都是住在這附近的本地人。他們從小在河邊長大，一起玩耍，長大後聚眾結幫，開始幫忙運送毒品和偷渡客橫越格蘭德河。最初，這個原本只有四十人的組織，是採取「養鴨人」的經營方式，後來才開始配刀、配槍。誰要是想從這附近一帶過河，一定都得付過路費。其他的養鴨人如果想搶這附近的生意，生命安全就會受到威脅。

在新拉雷多從事人權運動的拉摩斯（Raymundo Ramos Vasquez）指出，根據驗屍結果，那些所謂「溺死」於河中的偷渡客，有半數在進到河水以前就已經斷氣。

到了一九九〇年代，開始有其他人口走私集團在沿岸其他地方設點，運送偷渡客過河，熊幫的生意大受影響，於是轉而走私大麻。幫派間為了搶奪地盤，不時會進行火拼械鬥，其中較著名的幫派包括侯米斯幫（Hommies）、魔烈洛公園幫（Parque Morelos）、狗幫（Los Perros）、小男孩幫（Chiquillos Boys）、四風幫（Cuatro Vientos）。

相較於其他偷渡方式，當養鴨人的危險性較低，提林達洛便一直維持著這樣的經營方式。每週，他會將他偷渡人口所賺來的錢，分百分之十給巡邏河邊的警察。因此，警方對他營地裡的人都較為寬容。警察來到河邊時，會叫安立奎交出證件，再檢查他的口袋裡有沒有挾帶毒品，要是在口袋裡找到零錢，便據為己有。儘管如此，相較於其他偷渡客，警察對他的搜查算是寬鬆的了。三十三歲的偷渡客荷南德茲（Leonicio Alejandro Hernandez），說他曾經在格蘭德河畔遇到四名市警察勒索：「要想過這條河，就交出一千披索（相當於一百美元）。」

荷南德茲遲疑了一會兒，四名警察於是把價錢壓低：「交出五百披索，不然就抓你進牢裡關十天！」

接著，他們其中一人大聲警告：「你要是不給錢就跳進河裡，我就把你給宰了。」荷南德茲說，最後他只好拿出錢來，跳進河裡游走了。

新拉雷多市警局局長羅沙諾（Octavio Lozano Gamez）坦承，在該局七百二十名員工當中，「確實有極少數的警員貪贓枉法，勒索搶劫。」但他認為，偷渡客多半窮得要死，警察就算貪污也應該不會從中找他們下手才對，「任何有腦袋的警察都知道，要搶也應該搶那些有錢、戴金項鍊、戴手錶的人。」

在營地裡，年紀輕輕的安立奎很得其他人的照顧。晚上，他要出去幫人洗車時，總會有人陪他一起穿越矮樹叢，走到外面的馬路上。如果是在白天的時候離開，也總會有人高聲叮嚀他：「小心喔。」他們要他千萬別碰海洛因，還提醒他市區哪些地方警察較多，最好不要進入。有的時候，他要是害怕得不敢離開，有些人會給他一根大麻菸，讓他鎮定下來。然而，安立奎的洗車生意相當清淡。有一天，他幾乎沒賺到半毛錢。晚上九點十五分，他幫一位駕著一輛小型旅行車的女士指示倒車，拿到了兩塊半披索的小費。五分鐘後，一位身穿藍色洋裝的婦女駕著一輛白色的龐帝克 Bonneville 來到停車場。

「需要我幫您洗車窗嗎？」安立奎問。這位女駕駛點點頭，便朝賣玉米餅的攤子走去。安立奎攤開五指，抵住抹布，開始在窗玻璃上畫圓，而且圓圈越畫越大。他擦拭完前方的擋風玻璃，又擦拭兩側的車窗，先依順時針的方向，再依逆時針的方向，擦了又擦。外面擦完

了再擦裡面，連車子的地板他都擦了。入夜了，月亮掛在天際，但氣溫卻高達攝氏三十二度，一顆顆的汗珠滑下安立奎的臉龐。他可得加快速度，務必在客人拿著玉米餅回來以前完工才行。幾分鐘的時間，他便完成了這項任務。

車主回來了，她伸手掏掏口袋，找到了車鑰匙，開門，坐入，接著又掏出兩枚銅板放入安立奎手——總共三塊半披索。

「謝謝，」安立奎說。

後來，有個男人倒車要離開停車場，安立奎跑過去為他指引，也拿到了一點小費。「希望這點錢可以對你有所幫助，」那男人說。

安立奎很有禮貌，對每一個客人都不忘說謝謝。晚上十點，他已經賺了十披索，約合美金一塊錢。沒有客人的時候，他便坐在裝了水的桶子上，這樣會涼快一點。一看到有車子開進停車場，他便趕緊跑上前去招攬生意，就這樣一直待到了凌晨四點，八個小時下來，他總共賺了二十披索。

他餐票上的那十五餐，很快就用完了。現在，他非得動用一點積蓄去買東西吃不可。可是，多花一毛錢買食物，他的電話卡基金就少掉一毛錢。於是，他開始節食，只吃餅乾和汽水。有時候甚至乾脆不吃。這樣一來，他開始覺得身體虛弱。還好，當地有幾個漁夫心腸很好，有時候會送魚給他。營地裡也有人分東西給他吃，譬如一小盤炒蛋，或一碗雞湯。有個人甚至還教他釣魚，方法是：線的一頭用洗髮精空罐綁住，另一頭則綁上鉤子，並纏上三個火星塞讓它能夠沉入水底。安立奎抓住纏有火星塞的那一段，在頭頂上方繞個幾圈，再將魚鉤投往河中央。釣魚線咻咻繞了幾圈，便墜落水面。最後，他釣到了三隻鯰魚。

連提林達洛都對他很慷慨；畢竟，安立奎越早買到電話卡聯絡到母親，他就能越早賺到他的錢。有一天，安立奎弄丟了一張餐票，他還將先前一位成功渡河的偷渡客留下來的一張還有餘額的餐票送給他。

他曉得安立奎不會游泳，便要他坐上內胎，再牽著他在水面上划行，好減低他的恐懼感。當河水的水位降低時，柳樹較下方的枝椏便暴露了出來，上頭纏繞了好些偷渡客在過河時棄置的衣物；許多塑膠袋、短褲、內衣褲，彷彿遭棄置的聖誕節裝飾品一般，垂掛在枝椏上。趁著水位降低，提林達洛便用內胎牽著安立奎到河中去撿拾衣物，回到岸上後再將它們洗淨，然後拿到玉米餅攤附近向路人兜售，或將撿到的廢內胎拿到輪胎店變賣，一個十五披索。有一次，他們在河中撿到一件T恤，提林達洛把它送給了安立奎。

安立奎後來得知，提林達洛隸屬於某個更大的走私集團。在對岸的美國領土上，他還有若干同夥，以及三個安全的住處；一旦遇到邊境巡邏警察窮追不捨，他們便將偷渡客藏匿在這三個地方。

當提林達洛將偷渡客帶到對岸，會有兩個拉丁裔的同黨前來會合，其中一個是中年男子，一個是年輕女子。接著他們開車北上，在接近檢查哨時，提林達洛便帶著偷渡客下車，想辦法繞道而行。一旦過了最後一站檢查哨，提林達洛便轉身回新拉雷多，讓另外的兩名同黨或集團中的其他人將偷渡客帶到目的地。而一趟下來的代價是：一千兩百美元。

安立奎從營地同伴的口中聽到許多告誡：關於什麼事該做，什麼事又不能做。譬如：要

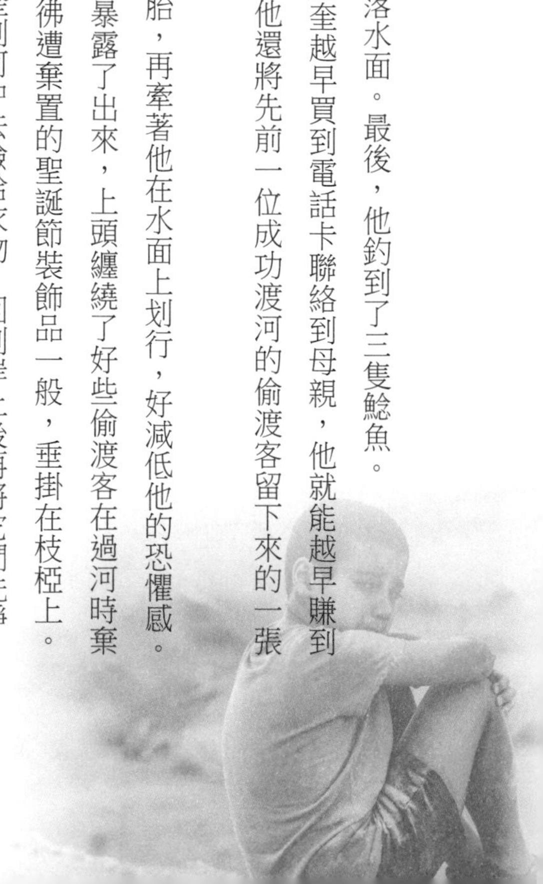

準備好一個內胎，要記得帶一加侖的水，河裡哪裡可以去，哪裡不能去。他們會談起自己的家裡有多窮，說自己現在寧可死也不肯回去。安立奎也會跟他們提到自己的女友馬莉雅，說她現在可能懷有身孕。

他當然也會談起媽媽，說他非常沮喪，「我好想跟她在一起，我想好好認識她。」

「把心事說出來會好過一點，」一位同伴安慰他說。

然而，他的心情越來越糟。他害怕遭到這個朋友圈以外的土匪攻擊。他聽過太多可怕的故事了：被人用刀砍傷，被人用槍抵住胸膛，被人用樹幹毆打，被搶走鞋子或錢等等。

聖荷西教堂外，常常有偷渡客聚集在一起分享彼此的經驗，彷彿牛群為了躲避寒冬而擠在穀倉前一樣。二十三歲、來自尼加拉瓜的路得利果（Gonzalo Rodriguez Toledo）說，他曾經在安立奎那營地旁的河面上，遇到兩名中年男子，他們亮出一把刀子抵在他胸前，將他洗劫一空。二十六歲的維加（Oscar Vega Ortiz），有一次和另外四名偷渡客正準備渡河，看到一個男人騎著騾子而來，這名男子忽然揚起手中的步槍瞄準維加的胸口說：「要錢還是要命？」

還有加耶果（Manuel Gallegos），今天是他在教堂裡的最後一餐了，因為，他打算明天回墨西哥市。今天早上，他脫下鞋子和身上大部分的衣服，準備渡河，不料竟被一群土匪給盯上。他拔腿就跑，這幫土匪連叫帶罵地在後頭追趕，很快便追上了他，還抓起一根小樹幹毆打他。此刻，加耶果覺得呼吸困難。他撩起身上的衣服讓其他偷渡客看，他的背上紅紅腫腫，肋骨也斷了好幾根。從此他不敢再下水過河了。

安立奎知道，有幾個人想傷害他。一群額頭上刺著ＭＳ字樣（即救世鱒魚幫的記號）的薩爾瓦多人，經常在聖荷西教堂外閒晃，好尋找下手的對象：「給我兩百披索，我就帶你過河。」和偷渡客不同，他們腳上穿的是新的黑色耐吉球鞋。要是真有人受騙上當，就會被他們帶到河岸邊，挨一頓揍。這幾個混混搶完了錢，還警告受害者一定要三緘其口，否則事後一定會找上他們，將他們強暴。

有一次，營地裡有個吸膠者跟這幫混混發生了爭執，安立奎想要介入調停，結果反倒成了這幫混混的眼中釘。其中一個身上有多處刺青的薩爾瓦多人便揚言，他一定要好好教訓安立奎一頓。還好，救世鱒魚幫裡有一個成員是安立奎的同鄉，經過他出面緩頰，安立奎才逃過一劫。

過去，安立奎在碰到警察時運氣都還不錯，但最近，他這方面的好運彷彿用光了。一日下午，幾名移民局的幹員來到營地，問他是從哪裡來的。「瓦哈卡，」他刻意用他在路上學來的腔調說。

幹員們停下了腳步，「你在這裡做什麼？」

「釣魚，」安立奎強自鎮定地說。

「這裡不能釣魚，你必須離開這裡！」

安立奎照做了。然而，到了城裡，他卻被警察以「四處遊蕩」的罪名逮捕了兩次。警察們問他同樣的問題：你是從哪裡來的？

他這一次改口說：「韋拉克魯斯。」

「上車，」警察指著巡邏車咆哮著說。警察稱他是街頭的流浪漢，將他關進牢裡。囚室裡，

還有另外三個人，他們都喝醉了，當時正在唱歌。因室內的馬桶，裡頭的排泄物已經溢出來了，有些還被塗在牆上，弄得臭氣沖天。

兩次坐牢，安立奎都是靠著將地板和牆壁拖擦乾淨，而換得了自由。

一天夜裡，安立奎洗完了車，走過二十條街，回到河邊。這個時候，天空正下著雨。下雨天，提林達洛通常不會睡在河邊的營地裡，這讓安立奎擔心了起來：沒有提林達洛在，營地裡就變得危險許多。安立奎發現附近有一棟廢棄的空屋，便鑽了進去。屋頂上，好多地方都破了洞。他找來一張硬紙板，鋪在雨淋不到的地方，然後脫下球鞋，將球鞋連同水桶擱在一邊。他沒有襪子，沒有毯子，也沒有枕頭。為了保暖，他將身上的衣服撩到耳邊，往裡頭吹氣。然後他躺下來，雙手放在胸前，蜷縮起身子。

屋外，天空出現了閃電，也響起了雷聲；屋子的角落裡，風嗚嗚地哀鳴著。雨持續地下著。公路上，一輛輛卡車在進入美國邊境前都紛紛停下來，煞車器發出嘶嘶的噴氣聲。河對岸，邊境巡邏隊為尋找偷渡客的蹤跡，不斷用探照燈掃視著河面。

安立奎赤著腳靠在冰冷的牆壁上，不久後便睡著了。

母親節

二〇〇〇年五月十四號，星期日，墨西哥有許多教堂都在慶祝母親節。

安立奎總算存夠了五十披索，他迫不及待地拿著錢去買了一張電話卡。買回來後，他將卡片交給提林達洛的一個朋友保管。這樣一來，哪天他要是落入警察的手中，電話卡也不至於被搶走。

「只要再一張，」安立奎說：「再一張，我就可以打電話給媽媽了。」

每一次到聖荷西教堂，安立奎就不禁想起媽媽，在母親節這一天更是如此。教堂的二樓，除了用膳廳，還有兩個供女性偷渡客暫住的小房間，裡頭擺了四張床，最多可以睡十個人。這些婦女，為了北上到美國求發展，全都忍痛拋下孩子，離開她們在墨西哥或中美洲的故鄉，長途跋涉，來到綿延三千兩百公里的美墨邊界，等候時機渡到對岸。她們每一個人，應該都和十一年前的安立奎的母親面臨著同樣的情況吧。

她們試著不去理會正在樓下舉行的母親節慶祝活動，那裡有一百五十位來自新拉雷多的母親們，正開懷地歡笑、大叫、吹口哨，她們的兒子則在一旁快樂地跳舞，衣服裡還塞了枕頭，裝扮成大腹便便的樣子。樓上的這幾個婦女，終於忍不住潸然淚下。她們和安立奎的母親一樣，內心都充滿了悲傷、歉疚，與期待。其中一位，她八歲大的女兒在她要離開時苦苦哀求她留下，最後還要母親在她下次生日時寄給她一樣生日禮物：一個會哭泣的洋娃娃。另一位母親，則經常在睡夢中看到一個揮之不去的景象：在家鄉，幼小的女兒遭到殺害，小兒子嚇得淚流滿面，沒命奔逃。這位母親只好日夜祈禱：「主啊，求求．別讓我死在這趟旅程中。要不然我的孩子就要流落街頭了。」

嘉比的姨媽羅黛絲（Lourdes Izaguirre），抵達格蘭德河畔時，筋疲力竭、愁容滿面，動不動就流眼淚。她花了三個月的時間才到達此地。可是，她沒有辦法打電話回家，她家裡沒有電話。

她家裡有一個十歲的妹妹、十一歲的弟弟，由於母親臥病在床，她只好姊代母職，幫忙照顧兩個弟妹。她還有一個五歲的兒子拜倫，和一個十歲的女兒梅莉莎。為了北上到美國找工作，她只能忍痛離開。

「要是沒有彼此的安慰和扶持，我們恐怕早就瘋了。」說這話的是阿貴達（Agueda Navarro），三十四歲，幾個星期前才離開她十四歲和四歲的兩個孩子。

二十九歲的白琳達（Belinda Caceres），則日夜祈禱她的孩子能夠吃飽穿暖，免受病痛之苦；她有三個孩子，年紀分別是十二歲、九歲和兩歲。

這些母親們有一個共同的恐懼：孩子會不會忘掉她們？他們還有機會重逢嗎？

羅黛絲說，她在家鄉是在成衣工廠當女工，製造貼有 Tommy Hilfiger 商標的衣服，週薪三十美元。

由於收入如此微薄，儘管家裡的水電費有前夫幫忙支付，她的孩子偶爾還是得餓肚子。有一次，她兒子拜倫去參加朋友的生日派對，看見裡頭裝滿了糖果玩具的彩罐，欣羨不已，回家後問媽媽：為什麼家裡從來沒為他舉行過生日派對？她的女兒梅莉莎，上學需要購買書本和文具。羅黛絲於是決定，她要到美國去努力打拚，賺錢寄回家給他們買彩罐、買書。梅莉莎聽到後說，她乾脆休學去工作算了，這樣媽媽就不用離開了。

「不不不，我去工作就好，妳給我好好唸書，」羅黛絲說：「我永遠不會忘記你們的。」

然而，離開了以後她開始擔心，孩子們出事的話怎麼辦？她遠在千山萬水之外，到時候要如何安慰他們，幫助他們？更可怕的是，要是分開太久，孩子們到時候會不會用冷若冰霜的態度對待她，就像她在許多家庭身上看到的一樣。「最糟的是，你可能會失去孩子對你的愛，」羅黛絲說。

說著說著，她開始哭泣。「我覺得好歉疚，我不該這麼做的，這樣做根本不值得。我寧願跟我的孩子餓死在一塊兒。只是，我都走這麼遠了，哪還能再回頭？」為了籌措旅費，她將家裡的房地產抵押給一個鄰居，借了一點錢。一念及此，她的聲音又堅定了起來：「我絕不能空手而回。」

「我很怕自己會死在半路上。我知道，非法偷渡是不對的，上帝恐怕也不會贊成。不過，我希望上帝能夠體諒我的處境。」

暫住在教堂裡的這些婦女，有很多都因為另一半酗酒、家暴或外遇，而成了單親媽媽。但是，要獨力撫養子女很不容易。「為了養活孩子，不想下海為娼的婦女，就只好出外求發展，」在德古西加巴從事神職工作的奈里（Ovidio Nery Rodriguez）神父這樣解釋道。

專精移民問題、在洛杉磯聯合校區工作的社工艾斯皮諾沙（Analuisa Espinoza）指出，這些北上到美國工作的母親，通常以為不會和子女分開太久，但往往事與願違，要隔個六年、八年才有機會和子女重逢。然而，暌違了這麼多年，母子之間往往變得形同陌路。甚至，有些母親還因為土狼的疏忽而認錯了孩子。

安立奎有時候就在想：媽媽現在到底長什麼模樣呢？

「媽媽要離開子女可以，」安立奎這樣告訴一個朋友：「但兩年就夠久了，最多不能超過四年。」他記得，母親曾經承諾他耶誕節就要回來，卻總是食言。他也記得，每一次遭到

外婆責罵，他都多麼希望母親就在身邊，「我常常覺得很寂寞、很孤單。」還好，有個東西一直支持著他：母親總是說她愛他。「我不曉得再次見到她，會是什麼情形。但我猜她應該會很快樂，我也會很快樂。我好想告訴她我有多愛她、多需要她。」

母親節這一天，在格蘭德河的另一邊，安立奎的母親也正在思念著兒子。她打過電話回家，知道兒子離家了，但親戚們沒能告訴她安立奎到底去了哪裡。她只好說服自己：他一定是住到朋友那裡去了。然而，她還記得兒子上一次在電話中告訴她：「我很快就會到那邊去找妳。」從此，她天天都在期待兒子的電話，卻也夜夜輾轉反側，總睡不足三個小時。偶爾，電視上的畫面則教她怵目驚心：有偷渡客溺死在格蘭德河，有偷渡客渴死在沙漠中，有偷渡客被牧場工人槍殺身亡。

安立奎的下落不明，也勾起了露德一個傷心的回憶：她的前男友，也就是女兒黛安娜的生父桑托斯，在被遣返回宏都拉斯以後，據說有設法再偷渡回美國，卻從此音訊渺茫。露德認為，他一定是在墨西哥被歹徒殺死或溺斃於格蘭德河中了。

露德的住處，沙發上此刻正躺著一名男子，這男子是她一位室友的親戚；為了偷渡來到美國，他在墨西哥經歷了一場恐怖的旅程。負責協助他偷渡的那個土狼，將他連同其他偷渡客，總共一百五十人，塞進平常用來載運汽油的卡車油槽裡。等到卡車終於停下，這名男子告訴露德說，油槽裡已經有幾好個人吐出舌頭，斷氣身亡。死因是：窒息。

這讓露德越想越害怕：她會不會再也見不到兒子了呢？她絕望到了極點，只好開始禱告，祈求上蒼給她眷顧和指引。

母親節這天下午，三名市警察忽然造訪安立奎暫住的那營地。安立奎沒有逃，心裡卻緊張萬分。不過，三名警察根本沒有注意他，最後他們帶走了他的一個朋友。

買了電話卡之後，安立奎沒有錢買食物，甚至連餅乾都買不起了。後來他實在餓得受不了，便吸了一點強力膠。沒多久，他開始覺得昏昏欲睡，彷彿進入了另外一個世界。他的飢餓感消失了，對親人的思念也暫時拋到了九霄雲外。他躺在一張床墊上，對著旁邊的樹說起話來。不久後他開始哭泣，然後又談起母親：「我好想跟媽媽在一起，我好想跟媽媽在一起。」他不斷喃喃說著，直到意識恢復清醒為止。

營地裡的一個朋友，從河裡釣起了六隻鯰魚，此刻正在用垃圾生火，準備烤魚。天色逐漸暗了下來。他拿起一個鋁罐，扯下蓋子，好用來剖魚。

安立奎在附近徘徊著，「賀南，你知道，我已經一整天都沒吃東西了。」

賀南開始剖魚。

安立奎安靜地立在一旁，滿心期待著。

一次挫敗

五月十五日這一天，安立奎的洗車生意不錯，他賺了六十披索。午夜時分，他拿著賺來的錢趕緊跑去買第二張電話卡。但這張的面額只有三十披索，因為他想，第二通電話應該會比較短。如果他的前老闆可以向他羅莎阿姨或卡洛斯姨丈問到他媽媽的電話，第二通電話應該花不了幾分鐘。

他將另外的三十披索存下來，準備買東西吃。

他找了幾個朋友慶祝一番，大夥兒喝了一點酒，也抽了幾根大麻菸。後來他又想到要在身上刺青，「好紀念這一趟旅程。」

提林達洛表示願意免費替他紋身，於是帶他來到河邊一棟屋子當中。這個地方，是熊幫的聚會所，也是提林達洛在下雨天睡覺的地方，裡頭有兩間臥室。有兩個毒蟲住在這裡，也在這裡調製快克古柯鹼。當安立奎隨著提林達洛進屋時，有四個家境比較富裕的當地青少年，正坐在客廳的沙發上吸食剛剛買來的快克。

提林達洛注意到自己的手在顫抖，於是先注射了一管海洛因。

安立奎想要刺黑色的，但提林達洛只有綠色的顏料。安立奎脫掉上衣，露出胸膛，告訴提林達洛他希望在身上刺兩個名字，而且兩個名字要連在一起。三個小時後，歌德體的刺青終於大功告成：

EnriqueLourdes

媽媽知道後一定會罵他的。一想到此，安立奎卻覺得好快樂。隔天，近午時分，他在骯髒的床墊上醒過來。跟旁人借一點牙膏，走到河邊，蹲下，將牙刷放入混濁的河水中沾濕，然後刷起牙來。幾個星期前在火車頂上遭人毆打而斷掉的牙齒，如今仍然作痛。他的頭也一樣，經常感到抽痛。他的左前額，一道約三公分長的粉紅色毆痕，至今仍未消褪，一直印在他額頭上，彷彿一座十字架。他的左眼，視力仍然不清，上頭的眼皮也照樣耷拉著。他的雙臂和雙腿，佈滿了青青紫紫的瘀青，身上的衣褲則連穿好幾天沒洗了。他動作規律地輕輕刷著牙，再伸手舀水漱口。刷完牙後又洗臉，還沾了一點水在頭髮上。盥洗完畢，他走向那直立起來的床墊，將牙刷放在他專屬的那一節彈簧上。

他感到飢腸轆轆。幾個小時後，飢餓感更是加倍遽增。最後，他忍不住了，向替他代為保管電話卡的那位朋友索回他的第一張電話卡，拿去變賣。

然而，由於急於變賣，他只好降價求售，以四十披索的價錢賣出。他留下幾披索做為明日之用，其他的則拿去買餅乾——能夠果腹而且最便宜的東西。

兩張電話卡就這樣去了一張，而且剩下來的那張只值三十披索。他後悔了起來，他不該如此輕易向飢餓低頭的。要是他能夠再多賺二十披索就好了。到時候他會馬上跑去打電話給他以前的老闆，只要他姨丈或阿姨可以打電話回來，他就不需要第二張電話卡了。屋漏偏逢連夜雨，他的水桶竟然被偷了。他感到不知所措，這水桶可是他的椅子、他的砧板、他的洗腳桶，更是他的生財工具！

他心中浮現了想放棄的念頭，但他試著激勵自己：「我總有出頭的一天的。我知道我不應該絕望。」吃完了餅乾，他躺在床墊上，一聲不吭，靜靜地望著天空。自從來到河邊，他已經看過三十名偷渡客付錢請土狼帶他們渡河到美國去了，而他，卻一直受困於此。營地裡的一位朋友，看出了他心裡的沮喪，走過去替他打氣，告訴他千萬不要絕望；還說，事情到了這個地步，他恐怕別無選擇，乾脆賭他一賭，冒險到城裡乞討好了。他願意陪安立奎一起去。

他們來到了蓋雷洛街（Avenida Guerrero）。這裡，有許多遊客來此購物、喝酒、跳舞、

召妓，有許多貧窮的墨西哥人在行乞，有五歲的小孩摸摸遊客的手，向他們兜售小包裝的口香糖，還有老嫗在人行道上伸出皺巴巴的手，乞求路人施捨一、兩枚銅板。然而，這條街也遍佈了警察。對安立奎這樣一個沒有身分證件的中美洲人來說，這裡根本是龍潭虎穴。

但是他只能鋌而走險。忽然，他朋友把身子傾靠在他的手臂上，假裝自己腿瘸了，拖著腿一跛一跛地走著。他向每一個路過的遊客問道：「你想不想看看我身上被火車撞的地方？」說完，慢條斯理地將褲腳往上拉。

「不用了不用了。來，給你！」許多人都嚇得退避三舍，拋下一披索便趕緊走人。然而，安立奎和這名同伴的膽量很快就消失了。在討足了買餅乾的錢之後，兩人趕緊退回河邊，以免落入警察手中。營地裡的一位朋友，後來借了個水桶給安立奎。於是他再度回到賣玉米餅的攤子旁邊幫人洗車。坐在水桶上，他小心翼翼撩起身上的T恤，肚臍上方，那道剛完成的刺青如今仍隱隱作痛。

EnriqueLourdes。這兩個字如今彷彿成了一種嘲弄。自踏上旅途以來，他第一次有了想放棄的念頭。最後，他強忍住眼淚，放下衣衫。不，他絕不放棄。

危險時刻

他乾脆靠自己的力量渡河算了，安立奎心裡不禁這麼想。但營地裡的朋友都警告他別這麼做。

他們告訴他，從涉足入河那一刻起，便要面臨重重的危險。營地裡的一個偷渡客說，他一個月前曾經看到一個男人的腫脹屍體從他眼前漂過。在河裡，有些人是被漩渦捲入河底；有些人是在激流的衝擊之下，腦袋撞上石頭；有些人則是腿部抽筋，最後溺死河中。還有的時候，移民局會派出直昇機，在河面上低空飛行，激起陣陣浪花，令偷渡客乘坐的內胎翻覆。偷渡客給這些直昇機起了一個綽號，叫「蚊子」，它們可是會飛下來咬人的。

安立奎在洗車的地方，也聽到一些關於火車的事。每天，有八到十班的火車從新拉雷多駛向「北方」。火車站的保全人員，會駐守在火車上方的一個平台上監視，一見到偷渡客就將他們驅離。不僅如此，一旦進入美國境內，站方人員也會再檢查一遍。

之後，到了「十二哩」（Milla 12），也就是拉雷多以北的頭一個移民局檢查哨，火車會駛入一個有圍籬的地方停靠，令偷渡客插翅也難飛。這時候，移民局的幹員會使用紅外線望遠鏡來偵測人的體溫。不止望遠鏡，狗稍後也會派上用場。到了第二個檢查哨，也就是拉雷多以北大約一百二十九公里，靠近科土拉（Cotulla）的地方，狗開始上場。開往此處的載貨火車，上頭常常載運了許多新的福特汽車和克萊斯勒汽車。而偷渡客也常常選擇躲進車內或汽車與汽車之間。這個時候，移民局的人就會靠狗來把他們找出來。

比方說，有一隻來自比利時的瑪利諾犬（Malinois），對於人的汗味和唾液的味道，嗅覺極為靈敏，一部車即使門窗緊閉，牠還是聞得出車裡有沒有人。這條狗名叫佛蘭卡（Franca），只接受人家用德文命令牠。

為了瞞騙佛蘭卡，有些人會刻意在身上塗大蒜。一般來說，佛蘭卡會先從上風處開始，沿著車身聞啊聞的。一聞到可疑目標，就在附近上下跳躍。幹員們接著打開車門，進入雙層

的有蓋貨車中搜索一番。「這裡有人！」佛蘭卡的命中率幾乎是百分之百。幹員們稱讚牠幾聲，再丟給牠一個橡皮玩具。

至於徒步穿越德州，安立奎知道，簡直是不可能的任務。營地裡的人告訴他，這條路遍佈著大同小異的灌木叢，沒有嚮導的話很容易迷路，不然就是走了老半天還在同一個地方打轉。要徒步走到聖安東尼（San Antonio），通常需要七、八天的時間，但是，途中危險重重，除了要忍受攝氏四十八、九度的沙漠高溫，還可能會遭遇西部菱斑響尾蛇、尖利的仙人掌、沾了牛口水的水、碟子般大小的狼蛛，或長著獠牙的野豬。有些偷渡客在嚴重脫水後，變得精神譫妄，最後解下身上的皮帶，上吊自殺。腳下的水壺，不消說，裡頭已經沒有半滴水了。

然而，就算沒有自殺，不少偷渡客也會因為乞討或偷竊食物或飲用水，而遭到射殺。就在安立奎來到新拉雷多後幾個星期，一名二十三歲的墨西哥偷渡客耶烏塞比歐（Eusebio de Haro Espinosa）徒步來到距離美墨邊境六十四公里處，位於德州的布萊克維爾（Bracketville）。他看到，前方有一家牧場，便走向主人家想討點水喝。沒想到，牧場的主人，七十五歲的布萊克伍德（Samuel Blackwood）竟拿出一把點三五七的狙擊槍，朝他的腿部射擊。布萊克伍德並沒有打電話求醫，眼睜睜看著耶烏塞比歐失血過多而死。

德州的牧場經營者們，對於偷渡客擅闖民宅的行為是越來越不滿。曾擔任卡車司機，如今已退休的史密斯（Jake Smith），住在德州馬丁尼茲一家破敗牧場上的一部拖車裡，他說：「墨佬有兩種，好的和壞的。」牧場上的狗，一察覺到有偷渡客靠近就開始狂吠，而史密斯聽到後便掏出手槍，坐在屋前的門廊上坐鎮。

講話粗魯、頭髮花白、偶爾會到附近一個專門醫治大型動物的獸醫處清洗玻璃眼珠的史密斯說，品行低劣的偷渡客會運送毒品、擅闖民宅、順手牽羊。但就算是秉性善良、願意找份正當工作的偷渡客，也有很多不良的生活習慣，譬如大門不關，任意放牲畜出去，或私自闖入人家家裡找東西吃或找水喝。

經營牧場的克里司（Joe Crisp），家裡的每扇窗戶都上了三道鎖。因為，他家已經被闖入過八次之多。有一次，偷渡客為了闖入他家，直接在牆上挖洞；還有一次，偷渡客則是從他家屋頂破門而入。在附近一帶，偷渡客私闖民宅的次數實在太過頻繁，邊境巡邏警察乾脆建議當地民眾，務必留一些食物和水在門外，多少可以防止偷渡客入侵。曾經，一位牧場主人因為不肯借電話給一名偷渡客用，結果被對方綁在椅子上，載貨小卡車也被偷走。這件事，當地及鄰近地區的牧場經營者都聽說過。

不少牧場經營者在發現偷渡客的蹤跡時，會拿出手槍命令對方站住，再拿出手機撥電話通知美國移民局。許多試圖私闖民宅的偷渡客，最後都落入移民局的手裡。以二〇〇〇年，也就是安立奎偷渡那一年為例，美國移民局在拉雷多附近逮捕到的偷渡客，就多達十萬八千九百七十三人。

因此，要想偷渡成功，安立奎一定要比對岸的那些邊境巡邏幹員更精明才行，畢竟，那些幹員可有著高明的技術和窮追不捨的決心。

以追蹤員葛勞特（Charles Grout）為例，即使坐在行進中的福特 Bronco 車裡，他也能發現路邊的腳印。而他的搭檔邵西達（Manuel Sauceda），則擁有另一項驚人的天賦：他能夠判

讀出腳印的主人離開了幾個小時。

美國移民歸化局在科土拉有個分支單位，大約位在新拉雷多的格蘭德河畔到聖安東尼的中點。葛勞特和邵西達，便是這個單位的幹員，他們的任務，是將非法進入德州的偷渡客繩之以法。

兩人的薪水能夠增加多少，一部分取決於他們的業績，也就是抓了多少偷渡客。兩人必須通力合作，在鐵軌旁和沙漠中輪流開車及追蹤腳印；有時候一趟任務就要花上好幾天的時間。

二〇〇〇年九月的某個星期四，邵西達在安西納爾西南方一個牛槽附近發現了一堆腳印。槽裡的水，儘管佈滿青綠色的浮渣，還發出類似雞蛋腐爛的臭味，但他知道，偷渡客們會在這裡喝水。邵西達先在腳印外圍繞了繞，再湊上前去仔細察看。

地上的腳印，如果沒有被風吹散，沒有塌陷，代表是不久前留下來的。要是上頭沒有蜈蚣、蝸牛、鳥或蛇等動物爬過去的痕跡，也代表它們是新鮮的。此外，腳印附近要是有食物的包裝紙散落於地，而包裝紙上面又沒有爬滿螞蟻，更代表這些腳印是剛「出爐的」。

邵西達在水槽旁繞了繞，再聚精會神地端詳起附近的牛糞堆，想從中找出線索。斗大的汗珠，滑下他的臉頰，他不畏烈日當空，仔細尋找著任何蛛絲馬跡。

他的努力沒有白費。一會兒，他發現了幾道痕跡，看樣子是當天早上留下來的。這些痕跡隱約呈現了某些圖案：一道是格子狀的，一道有著細細的紋路，還有一道則形似靴子上突出的腳趾。「我看起碼有四個人，」邵西達說，臉上還露出滿意的微笑。彷彿一頭長耳大警犬，他腳步加快了起來。

碰到像葛勞特和邵西達這樣厲害的幹員，中美洲人想成功偷渡到美國變得難上加難；這一點，從美國移民局在科士拉的人事變化便看得出來。一九九四年，美國移民局在科士拉的這個單位，只僱用了二十名幹員。但今天，該單位的人數已經增加到七十名。

在新拉雷多以北，美國移民局設置了總共八個分支單位，科士拉分部只是其中之一。算一算，從一九九三年起，美國移民局為加強它在南部邊境的偷渡客掃蕩工作，已經增加了總共五千六百名幹員。

此外，幹員們所使用的「武器」也日益精良，包括直昇機、夜視鏡、能感知體溫的熱顯影工具，以及能偵測腳步移動、沿著偷渡客可能行經路徑所布置的地震感測器。

他們局裡有一名幹員，工作上只負責一件事：不時移動這些感測器，以免讓偷渡客摸清楚其設置路線。

以這一天為例，在第五十三號感測器的協助下，該局幹員逮捕到了十一名墨西哥偷渡客——在沙漠中已經走了四天。

在追蹤偷渡客一事上，葛勞特和邵西達非常鍥而不捨，部分的原因是，他們有時候是在救人性命。邵西達說，每隔大約兩個星期，他就必須呼叫一次救護車，因為，總是有偷渡客被響尾蛇咬傷，被火車撞傷，或在德州沙漠中嚴重脫水而快要一命嗚呼。

順著在水槽旁發現的腳印，邵西達來到一條小徑上，接著他爬進車內，發動，沿著這些腳印行駛。途中，他不時停車，掏出一大把鑰匙，找出對的鑰匙，開門，關門，追索著這些

腳印的行蹤——這些鑰匙，是牧場經營者給他們的，好協助他們辦案。

氣溫爬升到了攝氏三十七點八度——這其實算涼爽了，上個星期，當地的氣溫甚至飆高到攝氏四十八至四十九度，將第三十五號州際道路上的部分柏油路面都給熔化了。

Bronco的儀表板上，此刻閃出了提醒駕駛人慎防火災的文字：請勿在道路以外的乾草堆中或灌木叢中行駛。但邵西達置之不理。邵西達研判，這道足印應該是朝著一座有天線的塔蜿蜒而去。兩名追蹤員於是搜查了附近每一棵大樹和每一個水源處，然後來到一片帶刺的鐵網前。從泥地上的痕跡來看，他們的獵物應該是從鐵網下爬了過去。葛勞特繞過鐵網，發現了另一側的足印。「沒錯，他們來過這裡，」葛勞特說：「他們的腳印太明顯了。」

根據足印行進的方向來看，這幾人應該是往安西納爾逃去。要是他們進了城，要找到他們便難如登天，而葛勞特和邵西達大半天頂著毒辣的太陽，在仙人掌間辛苦搜索的努力也就白費了。

他們得加快腳步才行。因此，邵西達儘管揮汗如雨，腳下的步伐卻更快了。葛勞特則在他前方開車駛向安西納爾鎮。忽然，他注意到一條模樣有點奇怪的車道。車道的右半邊，泥土路面被抹得乾乾淨淨，車道的盡頭，則是一棟破破爛爛的房子。

葛勞特熄火停車。一看，通往車道的泥土路面上又出現同樣的痕跡：格子狀的、細紋的、靴底狀……

「我找到他們了，」他對著對講機說。

「在哪兒？」邵西達問。「就上次那個地方。」

葛勞特走下車，往屋子的方向走近三步。忽然，一條洛威拿犬從樹後頭衝出來撲向他。他立即掏出一把口徑點四〇的貝瑞塔手槍。但是，狗被身上的鍊子給牽制住，在距離他幾公尺的地方就停了下來。

葛勞特小心翼翼地往前推進，走了七步，來到門前，伸手一推，門裡頭是一個黃色的儲藏室，還擠了五個驚惶不已的偷渡客。他掏出手銬，將他們一一銬上。回到車內，他要這幾個人伸出腳來讓他檢查鞋底。正確無誤：格子狀的、細紋的、靴底狀的。他得意地笑了笑。

其實，能夠被移民局幹員逮到，很多偷渡客反而暗自慶幸。來自墨西哥韋拉克魯斯的蓋拉（Isaias Guerra），在落入葛勞特手中時，臉上便露出了如釋重負的表情。之前，他曾經在荒野中迷路了兩天，一路上全靠仙人掌來果腹。

迷路的頭一天，他曾經碰到五隻郊狼尾隨在後，而且越靠越近，嚇得他趕緊抓起一根木棍將牠們擊退。

夜裡，他因為害怕遭到野獸攻擊，便爬到樹上睡覺。隔天醒來，他發現附近有一團看起來像是牛糞的東西，忽然動了起來。定睛一看，是一條身體和他上臂一樣粗的響尾蛇，牠此刻正慢慢舒展原本盤成一團的身體要發動攻擊。蓋拉趕緊溜之大吉。

同一天，他後來還看到過三條蛇。傍晚，他則是看到了一隻北美山貓，便不動聲色地悄悄溜走。因此，當他被葛勞特趕進「籠子」裡時（這是偷渡客對移民局幹員的卡車的暱稱），他心情其實是愉快的。

遭美方遣返的偷渡客，有很多會回到聖荷西教堂來，安立奎就看到過一些。一天晚上，

一個身材高的男子出現在教堂前，臉上的眼神空洞呆滯。他已經五天沒進食了。棕色的上衣，有多處被仙人掌劃破，如今變得破爛不堪。他的雙臂，被薊和荊棘刺得滿是傷口，有些地方還流著血。他的腳掌，長滿了黃色的大水泡，腳趾腫得像臘腸一樣大，上頭的趾甲已經發黑。他幾乎無法走路，只能以腳後跟為重心，蹣跚前進。六天來，他走了一百一十三公里，途中殺了六條響尾蛇，現在最希望能夠喝杯水，洗個澡。

聽了那麼多故事，安立奎現在對蛇和蠍子懷著極深的恐懼。

在德州的沙漠中，蛇通常會等到入夜以後，天氣比較涼爽了，才出來尋找獵物。然而，這也正是偷渡客趕路的時候。他們不敢使用手電筒，只能在漆黑的夜色裡蹣跚前進。有些人會仰賴迷信，譬如：有懷孕的女人同行，你所到之處，蛇皆在沉睡。有些人則相信，將三粒乾胡椒放在舌下可以帶來好運。出沒在德州沙漠中的蛇種類不少，如銅頭蝮、珊瑚蛇、水蝮蛇，還有藍色的靛蛇；這些蛇體積大、動作快，連響尾蛇都可能喪命在牠們口中。由於這一年蛇的數量特別多，再加上碰到乾旱，令這些蛇更加兇狠。

安立奎接連好幾個晚上都作著同樣的惡夢：他的嘴巴被蛇咬到，痛到他無法出聲求救。最後他決定不要單獨行動。「為了偷渡而丟掉性命，值得嗎？」他自問。想來想去，他覺得最好的方法應該還是：打電話給媽媽，請她出錢僱土狼帶他過去。

說到土狼，在新拉雷多一地，據說共有九個集團在經營人口走私，而且規模都不小，旗下的成員起碼都有五十個之多。但安立奎明白，這些人不是每一個都可以信任的。在他家鄉，大部分的土狼都誠實無欺，因為他們知道，要有好名聲，生意才做得長遠。

但是這裡不同；這裡的土狼可能會搶劫、強暴或遺棄他們的客戶，卻能夠逍遙法外，甚至，有些人還會直接將客戶送入強盜手中，好分得一杯羹。一位在聖荷西教堂服務的修女說，每十個土狼當中只有一個是值得信賴的。教堂裡有不少偷渡客，都曾經在土狼手中遭到可怕的對待。

在安立奎看來，提林達洛應該是值得信賴的。他跟在他身邊一段時日了。他看過不少成年男子和年輕男孩，在夜裡坐上內胎（一次最多一、兩人），在提林達洛的協助下，划到對岸，進入美國境內，從此再沒有回來過。

和提林達洛一樣幹「養鴨人」的巴拉哈斯（Juan Barajas Soto）說，提林達洛已經觀察邊境巡邏隊很久了，對他們的一舉一動瞭若指掌，這些幹員每隔八個小時換班，誰誰誰會去做些什麼事，他都一清二楚。

安立奎於是決定，和母親通上電話時，他要請她僱用提林達洛來協助他偷渡。「我知道，」安立奎告訴自己：「他絕對不會丟下我不管的。」五月十八號這一天，安立奎一覺醒來卻發現：他右腳的鞋子被偷了。

對他而言，鞋子的重要性幾乎不下於食物或母親的電話號碼。

每一雙幫助他來到北方的鞋子，他都還記得。光是最近的這一趟，他就穿過七雙鞋，有藍的、白的、皮製的工作靴，還有耐吉的運動鞋。這些都是他買來的、借來的，或者用其他東西換來的。最後，這些鞋不是報銷了就是被偷了，但從來沒有人只偷一隻的。

他瞧見河岸旁的水面上飄著一隻運動鞋，趕緊下水撈了起來。那隻鞋也是左腳的。

於是，他穿著兩隻左腳的鞋，一手拿著水桶，步履蹣跚地走向賣玉米餅的攤子，沿路順便乞討。有路人看他可憐，施捨了一兩塊錢披索給他。幫客人洗了幾部車後，天空下起了雨來。這時候他驚訝地發現，今天竟然賺了二十披索。

有了這些錢，他可以拿他那張價值三十披索的電話卡，去換一張五十披索的。再用這張電話卡打電話給他開輪胎店的前老闆，只要老闆找得到他阿姨或姨丈，只要他阿姨或姨丈曉得他媽媽的電話號碼，並且回電給他，那麼他就……

慈悲的李歐神父

五月十九日了。安立奎心想，他要想偷渡成功就只有一條路可走了：聖荷西教堂的李歐納多（Leonardo Lopez Guajardo）神父，開放教堂裡的電話，讓有電話卡的偷渡客使用。這位神父每天像個接線生一樣，每隔大約一刻鐘，就穿著夾腳拖鞋啪啊啪啊走到門口，高聲宣布某某人有電話找。安立奎如果有辦法聯絡到他前老闆，他阿姨或姨丈到時候就可以打電話過來這邊找他。李歐神父對偷渡客的慈悲為懷，在新拉雷多無人不曉；而這一點，安立奎也已經感受到了。

李歐神父有自己的辦公室，但卻很少使用。

大多數的日子裡，他從下午到晚上都坐在門邊的一張小木桌後頭，等著為偷渡客服務。這個房間，同時也當作食物儲藏室。牆邊的幾排櫃子上，放了裝食物的罐頭或箱子。地板上，成堆的水果和蔬菜已經熟透，發出類似馬鈴薯或洋蔥腐爛後的氣味，也引來成群的蒼蠅圍繞；

從蔬菜內流出來的汁液，在地板上匯聚成一個小水窪。偷渡客川流不息地在此進進出出，接受李歐神父的幫忙。神父會記下偷渡客的資料，再給他們一張餐票，並表示可以代領他們在美國的親戚匯過來的款項。

在新拉雷多，李歐神父可不是典型的神父。在他還小的時候，連母親也懷疑他是否是幹神父的料。神學院裡的老師也這麼想，他們認為，他太愛玩了，對於儀軌之類的事情也太沒有耐心，於是遲遲不授與聖職給他。從入學到畢業，他總共花了十一年的時間。

不像城裡的其他神父總喜歡穿戴名貴的手錶、漂亮的戒指、耍派頭，李歐神父的外表極為寒酸，以致於外來的訪客常常誤認為他是那些骯髒貧窮的偷渡客之一。也難怪，他身上的衣服一向皺巴巴的；至於褲子，他不但連穿好幾天，更因為他經常搬運裝蔬菜的箱子而弄得髒兮兮的。他最喜歡的那件褲子，褲腳已經磨損，褲子的背後還破了一個小洞。而且，他經常忘記把拉鍊拉上，常常是教堂裡的其他人發現後用手指指他的褲襠，他才難為情地驚叫幾聲，再趕緊將拉鍊拉到定位。

一天晚上，他從臥室出來準備去帶領彌撒，身上的法蘭絨襯衫卻穿反了，鈕子也扣錯位置。另一位神父看到後大為震怒，生氣地質問：「你的皮帶到哪兒去了？」李歐神父才折回臥室重新打扮一番。

事實上，要想看到李歐神父乾淨整齊的模樣，大概只有在他剛從家裡回來的時候才看得到。因為，每一次回家，他母親都幫他打點好一切，等他從家裡再回到新拉雷多時，非但身上的襯衫和褲子燙得平平整整，身上還散發著古龍水的香氣。

城裡，其他的神父都偏愛最新型的 Grand Marquis 汽車；但李歐神父不同，不管到哪裡，不管寒暑、陰晴，也不論有沒有颳風下雨，他永遠都是騎著那輛破爛的藍色腳踏車，「騎腳踏車的神父」也因此成了他的外號。

如果到其他的教堂去帶領彌撒，他會把及地的白色長袍裝進一個小袋子裡，再掛在腳踏車的車把上。晚間，安立奎經常看到他騎著腳踏車從外面回來，車上還載了好幾個袋子，裡頭裝了善心人士捐贈的麵包。

講道時，他不是從聖經裡照本宣科，而是會透過講笑話的方式，或根據某個流行的電影或歌曲即席發揮。他不會高高站在祭壇上，而會走到台下，穿梭在教堂的長椅之間。他穿著白色的長袍，腳下踩著破爛的網球鞋，左手抓著麥克風，不時還用右手上的白色大毛巾擦去額頭上斗大的汗珠。

對教會裡的許多人而言，李歐神父的身教遠遠超過了他的言教，教堂的祕書阿爾瑪就是這麼認為的。

一九九七年的某一天，新拉雷多的未來市長加薩（Horacio Garza）前來教堂拜會李歐神父時，一個渾身發臭、雙腳腫脹不堪的偷渡客也來求見。剛到教會工作沒多久的阿爾瑪，決定讓這名偷渡客等一等，而先帶未來的市長去見神父。

沒想到，李歐神父卻告訴她：「不不不，市長可以等，讓最需要我的人先來。」

阿爾瑪說：「他不是那種只會講大道理的神父，而會以身作則。他禱告時不需要念珠，也不需要聖經。他是透過行善來敬愛上帝，也透過行善來教導我們如何敬愛上帝。」

然而，他的耐性不是很夠，因為他總想在同一時間內完成許多事情。他很少坐下來用餐，餓了就一手抓起巧克力，一手一片麵包，不然就是隨手從食物儲藏室的架子上，抓起一點米飯、一些豆子或一個罐頭，邊做事情邊吃。

而且，他坐不住也站不住。他常常在聆聽告解的過程中，想到可以為偷渡客做些什麼事，於是在來者正要開口的時候匆匆地說：「抱歉，我去去就回。」

在待人接物上，李歐神父一般來說很有禮貌，甚至可能禮數過於周到，然而，他有時候卻顯得不得體，甚至莽撞。譬如，當有人捐款給教會時，他可能只是簡單地說聲謝謝。走在街上，他可能因為當時太過專注於思索某些事情，而沒有跟迎面而來的教友打招呼。

一直到一九九八年，教會多了兩位修女的加入，聖荷西教堂的運作才開始步上軌道，多了點秩序和規則。此外，李歐神父生性謙抑自持、淡泊寡欲。他不但捐出自己的薪俸給教會做為支付其他員工的薪水，還曾經將某人送他的一部不錯的卡車拿去變賣，拿來支付教會的水電費。他有部車，卻為了省油錢和環保的緣故而很少開。那是一部袖珍的馬自達（Mazda），當初以四百美元的低價購得，駕駛座旁的車門從外面打不開，儀表板已經破損，前座還破了一個大洞。

他的生活和工作的重心，與他當初從神學院老師身上學到的一項理念息息相關：「我們要不是與窮人同在，就是不與他們同在。主教導我們，要盡力幫助貧苦之人。上帝的旨意，除此之外別無其他解讀。」

在李歐神父看來，新拉雷多城中最需要幫助的人就是非法移民。他們經常一連多日沒東

西吃，一連好幾個月不得好眠，碰到惡人的欺侮更是毫無招架之力。他發誓要為這些人爭回一點應有的尊嚴。

教會的一位義工賴夫亞（Pedro Levya）說：「他看到這些人如此脆弱，又遭到當地人如此唾棄，於是決定將自己獻身給他們。」

李歐神父告訴上教堂的民眾，他們自己也曾經是外來移民。聖約瑟（Saint Joseph）是外來移民，聖經的撰述者們也是外來移民。摒棄外來移民，就等於背棄自己。他告訴教友們，光有靈性上的體悟是不夠的，一個人還必須行動。「有些人讀聖經讀到睡著，」李歐神父說：「這對我簡直難以置信。對一個基督徒而言，再沒有什麼比渾渾噩噩過日子還要更糟了，」其實，新拉雷多的居民從李歐神父初到此地時，就知道他很特別了。他第一次來到新拉雷多，總共有六十名送行的教友，眼裡噙著淚水，一路依依不捨地陪他從阿納瓦克（Anahuac）來到了新拉雷多。

剛到這裡，李歐神父便挨家挨戶地去敲門，告訴他們：「午安，我是李歐納多。我是剛到任的神父，我來這裡是要服務各位的。」

在墨西哥，教會代表保守勢力，但李歐神父卻在剛到任沒多久就在報紙上發表文章指出：「耶穌當初遭到殺害不是因為行使神蹟，而是因為他大力捍衛窮人，反抗統治者和有權有勢者所犯下的不公不義。」

為了讓女性偷渡客有地方睡覺，李歐神父還讓出了自己的住所（裡頭有兩間臥室），自己則窩居在食物儲藏室旁，一個僅容得下一張小床和一個五斗櫃的小房間。需要上廁所或洗澡的時候，他就上教堂的洗手間。

此外，他還僱了一位理髮師來幫助偷渡客維持儀容的整潔，找了一位醫師幫忙免費看診；如果有人需要輸血，他往往是最先捲起袖子捐血的人。

為了滿足偷渡客衣著方面的需求，他想辦法規避墨西哥海關的檢查。墨西哥海關人員會攔下車子進行臨檢，發現有人企圖挾帶舊衣物，便加以扣留；李歐神父相信，墨西哥政府這麼做，是為了保護本土的成衣製造商。相較於開車，以徒步或騎腳踏車的方式穿越邊境的檢查哨，比較不容易遭到臨檢。每週兩次，李歐神父會在日暮時分抓起一個黑色的大型手提袋，騎上腳踏車，穿越橫跨格蘭德河的那座大橋，來到德州的拉雷多，購買二手衣，這些衣服一磅重只要二十美分。採購完了，他再將裝滿了衣服的袋子一個揹在背上，另一個掛在車把上，然後踩上腳踏車，在昏暗的暮色中騎回新拉雷多。

當教堂裡的衣服存量不足或沒有偷渡客需要的尺碼時，他會乾脆拿出自己的衣服或鞋子來送人，雖然，他自己擁有的已經不多了。有的時候，他會直接脫掉腳上的鞋子送給需要的人。一聽到有偷渡客說：「神父，我沒有衣服穿。」他就趕忙跑回自己房間，從衣櫥裡抽一件出來送人。

這些衣服，不管是襯衫、褲子、鞋子還是夾克，多半是教堂查經班的學員送給他當生日禮物的。「但他往往只是讚美幾聲，然後就把它送出去了，」教會的義工賴夫亞說。

為了供應偷渡客食物——在聖荷西教堂，每晚通常都有至少一百名偷渡客嗷嗷待哺，神父每個星期三天，會到當地的幾家店鋪去載運糧食。

此外，每週一和每週三，他會開著教堂的載貨小卡前往拉雷多。先去一家天主教孤兒院接收沒有吃完的哈密瓜、柳橙、麵包；再到一戶位於死巷底的民宅，這個家的男主人，也就是羅莎琳達（Rosalinda Zapata）的丈夫，在H・E・B・超市工作。每當店裡有餅乾、醬料或洋芋片過期了，卻還沒賣出去，他就搬回家留給李歐神父。當神父回到墨西哥時，車上載滿了食物。

待車子駛上格蘭德河上的長橋，他便開始祈禱。

在橋的另一端，墨西哥境內，每十部車當中就有一部遇到紅燈，而必須停下來接受隨機性的檢查。神父在心底呼求：「主啊，請讓我碰到綠燈，求求．讓我碰到綠燈，我保證一定會行善助人。」他告訴上帝，他其實不想走私違禁品，只不過為了幫助偷渡客，他別無他法。

彷彿，上帝聽見了他的祈求，綠燈亮了。

神父笑逐顏開，踩上油門，往教堂的方向駛去。進了教堂，他歡歡喜喜地向眾人炫耀他今天的收穫：「太棒了！能帶回這麼多食物，再怎麼危險都值得了！」他此刻的喜悅心情，就像一個小孩子做了一件不被允許的事情，卻僥倖逃過責罰一般。確實，有滿屋的糧食可以給予、有許多的東西可以分享，是李歐神父最最快樂的時候。

在新拉雷多，李歐神父是捍衛偷渡客最有力的戰將。每年九月，他會帶領一支遊行隊伍，到格蘭德河畔的一道圍籬掛上十字架。十字架的數目有多少，就代表當年度有多少人因為偷渡而丟掉性命。除此之外，他也想辦法找人來指認溺死者的身分，好通知死者的家屬前來將屍體運回家鄉。

十一月，墨西哥清明節（Day of the Dead）那一天，神父在墓園中央帶領眾人唸完祈禱文後，會再帶領大家前往位於墓園偏僻角落的無名公墓前，帶領大家為埋葬於此的偷渡客祈福，「主啊，這是個悲傷的地方。讓我們一起來悼念這些死去的人。」

然而，為捍衛偷渡客的權益，神父一開始面臨了許多教徒的反對，和執政當局的恐嚇威脅；這一點，跟在韋拉克魯斯服務的雷穆斯神父所面臨的處境很像——在雷穆斯神父的教區，每兩個信徒就有大約一個因為抗議神父把教堂變作偷渡客的宿舍，而離開教會。

在聖荷西教堂，一開始也有半數的信眾反對李歐神父將協助偷渡客視作教堂的使命，教堂的一位義工潘雅（Patricia Aleman Pena）表示。有不少人甚至認為，這個神父一定是瘋了，居然引狼入室，將那些遊民、乞丐和不良份子收容到教堂裡；這些人反對給予偷渡客任何接濟或援助，他們抱怨道：「這個社區本來好好的，直到你帶來了這些牛鬼蛇神。」

還有些人的看法是：提供食物可以，但千萬不要讓不法之徒進到教堂裡頭。

畢竟，在這些中美洲偷渡客當中，有些人可能是作惡多端的歹徒，在自己的國家犯下滔天大罪，為逃避法律的制裁，才亡命到此。再者，有些教區的資源比我們多，為什麼不把救濟的工作交給他們來做？有些人則質疑：為什麼拿我們捐獻的錢去幫助那些陌生人，甚至為他們蓋餐廳？

在該市的所有教區當中，聖荷西教區算是最窮的一個，為什麼不先拿這些錢來建設自己的地方？教堂的長椅，有不少都已經毀損破爛。教堂還曾經因為積欠太多水電費，而差點被斷水斷電。

夏天，這裡的氣溫可能高達攝氏四十九度，為什麼神父不拿這些錢來裝設冷氣？曾經有人對教區民眾進行調查，發現有不少人都因為偷渡客的問題而拒絕上教堂。如今，在該教區的所有民眾當中，會上教堂做禮拜的只有十分之一。在其他教區，這個比例通常高達四分之一。

住在教堂隔壁的左右鄰居，對李歐神父也是抱怨連連。教堂附近，常常有偷渡客在遊蕩、喝酒、抽菸。住教堂隔壁的一名婦女生氣地說：「他們想尿尿就尿尿，也不管在什麼地方。」還有一個鄰居則說，她曾經看到一名偷渡客想摟她女兒、強吻她女兒。這些遊手好閒的偷渡客，經常隨便席地而睡、打架鬧事，不然就是在她家門前的階梯上隨意大小便，她還得拿漂白水來刷地，以除去臭氣。

在宗教界，許多神父和主教很讚賞並支持李歐神父的做法，但也有人表示反對。反對者的說法是：神父只要做好帶領彌撒、婚禮、洗禮等工作就行，至於救濟貧苦和偷渡客的社會工作，應該交給政治人物來做。有些人甚至諷刺他是小丑，嘲笑他的衣著裝扮，還批評他的謙虛自持是在演戲。

當地移民局的單位主管曾經恐嚇他，要是他繼續收容偷渡客，警方將以人口走私的罪名將他打入地牢，關上好幾年。李歐神父承諾配合，事後卻依然故我。

如今，該教區已經有四分之三的民眾贊同他的做法。教堂的義工潘雅說：「要是今天沒有這些問題，我們當然應該慶幸，但是，只要捐出一點麵包，報以一個微笑，就可以讓這些偷渡客好過一點，何樂而不為呢？」

事實上，教會要是沒有伸出援手，這些偷渡客可能會落入更絕望的處境，因此鋌而走險，對地方上造成更大的衝擊。

潘雅跟教會裡的許多教友一樣，每天義務來這裡幫忙煮飯。

對於李歐神父，她懷著無比的敬佩與愛戴：「我想，這個世界上找不到像他這樣的人了，他是如此謙虛為懷。從神父身上我學到了一件事：究竟什麼是給予而不求回報。」

午後四、五點，安立奎透過教堂的電話找到了他的前老闆，說有事情找他幫忙。兩個小時後，李歐神父大喊：安立奎，有你電話。一如往常，這句話像野火燎原般在教堂中庭裡傳了開來。電話中，安立奎聽到了卡洛斯姨丈的聲音：「你還好嗎？」

「我還好。只是，我弄丟了我媽的電話號碼，我想要打電話給她。」

糟糕的是，輪胎店老闆竟然忘記告訴他們這件事了。安立奎趕緊問，有把他媽媽的電話號碼帶在身上嗎？羅莎阿姨伸手進皮包裡翻找。還好，她找到了。姨丈把號碼接過來看，再一個字一個字唸給他聽。

總共十碼。安立奎小心翼翼地將號碼一個字一個字寫在一張小紙片上。號碼才剛唸完，電話就斷了。待卡洛斯再打過去，安立奎已經走了。因為他等不及了。

安立奎希望在四下無人的情況下和母親通電話。因為，他可能會哭。他知道有個公共電話設置在較隱密的地點，他可以到那邊打對方付費電話。

可是，他好緊張。說不定，媽媽現在是和沒有親戚關係的偷渡客同住一個屋簷下，而他們可能會拒絕接付費電話；也說不定，會是媽媽拒絕接付費電話。畢竟，他和母親分開已經

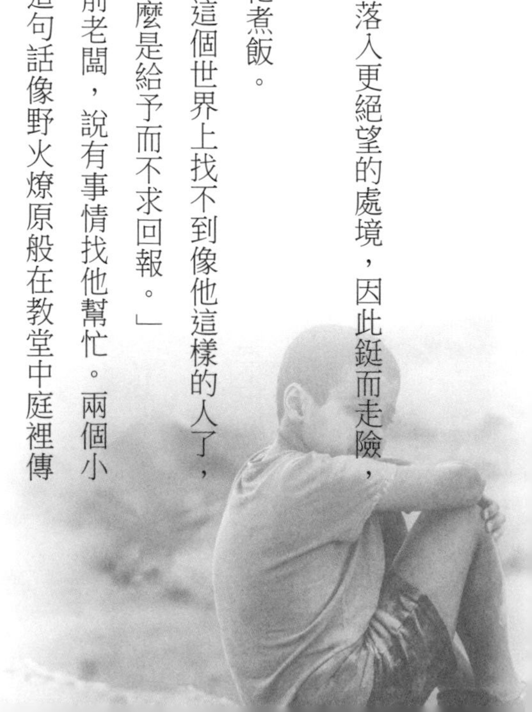

十一年了。

現在的他，簡直可以說不認識媽媽。先前，媽媽曾經嚴厲地警告他不要到美國去，他卻違背了她的意思。儘管通話的次數不多，但媽媽每一次都在電話中鼓勵他要用功讀書。畢竟，她當初去美國就是為了替孩子籌措學費。可是，他最後竟然放棄了學業。

安立奎的一顆心，此刻好像快跳出來了。他來到營地兩條街外的一個小公園，草坪邊，一根柱子上架著一具 Telmex 公共電話。

這時候是晚上七點，有點危險。警察會在此時來到公園巡邏。身材矮小的安立奎，腳上穿著兩隻左腳鞋，身上的牛仔褲有多處已經磨損或破掉；衣衫如此襤褸，在這一帶顯得太過醒目。而他身上的T恤已洗到泛白，也肯定會引人側目。他慢慢從牛仔褲裡抽出一張紙，再伸手拿起話筒。

小心翼翼地，他將剛剛得來的寶物——寫有他母親電話號碼的紙片——慢慢慢慢地打開。撥完號碼，他滿懷好奇地等待著。他母親答應付費。

「媽媽？」在電話的另一頭，露德開始發抖，先是手掌，再來是手臂和膝蓋，「哈囉，兒子。你現在在哪裡？」

「我在新拉雷多。妳呢？妳在哪裡？」

「我好擔心你，」露德的聲音開始顫抖，但她強忍住淚，以免兒子受到影響而情緒崩潰。「我在北卡羅萊納州。」接著她解釋北卡州在哪裡。

安立奎心中原本的不祥預感開始消散。「你要怎麼過來？我找土狼去接你好了。」她說她知道皮德拉內格拉（Piedras Negras）有個不錯的土狼。

「不用了，」安立奎說：「我在這裡認識了一個人，他可以帶我過去。」他信得過提林達洛，只不過，他一趟索價一千兩百美元。他母親答應幫他把錢準備好，最後並再三叮嚀：「千萬小心。」兩人的談話很彆扭，彷彿彼此是陌生人。安立奎心想，這通電話大概很貴吧，他曉得從宏都拉斯打對方付費電話到美國去，一分鐘就要好幾塊錢美金。

儘管如此，他可以感受到母親對他的愛。最後，他放回話筒，如釋重負般地吐出了一口氣。在電話的另一頭，露德的淚水終於決堤。

6. 穿越黑河，期待新生

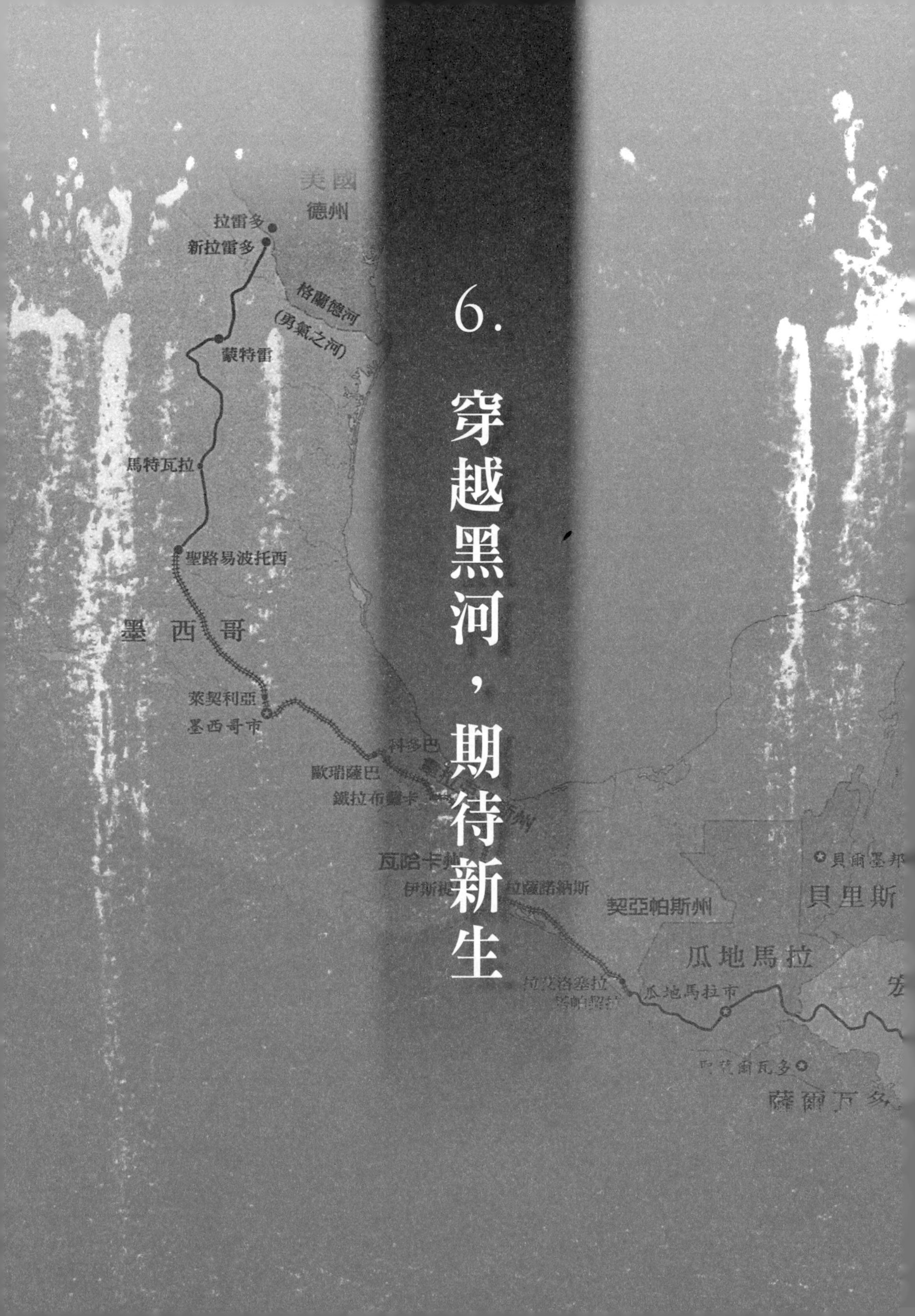
美國
德州
拉雷多
新拉雷多
格蘭德河
(勇氣之河)
蒙特雷
馬特瓦拉
聖路易波托西
墨　西　哥
萊契利亞
墨西哥市
科多巴
歐瑞薩巴
鐵拉布蘭卡
瓦哈卡州
伊斯提
拉薩諾納斯
契亞帕斯州
貝里斯
貝爾墨邦
瓜地馬拉
拉艾洛塞拉
瓜地馬拉市
薩爾瓦多

6、穿越黑河，期待新生

二〇〇〇年五月二十一日，凌晨一點，安立奎在水邊等候著。

「要是你被抓了，千萬不能說你認識我，」提林達洛聲色俱厲地叮嚀安立奎。安立奎點點頭。旁邊的兩個偷渡客也點點頭，他們是一對墨西哥兄妹。接著，他們將身上的衣物脫到只剩下內褲。

在河邊生活了一段時日，安立奎已經很清楚土狼護送偷渡客過河的幾種方式了。有的是拋出一根長長的繩索讓偷渡客抓著過河，有的是幾個人彼此手臂相扣，牽引過河。相形之下，提林達洛的方法就比較危險：他是讓偷渡客坐在黑色的內胎上，再推到對岸；但內胎太笨重也太醒目了，很容易被邊境巡邏隊發現。

河的對岸，有一根十五公尺高的柱子，上頭安裝了美國邊境巡邏隊的偵測照相機。白天，柱子附近經常有休旅車來回梭巡。安立奎算過，這些車總共四輛，裡頭都坐著移民局的幹員。但在此刻漆黑的夜色裡，這些車他一輛也看不到。

他只能把一切都交給提林達洛。幾個小時以來，提林達洛一直在這裡觀察河對岸的動靜。

安立奎掏出一張小紙片，撕碎，再隨手一撒。

之所以要撕毀這張紙，是因為上頭有他母親的電話號碼，要是這號碼落入移民局的手中，他母親可能會被逮捕而遭到遣返。反正，號碼他已經熟記在腦海裡了。為了與母親重逢，他

已經花了整整四個月的時間，他不想在最後關頭功虧一簣。

提林達洛抱來一個內胎，要墨西哥兄妹爬上去，接著他涉水入河，邊划邊推，將兄妹倆帶到河中央的一個小島上，然後再游回來接安立奎。

等提林達洛將內胎穩住了，安立奎這才小心翼翼地爬上去。這一段河道，前陣子曾經一天內就淹死了三名偷渡客。在雨水的灌溉下，這條當地人稱「勇氣之河」的河流，如今水量豐沛，並以湍急之勢湧向墨西哥灣。

兩天前的夜裡，安立奎認識的一個長了兔唇、身材高瘦的年輕偷渡客，就在這河中被強大的漩渦給吸入水底，丟了性命。

這一年雖然一半都還沒過，從新拉雷多或附近河岸邊打撈上來的屍體，已經多達五十四具。安立奎不會游泳，所以怕得要命。

提林達洛將一個裝垃圾用的塑膠袋放在安立奎的大腿上。裡頭，裝了他們四個人的乾衣物。接著提林達洛開始划水，推動內胎前進。

在強勁水流的推動下，內胎很快便滑入河中。

一陣風起，颳走安立奎頭上的帽子。從天而降的毛毛細雨，很快便淋濕了他的臉。他伸手入河，哇，好冷。接著他將目光投向混濁的河水，來回掃視。他知道，河面上偶爾有青蛇出沒。

忽然，有道白光一閃，嚇了他一跳。是那四部休旅車的其中一部，此刻正在河邊的小徑上緩緩滑行，車的後座，說不定還坐了一條警犬。

片刻後，現場仍寂靜無聲，也沒有人用擴音器大喊：「請馬上回頭。」

兩人這才鬆了一口氣，繼續前行。內胎在水面上搖晃、震盪、跳躍，安立奎只好緊緊抓住內胎上的氣門桿。頭上，天空烏雲密佈。眼前，河面漆黑一片。遠方的河面上，則閃動著斑駁的光影。

終於，安立奎看到了那座小島。

島上，有柳樹與蘆葦叢生。他伸手抓住一根樹枝，樹枝卻啪一聲斷了。第二次他伸出雙手，握住一根更大的樹枝，一挺，內胎滑到了淤泥和雜草上。格蘭德河的南方水道，他們已經安然渡過；但小島的另一邊，也就是這條河的北方水道，由於更靠近美國領土，想必更加驚險。

提林達洛以步行方式繞到小島的另一邊，再望向河面觀察一番。邊境巡邏隊的白色休旅車再度出現，只是這一次離他們更近了，大概不超過九十二公尺。在河對岸的一條泥土路上，巡邏車緩緩前行。

車頂的燈，發出紅、藍二色的光線，映照在河面上，產生一種迷離夢幻的效果。

忽然，探照燈的方向調整了，光線直直射向這個河中小島。安立奎和墨西哥兄妹趕緊趴伏在地。要是幹員發現了他們的蹤跡，在對岸埋伏逮人，安立奎可就完了。他從來沒有離母親這麼接近。

如果遭到遣返，這對兄妹不過是被送回對岸而已，他卻可能一路被送回宏都拉斯。還有一種情況更糟。遣返作業需要一些時間，因此偷渡客在真正上路以前，可能得在美國的牢裡

蹲上好幾個月。以他這個年齡而言，他最有可能被送進的地方，是位在德州自由市（Liberty）的一座青少年監獄。自由市位於休士頓東北方大約七十四公里處，許多在德州遭逮捕的未成年偷渡客，都是囚禁在這裡等待遣返。

年輕偷渡客們被戴上腳鐐手銬，來到監獄。獄方會要求他們脫光衣服，進行搜身，並要他們蹲下身子，咳嗽幾聲，好檢查他們有沒有把違禁品藏在身體的某些部位。檢查完後，獄方人員會帶領他們魚貫穿過八道上了鎖的鐵門，最後來到E區，這裡是監禁十二歲以下的偷渡客的區域。有時候，他們也會和一些涉嫌強暴或其他重罪的罪犯關在同一區。

關在E區的孩子們，大多數時間都待在一間沒有窗戶，長約二點二公尺、寬約三公尺的狹窄囚室內。根據曾經囚禁於此的年輕偷渡客們的描述，這座由美國民營獄政公司（Correction Corporation of America）負責經營的監獄，提供給犯人的食物根本不足。大多數偷渡客因為沒錢向獄方的福利社買東西吃，只好經常餓肚子，身體也日益消瘦。一天當中，他們能夠見到陽光的時間，只有一個小時。在這段「放風」的時間內，他們才能夠到戶外一個四周有圍牆環繞，牆上還設置了蛇腹形鐵絲網的區域內透透氣、活動活動。

他們不曉得自己何時會被帶到移民法官面前受審，或何時會遭到遣返。獄方人員也不清楚；更何況，他們多半不會講西班牙語。

然而，日復一日、月復一月的監禁，對這些孩子而言，可是一大折磨。許多人為了解悶，只好在小小的囚室裡繞圈跑，不然就是將洗髮精上的使用說明一唸再唸。有些人害怕自己會發瘋，開始自言自語。曾經，有個男孩沮喪到了極點，接連數天不吃不喝，還掄起拳頭搥在水泥牆上，直到指關節破皮紅腫為止。少數人甚至痛苦到想結束自己的生命，企圖上吊自殺。

要是運氣好，安立奎在牢裡也許關不到兩、三個月，就會被送回宏都拉斯。然而，到時候他就必須重新來過，展開他第九次的嘗試。

在河中小島上靜靜躺了大約半個小時，安立奎等一行人只聽到蟋蟀鳴叫及河水拍擊岩石的聲音。最後，岸上的幹員似乎放棄了。但提林達洛沒有馬上行動，在原地又觀望了一會兒，等確定狀況安全了，才回頭找那三個孩子。

安立奎悄聲地說：先帶那對兄妹過去。兩兄妹一坐上內胎，內胎便明顯下沉。坐定後，他們才開始在水面上緩緩前進。

幾分鐘後，提林達洛回來了。他告訴安立奎「過來」、「上去」，接著又命令他：不要揉裝衣服的塑膠袋，不要踩在樹枝上，不要伸手划水。因為，這些動作都會製造聲響。

安立奎坐上內胎後，提林達洛滑入水中，雙腳在水面下划動，帶動內胎前進。

不過一、兩分鐘的光景，兩人來到一個水流較緩之處，安立奎伸手抓住一根樹枝，將身子往上一拉，一雙腳便踩上了又軟又滑的泥巴上。只穿了條內褲的他，就這樣第一次踏上了美國的土地。

差點凍死

跑了一陣，來到一條叫薩克特溪（Zacate Creek）的支流旁。

「下去，」提林達洛命令道。

提林達洛在藏匿內胎時，看到邊境巡邏警察的身影，馬上招呼三個孩子快逃。四人沿著格蘭德河安立奎依言走入水中。哇，好冷。他屈膝低身，直到溪水淹至下巴。刺骨的冰寒，令他的牙齒開始打顫；他用手握住下巴，想止住顫抖。

一行四人沉默不語地在溪水中站了大約一個半小時。附近，一根寬約九十公分的管子，不斷汩汩排出廢水。這根管子，連接到一家位在德州拉雷多近郊的廢水處理廠。安立奎聞得出那個臭味。

提林達洛領頭走在前頭，邊走邊張望、偵察，等到狀況安全了，才吩咐三個孩子從水裡爬起。但安立奎的身體已經麻木，他癱倒在地，整個人快凍僵了。「趕快把衣服穿上，」提林達洛說。

安立奎脫掉身上濕答答的內衣褲，隨手一扔，再換上一件乾的牛仔褲，一件乾的襯衫，以及兩隻左腳鞋。如今，他身上已經沒有任何來自家鄉的東西了。

提林達洛發給每個人一塊麵包、一罐汽水。大夥兒躲進灌木叢間囫圇吞下肚。此刻的安立奎，心情緊張到了極點。他們現在位於拉雷多近郊，也就是說，他們離目的地不遠了。此時要是有狗亂吠一通，絕對會引起邊境巡邏警察的注意。

「最困難的部分來了。」說完，提林達洛拔腿便跑。

安立奎跟著跑，兩個墨西哥人則緊跟在後。他們衝上一座陡峭的防波堤，再跑上一條泥土路，然後穿過牧豆樹叢、羅望子樹叢，最後來到一個平頂的大圓槽旁。這個圓槽，是廢水處理廠的一部分。

再過去，是一大片空地。提林達洛緊張地左右張望，確定沒問題了，便說：「好，跟我來。」這一次他跑得更快了。安立奎雙腿的麻木，此時被心中的恐懼一掃而空。

一行四人先是沿著一道圍籬快跑，再登上一片高聳於溪水之上的小峭壁，然後衝下防波堤，踏上薩克特溪上游乾涸的河床，穿越一條水管下方，再跑上一座人行橋，越過河床，衝上對面的防波堤，最後來到一條二線道的住宅區馬路上。

兩輛車咻地從馬路上駛過。四個人氣喘吁吁地躲進路旁的矮樹叢間。前方半條街外的地方，一輛車閃起了車頭燈。

軟綿綿的靠墊

那是一輛紅色的雪芙蘭 Blazer，它的車窗是不透明的。「跟我來，」提林達洛說。

當他們走到車身旁，車門鎖就打開了。安立奎和那對墨西哥兄妹爬了進去。前座坐了兩個拉丁裔人，一男一女，都是提林達洛所屬走私集團的一份子。安立奎見過他們，在河的另一邊。

時間是凌晨四點。筋疲力竭的安立奎，爬到擺在後座的幾顆枕頭上，覺得它們彷彿天上的白雲，軟綿綿的，讓他感到徹底放鬆。「現在我在車子裡面，沒有人可以把我抓走了，」他微笑著喃喃自語。駕駛發動引擎，並遞過來一箱啤酒，要安立奎把它放進一個小冰箱裡。接著，這個駕駛啪一聲打開了一罐啤酒。

要是他喝太多酒怎麼辦？有那麼個片刻，安立奎如此擔心著。他多慮了。他們的車子，

正穩定地朝達拉斯前進。然而，包括雪芙蘭 Blazer、其他類型的休旅車，還有箱型車，都是邊境巡邏警察特別留意的對象。

有些走私者喜歡用沒有車窗的箱型車，並拆掉後排的座椅，讓偷渡客用疊羅漢的方式躲在裡頭。但邊境巡邏隊自有他們判斷的線索。

邊境巡邏隊在德州科士拉的一位主管荷南德斯（Alexander D. Hernandez）表示，車頭燈如果朝上傾斜，代表後座有人，致使車子後方下沉；車子的行進方向如果不穩，代表車子負載過重，使得車子左右晃動。邊境巡邏幹員一旦注意到這些現象，便會將巡邏車開到可疑車輛旁，舉起手電筒照向車內的乘客；乘客要是眼神閃爍，身體僵硬，便很可能是非法的偷渡客。

安立奎睡得好沉，直到提林達洛把他搖醒：「起來！」安立奎看得出來，提林達洛剛剛喝了酒。他看看裝啤酒的箱子，少了五罐。此刻，他們已經離開了拉雷多，再往前大約八百公尺處，有一個邊境巡邏隊的檢查哨。駕駛於是停下車，讓提林達洛帶安立奎和墨西哥兄妹下車，爬過一道鐵絲圍籬，往東走。等到離公路有一段距離了，他們才掉轉方向，以和公路平行的方向朝北走。走了一會兒，安立奎便看到了位在遠處的檢查哨。

在此，每輛車都必須停下來。幹員會問：「是美國公民嗎？」他們通常還會要求出示證件。

安立奎等一行人，又走了大約十分鐘，才轉頭向西，返回公路上，在一塊告示牌旁邊蹲低身子。頭上，群星正逐漸隱退，第一道曙光已經隱約可見。

載他們的那輛 Blzaer 出現了。安立奎再次爬上車，躺回枕頭上。此時他心想：我已經通過最後一道難關了。一陣強烈的情緒翻湧而上；他從來沒這麼快樂過。盯著車頂看了一會兒，他再度沉入夢鄉，睡得好沉、好甜。

等他一覺醒來，車子已經走了六百四十公里，來到達拉斯近郊一處加油站準備加油。安立奎一看，發現提林達洛已經不見蹤影，他居然連一聲再見都沒說就走了。先前在墨西哥，安立奎從眾人的交談中得知，提林達洛每幫忙偷渡一個人，可以拿到一百塊錢的酬勞。但露德答應支付的可是一千兩百塊錢。原來，大部分錢都被前座這個負責開車的人賺去了，他才是這個走私集團的老大。而「養鴨人」提林達洛，此刻正在回墨西哥的路上。

除了加油，這位駕駛還買了更多啤酒。接近正午時分，車子駛進了達拉斯。安立奎不禁讚嘆：美國好漂亮。這裡的建築物是如此高大雄偉，公路的交流道都有兩、三層車道。而且，不像家鄉的街道總是塵土飛揚，這裡的道路好乾淨。事實上，不只是道路，這裡的每一樣東西都好乾淨。

墨西哥兄妹下車後，駕駛將安立奎帶進一棟寬敞的屋子裡。裡頭放了好多袋衣服，各種尺寸一應俱全，而且都屬於美式風格；這些是要讓偷渡客換裝用的，以免他們到了外頭引人注目。安立奎換好裝後，土狼們便去撥電話給安立奎的媽媽。

露德

現年三十五歲的露德，已經喜歡上北卡羅萊納州。在這裡，居民溫和有禮，外來移民有很多工作可做，而且治安似乎不錯；車門沒鎖沒關係，家裡的大門沒鎖也不用擔心。想當初

在加州，由於周遭聽到的盡是西班牙語，她的英語一直沒有多大進步；到了這裡，她女兒黛安娜的英語很快就變得非常流利。

然而，她始終無法忘懷她在宏都拉斯的一雙子女。每當在街上看到商店裡擺著安立奎或貝琪可能會喜歡的東西，她就不禁思念起他們來。要是碰到和安立奎同年齡的小孩，她也會喃喃自語：「我的小男孩現在應該也差不多這麼大了吧。」

她有一本灰色的小相簿，裡頭裝滿了她的珍寶和痛苦的回憶。

例如，貝琪七歲大時，身著一襲白色洋裝，手戴白色的長手套，生平頭一次領聖餐。九歲時，她身著啦啦隊的黃色裙子拍照留念。十五歲時，她身著一襲袖口縫有蕾絲邊的粉紅色塔夫塔綢洋裝，腳踏一雙白色緞布鞋，正準備切蛋糕；蛋糕是雙層的 quinceanera，上頭灑滿了白色糖霜，還插了一個粉紅色的天使。這一天，是貝琪滿十五歲的成年禮；為了讓女兒留下難忘的回憶，露德花了七百塊錢幫忙籌辦派對，還答應女兒她一定會設法趕回去參加。結果她爽約了，此後便一直耿耿於懷。十八歲時，貝琪身著藍袍，頭戴學士帽，她就要高中畢業了。

當然，相簿裡也少不了安立奎的照片。八歲時，他穿著一件無袖上衣，腳邊還圍繞了四隻小豬。十三歲時，他參加姊姊的成年禮，儼然是個模樣嚴肅的小弟弟。但是，露德最鍾愛的一張照片，是安立奎身著粉紅色襯衫的那張，因為，只有在這張照片裡，她才看得到兒子的笑容。

她一直很擔心遠在千里之外的兒子。一九九九年，她留在家鄉的一個妹妹告訴她：「妳兒子現在經常惹是生非。他變了。他染上了抽大麻的惡習。」聽到這個消息，露德感到反胃想吐，胃部緊張了整整一個星期。但是現在，她的擔憂更勝以往。

自從接到兒子從格蘭德河對岸打來的電話，她夜夜無法成眠，滿腦子都是下面的恐怖景象：兒子的屍體漂浮在河面上，又腫又脹。她告訴男友：「無法再見到兒子一面，是我最大最大的恐懼。」

既然輾轉難以成眠，她乾脆起來禱告。自從接到兒子從新拉雷多打來的電話，她便在聖烏達斯塔戴歐的肖像旁點起一根長長的蠟燭，做為禱告之用。聖烏達斯塔戴歐，據說是人在面臨生死存亡關頭的守護聖人。露德只要經過燭台前便祈禱：「偉大的烏達斯塔戴歐，解救人類於水深火熱之中，是上帝賜與祂的神聖使命。現在，我乞求上主垂憐，將祂派到我身邊來幫助我吧！我一輩子都會感激祢的恩德，直到能夠在天堂裡親自表達對．的感謝為止。」

終於，電話響了，但這次講電話的是個女的，她說：妳的兒子，我們已經帶來德州了；但一千二不夠，我們要一千七。這讓露德起了疑心：會不會，安立奎已經死了，而這批人卻想乘機敲竹槓？於是她要求：「我要跟他講電話。」

「他出去買東西吃，」土狼回答。

但露德可沒那麼容易被打發。

土狼改口又說：「他在睡覺。」

這怎麼可能？他怎麼可能出去了又在睡覺？她要求一定要跟兒子講上話。

最後，土狼總算屈服，將電話交給了安立奎。

「兒子，是你嗎？」露德焦急地問。

「是的，媽，是我。」但露德還是不放心。這個聲音她不認得。畢竟，十一年來，兒子的聲音她只聽過六、七次。

「真的是你嗎？」又問了三遍，她還是不放心。她必須想個只有兒子才知道答案的問題。終於，她想起兒子前幾天打公共電話給她時，提到過鞋子的事。「你現在腳上穿的是什麼樣的鞋？」露德問。

「兩隻左腳鞋。」

聽到這個答案，露德的恐懼像海水退潮般迅速退去。是安立奎沒錯。她心中湧起了純粹的喜悅。

等待

露德提出五百元的存款，又向男友借了一千兩百元，再匯到達拉斯。

在走私集團的那棟屋子裡，安立奎從袋子裡找出合身的衣服，換上乾淨的褲子、襯衫和一雙新鞋。土狼們帶他上餐廳。他點了一道奶油雞。

此刻的他，全身乾乾淨淨、吃飽喝足，在他母親的第二故鄉，他覺得好快樂。

接著，他們來到西聯匯款公司（Western Union）。但他母親並沒有匯錢過來，連聯絡訊息都沒有。

她怎能這麼做？安立奎在心裡盤算著：沒關係，最壞的話，他可以逃。土狼決定再打個電話。原來，露德是透過一位女性友人的名義匯錢，因為她在西聯匯款公司可以拿到手續費折扣。土狼們一查，果然，這女人的名字底下有匯錢過來。成功了。

但安立奎還來不及慶祝，就馬上被帶往一處加油站，由走私集團的另一人接手。這人將安立奎連同另外四名男性偷渡客送上車，準備前往佛州的奧蘭多（Orlando）。途中，他們在休士頓過夜，翌日中午，安立奎搭上一輛綠色箱型車離開了德州。

五天後，露德的男友向上司請假，開車前往奧蘭多；安立奎和另外四名偷渡客，已經在這兒等了好幾天。露德的男友，長相帥氣、肩膀寬闊、兩鬢略顯灰白，上唇還留了一撮鬍子。安立奎的姨丈卡洛斯有一次去美國玩，帶了一捲錄影帶回家，裡頭有他的畫面，安立奎很快便認了出來。

「你是露德的兒子？」露德的男友問。

安立奎點點頭。

「走吧。」一路上，兩人並無太多交談，而安立奎也很快就睡著了。

五月二十八日早上八點，安立奎來到北卡羅萊納州。當車子行駛在公路的接縫上時，喀啦喀啦聲吵醒了他。

「我們迷路了嗎？」他緊張地問：「你確定我們沒有迷路？你確定你知道怎麼走？」

「就快到了。」

車子的行進速度很快，窗外的風景也不斷變換：松樹、榆樹、大型廣告看板、廣袤的田野、黃百合、紫丁香……。車輪底下的道路，路面才鋪設好沒多久。車子上了橋，又穿過一

座牧牛場；牧牛場上，好幾堆牧草堆得高高的。牧場的兩側，座落著高級住宅區。

過了一會兒，車窗外出現鐵軌。終於，車子來到一條路面滿是碎石的街道上，路的盡頭，有幾棟拖車式房屋。其中一棟是米黃色的。此屋建造於一九五〇年代，有著白色的金屬雨篷，四周還有高高的綠樹圍繞。

歷經七次失敗、一百二十二日的煎熬，和超過一萬九千三百公里的長途跋涉，終於，在這天的早上十點，安立奎就要和睽違十一年之久的母親相見了。他迫不及待地跳下車，衝上五級已褪色的紅木階梯，推開這棟活動式房屋的白色大門。

首先映入眼簾的，是一個用深色木樑搭建起來的小客廳。再往左邊看去，一個黑髮及肩、有著鬈曲瀏海的女孩，正在廚房的餐桌前吃早餐。安立奎認得她，他看過她的照片。她的名字叫黛安娜，今年九歲。

安立奎俯身過去在女孩臉上親了一下。

「你是我哥哥嗎？」女孩問。

安立奎點點頭，又趕緊追問：「我媽呢？我媽在哪裡？」

女孩伸出手，指著廚房再過去、拖車的盡頭。安立奎馬上跑過去。他穿越兩道用棕色壁板裝飾的狹窄走廊，來到一扇門前。打開門，房裡光線很暗，雜物散落一地。窗戶旁，拉上了的蕾絲窗簾下方，有一張大雙人床，床上，他媽媽正在睡覺。

安立奎跳上床，對母親又抱又親。「兒子啊，你來啦。」

「是啊，我來了。」

意外的轉折

史詩《奧德賽》（The Odyssey），描述一個英雄在歷經了戰爭之後，終於回到家鄉與家人團聚，從此過著和樂融融的生活。古典小說《憤怒的葡萄》（The Grapes of Wrath），講述一群奧克拉荷馬州的農民，為躲避沙塵暴的侵襲而遷徙至加州的艱辛過程，儘管有不少人喪失了性命，故事的最後仍透出了線新生的曙光。

相對的，安立奎所經歷的旅程並非虛構的小說，情節的發展也不那麼戲劇化，但故事的結局卻更為複雜，還有著令人意外的轉折，一如歐・亨利（O. Henry）的小說。

像安立奎這樣的孩子，總是夢想著：一旦找到了母親，他和母親從此就可以過著幸福快樂的日子。因此，在萬里尋母的那幾個星期或幾個月當中，母子雙方對彼此都懷抱著浪漫的想像。然而，一旦團聚，現實的考驗就來了。做子女的開始表現出憤怒，氣母親當初拋下他們。他們回想起母親一再食言，說要回去卻始終沒有回去，於是控訴母親說謊。他們抱怨母親花太多時間工作，根本無法彌補他們在成長過程中所欠缺的關愛。最極端的，甚至會透過懷孕、早婚，或加入幫派組織，來獲得愛與尊重。

有些人則是驚訝地發現，自己在美國居然有了全新的家人——譬如繼父，或同母異父的弟弟妹妹。

嫉妒的情緒油然而生。而他們同母異父的弟妹，為了要在手足競爭中佔得上風，則可能用「墨佬」（mojados）等歧視性的字眼來稱呼他們，或威脅要通報美國移民局。

另一方面，做母親的則要求子女尊重她們——她犧牲了這麼多，不都是為了子女的幸福

著想？有不少母親在美國寂寞度日，胼手胝足地勤奮工作，一方面要償還當初請土狼幫忙偷渡所欠下的債務，一方面又要存錢寄回家。

因此，一聽到子女說「妳拋棄了我」，她們便挖出一大疊匯款單據，來證明自己這樣做都是為了子女。

她們覺得子女忘恩負義，也對子女展現出來的獨立自主感到不悅——然而，要不是這樣的獨立自主，這些孩子哪捱得過如此艱辛的旅程來到美國？過不了多少，母子雙方發現，彼此居然形同陌路。

重逢之初，安立奎和露德都沒有哭，只是經常彼此熱情地親吻或擁抱。這樣的情節，安立奎已經在腦海中演練過不下一千次了，如今總算實現。

兩人經常從早聊到晚。安立奎會向母親述說他在旅程中的種種遭遇，譬如在火車頂上被人用棍棒毆打，為了逃命跳下火車，以及曾經經歷的飢餓、口渴、恐懼等等。一路下來，他的體重掉了十三公斤，瘦到只剩下四十九公斤。但是現在，他卻能坐在餐桌旁吃著媽媽為他煮的飯、豆子和炸豬排。

露德記得，她最後一次看到安立奎時，安立奎還在念幼稚園，沒想到，他現在已經長得比自己高了，還有著與自己相似的鼻子、圓臉、眼睛和鬈髮。在她的三個孩子裡頭，安立奎算是最特別的了，因為他是她唯一的兒子。

「媽，看看我在這裡刺了什麼。」安立奎撩起上衣，露出胸口的刺青來：EnriqueLourdes。

露德心頭一驚。在她看來，刺青是那些為非作歹、作奸犯科者的專利。「我必須老實告訴你，我不喜歡你這麼做。」沉默了一會兒，她又說：「不過，最起碼，你刺青的時候還記得我。」

「當然，我從來沒忘記過妳。」

安立奎提起他在家鄉的事，包括他為了清償買毒品所欠下的債務，偷姨媽的珠寶，為了買強力膠而變賣露德寄回去的鞋子和衣服，他後來多麼希望戒毒，以及他有多麼渴望與母親重聚。聽到這裡，露德終於哭了。

她問起她在宏都拉斯的女兒貝琪，她的母親，以及她兩個兄弟過世的情形。

忽然，她住口不再問了，因為，她心裡生起了很強烈的罪惡感。不只她，這整間拖車屋都沉浸在罪惡感中。這裡總共住了八個人，而好幾人都拋下孩子，前來美國打拚。他們只能憑著照片睹物思人。

露德的男友有兩個兒子在宏都拉斯，他們已經五年沒見面了。露德男友的一位表弟，則是在兩年前離開了妻子和才兩個月大的兒子，來到美國工作。

他的一個表妹和丈夫，則是留下了四歲的女兒。從那時候起，她丈夫就再也沒見過這個女兒；而當他離去時，她正懷著身孕。每兩個星期，她會打電話回家一次，並且對女兒發誓：要是無法把女兒接來美國，她一定會在一年內回宏都拉斯。

「最重要的是愛，這是千萬不能失去的，」她說。

在靠近電視機的一個角落裡，她擺了三張女兒的照片；照片中，女兒綁著馬尾，身著粉

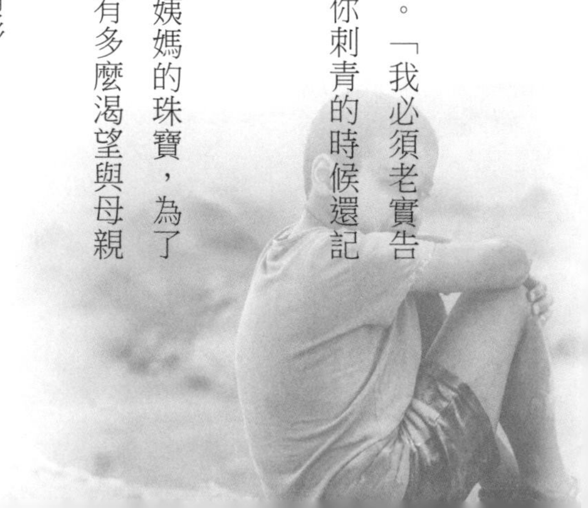

紅色上衣。她想藉此提醒自己不要忘記對女兒的承諾。安立奎喜歡住在這間拖車屋裡的人，尤其是媽媽的男朋友——比起那個在他十歲時，就拋下他另外成立新家庭的親生父親，這個人應該會是更稱職的父親吧。

在此同時，在遙遠的宏都拉斯，安立奎的外婆走到隔壁去找安立奎的女友馬莉雅，告訴她：安立奎成功了。

馬莉雅聽了痛哭失聲：「他不會再回來了！他不會再回來了！」她把自己關在房裡哭了兩小時。

接下來幾個月，她動不動就跑到葛羅麗亞阿姨家門前的一塊石頭上，一聲不吭地坐上好幾個小時。晚上，葛羅麗亞也經常聽見她的啜泣聲。

葛羅麗亞的女兒安慰她說，最起碼，安立奎還活著啊。「開心一點！他現在在美國，賺了錢就會寄回來給妳。要是他待在這兒，你們兩個都會餓死的。」一向開朗愛笑的馬莉雅，這陣子卻經常面露嚴肅哀傷的神色。

不只是她，貝琪的心情也很低落，她幾乎不說話了。每天早晨，她總是用哭泣來迎接新的一天。她多麼渴望跟母親在一起啊！她告訴自己，或許，她當初應該冒險跟弟弟一起去找媽媽的。如今，安立奎和黛安娜都在母親身邊，「卻只有我一個人被丟在這裡，」她向羅莎阿姨訴苦道。

安立奎和母親重逢才三天，露德的男友就幫他找到了一份油漆工的工作，時薪七塊錢。一個星期後，他被升為磨砂工，時薪也提高到九塊半。在拿到第一張薪水支票時，他喜孜孜地表示，家裡的食物開銷他可以幫忙負擔五十塊錢。此外，他花了五點九七美元，買了一雙粉紅色的涼鞋給黛安娜當禮物，並把剩下的一些錢寄回宏都拉斯，給姊姊貝琪和女友馬莉雅。

那陣子，露德只要碰到朋友就得意地說：「你們看，這是我兒子，他都長這麼大了！他能出現在這裡，真是奇蹟。」

每次兒子出門時，她會和兒子相擁道別。

下班回到家，她會和兒子一起坐在沙發上，手搭在兒子的臂膀上，一起看她最喜歡的肥皂劇。星期天，母子倆會一起出外採購一整個星期的存糧。安立奎吃了幾天母親為他煮的飯之後，體重增加了。然而過沒多久，母子倆卻發現，彼此其實非常陌生。他們不清楚對方喜歡什麼、討厭什麼。上雜貨店買飲料時，露德伸手拿的是可樂，安立奎拿的卻是七喜，他說他不喝可樂。

此外，安立奎打算好好工作，努力賺錢；露德卻希望他學好英語，培養專業能力。一開始表現得沉默害羞的安立奎，不久後開始轉變。他開始上撞球間，也不問露德同不同意。露德對此感到相當不悅，她也不喜歡安立奎不時口吐三字經。

「媽，拜託妳不要管我，沒有人可以改變我的。」

「你非改不可！要不然，我們之間會有問題。我要的，是一個肯聽話的兒子。我叫他做什麼，他就會乖乖去做。」

「妳沒有資格命令我做什麼！」安立奎頂嘴道。

在母子倆重逢數週後，有一天，馬莉雅打對方付費電話來美國找安立奎，結果遭到拒絕，

因為這裡有些人並不曉得她是誰。結果，母子倆的衝突升高至頂點。對此，露德的反應是：他們這樣做沒錯啊，我們又沒有義務幫每個人付電話費。安立奎聽到後大為光火，打包行李準備走人，「妳以為妳是我的什麼人啊？我甚至不認識妳！」

露德這下子也火了，她扯住兒子的手臂，將他拉進自己臥室裡，準備私底下教訓他一頓。「你怎麼可以不尊重我？」

她怒斥：「我是你母親耶！」接著，她責怪起安立奎的祖母瑪麗亞，說安立奎一定是被她寵壞了，現在才會這麼沒大沒小。她決定要好好管教一下自己的兒子，便上前往安立奎的屁股重重打了幾下。

「妳沒有資格打我！我又不是妳養大的。」他聲稱，只有奶奶瑪麗亞才有資格打他，因為他是她養大的。「誰說的！」

露德不甘示弱地回應：「我寄錢回家，讓你有得吃、有得穿，這難道不算養你？」

安立奎衝進浴室，鎖上門，大哭了一場。手邊抓得到的任何東西，包括牙膏、洗髮精、香水瓶，他都拿起來亂扔一通。黛安娜嚇壞了，跑進自己房裡哭了起來。過了一會兒，安立奎衝出家門。露德的男友和他表弟，先是設法安撫露德的情緒，之後又到街上去找安立奎。

衝出家門後，安立奎跑到三公里外一家小小的浸信會教堂裡躲了起來；晚上則跑進教堂後方的墓園裡，在墓碑之間席地而睡。至於露德，她幾乎整夜沒睡。她好擔心：她和安立奎的關係，以後會變得如何呢？

儘管如此，母子間的愛戰勝了一切。翌日下午，安立奎便回家向母親道歉，並說他愛她。

為了不讓露德擔心，他還編了一個善意的謊言：他前一天晚上睡在露德的車子裡，安全得很。母子倆擁吻一番，便和好如初。當晚，他們又像往常一樣，肩並肩坐在客廳的沙發上，一起看肥皂劇。此時露德感覺得到：兒子是愛她的。

某日，安立奎打電話回宏都拉斯，證實了他先前的猜測：馬莉雅懷孕了。二〇〇二年十一月二日，兩人的女兒呱呱墜地。

他們替女兒取名為卡特琳・雅思敏（Katerin Jasmin）。小寶寶的模樣，跟安立奎很像，包括嘴巴、鼻子和眼睛，幾乎都是安立奎的翻版。馬莉雅的一位阿姨，勸馬莉雅也到美國去，而且是隻身前去。孩子的話，她答應幫她照顧。

「有機會的話我就去，」馬莉雅說：「只是孩子必須留在這裡。」

「沒錯，孩子必須留在那裡，」安立奎也表示贊同。

7. 被留下的女孩

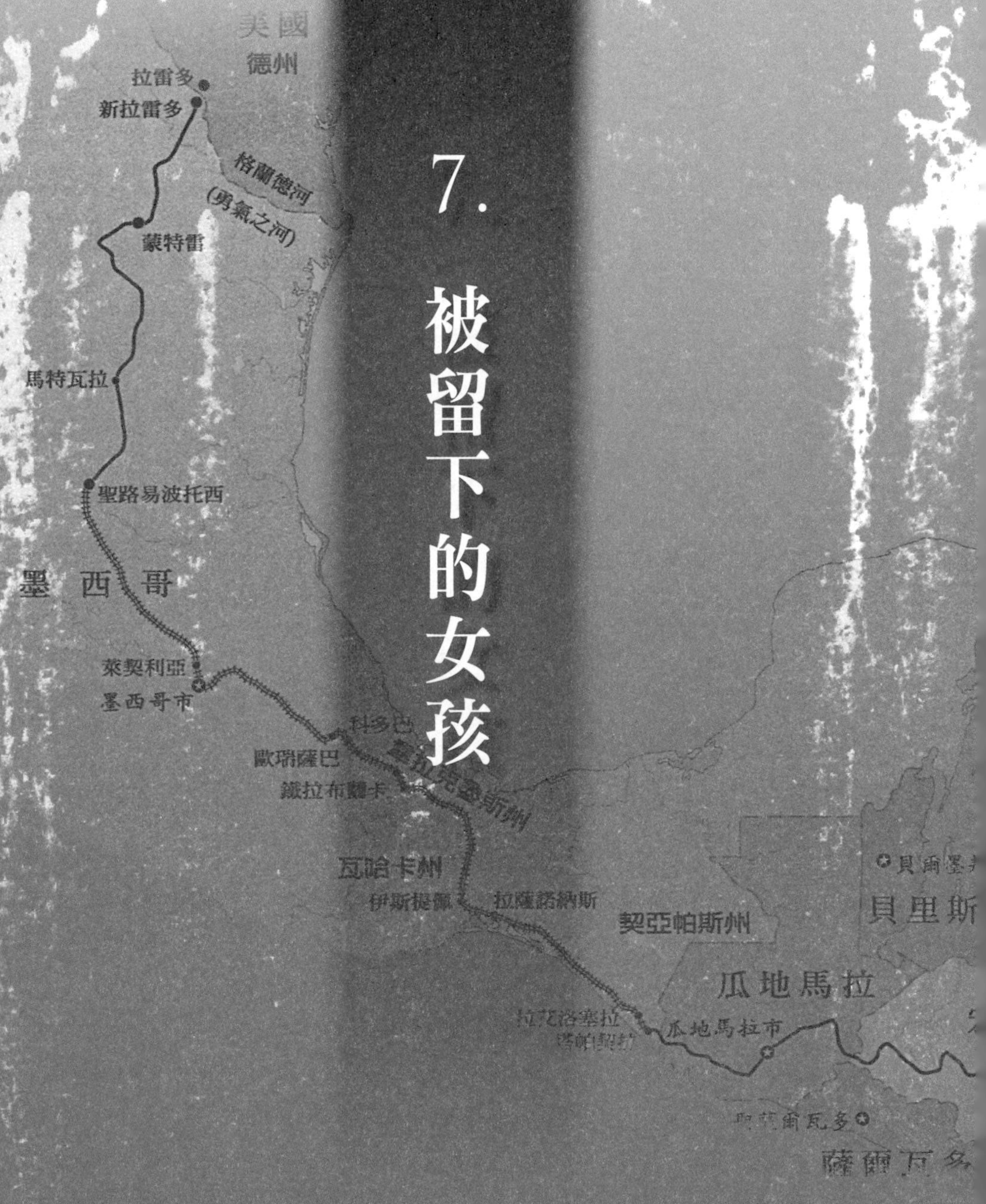
美國
德州
拉雷多
新拉雷多
格蘭德河
(勇氣之河)
蒙特雷
馬特瓦拉
聖路易波托西
墨西哥
萊契利亞
墨西哥市
歐瑞薩巴
瓦哈卡州
伊斯提佩
拉薩諾納斯
契亞帕斯州
瓜地馬拉
瓜地馬拉市

7、被留下的女孩

安立奎知道，他不恨媽媽，但他對母親的憎惡情緒卻與日俱增。在兩人同住了幾個月之後，他發現自己再也壓抑不了這些情緒。他告訴露德：她當初會離開他和貝琪，一定是不夠愛他們。她真的以為，寄錢回家就可以取代母愛，或消除他寄人籬下時所感受到的孤單寂寞嗎？「錢不是萬能的，」他對露德說。

他還指責露德：她明明知道安立奎的生父不負責任，為什麼還要把他託付給他父親？而不是讓他像姊姊貝琪一樣，由她娘家的人來照顧？為什麼她不多寄一點錢回家，害他從十歲起就必須到街上去賣香料討生活？還有，她供貝琪念完了私立學校，而他呢？

「妳給貝琪的，總是比給我的多，」安立奎埋怨道。還有，他身無分文時，身邊完全沒有人可以幫助他。

「我可能一整年都沒辦法跟妳說上話，」他質問露德：「要怎麼跟妳要東西呢？」他告訴露德，他當初其實是想繼續念書的，只不過，他不想向她伸手要錢，「看看貝琪，她以後就是個專業人士了，而我呢？」

他指責露德，她不應該才到美國一年就懷了孩子——這是她犯下的最大錯誤，「在妳還不確定本來的孩子過得好不好時，怎麼可以再懷一個呢？」

為什麼她不斷保證，一定會回來一起過聖誕節，卻從未出現？當她知道他染上了吸強力

膠的惡習之後，人在哪裡？「妳離開了我，遺棄了我，」安立奎忿忿地說：「說不定，根本忘了我。」

安立奎質問，如此長久的別離，換來了什麼好處？沒有，一點兒好處都沒有。「別人來這裡成功、發跡了，而妳呢？妳有什麼成就？什麼都沒有！」安立奎認為，露德當初要是留在宏都拉斯，此刻的他一定會更有出息，「假如我有爸爸媽媽陪我長大，我一定不會是今天這個樣子。」

他還說，一個女人就算懷胎十月，也不代表她就是孩子真正的母親。真正稱得上母親的，是那個養育孩子、照顧孩子、把孩子拉拔長大的人，「我真正的母親，是奶奶瑪麗亞。」至於露德，她根本沒有資格管教他，「妳老早就失去這項權利了。」

接下來，安立奎祭出了最致命的一擊：他告訴露德，他打算兩年後離開她，回宏都拉斯，「我不想跟妳一樣他，一輩子老死在這裡。」

露德多麼希望，此刻的安立奎能夠像五歲的時候一樣，緊緊黏著她、抱著她不放。夜裡，她總是傷心流淚，直到哭累了才睡著。她一直努力當個好人、當個稱職的母親，為什麼上帝要如此懲罰她？

她一定要讓安立奎知道，他這樣想絕對是大錯特錯。

「我寄給你的那些錢呢？那些錢難道不算數？」露德反問：「這一點有人可以證明！」

每一次，只要安立奎開口要東西，不管是電視機還是足球，她不是都盡力買給他了嗎？貝琪之所以得到了比較多的資助，是因為照顧她的阿姨羅莎．亞美莉雅經常開口跟她要。為了讓孩子盡量過好日子，她在美國曾經過過極貧賤的苦日子，只是安立奎不知道而已。於是，她平生第一次告訴安立奎，在他們分離的這些歲月裡，她受過哪些煎熬，「為了賺錢給你們花用，我簡直把自己的命都給豁出去了。」

她接著說，她不像某些母親，離開宏都拉斯就忘了自己的孩子，從此沒打過一通電話，沒寫過一封信。這樣的母親，孩子可以怪她，甚至恨她。可是我有打電話回去，也有寫信給你們啊，她說。

要怪，該怪你父親，露德說。是他自己親口答應我的，我不在的這段時間，他會好好照顧你。遺棄你的人是他。養兒育女這件事，你爸爸那邊也要負一半的責任。講到這兒，露德生氣地說，可是你奶奶瑪麗亞居然要你到菜市場去賣香料，害你在那裡染上了毒癮。

「你今天會變成這個樣子，是因為你自己不想念書，」露德說：「不是我的錯。我一直都希望你好好念書，你卻寧願跑去吸毒。」某天晚上，安立奎坐下來正準備用餐，露德又唸了他幾句：當初就算她寄給他更多錢，也會被他拿去買毒品；有一次，他不就為了買毒品而變賣掉她送他的一張床嗎？安立奎聽到這些話之後一聲不吭，食物連碰都沒碰就離開了。

露德還說，無論如何，安立奎都應該感激她生下了他。光憑這一點，她就有資格管教他、教訓他。

露德不禁回想起自己的童年：小時候家裡窮，她經常餓肚子，但她可從來沒恨過自己的母親。她從八歲起開始打工賺錢，一個星期兩次，幫一位鄰居把衣服抱到河邊洗。九歲、十歲那兩年，她在母親的要求下，和妹妹羅莎·亞美莉雅到從前的一位鄰居家幫傭。由於家裡

負擔不起學費，她連小學都沒有念完。十四歲時，她被母親送到當時住宏都拉斯南部的大哥馬可家寄養。「對我而言，母親是很神聖的。她給我們的雖然只有一點點，我仍然心存感激，」露德說。

她告訴安立奎，他這樣恨她是非常愚蠢的行為。她並沒有忘記兒子，為什麼他就是講不聽呢？真是個忘恩負義的混蛋！有一天她忍不住詛咒道：「上帝會懲罰你的，將來你女兒也會用你今天對待我的方式來對待你。」

然而，安立奎開始酗酒，啤酒越喝越多。

露德要是唸他幾句，譬如喝了酒就別開車，壞習慣稍微節制一下，節省一點，不要把一千塊錢當十塊錢用等等，母子倆便可能爆發衝突。

「兒子，聽我說……。」

安立奎沒等她說完便打斷：「夠了沒，妳成天只會唸、唸、唸，嘮叨個不停。拜託妳不要多管閒事。」

他要露德不要再把他當三歲小孩看待，在沒有母親陪伴的成長歲月中，他早已學會了捍衛自己，學會了獨立自主；為了來美國，他更偷搭載貨火車，冒死穿越墨西哥。

「閉嘴！不要再煩我了！」安立奎咆哮道。露德的朋友們看到這個狀況都開始擔心，他們在安立奎的聲音裡聽到了恨。

確實，安立奎老愛頂撞露德、激怒露德，即使他有時候也認同露德所講的話。

他會用高分貝的音量壓過露德的聲音，把衣服和鞋子亂扔在客廳裡，把空啤酒罐亂扔在門前的草地上。出門時，他會告訴露德他要出去，卻不說要去哪裡。

安立奎的行為，一方面令露德感到惱怒，一方面也加深了她心中的罪惡感。但她還是幫安立奎煮晚餐，幫他準備便當，幫他把衣服拿到自助洗衣店洗，幫他支付汽車貸款和保險費，還不時借錢給他——有時候是二十塊錢，有時候則更多。她反覆地問自己：要是她當初沒有離開，兒子今天是不是會變得不同呢？

另一方面，安立奎則是用酒精來逃避和母親的爭吵。他那群油漆工同事，也許是想借酒澆愁吧，幾乎每個都很能喝。美國的啤酒，不像在宏都拉斯，便宜得很。他有些同事會一邊工作一邊啜飲百威啤酒，遇到工頭來巡視時，再將啤酒罐藏在空油漆桶裡。一天的工作結束後，他們大多會上雜貨店買一箱十二罐裝的啤酒。

安立奎住的那棟拖車屋裡，還有另外四個男人也喝酒。

其中一個，在安立奎下班後開車送他回家的途中，可以喝掉十二罐啤酒。上班的日子裡，安立奎晚上經常找朋友在家門前喝啤酒，一個晚上就喝掉十罐，直到半夜一點才上床就寢，到了早上六點又必須起床工作。星期六，他更是從下午四點就開始喝；他和同拖車裡的一個室友，兩人可以合力幹掉四十八罐啤酒。有的時候，他們甚至喝到清晨才肯罷休。一夜沒睡的他們，接著又趕去上工。

安立奎這麼做，違背了他當初對自己許下的一個承諾：一旦成功偷渡到美國，他一定會戒酒、戒毒。唉，沒辦法，他必須讓自己處在亢奮狀態，否則便覺得渾身不對勁、失魂落魄。

最起碼，他沒有再吸膠了。

出門喝酒，對他而言，還有別的好處。拖車屋裡總共住了九個人，他只能睡在客廳的沙發上。所以，他寧願出去喝酒。而且，這可以讓他遠離露德。星期三到星期六，他晚上經常光顧當地的一家酒吧：灰色的灰泥建築物，窗戶上釘了三夾板，外頭有一個地面滿是碎石的停車場。酒吧內，在低矮的天花板底下，陰暗的光線中，擺設了四張撞球桌，一個長長的吧台，以及一台自動點唱機播放拉丁音樂。

此外，他也經常光顧一家迪斯可舞廳，入場費七塊錢。舞廳的大門上方，安裝了幾根鐵欄杆。門內，牆壁全塗成了黑色。舞池邊，DJ會播放nortena和ranchera等墨西哥傳統鄉村音樂。紅綠兩色的燈光，在舞客的身上光影交錯。這裡還有八名拉丁裔的陪酒小姐。買啤酒給她們喝，她們就陪你聊天，但一罐啤酒要價十塊錢。買六罐啤酒，她們就陪你兩個小時。再多花五塊錢，她們會陪你跳一支舞。要是你願意花更多錢，有幾位陪酒小姐還提供性服務。

不只如此，安立奎偶爾也會找朋友到上空酒吧去揮霍一番，看女舞者在舞台上大跳豔舞，男性觀眾把鈔票塞進她們比基尼的底褲裡。多付二十塊錢，你可以和舞者到一個小房間裡，讓她用胸部在你臉上磨蹭。如果想要舞者在你大腿上跳舞，你得拿出更多錢來。

每次到這裡，安立奎一般來說會花掉一百五十塊錢。有一次更誇張，他邀了幾個朋友到這裡玩，還大方地替所有的人買單；由於一個人的入場費是十五塊錢，他最後總共花了三百塊錢。

有錢喝酒、有錢抽大麻的日子，安立奎才感到心平氣和，不然就覺得心煩氣躁、坐立難安。經過一段時日的揮霍，他開始無法負擔他應該幫露德分攤的生活費了，連寄回去給女兒的錢都變少了。

露德對此感到擔心，於是利用安立奎對美國民情的不了解，嚇唬他說：「你再繼續這樣下去，我可以叫人把你給關起來喔。」她告訴安立奎，在美國，做子女的如果不聽話，即使沒有犯罪，父母也有權把他們關起來。沒多久，安立奎就知道這是謊言。

來到美國四個月後，安立奎的工作時數遭到削減。他決定和一位同事到南卡羅萊納州、喬治亞洲、維吉尼亞州等地打零工賺錢。這段日子，他儘管居無定所，以汽車旅館為家，卻始終保持著一個習慣：每逢週日，他一定會打電話回宏都拉斯給他的女友馬莉雅。而馬莉雅則會到露德的一個表妹家等電話。但是，每次接到電話，她就情緒激動地無法言語。往往安立奎在電話上講了一、兩個小時，她卻只是不住地流淚。

「馬莉雅，說話啊！說什麼都好，」安立奎哀求道。馬莉雅回答說：「我想你，我愛你。你千萬不能忘了我喔。」每個月，安立奎會寄錢回去給馬莉雅，金額可能是一百美元或者更多。他發誓，兩年內他一定會回宏都拉斯。

最後，馬莉雅總算開始吐露心事。她告訴安立奎，她在生活上也碰到了一些難題。安立奎的親戚，對她有諸多批評。「別理他們，」安立奎說。然而這並不容易。由於就住在安立奎的外婆、妹妹和三個表姊妹家的對面，她很難對他們視若無睹。

甚至，她懷孕八個月時，還聽到安立奎的一個舅舅酸溜溜地說：她肚子裡的孩子，說不定根本不是安立奎的。

聖誕節快到了。露德雖然開始著手準備，心裡頭卻越發害怕這一天的來到。自從離開宏

都拉斯，她從來沒有和兒子共度過聖誕節，只是年復一年地向兒女保證，她一定會回去和他們一起過節，卻年年都教他們失望。於是，每年的聖誕節她都以淚洗面，心腸也變得越來越硬。此刻的她多麼希望，聖誕節永遠不要來到。

今年，為了請土狼護送安立奎來到美國，露德花了不少錢，手頭比較拮据，所以只買了一株小小的塑膠製聖誕樹，並在上面掛滿了裝飾品。

「醜死了！」安立奎譏嘲道：「幹嘛在上面放那麼多東西，弄得跟彩罐一樣。」在宏都拉斯，他阿姨有一棵真正的聖誕樹。她會布置基督誕生的情景，在家裡堆上稻草，或者到戶外放鞭炮。午夜時分，全家人則聚在一起享用佳餚。

聖誕夜那天，露德早早就上床睡覺。安立奎則是和朋友出去喝酒，直到三更半夜才醉醺醺地回家。隔天早上，露德送了一件襯衫給兒子，但兒子並沒有準備禮物給她。

除夕夜的狀況就好多了。來到美國以後，露德從來沒有慶祝過除夕夜，因為會勾起太多回憶，譬如，在宏都拉斯，除夕夜的午夜鐘聲一響，她一定會從派對上跑回家跟母親熱情擁抱。

但是今年不同。今年的除夕夜，她陪同安立奎去參加了一場派對。午夜一到，她親親兒子，而兒子也緊緊地回抱她，說：「新年快樂。媽，我愛妳。」終於，露德不必再以淚水度過除夕夜了，這可是她來到美國後頭一遭。

宏都拉斯

安立奎的親戚們，對馬莉雅的批評卻越來越多。

葛羅麗亞的孫子女們就在隔壁玩耍，因此要是聽到安立奎的親戚對馬莉雅有任何抱怨或不滿，回到家後通常會加以轉述。

譬如，有人說，雅思敏經常渾身髒兮兮的，一定是沒有得到妥善的照顧。事實上，這個小女娃兒，喜歡在葛羅麗亞家的後院玩泥巴。馬莉雅雖然一天幫她換好幾次衣服，但往往徒勞無功，因為葛羅麗亞家的後門一打開，踏出去就是泥濘的院子。

安立奎的姊姊則說，雅思敏總是光著雙腳、穿著破爛、頭髮散亂，而且臉色蒼白、又乾又瘦，還經常咳嗽。安立奎的親戚們質疑，馬莉雅為什麼生下雅思敏才六個月就不餵母乳了？既然安立奎有寄錢給她，為什麼她只肯帶孩子上公立醫院，而沒有帶她去私人診所？

但馬莉雅非常忙碌。她要幫葛羅麗亞煮飯、打掃、跑腿、添貨、送她的孫子去上幼稚園，葛羅麗亞要是在店裡忙得不可開交，她還得幫忙照顧四個孩子。

貝琪了解馬莉雅的困境，因為她自己也曾經寄人籬下，很清楚那種壓力：你必須勤快做事，好回報人家的恩情。

儘管如此，由於擔心姪女，她還是經常質問馬莉雅：「妳女兒為什麼髒成這個樣子？妳應該更用心照顧她才對。」

對於這類指責，馬莉雅有時候不做回應，有時候則憤而駁斥：「誰說的？我有用心在照顧我女兒。」更何況，那是她的女兒，別人沒有資格批評。她還說，安立奎有一個表姊，她

兒子跟雅思敏一樣瘦，她們為什麼不責怪她不再餵母乳了？還有，隔壁那幾個女人，要是真那麼關心安立奎，當初他住在那裡的時候，為什麼把他當狗一樣對待？

隔壁的這幾個女人，對馬莉雅還有一個指責：安立奎每個月寄回家給女兒的一百到一百五十美元，是他辛辛苦苦賺來的，而馬莉雅居然隨便亂花！

但馬莉雅表示，這些錢大部分都花在雅思敏身上了。另外，她每個月會給葛羅麗亞十五美元；幫她添購食物，如水果、牛奶和雞肉等等；給阿姨的女兒們一點零用錢；拿十塊錢給住在鎮上另一頭的母親，讓她買心臟病和氣喘的藥。

然而，對隔壁的這幾個女人來說，馬莉雅根本是在娘家的人身上亂花錢，因為，這些錢照理說都是雅思敏的。由於安立奎這些錢是連同露德寄給一位親戚的錢，一起匯過來的，因此他寄了多少錢回家，她們都一清二楚。

每當馬莉雅要出門去購物時，安立奎的一位阿姨米麗安就睜大眼睛，仔細監督，看看她是和誰一起出去？回家時又拎了幾個袋子在手上？

身為美髮師的米麗安，家境清寒，只買得起二手衣給自己的三個孩子穿。她聽說馬莉雅買了染髮霜回家給自己和葛羅麗亞的女兒們用，氣得半死。

有一次，她到葛羅麗亞家裡，看到雅思敏的奶粉罐翻倒在地，葛羅麗亞的幾個孫子女手裡還抓著白色的奶粉，彼此追逐嬉戲。

還有一次，馬莉雅花了一百五十塊錢，買了一個五斗櫃來擺放雅思敏的衣服，米麗安得知後數落道：「妳是笨蛋啊？這麼昂貴的家具妳也買？」她說，她有一個表兄可以用三分之一的價錢買到更好的。

馬莉雅怒火中燒，卻一句話也沒說。

她是很感激安立奎賺錢養家。但是，他寄回家的錢大多都拿去買尿布、衣服、藥品和食物給女兒用了。光是奶粉，一個月就要花上二十塊錢。

從小，馬莉雅一直很少有機會穿漂亮衣服。現在，她只不過花一點錢去買一件新衣，或花個兩塊五去買個染髮霜，有那麼罪過嗎？再者，她阿姨葛羅麗亞供她吃住了好幾年，現在經濟上碰到困難了，她給阿姨一點回報有什麼不對？

米麗安身為單親媽媽，非常缺錢。自從第三個孩子出生以後，為了養家活口，她開始幫一個妹妹打掃家裡，每個月可以拿到三十五塊錢的工資和免費的膳食。等到孩子逐漸長大，要上小學了，家裡的開銷又要增加。買教科書需要錢，買文具用品需要錢，學校的營養午餐也需要錢——一餐一塊半。

米麗安說，她還記得她曾經幫襁褓中的安立奎換過尿布，也在他長大後照顧過他。譬如，安立奎還住在祖母家、染上吸膠惡習的時候，她就幫他煮過飯。如今，她的經濟狀況這麼吃緊，安立奎卻不懂得知恩圖報，眼裡只有隔壁那個女孩，寄回來的錢全都孝敬給她了，「卻從來沒給過我半毛！」她大嘆。事實上，安立奎給過她一次；就在她某一年生日的時候，他匯了二十美元給她。

米麗安告訴家人，她並沒有在監視馬莉雅，她只是希望馬莉雅當個更稱職的母親，好保護安立奎的小女兒而已。她生氣地質問幾個姊妹，馬莉雅把錢拿回娘家的事，安立奎知情嗎？

雅思敏八個月大時，米麗安寫了一封信給安立奎，信上提到：你女兒並沒有得到妥善的照顧。馬莉雅還亂花你的錢。我曾經在葛羅麗亞家的後院裡，看到你寄回來給雅思敏的衣服被亂扔在泥地上。看到這些內容，安立奎不禁想起：確實，印象中，葛羅麗亞家的幾個小孩都髒兮兮的。於是他回信給米麗安，拜託她幫忙看顧雅思敏。

之後，他在電話上斥責馬莉雅：「妳要是不好好照顧我們的女兒，我就要回宏都拉斯把她從妳身邊帶走。」

馬莉雅沉默了半晌，繼而用冷冰冰的聲音說道：「沒有人可以搶走我的女兒。」

對於馬莉雅在安立奎親戚那邊所遭受到的嘲諷、刁難與擺佈，葛羅麗亞終於看不下去了：「你們饒了她好不好？連我都快被你們逼瘋了！拜託你們不要再指責她了！」

葛羅麗亞有個外孫，名叫阿倫，個頭比雅思敏大，卻老愛跟她玩粗魯的遊戲。比方說將她攔腰抱起，扔在地上，不然就是咬她身體、扯她頭髮。雅思敏九個月大時，有一天被阿倫丟進一輛綠色的手推車上。剛好，貝琪在外婆家門廊上看到了，便大聲斥喝：「阿倫，放開雅思敏！」

來不及了，阿倫已經推起手推車，接著失去了平衡。雅思敏滾落在地，開始嚎啕大哭。但馬莉雅出去辦事了。

貝琪只好大叫：「葛羅麗亞！阿倫把雅思敏甩出手推車外了！」

結果，葛羅麗亞隔著一條街怒聲回應：「妳當我們家阿倫是殺人兇手啊？告訴妳，別胡說八道，更別什麼事都想插手。」總之，她要貝琪家的人少管閒事。說完，她抱起雅思敏，說：

「喏！她在這裡，要的話你們抱去！叫安立奎把錢都寄給你們，讓你們來養她。你們要是因為錢的關係，所以給馬莉雅安上這一大堆罪名，那些臭錢你們全部拿去！」

之後，有好幾個月的時間，這兩家人互不來往，也沒有交談。但葛羅麗亞的孫子女們依然到隔壁去玩耍。他們聽到隔壁的幾個女人說，馬莉雅說不定有外遇了，她出門替葛羅麗亞辦事的時候，搞不好是去跟男朋友幽會。馬莉雅聽到孩子們轉述這些話，氣得半死；名節，是她擁有的少數幾樣東西之一，居然就這樣被他們給污衊了。每當她準備出門辦事，安立奎家的某個阿姨就會踏出家門，隔街問道：「妳要上哪兒去啊？」

再過不久，雅思敏就要滿一歲了。露德和安立奎一起匯了四百塊錢回家，並表示：他們打算幫雅思敏和米麗安的一歲女兒合辦生日派對，希望所有的親朋好友都能夠在攝影機前留下影像，再製成錄影帶寄去美國。馬莉雅好無奈，她女兒的生日，居然要跟那群惡意中傷她、說她是壞媽媽的女人一起慶祝。自從生下雅思敏，她就很少踏入那些人的家裡了。

美國

露德母子倆，寄了一襲紅色的洋裝和一雙白色的鞋子給雅思敏當禮物。雅思敏生日那天，馬莉雅替她穿好衣服後，請人將她送到隔壁，自己則留在家裡啜泣。後來，葛羅麗亞告訴她，她再怎麼不想去也得過去一下，好讓攝影機拍到她的鏡頭。到了現場，雅思敏和其他幾個孩子已經輪流敲過彩罐了，而雅思敏正在吹蠟燭，她的生日蛋糕是小熊維尼的造型。馬莉雅抱起女兒坐在地上，還不時緊張地幫她調整帽子。「祝妳生日快樂，祝妳生日快樂……

孩子們用英文唱起生日快樂歌。但馬莉雅沒有唱，只是不斷以手拭淚。半個小時後，她便躲回家裡去了。另一方面，安立奎因為有一陣子沒什麼工作，便沒有再寄錢回家。馬莉雅則是在一家小型的家具工廠找到了一份工作，負責用砂紙把椅子磨光，週薪三十五美元。

安立奎來到美國一年後，露德的男友也花錢請人幫他把兒子帶到了美國。這男孩當時十四歲，但八歲時父親就離開了他；從那時起，他開始喝酒、打架鬧事。他爸爸原本以為，把他帶到美國或許可以將他導向正途。沒想到，舊的問題沒有解決，新的問題卻來了。學校老師經常打電話來家裡找他爸爸談孩子的行為問題。六個月後，他便休學了。

安立奎認為，這孩子會如此好勇鬥狠，他爸爸必須負最大的責任。因為，他從小就沒有父親在身旁保護他。安立奎說：「要是他成長的過程中有父親陪在身邊，他今天就不會變成這個樣子，也不會惹是生非了。」

這男孩和安立奎共用一個房間，兩人也經常一塊兒喝酒。露德擔心，安立奎覺得自己被遺棄的感覺會不會因而加深。安立奎的酗酒情形日益嚴重，一雙眼睛也因為經常吸食大麻而佈滿血絲。下班後，他會先回家吃個飯、洗個澡，然後便出去打撞球、喝酒，直到三更半夜才回家。他打給馬莉雅的電話越來越少；先變成兩個星期一通，後來又變成一個月一通。

他告訴馬莉雅，他一定會在一年內把她接到美國。請土狼幫忙偷渡需要錢，但這筆錢他根本沒有在準備。來到美國之後，安立奎就算再墮落，也不曾淪落到吸膠的地步。但是，就在他離開宏都拉斯二十二個月，就在聖誕節即將來臨的前幾天，他發現，啤酒和大麻再也無法滿足他了。某日工作結束後，他偷偷倒了一點香蕉水在一個百事可樂空罐裡，然後帶回家。

隔天也如法炮製。香蕉水所帶來的興奮感雖然不如宏都拉斯的強力膠，但至少方便得很。

聖誕節假期那幾天，他們搬家了，從原本的拖車屋搬到了一個有三間臥室的雙拼公寓。這裡的廚房很大，客廳也大，裡頭擺了三張沙發，還掛了一張瓜達盧佩聖母的畫像、一幅木刻的宏都拉斯地圖，以及一面小小的美國國旗。儘管空間頗為寬敞，但這個家還是擁擠得很，哪有空間讓安立奎隱瞞他那日漸加重的癮頭呢？

有兩個星期的時間，露德兩度看到兒子用一塊臭臭的手帕捂住鼻子。搬新家以來，她從未走進兒子的臥室；一天早上，她因為擔心兒子太晚起床，來不及上班，於是便走了進去。結果，一股油漆般的怪味撲鼻而來。

「你在用什麼東西？」她問。

「沒有。沒有！」

露德進一步追問，安立奎卻吼了她幾句。露德感覺得出來，他一定是藏了什麼東西。接下來幾天，安立奎一直窩在臥室裡，成天聽著雷鬼音樂。他聞香蕉水已經有兩個星期了。一天晚上，他決定出門去，便走出房門，穿過客廳，往大門走去。當時坐在客廳沙發上的露德，察覺到安立奎手臂底下似乎藏了什麼東西，便說：「那是什麼東西？拿出來給我看。」

「不關妳的事。」安立奎說完便急著走人，露德從沙發上跳起來，一把揪住他的衣領。然後，她聞到了香蕉水的味道。她已經問過朋友了，她知道那氣味代表什麼意思。

安立奎一把將她推開。露德的男友和他的三個親戚，此時也坐在客廳裡，但露德豁出去了，她不怕他們聽到；一連串難聽的話於是脫口而出。「你真的是毀了，無藥可救了！居然

吸起毒來了！這樣的話，你何必來美國呢？來這裡毀滅你自己嗎？」

安立奎惱羞成怒，回了幾句粗話。「丟臉啊你！拜託你振作點好不好！看到你現在變成這個樣子，我寧願上帝奪走你的命！」露德接著說，要是安立奎繼續吸香蕉水，她就會要他搬出去。她必須為她的女兒著想。安立奎沒有回應，開車走了。

露德感到心灰意冷。此外她也擔心，安立奎在這樣的狀況下開車，也許會橫衝直撞，要是有個三長兩短的話，怎麼辦？有生以來第一次，她起了想死的念頭。她告訴自己，要是她走了，兒子說不定就會明白失去母親的滋味了。

就在當晚，安立奎自己也驚覺到，他的身體已經承受不住。每一次吸香蕉水，他左半邊的腦袋，也就是他在火車頂上受創最重之處，便發出劇痛。而他被毆打後就一直耷拉著的左眼皮，則會跳動與抽搐。此時如果轉動頭部，他更覺得痛不欲生。

他決定不再吸食香蕉水。

但他這麼做，並不是為了順母親的意，而是為了他自己。少了香蕉水的慰藉，他只好重拾舊習：酗酒。

某日凌晨兩點，他在速限五十六公里的路段，以高達八十八公里的時速行駛，被警察攔了下來。警察發現，他除了超速，而且車牌已經過期，車內還有一個打開來的啤酒罐，便替他做酒精濃度測試，最後以超速和酒醉駕車的名義開了他兩張罰單，並扣押他的車，吊銷他的駕照一個星期，再將他押進看守所裡過了一夜。後來是露德請她男友前去保釋的。

在北卡，被控以酒駕罪名的駕駛，西裔人是非西裔人的四倍之多。安立奎的同事們，很多都有酒醉駕車的經驗。他們告訴他別擔心，因為美國政府只是希望你付一大筆罰金，並告訴法官你深感懊悔；真正嚴重的後果，要到第三次被逮以後才會發生。

最後，安立奎照他們所說，付出了共計一千元的罰金和律師費，並告訴法官他深感後悔。

宏都拉斯

馬莉雅的阿姨葛羅麗亞，生計逐漸陷入窘境。

想當初，馬莉雅會搬來這裡，是因為這裡不像她母親那間小屋那般擁擠。然而，這間屋子如今已經擠滿了十二個人，臥室卻只有兩間。馬莉雅必須和另外五個人同睡一間房。

她阿姨開的那間小店，如今已經倒閉。如此一來，這整間屋子裡有在賺錢養家的，只剩下她姨丈一個人；他每個月的薪水是一百二十五美元。這筆錢再加上安立奎寄來的，要養活兩家人實在力有未逮。

再者，她越來越討厭安立奎的姊姊和阿姨們，她非得遠離他們不可。她告訴阿姨：「我再也受不了了。」

她決定搬回娘家那原始簡陋的小屋。在那裡，有母親和妹妹的幫忙，一歲半的雅思敏可以得到更好的照顧。此外，她也設法要安立奎以後把錢直接匯給她，而毋需透過他的家人；她甚至不想讓他家人知道以後要上哪兒找她。

馬莉雅的母親伊娃，住在山上一個叫「水管」（Los Tubos）的地區，之所以有這樣的外號，是因為這裡有一條裝設於地面上的水管，會把水從山上的儲水槽輸送至德古西加巴的其他地

區。

這座山的山頂，是德古西加巴的最高點。白天，這裡有雲霧繚繞；傍晚，夕照將此地染得橘紅。一座高高的、灰色的耶穌雕像，則伸出雙手，彷彿在賜福給山下的民眾。

從山下要到伊娃的家，得先爬上一條陡峭得連許多車子都爬不上去的馬路，再穿越一條蜿蜒曲折的泥巴路。馬莉雅自己在走這條路的時候，還得藉助一根橡膠樹的樹根當枴杖。伊娃的小木屋，位在半山腰上，裡頭睡了九個人。馬莉雅離開這裡已經六年。六年來，這個家倒是有一個地方進步了：她有個親戚在原本的小木屋旁，用煤渣磚蓋了一座小屋。屋裡有間浴室，可供伊娃的家人使用。

在水管地區，大多數小孩念完小學後就不再升學。因為，離此地最近的中學，必須搭公車才能到達，但這對許多家庭而言是一筆不小的開銷。住這裡的人，男人多半幹泥水匠，女人則多半到比較富有的地區當清潔婦。

儘管如此，這兒畢竟是德古西加巴最古老的社區之一，比起葛羅麗亞和安立奎的親戚住的地方，這個地區畢竟高了一級。在葛羅麗亞的家裡，每兩個星期只有一天供應自來水，在這裡則是每兩天供應一天。最近幾年，這附近的木造平房，有很多都升級成為小型的磚造房屋或煤渣磚房屋，其中有些甚至有兩、三樓高。而且，有很多房子都安裝了玻璃窗，而不是傳統的木頭窗板。至於冰箱這種東西，幾乎家家戶戶都有。

這一帶的居民，大部分都已在此居住多年，馬莉雅一家人比起來還算是新住戶。他們是在一九八〇年買地蓋屋的；當時，附近的房子不斷往山上蓋。不過，馬莉雅家的小屋再上去，已經看不到任何建築物了，因為那裡的坡度太陡，連最小的小屋都很難蓋得起來。

馬莉雅的家，在水管地區算是最窮的。他們一天只吃兩餐，而且沒有冰箱，只有兩個小爐子可以燒飯做菜。多虧了馬莉雅的大姊不時從美國德州匯錢回來，這個家才不至於山窮水盡。

這個家儘管窮，馬莉雅的生活仍然有所改善。

市區內有一家大賣場叫做Multiplaza，馬莉雅在這裡的一家童裝店找到了一份新的工作。每個星期有六天，她必須在早上十一點出門上班。

在這家童裝店裡，馬莉雅負責的工作是：聽從女店員的指示，將特定型號的衣服或鞋子，從牆壁上的小洞裡取下或放回去。在德古西加巴，這家燈光明亮的賣場，是許多有錢人喜歡光顧的地方，裡頭有米色的地板、盆栽的棕櫚樹、空調，以及透明的玻璃電梯。

馬莉雅下班回到家，時間通常是晚上十點。這份工作讓她每個月可以多出一百二十元的收入。出門上班時，她母親和妹妹會幫她照顧雅思敏。慢慢地，雅思敏的體重增加了。這個家的家門外，有一個用來儲水的混凝土槽。有時候，雅思敏會帶著她的六個洋娃娃來這邊，幫她們洗澡或梳頭髮，之後再跑進屋裡向外婆高聲宣布：「我剛剛幫寶寶洗澡了。」

雅思敏的外婆，是個身材精瘦、肌肉結實的女人，還有著一頭花白的頭髮。她養了一些黑白花的小雞，雅思敏有時候會故意追著牠們跑，讓這些小雞嚇得在廚房的地板上到處亂竄。她還喜歡跟隔壁一個五歲的小女孩一起玩耍，譬如玩家家酒，或彼此雙手交握在原地轉圈圈。

她要是肚子餓了，外婆會弄黑豆炒蛋給她吃。她要是弄髒了衣服，外婆會幫她替換。午

後，她要是嘴饞了，則會跑去找外婆伸手要錢：「我要吃 pisto。」

拿著外婆給她的一點零錢，雅思敏慢慢地爬下陡峭的階梯，來到下坡處一間小小的熟食店外，透過大門上的黑色鐵欄杆望進去，瀏覽一會兒，再指著她看中的食物說：「那個，我要那個！」從店主人手中接過一小袋熱呼呼的豬皮後，她再歡歡喜喜地爬上陡峭的階梯回家去。

一天天過去了，馬莉雅發現，她的小女兒越來越像安立奎。和安立奎一樣，她的膝蓋略呈內八、骨盆有點往外翻，屁股有點往內縮，低沉沙啞的嗓音也和父親相去不遠。而且，她的脾氣跟安立奎及露德一模一樣：暴躁易怒、頑固倔強、堅守自己的立場、絕不退讓。

雅思敏滿兩歲後，馬莉雅開始帶她去和爸爸講電話。城裡有一家網咖，在那裡打電話比較便宜，馬莉雅總是利用星期天來這裡和他通電話，而雅思敏也很喜歡陪她來。安立奎的電話號碼，馬莉雅已熟記於心。

到了店裡，馬莉雅在灰色的電腦前坐下，女兒則站在她兩腿中間。「媽，電話給我，」雅思敏一邊說，一邊伸手去抓話筒。「把拔，我愛你，你什麼時候要回家？」

回到了外婆家，她得意洋洋地炫耀：「我剛剛跟我把拔安立奎講過話喔。」事實上，雅思敏在電話中對父親講的話，有很多都是馬莉雅要她講的。但雅思敏的外婆認為這沒關係，「他們彼此雖然陌生，但畢竟是血濃於水的親人。」

伊娃手邊有八張安立奎的照片，她經常拿出來給雅思敏看。雅思敏小歸小，但她知道爸爸偶爾會寄東西回來給她。有一次，安立奎的阿姨羅莎問她，她耳朵上那副鑲著金子和翡翠的耳環是哪兒來的？雅思敏伸手摸摸耳環，一邊說：「這是我把拔安立奎送我的！他還說他很愛我喔！」

伊娃告訴雅思敏，她有朝一日一定會坐飛機到美國去看爸爸的。這讓雅思敏以為，她爸爸當初也是坐飛機離開的。於是，一天之中往往有好幾次，她只要一聽到上空有聲音出現，便停下手邊的事情，跑到屋外，抬起頭，用一雙晶亮的眸子仰望天空，再高舉雙手用力揮舞，並扯開喉嚨大喊：「再見！安立奎把拔，再見！」

美國

來到美國以後，安立奎已經和母親同住了將近兩年半。一天晚上，露德和男友在客廳裡看肥皂劇，安立奎則邀了幾個朋友在廚房的餐桌上玩牌。安立奎的老闆，要求員工用很快的速度完成油漆工作，因此他最近工作壓力很大。

或許是因為如此，玩牌的時候，他和朋友用力地將紙牌丟在餐桌上，而且每丟一張，幾個人就發出一陣叫囂。

露德走進廚房，滿臉慍色。「你們吵吵鬧鬧地在幹什麼？」她質問。

「討厭噪音的話，不會自己一個人住啊！」

「你這個不知好歹的傢伙！」露德說。

安立奎就愛這樣，故意發出噪音來激怒露德。吃晚飯的時候，他會故意發出很大的打嗝聲，卻從不道歉。他還會拿湯匙在餐桌上敲打，用力甩門，把音樂放得很大聲，或者大吼大叫。

看到露德因為他這些行為而氣得火冒三丈，他感到樂不可支。

既然兒子規勸不聽，露德只好放棄，回頭去看電視。但安立奎和幾個朋友竟更加放肆，紙牌甩在桌上的聲音越來越響。露德終於怒不可抑，氣沖沖走進廚房，準備發飆。她男友意識到大事不妙，趕緊跟上去。

「你們給我安靜一點！」露德命令道。

但安立奎卻回了不怎麼好聽的話。

「我要求你尊敬我。別忘了，我是你媽媽，我生下了你。」

「對我來說，妳不是我媽媽，我奶奶才是。」

「你可是我生的！」

「那又不是我的錯！」

露德再也聽不下去，伸手揪住安立奎的肩膀。安立奎將椅子往後一推，彈起身來。露德又是一掌，重重打在安立奎的嘴巴上。為了防止露德再打過來，安立奎抓住了她的手。由於她的雙手剛好抬到頸邊，露德以為兒子要掐她脖子，「放開我！」她大叫。

露德的男友費了一番力氣才將兩人拉開，將安立奎帶到屋外去，那時他已經淚流滿面。

翌日，一切又都恢復正常，只有一點例外：不像從前，安立奎沒有道歉，也沒表現出任何悔意。

然而，對別人，尤其在同母異父的妹妹黛安娜面前，安立奎總是能大方表達出自己的情感，譬如他會告訴黛安娜說：「告訴妳一個祕密喔，我愛妳。」他會給黛安娜零用錢，載她到店裡買東西，跟她玩騎馬打仗，溫柔地撫摸她的臉頰，教她跳舞，或一起唸唱童謠。總之，他對妹妹非常大方；相形之下，黛安娜就小氣自私了一點。

新年到了。這是安立奎來到美國後的第三個新年，他終於下定決心：他要改變，他不想再耽溺於過去，不想再自怨自艾；當下，以及未來，才是他應該努力的目標。他來到美國後的種種言行，不但傷害了露德，更傷害了自己。

然而，長期的酗酒習慣，搞壞了他的胃，害他時常胃痛。下班後出門買醉的日子，他已經徹底厭倦。他希望馬莉雅來美國後，看到的是一個健健康康、有出息的安立奎。

最重要的是，身為父親，他必須為雅思敏負起更多責任。他不希望女兒跟他一樣，在成長的過程中要煩惱錢的問題；他也希望女兒能接受良好的教育。他不能夠再像以前一樣揮金如土，一個晚上就花掉好幾百塊錢去花天酒地，或因為駕車違規而被警察開罰幾千塊錢，那太浪費了。

而且，他要是再不改變，肯定會重蹈母親的覆轍：在孩子的成長過程中缺席。他一定要趕快存夠五萬塊錢，這樣就可以回宏都拉斯買棟房子，做筆小生意了。

果真，他開始改變了。每個星期，他有七天都在勤奮工作。啤酒和大麻也慢慢減量。以前，他一個星期起碼有三個晚上會出去玩樂，但是現在，他一個月只玩一、兩次撞球。啤酒也越喝越少，甚至開始改喝百事可樂。朋友如果打電話找他出去花天酒地，他總是告訴他們：他不再對這些東西感興趣了。

他不再把音樂放得震天價響，也不再用力甩門，打嗝的時候會記得說對不起。而且，他開始願意和母親同桌共餐了。星期六的晚上，他會和家人一起收看一個熱門的西班牙語綜藝節目「超級星期六」（Sabado Gigante），就像他剛到美國時那樣。

他告訴朋友們，當馬莉雅來美國與他團聚時，他要徹底戒毒、戒酒。他希望在來年將女友接來美國與他成婚。他理了一頭超短的短髮，體重也減輕了。他想要努力消除或減輕他當初在火車頂上被毆打後留下來的痕跡或副作用，包括額頭上的疤、膝蓋上的疤、左眼下方的腫塊、以及幾顆斷牙——每次吃到太燙或太冰的東西，這些地方便隱隱作痛。最起碼，他可以找牙醫幫他裝牙套。

宏都拉斯

露德的妹妹米麗安，不久後失業了，生活也陷入困境。

她的一個姊姊，表示願意伸出援手，以月薪五十塊錢請她幫忙照顧她最小的孩子。然而，米麗安後來並沒有拿到這麼多錢。她在宏都拉斯的幾個姊妹當中，只有羅莎無挨餓之虞。每星期六，她還會拿一些牛奶、乳酪、奶油、白米、砂糖、豆子和蔬菜去孝敬她母親，也就是安立奎的外婆。

米麗安再也負擔不起孩子們在學校做作業要用到的彩色美術紙了。很多時候，她甚至拿不出錢讓他們買午餐吃，於是乾脆叫他們不要上學。因此，她的孩子有時候會連續曠課三天。她的三個孩子，每人都有自己的一雙鞋，但都是用分期付款買來的。

附近的雜貨店，因為她賒欠太多，降低了她的賒帳額度。她的母親，會把羅莎拿來孝敬她的食物，分給米麗安的孩子們吃，但這也叫她過意不去。有時候和孩子走在街上，孩子們會央求她買個汽水或冰淇淋，但她通常只能加以拒絕，因為她買不起。

「我再也受不了了，」有一天她這樣告訴貝琪。她說她想到美國去。只要在那邊賺夠了錢，只要她有能力整修媽媽的房子，並加蓋一個房間來做為美容院，她就會回來了，前後大概只要花幾年的時間而已。她一定會在孩子太過思念她以前回來的，她不想讓孩子覺得她拋棄了他們。

於是她告訴露德，她打算隻身前往美國。露德聽到後大驚失色：不行，妳不能這麼做。她告訴米麗安，她現在住的地方，房租有男友在幫忙支付，而她最近也在一家工廠裡找到了一份薪水更好的工作。她和她男朋友會幫她籌錢找土狼的。

安立奎離開宏都拉斯三年後，某天早上，米麗安將三個子女叫到身邊坐下，準備道別。

「媽媽要到美國去了。你們要乖乖聽外婆的話喔。」她告訴他們，她到美國會努力工作，到時候再寄錢、寄衣服和玩具回來給他們。說著說著，眼淚便奪眶而出。九歲的大女兒米雪兒也哭了。七歲的朱尼爾，問媽媽什麼時候回來。但米麗安無法給他確切的答案。

「可是妳一定會回來的，對不對？」朱尼爾追問。

「對，一定。」

說完，她踏出門廊，出發上路了。十四年前，露德也是從這裡離開的。

米麗安最小的孩子，當時才兩歲半，還沒斷奶，而且吃的是母奶。由於她習慣跟媽媽一

起睡覺，當天晚上，少了媽媽的陪伴，她嚎啕大哭、傷心欲絕。貝琪於是將她抱到自己床上哄她睡覺。

終於，貝琪頭一次了解到，她母親當時為什麼要離開她了。米麗安的生活有多苦，她全都看在眼裡。她知道，拋下孩子到美國去，對米麗安來說是多麼痛苦、多麼掙扎的一項決定。儘管如此，她同意米麗安的決定。

在此同時，馬莉雅的生活卻有了大幅的改善。她有個親戚，原本住在隔壁的煤渣磚屋，後來搬離該地。馬莉雅和家人便搬進去暫住，再將她家那老舊的木造小屋拆掉，由她哥哥在原地興建一棟屬於他們自己的煤渣磚屋。

她鄰居的這棟房子，和她家原本的小木屋相比，其實好不到哪裡去。房子的鐵皮屋頂，上面必須用大石頭壓著，才不至於被風颳走。屋裡的浴室沒有門，只有一塊鐵皮可以稍做遮蔽。屋內的灰牆上，偶爾還有老鼠出沒。

儘管如此，最起碼這裡有兩間小小的臥室，讓馬莉雅現在只需要跟母親、妹妹及女兒雅思敏共睡一張雙人床。臥室外的走廊，同時是家裡的客廳和廚房；為慶祝家裡的生活有所改善，伊娃將四個子女（包括馬莉雅在內）的小學畢業證書都掛到了牆上。

另一方面，馬莉雅和安立奎的感情卻開始出現裂痕。以前，安立奎會按月匯錢回來。但自從馬莉雅搬回家跟母親同住之後，一年半的時間內，安立奎只匯了四次，金額多半在一百五十到一百八十美元之間。

也難怪，那陣子他自己手頭也不寬裕。由於受夠了家裡的人口眾多以及跟母親的不斷爭吵，再加上渴望擁有一點隱私，他後來搬了出去，在一棟拖車屋裡租了一個小房間。這間房的租金加上水電費，每個月要兩百八。而他先前買的那輛二手小貨車，分期付款加保險費，每個月要五百八，還有兩百塊的油錢。手機費用，每個月是五十塊錢。

由於他每天的中晚餐都是吃露德的，因此每個月還要貼兩百塊的菜錢給露德。儘管他每個月的收入在兩千四百到兩千六百美元左右，但上述這些固定費用就花掉了一半。還有，警察曾經開過兩張罰單給他，這些錢也還沒繳。碰到工作量不大、收入也跟著減少的時候，他還得向露德借錢支付汽車貸款呢。

然而，這些狀況馬莉雅一無所知。她以為，安立奎寄回家的錢變少了，是因為他在美國交了別的女朋友。面對馬莉雅的這項質疑，安立奎發誓，他絕對沒有別人。

葛羅麗亞則警告馬莉雅：我知道妳很愛安立奎，但千萬別把大好青春都浪費在他身上。再過幾年，他要是還不把妳接到美國，或回來宏都拉斯，妳就趕緊趁自己還年輕貌美，另外找個歸宿吧。

安立奎經常酗酒的消息，也傳回了馬莉雅耳中，她感嘆：「看來，他是真的很難遠離酒精或毒品的誘惑了。」從前，安立奎要是說自己沒有碰毒碰酒，馬莉雅大可以自己去找答案求證。但是現在，兩人阻隔了千山萬水，她也只能聽信安立奎的一面之詞了。

記得，安立奎剛離開時，馬莉雅常常陷入思念的煎熬。但隨著日子一天天過去，她逐漸習慣了安立奎不在身邊的生活。她說，她從此再沒有和別的男生約會過。如今，當她聽到山

下的鄰居大喊，安立奎打電話來了，她照樣欣喜地朝山下跑去，但她在電話中哭泣的次數變少了。因為，她變了，個性也成熟多了。如今，女兒才是她生活的重心。

「我仍然愛他，」馬莉雅說：「只不過，不像從前那樣了。」除了寄錢的次數變少，安立奎也越來越少打電話給她了。自從她搬回娘家，安立奎只打過五次電話給她。

這讓她覺得備受冷落。彷彿，兩人之間的溝通成了單向道。於是她也不再打電話給安立奎。礙於自尊心，兩人的關係陷入了僵局。對安立奎而言，他沒有請土狼，是因為馬莉雅沒有提出要求；對馬莉雅而言，她沒有答應到美國去，是因為安立奎沒有僱用土狼。兩人的關係於是漸行漸遠。

美國

再者，由於打電話給安立奎慢慢變成了例行公事，馬莉雅也厭倦了。以往，她總是利用星期天早上，她唯一休假的日子，到城內一家網咖撥電話給安立奎，請店經理幫她把電話號碼輸入一部灰色的電腦裡。費用十五分鐘三塊錢。

「哈囉，我的小親親，」安立奎親暱而溫柔地說。

「你好不好？」馬莉雅回答。

問完了女兒的近況，安立奎又問：「我愛妳。妳在那裡有交別的男朋友嗎？」

「沒有，」馬莉雅冷冷地回答。

安立奎有點失望，他多麼希望馬莉雅在電話中可以再溫柔一點。其實馬莉雅也知道，安立奎希望從她口中聽到「我愛你」三個字，但她實在說不出口。她個性一向膽小羞怯，更何況在網咖，她自然更放不開了。

剛搬回娘家時，她打電話給安立奎的次數還算頻繁，平均兩週一次。但是，如今他們已經整整兩個月沒講過一通電話了。對此，馬莉雅會自動幫安立奎找藉口，認為他是撥不出時間，不然就是賭氣地想：「他打給我，我就打給他。」

再者，安立奎也不再提及回宏都拉斯的事了。他告訴馬莉雅，美國的生活環境便利舒適，他喜歡住在這裡。他還暗示，他希望馬莉雅也到美國來。然而，馬莉雅和女兒的感情越來越深，要離開恐怕很難。

幾個星期後，米麗安到了美國，在姊姊露德那邊住下。她買了假身分證，並很快找到了一份工作，在一家餐廳幫忙做餅乾，週薪兩百四十五美元。

她告訴露德，她在這邊絕對不會待超過三年。因此她不買任何家具，也故意不讓自己適應美國的舒適生活，比方說她洗澡時不用熱水，只洗冷水。而且，她不斷提醒自己，美國有哪些地方是她不喜歡的。譬如，這裡的孩子經常是封閉在室內，像黛安娜下午和晚上的時間多半是待在家裡看電視，不然就是上網和朋友聊天。在宏都拉斯，她的子女卻成天都在外頭玩耍，大概只有肚子餓了才會想要回家。

有一陣子，美國移民局派出了大批幹員，到全國各地的沃爾瑪百貨公司（Wal-Mart）搜捕非法移民，令米麗安感到惴惴不安，她很怕被遣返。此外，當她出入在公眾場合時，她覺得北卡州的當地人有時候會用奇怪的眼神看她，好像她是異類或次等人種似的。因此，放假

時她多半待在家裡。

在宏都拉斯，每次做完禮拜，安立奎的親戚會帶米麗安的幾個孩子到機場去，透過那裡的電腦打電話給孩子的母親。

在電話中，米麗安叮囑他們：「要用功讀書，不要打架。還有，要孝順外婆喔。」朱尼爾告訴媽媽，他經常難過得想哭，晚上也經常睡不好。但他也是個聰明而多話的小孩，他告訴媽媽，他最近的成績有多棒。然後他問媽媽，他可不可以要一輛腳踏車？

沒問題，不只是腳踏車，米麗安說，她還會送他耐吉球鞋、蜘蛛人、綠巨人浩克、蝙蝠俠和芭比娃娃，「我已經買了一些漂亮的東西要送你。」

米麗安最小的女兒，在電話上聽到母親的聲音時，卻嚇哭了。第一個月通電話時，她每次都把話筒推開。後來，她總算肯接電話了，卻跟著表姊們叫米麗安：阿姨。

「不對不對，我不是妳阿姨，我是妳媽媽。」米麗安糾正她。

「不，妳是我阿姨，」小女孩堅稱。安立奎承租的那間拖車屋，裡頭還住了兩對墨西哥夫婦。他們有四個小孩，讓安立奎不時想起自己的女兒。

臥室裡，他貼了兩張女兒的照片在衣櫃的鏡子上；在其中一張裡，女兒穿著一襲藍白色的洋裝，在另外一張裡，她穿的則是紅白兩色的衣服。另外還有兩張照片，他用相框框起來，放在床邊的架子上。

想到自己從小就不愛讀書，他有點擔心：女兒會不會跟他一樣？

嗜吃甜食的他，每次一買甜食，就會想到女兒；他多麼希望可以買糖果給女兒吃啊！幾乎每一天，他都會看到一些他覺得女兒可能會喜歡的東西。他告訴自己，如果女兒在身邊，他一定會買這些東西給她。在朋友面前，他也經常提起女兒。

對現在的他而言，生活中最開心的時刻，是收到女兒的照片，或聽到她在電話中說：「把拔，我愛你。」他知道這些好聽話是馬莉雅要女兒說的，但他不在乎。他想，女兒終究會體諒的。

「我是妳把拔。妳愛把拔嗎？」安立奎問。「愛，我愛把拔。」

然後，雅思敏開始跟他要東西：「把拔，我要彩罐，裡頭有糖果的彩罐！」「她看到我以後應該會愛我的。」安立奎在心裡頭告訴自己。他開始想像和妻女團聚後共同生活的情景。在露德家，每個人下班的時間都不一樣，因此很難得有機會同桌共餐。安立奎不喜歡這樣。在他自己的家，他和妻女們一定要經常一起吃飯。

宏都拉斯

雅思敏三歲時，和母親已經難分難捨了。夜裡，母女倆同睡一張床。清晨，在出門上班以前，馬莉雅會先用幾桶水幫女兒洗澡，再將她的頭髮綁成兩條辮子。

等到馬莉雅要出門上班了，雅思敏就開始哭：「媽咪不要走！媽咪不要走！」

她光著腳丫子，在媽媽身後追趕著；她外婆趕緊跟上來，攔腰將她抱住。

「我很快就回來了！」馬莉雅一邊走一邊往山上喊。

晚上，馬莉雅終於下班了，但她人才到山坡下，雅思敏就衝下去迎接她。接下來是親子

時間。雅思敏在母親的扶持下，坐上媽媽的大腿，雙手圈住媽媽的脖子；她們用鼻子互相摩擦，或邊唸童謠邊擊掌。馬莉雅要女兒從一數到十。她每唸一個數字，身體就被母親高高舉起，然後放下，「哇！妳已經變得這麼重了啊！」雅思敏用手抓抓媽媽的頭髮、扯扯媽媽的耳朵，開心地發出尖叫。

「妳今天做了些什麼事？有沒有睡午覺啊？」馬莉雅問。雅思敏用她稚嫩尖細的嗓音，一一回答了母親的每個問題。

馬莉雅不用上班的日子，雅思敏便一直黏著她。這時候馬莉雅會牽著女兒的手，帶她進城逛街，或去看看她阿姨葛羅麗亞。城裡，必勝客披薩旁的人行道上，有許多攤販推著手推車在販賣馬鈴薯、香蕉或酪梨。就是在這裡，年幼的安立奎曾陪著媽媽兜售口香糖和糖果。

馬莉雅抱著雅思敏來到了市中心的廣場，這裡，許多貧童伸長了雙手向路人行乞。馬莉雅將女孩帶進大教堂，走到鑲金的聖壇前，開始禱告：祈求上蒼保佑女兒身體健康、無病無痛，保佑安立奎能夠遠離毒品。禱告完後，她帶女兒去吃冰淇淋。

某個星期天，馬莉雅要帶女兒去參加一個朋友的生日派對，於是幫她穿上一襲白色與粉紅色的漂亮衣服，還幫她戴上一副有金圈圈的耳環、手鐲，以及安立奎寄回來的垂飾。

在前往派對地點的路上，雅思敏像關不掉的話匣子，嘰嘰喳喳說個不停。母女倆穿越德古西加巴市中心，來到馬莉雅的一位表姊家；地方不大，是間波浪紋的鐵皮屋。雅思敏吃了點雞肉，嘗試吹了一顆紅色的氣球，還向其他小孩借了一輛有輔助輪的腳踏車來騎。然而，過不了一會兒，她便跑回母親身邊，爬到她腿上，一會兒摸摸媽媽的頭髮，一會兒又湊到媽媽耳邊說悄悄話。馬莉雅幫女兒解開辮子，抱著她搖。雅思敏在媽媽臉上輕輕親了一下。後來，她看到一段九重葛的枝條，上面還有紅花盛開，便拿去送給媽媽。

輪到雅思敏敲彩罐了。她拿起木棍，往一個狗狗造型的粉紅色彩罐敲下去，馬莉雅在一旁為她加油：「大力一點，大力一點！」

接著是切蛋糕的時間。馬莉雅幫女兒拿了一塊，再帶著她去排隊領取主人為來賓準備的禮物袋。袋子裡有一樣禮物是蠟燭，馬莉雅便示範怎麼吹蠟燭給女兒看。

天色晚了，馬莉雅將女兒抱在懷裡坐上公車。德古西加巴的山邊，家家戶戶的燈火一盞盞亮了起來。回到家，馬莉雅先幫女兒脫掉身上的外出服，再為她套上一件白色的睡衣。雅思敏急著想知道禮物袋裡裝了些什麼，於是將袋子往地上倒。有兩支蝴蝶造型的髮夾。馬莉雅將它們夾到女兒的頭髮上。雅思敏好開心。聽著從小小的電視機裡傳來的音樂聲，她一邊揮舞雙手，一邊扭動屁股，跳起了舞來。

晚上七點半，馬莉雅抱起女兒上床。雅思敏左手拿著奶瓶，右手則在媽媽肚子上輕輕撫摸著。這是她的睡前儀式，不這樣做，她就睡不著。慢慢地，雅思敏握著奶瓶的手放鬆了，眼皮開始跳動。馬莉雅這時候便將女兒翻身，輕輕按摩她的背，直到女兒進入夢鄉為止。她根本無法想像，要如何狠得下心離開女兒？她一定要告訴安立奎才行。不然，她至少要等到雅思敏年紀夠大了，稍微懂一些事情了，她才離開。她告訴家人：「她五歲以前，我不走。等到她五歲時，最起碼，我可以向她解釋，為什麼我要這麼做。」五歲，早一天都不行，她堅決地說。想當初，露德也是在安立奎五歲時離開他的。

然而，她有些朋友卻認為這個想法很愚蠢。他們認為，趁著年輕還找得到工作，她應該趕快跟隨安立奎去美國打拚賺錢；在宏都拉斯，女人一旦年過二十五或二十八，便與很多工作絕了緣。報紙上很多徵人啟事便明明白白列出了這個條件。

比方說，S. J. Mariol 這家工廠的人事主管羅培茲（Leydi Karina Lopez）就表示，他們公司只僱用十八到二十五歲的女性。在德古西加巴一棟偌大的磚造樓房裡，許多年輕女性坐在一排排的縫紉機後頭，勤快俐落地趕製手術衣，這些都是要外銷到美國去的。這裡採取的是分工制度。有個女性專門負責縫製領口下方的一塊三角形。同樣的動作，她一天要做兩千五百二十次，一週工作四十個小時下來，她可以領到一百十一美元。

羅培茲說：「這些工作是很耗體力與精神的。因此很多女性到三十歲，就開始出現背痛、關節炎或眼睛方面的毛病。我們不希望我們的員工有這些問題，所以才要限制年齡。」畢竟，產能要是不夠高，這些產業就會轉移到工資更低的國家，例如中國。

馬莉雅工作的那家童裝店，不錄用年齡超過二十三歲的女性。馬莉雅的一位鄰居諾瑪（Argentina "Norma" Valeriano）表示，宏都拉斯的中年婦女，工作上只有三種選擇：幫人家洗燙衣服、清掃家裡、或自製玉米餅拿出去兜售。這些工作的月收入，一般在五十到九十美元之間。但要想養活一個家庭，每個月最起碼要有三百五十美元的收入，宏都拉斯兒童與家庭福利機構（Instituto Hondureno de la Ninez y la Familia）的社工員葛玫茲（Francis Jeanett Gomez Irias）如此表示。

一九九八年，米契（Mitch）颶風侵襲宏都拉斯，讓當地的許多企業關門大吉，百分之四十三的人民，因此陷入失業或就業不足的窘境。諾瑪說，只有家世背景良好或人脈廣的人，才有辦法進入政府機關工作。馬莉雅的鄰居們，大多都失了業；在她住的那個街廓，失業人數就高達二十五位之多。而這些人之所以還能夠生存下來，是因為家裡有人去了美國，賺了錢寄回家來。單親媽媽的子女則是最苦的一群。

馬莉雅如果打算留下孩子到美國去，她也不會是家族中的頭一個。她的阿姨，也就是伊娃的姊姊，在一九八〇年代初期便已經這麼做了；她留下四個孩子在宏都拉斯，去了洛杉磯。馬莉雅的大姊歐爾佳，在一九九〇年去了休士頓，留下一歲半的荷西和三歲的丹尼斯亞歷山大，給母親伊娃代為照料。其後有八年的時間，她每個月都寄五十到一百塊錢給母親做為贍養費。伊娃的另一個姊姊勞拉（Laura），也留下兩個孩子去了美國。

最後，這三個女性都把子女帶到了美國，有的是透過合法的手段，有的是請土狼幫忙偷渡。每當看到有夫妻牽著孩子的手走在街上，馬莉雅的心裡就難過了起來。要是她去了美國，雅思敏是不是能夠更早與爸爸媽媽團聚呢？她知道，雅思敏需要爸爸。

伊娃家裡只有一個男人，也就是雅思敏的舅舅，二十七歲的米蓋爾（Miguel），最近，雅思敏已經習慣喊他爸爸了。和安立奎通電話時，雅思敏必須有大人哄，才願意跟他講話；但是在米蓋爾面前，她可是真情流露。

有一天，雅思敏去參加朋友的生日派對。晚上回到家，她拿著在派對上收到的一袋滿滿的糖果，跑去找米蓋爾。「把拔，」她從袋子裡抓出好幾顆糖果：「把拔，給你吃糖糖。」一般來說，雅思敏是不肯跟別人分享糖果的，但她對米蓋爾卻很慷慨。而且，她會跟舅

舅完整報告自己一天做了些什麼，譬如敲彩罐、吃米糕、吃蛋糕、喝汽水、看別人照相等等。舅甥倆也常常玩在一起，譬如雅思敏會在舅舅的床上跑跑跳跳，米蓋爾則會在她身後追她、搔她癢。

下午，當馬莉雅出門去上班，雅思敏常常會躲過外婆的視線，走到隔壁，去看米蓋爾蓋新家。她爬上梯子，來到二樓，當起米蓋爾的小助手。米蓋爾這一天在鋪地磚，他指指海綿，雅思敏就把海綿拿給他；他指指扁平的抹刀，雅思敏也幫他把東西遞過去。「把榔頭拿給我，」米蓋爾用溫柔的聲音說。

傍晚，米蓋爾準備要下山去踢足球前，會說：「我要走了喔，雅思敏。」而雅思敏也會迅速回答：「把拔，我們一起去。」

安立奎不久後也察覺到，女兒已經開始誤認別人為父親了。同年的聖誕節前不久，他向女兒承諾：他一定會回家去看一看。

除了這一點，還有其他原因讓馬莉雅覺得自己應該待在宏都拉斯。一年來，宏都拉斯政府不斷在廣告中宣導，偷渡北上有多麼危險。報紙上也經常刊登相關的報導，描述偷渡者在北上的旅程中受傷或死亡的經過。

馬莉雅的一個姊姊依爾瑪（Irma），就曾經試圖要偷渡到美國去，卻在墨西哥的途中用盡盤纏，只好中途折返。馬莉雅的一個哥哥也一樣。馬莉雅曾經向一位姊姊問起她北上偷渡的經歷，這個姊姊說她經常餓肚子。馬莉雅又追問她有沒有遭到強暴，但她只是一言不發，並沒有正面回答。

因此，馬莉雅自問：要是她沒能成功的話，怎麼辦？她女兒會落得什麼下場？而且，就算偷渡成功了，她也得偷偷摸摸住在美國，活在擔心被抓、被遣返的恐懼當中。而且，那個地方還有種族歧視；她可能會被視為次等人種。她媽媽就經常強調，美國是個冷漠的地方，很多人連隔壁住了誰都不知道。而且，她不希望錯過女兒生命中的每一個重要時刻。安立奎已經錯過那麼多了，她不想跟他一樣。再過不久，女兒就要上幼稚園了。而且，她聽過太多故事了，她知道很多母親都因為別離多年而失去了子女對她們的愛。將安立奎的姊姊貝琪撫養長大的羅莎，也很清楚母子間的分離會造成什麼影響。她建議馬莉雅，最好等雅思敏再大一點，等安立奎可以將他們母女倆一起接到美國去以後再說。

馬莉雅開始盤算，如果留下來，她應該怎麼辦。只要她不再生育，只要她勤奮工作，女兒應該是有機會接受良好教育的，「這不是不可能的。既然只有一個孩子，我應該能夠盡全力供給她所需要的一切。」

她也告訴葛羅麗亞：「我不會拋下雅思敏自己一個人走的。」

貝琪則偷偷交了一個新男朋友，名叫優巴尼（Yovani）。交往了一段日子，優巴尼來找羅莎，請求她允許兩人交往。羅莎說，只要優巴尼發誓不亂搞男女關係，她就准許他們交往。長久以來，貝琪一直活在一種過渡狀態當中，終日期盼著，有朝一日能夠與母親團聚。羅莎希望她能夠有所改變，早日完成她在企管方面的學位，在宏都拉斯建立起自己的家庭。

在此同時，貝琪開始擔心：要是再不趕快見到媽媽，或許兩人就再也無緣相見了，她說：「我只是想抱抱她，給她好多好多的擁抱。我只是想待在她身邊，就算只有短暫的片刻也好。」

一天晚上，優巴尼開口求婚了，當時兩人正坐在貝琪家外頭。優巴尼的母親，是做玉米粽維生的，母子倆住在一棟很小的木屋裡。優巴尼雖然長得不帥，但個性很好，而且幾乎滴酒不沾，還不時買小禮物送給貝琪。更重要的是，他把貝琪當女王一樣。貝琪愛他。貝琪家外面有一塊空地，原本打算等露德回來後給她蓋房子用的，如今既然考慮要結婚了，貝琪便央求母親資助她幾千美元，讓她在這塊空地上蓋個小房子。只可惜，她結婚時露德將無法到場，只能請她阿姨和姨丈陪她走紅地毯。

美國

每天，露德幹完了清潔工的工作，還得到工廠裡的生產線去工作。和這麼多人同住在一個屋簷下，原本就不是件容易的事，更何況這裡的男人都不幫忙做家事。常常，她下班回到家，發現廚房裡的垃圾桶滿了，地板髒了，卻沒有人主動幫忙，她只好自己動手。總之，這個家的煮飯和打掃等工作，全都落到了她一個人身上。

儘管家裡的幾個男人回家的時間都不一樣，她卻要伺候每一個人吃飯。休假時，她必須幫家裡的這些男人，把多達六桶的髒衣服，搬到自助洗衣店裡清洗。星期天，她要負責購足一個星期的食品雜貨，一次的開銷通常在三百塊錢左右。他們住的這層三房公寓，一個月的房租再加上水電費等等，開銷多半在八百元上下；還好這筆費用有七個人一起分攤，她才有辦法每個月省下一些錢寄回去給母親和女兒。但教她不高興的是，她家鄉的那些親戚們，似乎都把她當成了搖錢樹，經濟上一有困難就開口向她要錢。

一天晚上，安立奎和一個朋友談起宏都拉斯的幫派組織。露德隨口便說，宏都拉斯是個治安敗壞、沒有法紀的國家。對於諸如此類的說法，安立奎原本就相當反感，更何況這句話出自他母親口中，「媽，那是妳自己的國家耶，我不懂妳為什麼那麼討厭它。」

「隨你怎麼說，反正我不會回去就是了，」露德答道。

兩人的談話越來越僵，最後大吵了一架。安立奎再一次控訴母親當年拋棄了他（這是他來美國後第三次這麼說了），並表示他認定的母親不是她，而是他奶奶瑪麗亞。為了睹物思人，他在床頭櫃上貼了一張「最後的晚餐」的圖片，因為瑪麗亞家中也掛了好幾幅。他好懷念奶奶煮的豆子和義大利麵，以及兒時陪她一起上教堂的情景。

露德認為，安立奎講這些話，其實反映了他內心的恐懼：他要是回宏都拉斯，露德並不會跟他回去，代表兩人又要再度分隔兩地。

露德的男友很貼心，試圖要減輕她內心的痛楚。

「親愛的，聽我說，你們之間應該保持一點距離才好。」他告訴露德，和安立奎爭執或吵架是沒有用的，因為妳不可能贏。你們母子倆一樣固執，都不喜歡遭到反駁，也不喜歡人家指出你們的錯誤。當兒子故意要惹妳生氣時，妳最好控制住妳的怒氣，別輕易上當。

露德接受了他的建議。此後，當安立奎做出她不喜歡的事情時，她會假裝視而不見。她照樣幫安立奎煮晚餐，卻不再幫他把食物盛好端到他面前去。她不再幫他洗衣服。兩人也不再像往常一樣，在週六夜晚一起出去吃飯，或在週日一起出去購物。

家裡幾個男人工作的那家油漆行，由於出現財務困難，削減了每個人的工作時數。為了

餬口，露德和男友以及幾個親戚最後決定，過年後他們要搬離北卡。結果，他們搬到了佛羅里達州。露德男友的一位表兄，為這個家的每個男人都找到了油漆工的工作。

露德和妹妹米麗安，則到旅館裡當清潔工，工資是每小時六塊半。每一班，他們得打掃十六到十八間房。全家總共八個人，就擠在一個只有兩間臥室的小公寓裡。安立奎沒有床可睡，只能睡在客廳的沙發上。清晨，天還沒亮他就得起床，好趕在六點半以前準時上工。他痛恨這樣的生活。他想念他在北卡的朋友。

露德的妹妹米麗安，有陣子一直在心裡盤算著，她或許應該想辦法把孩子接來美國；但是沒有多久，她就放棄了這個念頭，因為那太危險了。後來，她換了一個工作，改到餐廳裡洗盤子，時薪九塊美元。她希望再過兩年就能夠回到子女身邊，於是開始節衣縮食，努力存錢。她打算，回宏都拉斯後，要在母親的屋子旁加蓋一間美容院，送孩子上學念書；要達成這個願望，她必須存下一萬到一萬五千美元的積蓄。截至目前為止，她已經存了一千兩百塊錢。

另一方面，安立奎卻不斷催她回去。「妳為什麼要拋棄妳的孩子？」他質問。每次和露德吵完架，他就對米麗安提出警告：「這樣的情形以後也會發生在妳身上，因為妳在孩子年紀還小的時候，就離開了他們。別以為，填飽孩子的肚子就叫做愛了。」

然而，就在反覆思索著要不要回北卡州的同時，安立奎對母親的態度卻有了轉變，他變得更加溫柔，經常對母親又摟又親。儘管如此，他最後還是決定回去。

露德求他別走，還告訴他，她不會隨他回去的。她在佛州已經建立起新生活，和女兒、妹妹，及一個有實無名的丈夫住在一塊兒。「既然你永遠不肯承認我是你真正的母親，我倒不如用心經營我跟我老公的生活。」

安立奎沒有多做表示，安靜地打包好行李便離開了。

露德希望，從此以後她能夠更享受自己的生活，少花一點精神去操心安立奎。週末夜，她會和男友一起上餐廳享用自助餐。和女兒黛安娜相處的時光，她則是非常珍惜。每當黛安娜講錯了西班牙語，她會故意虧她幾句。而黛安娜也會教母親講美語，而且是帶有南方口音的。

過了一段時日，露德和男友的經濟比較寬裕了，於是租了一層屬於自己的公寓。她希望，有朝一日可以跟丈夫合開一家油漆行，可能的話，說不定還可以買一間雙單位的活動房屋來住。不過，她最大的期盼是，哪一天美國政府會特赦他們這些非法移民，讓她取得合法身分，將女兒貝琪接來美國。

「主啊，請幫助我取得這些證件，好讓我能夠跟女兒團聚。主啊，求求祢在我死之前，幫助我達成這個願望。」禱告到這裡，她的聲音已經開始哽咽，「主啊，我祈求的並非榮華富貴，或其他什麼了不得的東西，就這麼一點小小的心願，難道會很過分嗎？」

另一方面，在北卡州的安立奎則努力工作，拚命賺錢，喝酒和吸毒的量也越來越少。他需要存夠五千塊錢，才有辦法僱請土狼將女友偷渡到美國。

為了說服馬莉雅，他展開柔情攻勢：「馬莉雅，妳知道我對妳很好，我什麼都可以給妳的。」確實，他愛馬莉雅，他想念她，想念她的沉靜、她的愛哭、她的愛笑、她的質樸單純，

以及從前她放學時兩人手牽手散步回家的情景。

他擔心，要是兩人分開太久，馬莉雅恐怕會移情別戀。然而他卻在電話中說：「妳要是找到了別人，而這個人愛妳也像我愛妳一樣多，妳就跟了他吧。我不會怪妳的，畢竟當初是我離開妳的。」

事實上，他多麼希望馬莉雅會對他這樣的話表示抗議，好知道她是不是真的有了別人。但馬莉雅只說，她很愛很愛他。安立奎心想，那她為什麼不說，她希望過來跟我在一起呢？安立奎就快接近崩潰邊緣了。最後他終於下定決心，他要打電話向她問個明白：妳到底來還是不來？

他知道，馬莉雅其實一直在拖延。對於離開雅思敏，她有著百般的焦慮與擔憂。不只是她，安立奎也在拖延；他希望自己能趕快學好英語，並且在女友來到美國以前革除自己的惡習。然而，馬莉雅越早來，他們就能夠越早存到足夠的錢，回去宏都拉斯，他也就能夠越早看到女兒。他決定，他一定要在女兒五歲以前（最晚不能超過六歲），和女兒團聚。

否則的話，雅思敏以後可能不會真心喊他爸爸，而是把他當陌生人看待。他告訴自己，女兒六歲時，他一定要回宏都拉斯，就算只能夠回去一陣子，之後必須再透過非法手段穿越墨西哥，他也在所不惜。

「我一定要看到她，我一定要跟她在一起。」

隨著時間的流逝，安立奎在其他事情上也看得更清楚了。如今他明白，他母親是永遠不可能為她當初離開他，而向他道歉了。與其一直心懷怨恨，倒不如將長久以來對母親的愛表達出來。有一天，他給了母親一百塊錢，做為她的生日禮物——這也是他有生以來送給母親的第一份禮物。後來，露德用這些錢去買了一套洋裝和一罐乳液。

從此，母子倆大概每隔兩、三個星期就會通一次電話。安立奎也改變了他長久以來對露德的稱呼，不再叫她「女士」，而開始喊她「媽」。兩個人每通一次電話，安立奎就流露出更真摯、更深厚的情感。

「我美麗的母親，我真的好愛好愛妳。」

「妳這個花言巧語的小騙子！」露德調侃他說。安立奎甚至開始計畫，他要從北卡州搬到佛州，他不想再和母親分隔兩地了。露德相信，一定是上帝聽到她的禱告了，所以現在安立奎能夠戒除酒癮、走上正途，並消除了對她的怨恨與責怪。

「這真是奇蹟啊！」她讚嘆。彷彿，安立奎終於走出深埋於內心的所有傷痛，準備迎向新生活了。露德終於再度感受到安立奎初到美國時對她展現出來的溫暖與愛。「我就知道，他一直希望跟我在一起的，」露德說。

另一個被留下的女孩

二〇〇四年春，安立奎離開宏都拉斯已經四年了。自去年聖誕節以來，他和馬莉雅已經四個多月沒通電話了。有一天，他撥了通電話給姊姊貝琪，告訴她：麻煩妳去找馬莉雅，告訴她，她一定要打電話跟我談談。

最後，馬莉雅總算到網咖撥了通電話給安立奎。

「妳為什麼沒打電話給我？」安立奎劈頭便問。馬莉雅只簡單回答了幾個字：她不曉得要跟他聊些什麼。

「妳準備要過來嗎？」安立奎又問。別開玩笑了，馬莉雅說。想當初在宏都拉斯，安立奎一旦吸了膠，常常會說一些言不由衷的話。更何況，就算他現在是認真的，她也不能在雅思敏五歲以前離開她，她答應過自己的。

結果安立奎說，妳必須做出決定；妳要是再不來，我發誓，我會去交新女朋友，過新的生活。

「可是我不想離開這裡，」馬莉雅說。

安立奎不死心，於是改變說服策略，用哄的：我變了。我承認我還會喝酒，但都只喝一點點。而且，我現在不吸膠了。我已經改頭換面了。馬莉雅不為所動。

安立奎又說，妳過來的話對孩子最好。有我們兩個人在這裡一起打拚，就能提供她更好的生活，也能早一日回去跟她團聚。這段話總算打動了馬莉雅，最後她說：「好吧，我考慮看看。」

馬莉雅的回答，讓安立奎的內心充滿期待。他開始勤打電話，告訴馬莉雅說：我需要妳，妳是孩子的母親，也是我唯一想牽手一輩子的人。安立奎的提議，馬莉雅在心裡反覆思量了幾天幾夜。要是她留在這裡另外找個人嫁了，對方一定不會將雅思敏視如己出。

最後她決定：從長遠來看，她現在離開，對女兒其實比較好，而且女兒終究可以跟親生父母團聚在一起的。她和安立奎約法三章：在平常日，雅思敏是交由貝琪照顧，但週末必須回去跟外婆一起住，「這件事，我希望由我這個做媽媽的來決定。」

數日後，馬莉雅接到土狼的消息：他下星期二或星期三會再打電話過來，要馬莉雅務必做好準備。

於是，馬莉雅將雅思敏的衣物和洋娃娃，全部搬到了貝琪住的煤渣磚小屋裡。接著來到葛羅麗亞的家裡，等土狼打電話到羅莎家（她家剛剛裝設電話）。在等待的這段時間裡，她不時緊緊摟住女兒，臉上的淚水濕了又乾，乾了又濕。

「媽咪，妳今天為什麼一直哭？」

馬莉雅回答說，因為她手痛，因為她牙痛。

「媽咪別哭，」雅思敏安慰媽媽說。然而，看到母親止不住的淚水，她也跟著哭了。

「妳怎麼哭了？」羅莎問她。

小女孩回答：「看到媽咪哭，我很難過，所以就跟著哭了。媽咪今天一直哭個不停。」

馬莉雅並沒有告訴女兒，她就要離開了。她說不出口。儘管如此，小女孩可聰明得很。

一位鄰居問起馬莉雅：「妳今天就要走了嗎？」

雅思敏聽到後便問：「我媽咪要去哪裡？」接著她又追問，為什麼媽咪要將我的衣服全部從外婆家搬到貝琪阿姨家？為什麼媽咪要將自己的衣服裝進一個白色的包包裡？

馬莉雅回答：「媽媽要出門去，很快就回來了。」

「妳要去哪裡？」

「進城去。」

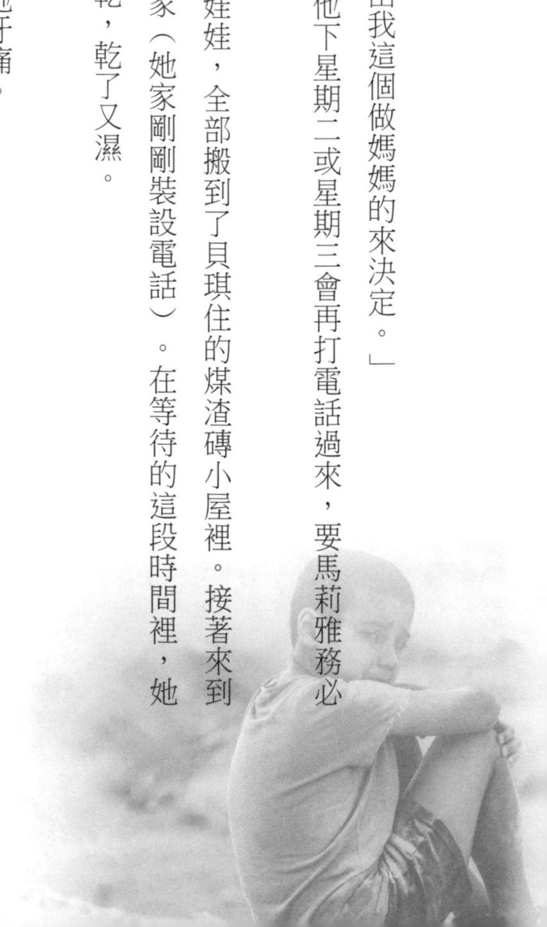

「妳會回來嗎?」

「會,我會回來的。」

雅思敏相信母親,而這一次,她媽咪也確實信守了承諾。有的時候,當雅思敏問起媽咪會不會回來,馬莉雅卻沉默以對,一句話也沒說。她不喜歡對女兒說謊。可是她相信,女兒現在才三歲半,年紀還太小,很多事情還不能了解。而且,雅思敏要是鬧起脾氣,要求馬莉雅帶她一起走,她一定會不知所措。更何況,她不希望看到女兒哭。於是她告訴自己,保持沉默或許是比較好的方式。

星期三,午後一點鐘,土狼打電話來了。他指示馬莉雅務必在下午三點半,到達位於德古西加巴的巴士總站,到時候他會身著紅色的襯衫和藍色的牛仔褲。接著他問,馬莉雅會穿什麼衣服呢?安立奎的家人回答:黑色上衣和藍色牛仔褲。

聯絡完這些事情之後,馬莉雅將雅思敏帶回到貝琪的小屋裡。她將女兒抱在懷裡,遞上一罐奶瓶,這是她最後一次餵女兒喝奶了。接著她前往安立奎的祖母家,說:「我要走了,再見。」

安立奎的祖母說:「願上帝保佑妳。」接著她表示,在馬莉雅北上的旅程中,安立奎的一家人會為她祈禱的。

之後,馬莉雅來到葛羅麗亞位在隔壁的家,和母親及妹妹相擁道別。為避免雅思敏哭鬧,安立奎的阿姨羅莎已經將她帶往貝琪住的小屋裡了。然而,雅思敏不從,她已經聽到了大人們道別的聲音,知道待會兒羅莎會開車載馬莉雅到巴士總站。

「我也要去！我要去送我媽咪！」經不起雅思敏再三哀求，羅莎最後只好點頭。

雅思敏馬上衝到屋外，爬入車內。馬莉雅拎起背袋，裡頭裝了替換的衣物和一張女兒的相片。貝琪和她男友也跟著上車。到了巴士總站，羅莎怎麼樣都不肯讓雅思敏下車。車站的候車室，只有搭車的旅客才能進入。這讓馬莉雅鬆了一口氣。

她告訴自己：沒關係，這些事雅思敏是不會了解的。

臨走前，她沒有向女兒道別，也沒有跟她擁抱。抓起行李便下車，一路頭也不回，步伐快速地走進了巴士站。她沒有告訴女兒，她這趟是要去美國。

後來，羅莎將雅思敏抱出來，讓她坐在車子的引擎蓋上。待巴士駛離車站，她要雅思敏跟媽媽說再見。雅思敏於是揮舞雙手，高聲大喊：「媽咪再見，媽咪再見，媽咪再見……」

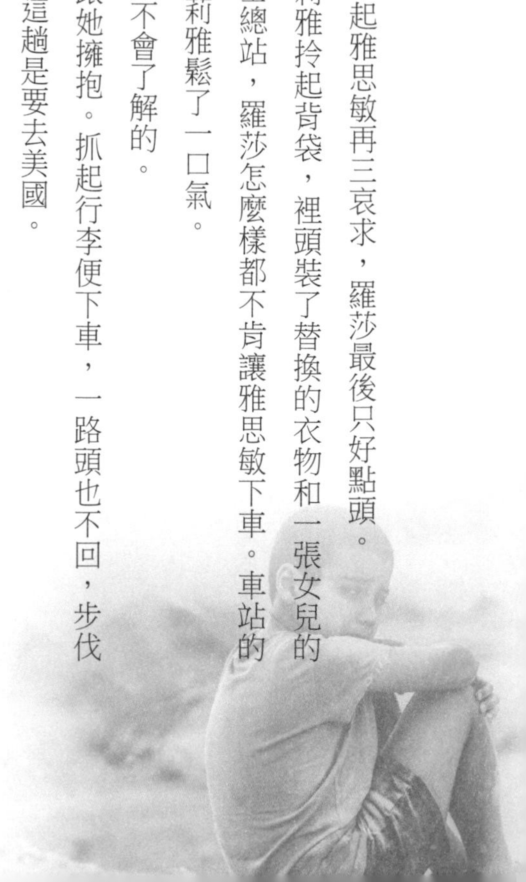

結尾

美國
德州
拉雷多
新拉雷多
格蘭德河
(勇氣之河)
蒙特雷
馬特瓦拉
聖路易波托西
墨西哥
萊契利亞
墨西哥市
科多巴
歐瑞薩巴
瓦哈卡州
伊斯提佩
契亞帕斯州
瓜地馬拉
瓜地馬拉市
貝里斯

結尾

兩個承諾

安立奎（Enrique）首次來到美國的時候，他向自己承諾兩件事情：戒毒和盡快帶他的女兒到北方。

馬莉雅・伊莎貝（María Isabel）抵達北卡羅萊納（North Carolina）的六個月以後，安立奎便帶他四歲的女兒雅思敏（Jasmín）越過邊界，進入美國。

雅思敏與安立奎的十七歲表弟和一位家人信任的婦女一同旅行了十天。這位婦女每天都會打電話給安立奎與馬莉雅來報平安。越過墨西哥的小女孩則是藏在一輛十八輪貨車的後面。她和父親一樣，靠輪子的充氣式內胎橫渡格蘭德河（Rio Grande）。

雖然雅思敏入境美國時被邊界巡邏隊逮個正著，但由於她還未成年，所以很快就被釋放，回到了雙親身旁。不過，她日後仍得上移民法院。

雅思敏一望見母親，旋即跑向她，並叫喊：「媽咪！」

馬莉雅一邊啜泣，一邊擁抱她的女兒。然而，這位牙齒歪七扭八，張嘴大笑的捲髮女孩和安立奎保持了一些距離。馬莉雅強調：「他是妳父親。」

安立奎試著以溺愛的方式來修補和女兒的疏遠關係。週末，當馬莉雅去旅館打掃房間的時候，安立奎就會帶雅思敏到「金欄」（Gold Corral）或「麥當勞」（McDonald’s）用餐，

或是到商場買衣服，而且還和她一起看《海綿寶寶》（SpongeBob SquarePants）與《愛卡莉》（iCarly）。隨著日子一天天地消逝，雅思敏和她的父親愈來愈親近。

安立奎慈愛地說：「妳是我的女孩。」

然而，安立奎與馬莉雅和大部份在相似環境下的父母一樣，都害怕雅思敏會被遣返。這個小女孩已經學會在街上看到移民局的官員，即立刻躲到車子後面。

在佛羅里達（Florida），雅思敏和她的外婆露德（Lourdes）很快就變得非常親密。她們一天到晚在一起，大家還以為雅思敏是露德的女兒。她們穿同款式的衣服，戴著垂墜式耳環，而且都把黑黝黝的捲髮綁起高高的馬尾。露德將滿滿的關愛投射到小女孩身上，讓黛安娜（Diana）有點妒嫉。

露德坦誠：「我在安立奎身上失去一切，卻從和雅思敏一同享樂中得到彌補。」

無法之地

當安立奎搬到佛羅里達的時候，他和母親一樣租了一間複合式公寓，就在她的住所斜對面。

由煤渣磚打造的兩層樓灰色公寓在二樓有一個很大的陽台。星期五與星期六晚上，許多忙完一整週工作的拉丁美洲人都會聚在陽台上喝啤酒和聊天。他們大部份都是非法入境美國，所以沒有銀行帳戶，只得隨身攜帶當天的薪水，並用現金交易。

對一批非裔美國搶匪來說，一捆鈔票，加上拉丁美洲人不願報警以免遭遣返的特性，是最好的下手目標。

二〇〇六年的某一個星期六晚上，安立奎和三個朋友做完一整週粉刷房屋的工作之後，在陽台上喝著「科羅娜」（Coronas）。安立奎走到通往朋友陽台的樓梯上，去接聽手機。此時，兩個很迷人的非裔女子和他擦身而過，爬上了樓梯至陽台。她們和他的朋友打情罵俏，還要了一根香菸。

安立奎的朋友太大意了，沒有察覺一輛載著三名非裔搶匪的汽車就停在公寓前面的轉角。他們跳出車外，迅速衝上樓梯至陽台。

安立奎擔憂他的朋友被搶，也跟著上去。其中一名搶匪揮著槍，捉住了安立奎，並把他推向欄杆。安立奎跌落到一樓，可是馬上站起來逃跑。

兩個朋友亦跟著逃跑，只有一個朋友仍待在陽台上。

搶匪要他交出手機和金鏈子與錢包，裡面只有三十美元。他們再喝令安立奎的朋友打開公寓的門鎖，卻遭拒絕。

搶匪痛打他的腹部，掐住他的咽喉，並猛敲他的腦袋。最後，一名搶匪揮著鋸短的十二吋口徑散彈槍，重擊他的臉頰。

這一擊讓安立奎的朋友頭破血流。他搖晃了一下，便倒在地上。儘管他還有意識，可是仍像石頭一般地躺著，而且屏住氣息裝死，害怕搶匪會了結他的性命。

「他死了！」安立奎的朋友聽到其中一名女子大叫。不久，女子和搶匪就逃之夭夭。

安立奎的朋友頭上縫了十六針，但倖存下來。不過，搶劫事件從此困擾著安立奎及他的

家人。

下一個月，搶匪於凌晨兩點又來到安立奎和他朋友的公寓門口。他們大聲敲門，並喊說：「警察！讓我們進去！」安立奎從小洞窺探外面，根本不是警察。

某一天，當安立奎坐在公寓附近運動場的板凳上時，有人朝他開槍。另一天晚上，安立奎入睡的時候，他停在公寓停車場的豐田汽車（Toyota）慘遭撞擊，造成兩千美元的損壞。對安立奎與露德來說，這顯然是恐嚇，警告他們不得將目睹打劫的事情告訴警方。

「他們不要證人！」露德說，「他們要我們害怕。」

安立奎的朋友遭打劫後一個月，同一批搶匪也找上了一名墨西哥男子，他就住在露德的公寓樓下。墨西哥人又醉又氣憤，便跑回房裡，拿出一把大刀，並追趕三名搶匪。當他逼近之際，其中一名搶匪突然轉身，朝他開了三槍。這個二十幾歲的墨西哥男子旋即倒在地上身亡。

二〇〇七年春，露德從事粉刷房屋行業的男友發現他用來充當辦公室的三輛貨運車被闖入。他損失了價值一萬三千美元的工具，包括一具噴槍與一具壓縮機。

公寓裡的拉丁美洲人開始買槍，擔心搶匪會闖入屋內，殺害家人。他們不再坐在運動場的板凳上，即使白天亦是如此。露德與安立奎的家人晚上也不到外面去，總是將門上鎖，而且從小洞窺探後才會開門。

「我們好像是被鎖在籠子裡的小狗。」露德說，「我們害怕極了！」

雖然警察加強巡邏，但壞事發生之時，他們似乎總是不在附近。依安立奎家人所言，打劫安立奎朋友、謀殺墨西哥人和闖入貨運車的事件全部沒有下文。

安立奎從未向警方報告他目睹的任何犯罪事件。如同大部份的美國非法移民，安立奎擔心警察終究會將他遣返。更糟糕的是，露德沒有隱瞞身份就上了唐・法蘭西斯可（Don Francisco）的電視節目，而且許多鄰居都知道關於非法移民的暢銷書涉及了她。露德的家人被遣返的可能性便大幅提升。

安立奎與露德不找警察，反而選擇另一種解決方法。雅思敏說：「黑人開始殺西班牙人，所以我們決定搬家。」

露德還發誓不再租公寓。她要租一間像樣的屋子。

拘禁

在北卡羅萊納，安立奎戒掉了吸食強力膠的壞習慣。不過，在佛羅里達，他又遇上吸食其他毒品的朋友。

二〇一〇年，露德說服安立奎與他的家人搬去和她一起住，希望自己的出現能夠拉兒子一把。何況，安立奎也可以幫忙付房租。自從二〇〇七年不動產泡沫化以來，佛羅里達亦遭受很大的打擊，露德和她的男友生活十分拮据。

露德的男友不得不解顧二十名油漆工，並開始以時薪計酬。如果當地沒有工作，他便到喬治亞州（Georgia）或基韋斯（Key West）找工作。露德則去當兩名佛羅里達老人的看護，讓家庭免於負債。

二〇一〇年四月，露德依牧師的教誨，嫁給了長期待在她身邊的男友。貝琪（Belky）亦追隨母親的理念，加入宏都拉斯（Honduras）的福音教會，並於同一個月嫁給男友約凡尼（Yovani）。

對露德來說，信仰幫助她克服管教孩子的挫折感。露德說：「因為我來自宏都拉斯，我所想要的，是讓小孩念書，獲得更好的養育。」

然而，貝琪未能念完大學，在露德為她建造的小屋自製水果飲料販賣。黛安娜則是高中就輟學了，甚至有一半的學分沒有修完。她曾經說要當警官，卻跑去推銷電話付費方案，每小時賺九．五美元。

二〇〇一年的耶誕節，安立奎在一家汽車旅館內和朋友喝酒。那是一間破舊的磚造建築，有褐色的百葉窗，幾扇門上還有膠合板補片。

十二月二十六日下午八點，警長來到這間汽車旅館臨檢。安立奎和其他四個朋友仍待在房間裡喝酒。警長發現，安立奎三年前因無照駕駛的罰單未繳而必須加以逮捕。由於地方的抗議聲浪和反制非法移民的法規近年來通過，僅有三個州讓無證件的移民可取得駕駛執照。

安立奎被拘禁了一整晚，期盼能夠獲釋。當馬莉雅得知他遭逮捕的時候，哭得歇斯底里。

二〇〇八年，美國聯邦政府啟動了一個計劃，全國的警察局都要在二〇一三年以前實施：若任何人因任何事被逮捕，其指紋檔將送到聯邦移民局，他們會遣返非法入境美國的人。

這個聯邦計劃已經為上千個警察局實施，二〇〇六年至二〇一一年會計年度的遣返數據即增加百分之四十，美國一年就遣返了將近四十萬名非法移民。同樣於這五年間，在佛羅里達遭拘禁一夜的非法移民，遣返數據更是增加了兩倍。

遣返率的增加讓安立奎的家人和各地的非法移民陷入恐慌。這還造成另一種家庭隔閡：根據應用研究中心（The Applied Research Center）智囊團的說法，四萬六千名雙親不得不和他們的孩子分開，而且至少五千一百名兒童最後被收養。

雅思敏，一名喜歡賈斯汀・比伯（Justin Bieber）、小狗和海豚的女孩，平日都會將一件反光背心套在她家的柱子上，充當中學的導護人員。雅思敏的母親每天早晨外出工作或到雜貨店時，她都會擔心。女孩說：「我很害怕我的母親會被遣返。」

安立奎被逮捕後的第二天，警長將他交給移民局，改關到佛羅里達的郡立監獄，並展開遣返程序。

這座郡立監獄設有兩個邊房，其中一個專門用來關非法移民。美國政府每日給各郡八十五美元以照料他們——在二〇一一年，平均每晚就要花掉二萬一千二百六十四美元。監獄的邊房有八個封閉區，各區皆有一個天花板很高的公共場地，其周圍是兩層樓的牢房。監獄內幾乎空無一物，牆是由煤渣磚砌成，塗上了薄薄的油漆。地板為灰色的混凝土。晚間，非法移民都得進他們的牢房，裡頭睡著兩個或四個人。

安立奎設法睡在栓於牆面的狹窄鋼製床鋪上，只有單薄的床墊。電視開得很大聲，直到午夜才安靜下來。金屬的牢門整夜鏗鏗鏘鏘地開關著。他們不准用耳塞。安立奎無法入眠，並得了黑眼圈。

一般的受刑者可參加同等學歷課程（GED）和戒酒面談（AA），非法移民卻不行。另外，

在裝書的推車上，僅有英文、俄文與法文書。儘管安立奎了解獄警的每一句話，亦可說尚聽得懂的英語，卻沒辦法閱讀。

白天，他們可以離開牢房到公共場地，那裡有四張不銹鋼製的餐桌和一台電視。說英語與西班牙語的非法移民總是為了要看哪一個頻道而爭吵。

依聯邦的拘禁規定，被關的非法移民每天有一個小時的室外活動。不過，這座監獄沒有設戶外區，亦欠缺流通的空氣和自然的陽光。監獄的娛樂室只有一張乒乓球桌和兩個「Wii」遊戲機給二百四十多名非法移民使用。光線從兩層樓高的氣窗射進來，但安立奎只有一次牙痛的時候，才感覺到陽光照在他臉上。雖然六個月之後，他就可以申請調到有戶外區的監獄，但這麼做，只會讓他和家人分得更開。

安立奎在監獄裡踱步，做伏地挺身和下棋。他很喜歡下棋，因為通常需要花很多時間才能結束遊戲。晚上，他則閱讀獄中牧師所給的聖經。

化解無聊的唯一情況是有訪客到來。不過，安立奎無法當面或透過樹脂玻璃接見親友。就在安立奎的牢房外頭有兩具監視器，只能從其中一個監視器的畫面觀看他們。

一位記者的決定

露德試圖求助。二〇一二年一月，她打電話給我。安立奎被關了起來，露德必須找律師。

記者通常不會親自涉入他們所報導的人物，因為我們要傳遞事實給讀者，而非撰寫所要改變的事實。記者的可靠性取決於將事實直接呈現給讀者，絕不能選邊站。

然而，不涉入的行規有一個特殊的例外：如果某人有立即性的危險，就應該幫助他，如果我們可以，亦必須向讀者透露所作所為。

我知道宏都拉斯國內的情況變得愈來愈危險。根據聯合國的統計，這個國家的謀殺率是世界最高的。大部份的宏都拉斯，包括安立奎家人所住的地區，都掌控在幫派和「塞塔斯」（Zetas），即墨西哥最惡名昭彰的人口販賣組織手中。

塞塔斯和幫派會向司機和商人徵收「戰爭稅」（impuesto de guerra）。例如，在安立奎鄰居的計程車站，塞塔斯的戰爭稅徵收者每天早上都會拿著司機名冊現身。不繳納每日十三美元稅收的人將面臨死亡威脅。

我知道安立奎的親屬當中，有四個人因此遭到勒索，並接過死亡恐嚇的電話。他們換了電話號碼，而且晚上不再外出。

我於二〇〇六年出版的成人版《被天堂遺忘的孩子》一書，已讓安立奎成為宏都拉斯眾所周知的人物。三個關於此書的著名電視節目廣泛在宏都拉斯播放。

當貝琪到美國大使館申請簽證的時候，那裡的公務員還大叫：「你就是那個名人！出現在電視上！」為了加深宏都拉斯民眾的恐懼心和提高惡名昭彰的威望，幫派經常以名人為下手目標。他們已經謀殺了前總統的兒子和一位著名記者。貝琪告訴我：「如果安立奎回來，他就會死。」

我聯絡佛羅里達的一些律師來幫助安立奎。現在，他或許是美國最有名的非法移民。安立奎的故事促使墨西哥改善法律，並激勵讀者在中美洲或墨西哥建立學校和供水系統，及協

助振興相關的事業。

兩個邁阿密（Miami）的律師，擅長移民法暨集體訴訟的鍾敘（Sui Chung）和聖湯瑪士大學法學院（Saint Thomas University School of Law）的移民法學部主任麥可・華斯丁（Michael S. Vastine）教授挺身而出。他們投入很多心力在安立奎的案件上，並進行兩個訴訟策略：過去的精神創傷或未來他可能面對的創傷，可使安立奎免於遣返。

首先，安立奎的律師提出申請U簽證。這個簽證計劃是美國國會於二〇〇〇年設立，讓遭受罪犯迫害的非法移民能夠留下來，但條件是他們要報告犯罪事實，並當證人，協助起訴罪犯。美國國會期盼U簽證計劃可激勵不敢出面，或因害怕被遣返，或擔心和幫派結仇而不願和警方合作的非法移民。

鍾敘相信，藉由大幅提高非法移民和警方合作的誘因，U簽證計劃會使許多社區變得更加安全。

安立奎的律師提出安立奎所目睹的打劫事件，有當地警察的執法證明。安立奎協助調查的執法證明，是他申請U簽證的關鍵。

然而，美國國會議長開始面對縮減此一簽證計劃名額的壓力。美國參議員贊同增加U簽證的名額，從每年一萬人增加至一萬五千人。他們希望激勵受害者走出陰影。

不過，美國眾議院的批評者憤慨地表示，這是攔不住重罪犯的簽證。他們還說，該計劃實際上沒有名額的限制，因為連受害者的家屬也能取得簽證。另外，受惠的非法移民在協助警方解決犯罪問題的貢獻上亦不成比例。他們正在修法，阻止非法移民輕易由U簽證取得公民的資格。

受害的非法移民出面協助警方調查犯罪，進而證明他們有取得U簽證的資格，是沒有時間限制的。

二〇一二年春，地方的警長拒絕了安立奎的U簽證申請。他們認為安立奎相信會遭遣返，所以一直沒有打算和相關當局接洽。

安立奎的律師簡單地被告知，警方已將他朋友被打劫的報告建檔，而安立奎並不在證人名單上。於是，安立奎的律師便將心力聚集到另一項主張上：安立奎的高名氣會使他成為寨塔斯的下手目標，所以美國政府應該讓安立奎留下來。

兒子

二〇一二年七月二日，馬莉雅去工作，已經被關了六個月的安立奎則在三十五哩外的監獄裡等待他的判決結果。

第二天早晨五點三十八分，丹尼爾・安立奎出生。現在，安立奎兩度錯失了他孩子的問世。

當安立奎得知兒子出生的時候，曾經有簽下遣返文件，回到宏都拉斯的念頭，無論可能會遭遇不測。

然而，他聽說朋友或親戚被遣返後一、兩個月又會回到美國，就感到有些沮喪。

露德勸兒子，要安立奎想想律師全心全意地為他的案件做努力。露德還強調，他在宏都

拉斯會成為目標並遭殺害。

她更提醒，偷渡的路會比以往更加危險。

在二〇一一年，由於人權份子的激勵和如成人版《被天堂遺忘的孩子》一書的報導，墨西哥通過了一項法案，讓中美洲人能夠合法地穿越他們的國家。在科亞查科亞柯斯（Coatzacoalcos）和維拉克魯斯（Veracruz），實際上都很歡迎中美洲人。

不過，該法案的美意徹底被寨塔斯破壞，他們已控制了安立奎曾經走過的中央火車路線。偽裝成走私販的惡棍會把打算移民的受害者交給人口販賣壟斷集團。寨塔斯將痛打與刑求他們，逼問出在美國的親人資訊，再勒索一筆贖金。

安立奎的一名十八歲親戚於二〇一〇年前往美國時失蹤。二〇一二年，安立奎的一名十六歲鄰居亦在墨西哥遭綁架。

二〇一二年的一份報告指出，「人權觀察」（Human Rights Watch）估計，每年約有一萬八千名中美洲移民在墨西哥被綁架。那些沒有親屬依靠的人會直接遭殺害。安立奎的表弟於二〇一二年偷渡的時候，那年就約有三分之一的移民被綁架。

另外，如果安立奎被遣返，又回到美國，卻再被警察逮到的話，後果也很嚴重。他的律師見過委託人從來沒有犯罪記錄，卻因再次非法入境美國而被判了八年徒刑。

安立奎，頭上仍留著二〇〇〇年偷渡時的腫脹疤痕，最後聽了媽媽的話，決定留下來。

安立奎請求法院不將他遣返，法律給予非法移民免於遣返恐懼的權利。

安立奎了解他過去做了很多不好的事，但爭論，每個人都應該有改過自新的機會。他在監獄裡說：「我們都要有改變的機會。我正在改變我自己。」他專心想著孩子、馬莉雅、母親和自己。「我想在我的人生中有所作為。」

然而，安立奎的兒子出生後第十一天，移民法官全盤否決了他留在美國的主張。安立奎害怕回到宏都拉斯，因為幫派會像對待其他人一樣，勒索其財物。法官說，儘管安立奎返回宏都拉斯可能會遇上危險，卻仍不符合留在美國的必要條件：即他已經是遭受迫害的一群。

二〇一二年七月十九日，法官命令將安立奎遣返。安立奎在郡立監獄裡，透過監視器畫面看到法官的判決。這是他人生中最糟糕的時刻。

不過，下一個月，安立奎的律師會再提上訴。

螢幕之隔

二〇一二年九月二十三日星期日下午，十分憂愁的露德乘車，沿著四線道的公路來到郡立監獄。

每個星期做完了禮拜之後，她、雅思敏和丹尼爾來探望安立奎。馬莉雅休假的話也會一起來。

露德與雅思敏一人抓著嬰兒車的一邊把柄。她們把丹尼爾帶去見父親。

監獄旁的一面美國大旗在秋天的微風中飄舞，露德一行人走向一棟正面有綠色「傅石」（fauxstone）裝飾的一層樓建築。

露德到櫃台做登記，並拿出身份證交給獄警。她們便到會客室，那裡有十五個煤渣磚隔

間，每一間都有一個監視器螢幕。露德被獄警帶到第九號監視器螢幕前。

小小的黑色螢幕閃爍地打開。從畫面中，雅思敏可以看見安立奎的牢房。不久，穿著橘色「跳傘衣」的安立奎走了出來，坐在他的螢幕前。

雅思敏拿起她的電話聽筒說話。九個月以來，自從安立奎被關之後，這是她和父親見面的唯一方式。

當雅思敏第一次來的時候，她和露德走向獄警並做登記時都會感到害怕。她總是安靜地坐在會客室的角落，試圖眺望監視器畫面中的父親。

今天，雅思敏迅速挪動她的椅子，越過光溜溜的油氈式地板，身子逼近螢幕。她非常懷念父親的擁抱。

露德站在雅思敏旁邊，抱著丹尼爾挨近螢幕，他穿著白色的套裝，臉頰胖嘟嘟的，還有一叢黑黝黝的頭髮。露德親密地說：「看那邊，你來看爸爸了！」雅思敏將電話聽筒拿到丹尼爾的耳朵旁。

「說『哈囉』，把鼻！」雅思敏這樣告訴她的小弟弟。安立奎對兒子微笑，露出他在搭火車時斷掉兩顆牙的一排牙齒。露德向安立奎說，他的兒子和他嬰兒時如出一轍，要東要西的，總是脾氣暴躁地醒過來，噘著嘴，並將前臂交叉於眼前。照顧這個小嬰兒，就像安立奎小的時候一樣，讓露德好氣又好笑。

安立奎從監視器畫面上看著他的兒子，眼睛泛出激動的淚光。

「我是你爸爸，要乖一點喔，不要找外婆麻煩。」他的聲音被愛軟化。安立奎在螢幕前揮揮手：「我的寶貝如何？」

他的褐色雙眼麻木了，丹尼爾呆望著安立奎，口水咕嚕咕嚕地流進聽筒。

最後，露德一行人準備離去，她們將和安立奎再分開一個星期。露德告訴他：「我好愛你。」

安立奎，一位勇敢的八歲小男孩，穿越墨西哥去找他的媽媽。不過，這幾週來的告別仍讓他難以承受。當安立奎第一次見到兒子，雙臂忍不住要抱他。

有時候，安立奎還要求她們不要來探望。他無法壓抑擁抱雅思敏的衝動，自己的兒子則是從來沒有搖晃逗弄，甚至是碰觸過。

信仰與祈禱

探望安立奎之前，露德和雅思敏都會先到小鎮的福音教堂。在明亮的灰泥色建築裡，有一個凹陷的房間，漆著燦爛的加勒比海色彩。當禱告開始之時，上百位來自哥倫比亞（Colombia）、宏都拉斯和古巴（Cuba）的虔誠信徒，紛紛從椅子的紫色坐墊上站起來，唱歌跳舞。

「我們加入耶和華！」：露德一邊唱，一邊拍手，並穿著她繫有小金屬飾片的涼鞋跳舞。

「他帶走我們所有的痛苦！」十一歲的雅思敏站在她身旁，搖著嬰兒車裡的兩個月大小弟弟。

每個星期日，露德都會待在教堂裡三個小時，手中緊握一大本聖經，而且跳舞、唱歌和

祈禱。

她請求上帝不要讓她的兒子被遣返，要活下來。

一旦安立奎被遣返，惡性循環又會重新開始。這一次，安立奎不只得和雅思敏分開，還可能會和他的新生兒子天人永隔。

【後記】
婦女與兒童移民問題的再省思

據估計，美國境內目前約有一百七十萬名未成年的非法移民，而且多半來自墨西哥和中美洲各國。這些孩子和安立奎一樣，幾乎每一個都和父親或母親分離過一段時間，才來到美國。走進學校，每四名學童當中就有一名是移民或移民的子女；這些人在一九九〇到二〇〇〇年之間的增長率，比雙親都出生於美國的孩子高出了七倍之多。

然而，這些從中美洲各國前往美國尋找母親的孩子們，如今所面臨的辛苦與艱險，是前所未見的。自從薩爾瓦多、宏都拉斯、瓜地馬拉等國政府加強掃黑行動之後，許多幫派份子陸續將陣地轉移至契亞帕斯，令火車上的偷渡客面臨了更大的危險。許多載貨火車在駛進契亞帕斯州北部的托拿拉站時，都會在車頂上發現偷渡客的屍體。二〇〇四年，塔帕契拉的居民對於暴力如此猖獗的情形再也忍無可忍，集結了超過五千名民眾走上街頭抗議，要求墨西哥政府展現魄力，以死刑懲治黑幫份子。

自安立奎踏上尋母之旅，契亞帕斯這州負責搜捕偷渡客的警察單位，已經從五個增加到了八個。偷渡客為躲避更多警察的緝捕，在上下火車時也更加鋌而走險。結果，因為火車意外被送進塔帕契拉總醫院的偷渡客，人數也增加了一倍以上。

過去，偷渡客一向很害怕拉艾洛塞拉這個地方，因為他們在此除了要躲避移民局的追捕，

還得提防埋伏於沿途的土匪強盜。到了二〇〇三年，連移民局都覺得此地太過危險，便將火車停靠站移到了同樣位在契亞帕斯州的羅斯托洛斯（Los Toros）。在軍隊和另外三個警察單位的支援下，移民局每一次可以派出六十到八十名人員出任務；因此，每五名偷渡客就有四名落網。

檢查哨南方，有一個叫特雷司艾曼諾斯（Tres Hermanos）的地方，在此，一個新的強盜集團已經形成。偷渡客即使逃過了警方的追捕，也可能在鐵道旁遭到這些土匪搶劫、毆打，甚至殺害。

再往北走，來到新拉雷多，安立奎當初紮營的格蘭德河沿岸，墨西哥的許多販毒集團正在為了搶地盤而火拚。二〇〇二年二月，有人在前往新拉雷多機場的路上發現了一具屍體，死者是當初協助安立奎從墨西哥偷渡到美國德州的人口走私販提林達洛。他彷彿遭到槍決一般，頭部中彈；而且從死狀來看，他生前大概曾經被矇住眼睛毒打一番。二〇〇二年，光是新拉雷多一地，就發生了七十五起謀殺案，本名狄亞哥．克魯茲．彭西（Diego Cruz Ponce）的提林達洛，只是其中的一名受害者而已；更何況，該地的治安從那個時候起是每下愈況。二〇〇五年，新任的警察局長甚至在就職後不出幾個小時就遭到槍擊；而這很可能是因為，他在上任前曾信誓旦旦地表示要大力整頓治安、肅清流氓。

然而，在墨西哥各地，卻有越來越多的懷孕女性，以及越來越多的父母親牽著幼兒或抱著嬰兒，冒死登上這些載貨火車。

儘管危險性越來越高，冒險嘗試的偷渡客卻有增無減。墨西哥當局每年拘留和遣返的中美洲偷渡客人數，從二〇〇一年到二〇〇四年，增加了將近一倍，超過二十萬人次。這些人大多來自瓜地馬拉、薩爾瓦多和宏都拉斯，目的都是為了進入美國境內。光在塔帕契拉一地，每天就有十七班遣返公車載著滿滿的偷渡客駛向南方。其中有些是專門載運孩童的。從美國邊境巡邏隊的逮捕和拘留紀錄來看，沒有父母親陪同而試圖進入美國境內的中美洲未成年偷渡客，於同一時期內也增加了將近一倍。

美國境內的外來移民，不論合法或非法，大多來自拉丁美洲；近年來，這些國家的離婚率和分居率節節升高，連墨西哥這樣的傳統社會也不例外。可以想見，未來將有更多單親媽媽被迫做出跟露德一樣的決定：留下孩子，到美國求發展。

隨著越來越多的婦女和兒童湧入美國，原本已爭議不斷的移民問題將變得更加棘手：對移民本身而言，對他們的祖國而言，對美國和美國的公民而言，移民究竟是好是壞？

首先，對移民而言，物質上的利益是顯而易見的。露德在美國賺的錢，讓安立奎可以吃得更好、穿得更好，或多念幾年書。當安立奎也來到美國，他發現，只要自己努力工作，便可以不愁吃穿，還有自己的車子可以開。而且，相較於宏都拉斯，美國的街道乾淨多了，人民也大多奉公守法。他阿姨米麗安則注意到，美國的階級歧視不像宏都拉斯那麼嚴重；這裡的人不會因為她穿著寒酸就瞧不起她。露德也認為住在美國好處多多，譬如：在家裡就洗得到熱水澡，住家附近的治安相對安全許多，她戴上金項鍊也不用怕被搶。此外，在這裡她有充分的行動自由，只要坐進自己的車裡，她想去哪裡就可以去哪裡。

然而安立奎也承認，住在美國有其缺點存在。由於曉得自己隨時都有可能遭到遣返，他

做很多事情都必須偷偷摸摸，以免樹大招風。再者，他會面臨種族歧視。要是他在餐廳裡無法用流利的英語點餐，便可能遭到白眼。「他們看你的眼神，好像你是跳蚤似的，」安立奎說。在商店裡，很多店員都會先服務白人顧客。不僅如此，他還可能遭到墨西哥人的歧視——很多墨西哥人把中美洲人看成是次等人種。

安立奎的阿姨米麗安則說，她工作的那家餐廳，給她的薪水比其他白人同事還低，卻往往分派最粗重的工作給她。此外，包括安立奎在內，許多中美洲人都認為美國的生活步調太匆忙了。在宏都拉斯，一般人是週六上半天班，週日休息。但是在美國，由於有太多帳單要繳了，安立奎根本不得閒，一個星期七天都必須幫人家刷油漆。「在這裡，」安立奎形容：「生活簡直像在賽跑。」

不過，對美國的大多數外來移民而言，最大的缺點不外乎下面這一點：和自己的孩子分隔兩地。

多年的分離，往往會對親子間的感情造成難以彌補的裂痕，因此親子在重逢後往往會有許多衝突產生；從紐約到洛杉磯，許多學校的老師和行政人員都設法在修補這些裂痕。

新移民創傷

位在洛杉磯的「新移民學校」（Newcomer School），是一所專為移民學生所設置的中途學校。從這所學校，我們可以看到，在外來移民的家庭裡頭，親子間的別離是多麼普遍，而其所造成的傷痛又有多麼地深。

該校的輔導老師慕里悠（Gabriel Murillo），辦公室外的小木箱幾乎每天都會塞滿「輔導會談申請單」。學期結束前，申請輔導會談的人數，往往已經超過學生總人數的一半。學生找輔導老師的原因何在?很多學生在申請單上寫的理由都是：家庭問題。這些學生大多才剛剛與父母團聚（其中又以母親居多）。而且，平均而言，他們和爸媽別離的時間已經超過十年。

慕里悠在一次又一次的親子輔導會談中發現，這些家庭的狀況有著驚人的相似性。原本，父母和孩子都對彼此抱持著完美的想像，但重逢之後，這些想像很快便告破滅。有些孩子在來到美國以前就已心生怨恨；有些則是在內心深處埋藏了許多憤怒，在與母親重逢後沒幾個月，這些憤怒便一股腦兒地爆發出來。

在慕里悠的辦公室裡，通常是孩子首先發難：「我知道妳不愛我，所以妳才會丟下我。」有些母親當初為了避免別離時的感傷，騙孩子說要上菜市場或去拜訪孩子的老師，結果卻一去不回，原來是去了美國。於是孩子指控說，媽媽從一開始就騙了他們。他們日夜祈禱，媽媽最好被美國邊境巡邏隊逮捕，然後遣送回國。如今，他們要求母親承認錯誤，向他們表示道歉。

另一方面，做母親的則表示，離開孩子對她們而言，也是非常痛苦的決定。到了美國，她們胼手胝足地辛勤工作，為的是寄錢回家供養孩子。她們犧牲了這麼多，孩子居然不懂得知恩圖報，或給予最起碼的尊重?她們相信，這些年的分離是值得的。

對此，很多孩子的回應是，他們寧願餓肚子，也不要成長的過程中沒有母親陪伴。「我不要錢，我只要妳陪在我身邊。」很多孩子還表示，換做是他們，他們絕對不會拋下自己的

孩子的。有些孩子甚至指責母親連禽獸都不如，因為，禽獸是不會棄子女於不顧的。

對許多家庭而言，這長久的別離幾乎都注定以悲劇收場。「它所造成的情感創傷太深了。對某些人而言，這個創傷甚至會跟著他一輩子，永遠無法痊癒，」慕里悠說。有些人跟母親的關係最後雖然還是有所改善，但通常是好幾年以後的事。

許多母親原本以為，孩子來到了美國，幸福家庭的美夢終於可以實現；不料，她們面臨到的，卻是子女的不諒解和彼此間的不斷爭吵。這時候她們才恍然大悟，自己當初所做的那個決定，或許必須以失去子女的愛為代價。

同樣地，做子女的原本也以為，來到美國後就可以重獲母親對他們的愛，內心的寂寞也終於可以畫上句點，結果卻發現：自己和母親之間的距離比過去都還要遙遠。

有些孩子之所以對父母心懷怨恨，是因為他們的父母所託非人，害這些孩子在父母走後沒有得到妥善的照顧，甚至遭到虐待或欺負。據統計，在這所新移民學校中，每二十名女學生當中就有一名曾經遭到男性親戚性侵害。於是她們責怪母親：為什麼沒有在她們身邊保護她們？有些父母當初是將孩子交給孩子的祖父母或外祖父母代為照料，日子一久，爺爺奶奶或外公外婆便成了孩子心目中真正的母親。一旦來到了美國，這些孩子開始擔心，爺爺奶奶或外公外婆可能從此就少了一筆收入——而且可能是唯一的一筆收入。而且，他們很清楚一件事，自己很可能一輩子再也見不到爺爺奶奶或外公外婆了。

然而，母親或孩子的這些反應，往往只會讓情況變得更糟。像有些孩子會故意調皮搗蛋，用盡一切方法將母親推開。其實，他們這樣做是在測試母親：她究竟愛不愛我？她究竟值不值得信任？她會不會再次將我拋棄？

另一方面，很多母親覺得對孩子有所虧欠，所以對孩子的管教特別寬鬆。為了償還僱用土狼所欠下的債務，很多母親只好超時工作；她們的孩子因此覺得，好不容易跟母親重逢了，母親竟然再一次冷落他們。有些母親在母子重逢後仍繼續擔任駐家保母或管家，只好安排子女借住在親朋好友家，因此平日裡只能在晚上和子女通通電話，週末時才有機會見面。

慕里悠在輔導學生的經驗中發現，移民的孩子如果是兄弟姊妹當中最後一個被接到美國的，他和父母的衝突就會特別嚴重。因為他們認為，自己一定是最不受父母疼愛的一個。

母親到了美國後如果再嫁或再生育，也可能引發嚴重的衝突。有些母親擔心孩子知道後會反應過度，於是選擇隱瞞真相。有些孩子到了美國以後，會故意挑撥離間，好逼走媽媽的新老公。另一方面，這些母親在美國所生下的子女，一旦看到同母異父的哥哥或姊姊得到母親的關注，有些會心生嫉妒，於是想辦法加以陷害，好逼他們被遣送回國。

儘管如此，還是有一些母親做了許多對的事，慕里悠說。譬如，有些母親會提醒幫忙她照料孩子的親戚們，要不斷向孩子強調，媽媽離開是為了他好。分開的這段時間，她們經常和孩子保持聯繫。對於自己在美國的生活，她們對孩子誠實以告，不會有所隱瞞。任何事情除非確定自己辦得到，否則她們不會輕易對孩子許下承諾（尤其是有關回家探望或團聚的承諾）。

儘管如此，這些母親在跟子女重逢後，仍然可能出現許多問題。比方說，曾經有孩子一時激憤，拿刀刺向母親，有孩子要求母親將自己的監護權轉移給他人，也曾經有孩子意圖輕

生。這種種的案例，慕里悠都處理過。

許多孩子在和母親重逢後，由於沒能獲得原本期待的母愛，結果轉而從其他管道尋找滿足。譬如，有些男孩會在地方的幫派組織裡得到家的歸屬感，最後走上販毒之路。有些女孩是透過懷孕、生子、和孩子的父親同居，藉此得到她所渴望得到的無條件的愛。旭日社區諮商中心（Sunrise Community Counseling Center）的個案工作者嘉布烈（Zenaida Gabriel）指出，相較於移民到美國後才生下的孩子，這些與父母分離多年後才重逢的子女，加入幫派或未婚懷孕的比例，比前者高出許多。

服務於新移民學校的心理學家羅培茲（Laura Lopez）估計，在該校四百三十名學生當中，只有大約七十名能完成高中學業。移民專家帕索爾（Jeffrey Passell）也指出，十歲以後才從中美洲來到美國的孩子，有將近半數都無法念完高中。根據哈佛大學所做的一項研究，曾經與父母分離過一段時間，後來到美國念書的學生，普遍有心情沮喪、行為偏差、無法信任他人、不聽父母管教等問題產生。洛杉磯聯合校區的心理學家皮倫（Bradley Pilon）更相信，在這些外來移民學生當中，只有十分之一的人最後能夠放下怨恨，重新接納父母。

對於此一困境，慕里悠的結論是：「這些父母總是說：他們別無選擇。但這樣的理由對孩子而言並不充分，他們最後總會對父母心生怨恨。」從事特殊教育的羅德里桂（Marga Rodriguez）也表示：「這樣做不值得。因為你最後會失去你的孩子。」然而她也承認，她並不清楚，沒有能力餵飽孩子是什麼樣的一種心情。

位在墨西哥提華納的ＹＭＣＡ之家（Casa YMCA），是一個專門收容年輕偷渡客的地方，這裡的主持人艾斯卡拉達（Oscar Escalada Hernandez）也對上述說法表示贊同：「結論只有一個慘字可言。很多家庭的下場都是：分崩離析。因為，他們放棄了最重要的價值：親情。」

有些人比較幸運（例如安立奎），他們的家庭最後並未瓦解，因為他們會盡量往好的方面看，也會不斷努力用他們對母親的愛來化解心中的積怨。

對祖國的影響

人口的大量遷出，對這些人的祖國而言，則是好壞參半。對經濟陷入嚴重困境的國家而言，如墨西哥或宏都拉斯，人口外移提供了某種暫時的紓困之道，讓這些國家的失業率不至於繼續攀升。

再者，這些外移者會從美國寄很多錢回家；平均而言，他們的收入有十分之一會流回祖國。光是拉丁美洲一地，透過此一管道從美國流入的金額，一年就高達三百億美元。在薩爾瓦多，此一收入來源佔其國民生產毛額的百分之十五；在墨西哥，這筆收入更僅次於石油，成為該國經濟的第二大貢獻來源。這些錢，讓外移者在家鄉的家人可以買食物、買衣服、看醫生、受教育。要是沒有這些錢，他們在家鄉的老父老母恐怕要餐風露宿、窮愁潦倒了。

任職於國際移民組織（International Organization for Migration）宏都拉斯辦公室的吉隆（Norberto Giron）表示，外移者在科技先進的國家住過一陣子之後，可以將他們在國外學習到的技術帶回祖國。

宏都拉斯的移民專家薩摩拉（Maureen Zamora）則指出，這些外移者有了異國經驗，回到

祖國後往往更不能忍受貪污舞弊，也會更強烈要求民主改革。此外，為滿足這些離鄉背井者與家鄉親人聯繫的需要，宏都拉斯的電信和網際網路服務近幾年也有長足的進步。

然而，父母與子女的長期分離，卻也會造成長久的負面影響。在聯合國開發計畫署（United Nations Development Program）擔任首席經濟學家的蓋雅朵（Glenda Gallardo）指出，宏都拉斯的青少年犯罪率和幫派的數目，近幾年之所以節節升高，跟許多孩子從小就與父母分離有很大的關連。蓋雅朵說：「母親的離去、母親的消失，會對孩子造成一輩子難以磨滅的影響。」

包括救世鱒魚幫、第十八街幫、毛毛幫（Mao Mao gang）等，往往控制了鄰近整個地區，並對路過的計程車、腳踏車或公車索取「過路費」。薩摩拉指出，在宏都拉斯總計大約三萬六千名幫派份子當中，有相當大比例的人自小便與母親分離──他們的母親都為了求發展到美國去了。這些人的祖父母，或許是出於虧欠的心理，對孩子的管教往往較為寬鬆。而且他們擔心，對孩子管教太嚴，孩子要是不高興而去投靠別的親戚，家裡可就少掉一個收入來源了。

二〇〇二年，宏都拉斯推出了一系列公益廣告，顯示這個國家有越來越多破碎的家庭。這一系列廣告不僅在電視和收音機裡放送，更在德古西加巴的公車站牌──也就是許多宏都拉斯人離家北上的地方──透過大型廣告看板向民眾宣傳。

其中有一則廣告是這樣的：一個小女孩坐在鞦韆上發出懇求：「爸爸，媽媽，你們的孩子需要你。留下來吧。宏都拉斯還是有很多發展機會的，只待你們去發掘。」

「許多家庭正在分崩離析，」負責移民事務的宏都拉斯官員吉隆警告說：「維持家庭的完整，絕對比改善經濟來得重要——寧可窮一點，也不要輕易拋家棄子。」

對移民來源國的影響

近年來，美國每年新增的合法移民人數都有將近一百萬人，是一九七〇年代的兩倍以上。然而，除了合法，非法的也不少。每年，美國新增的非法移民人數，大約在七十萬人左右，相較於一九八〇年代的每年二十萬人，以及一九九〇年代初的每年三十萬人，高出許多。而今，美國共有三千六百萬居民是出生在美國以外的國家，將近佔所有非法居留者的三分之一。

從歷史紀錄來看，美國近年來的外來移民人數，幾乎是有史以來最高的。出生在外國的美國居民，如今佔總人口大約百分之十二，這個比例，儘管沒能打破美國有史以來的最高紀錄——一八九〇年的百分之十五——卻比一九七〇年的比例高出了五個百分點。

在邁阿密，每十個居民當中就有超過六個人不是美國籍；在洛杉磯則是十個當中有四個不是。有些墨西哥人和墨裔美國人因此戲稱這波移民潮為 la reconquista ——收復曾經屬於墨西哥的領土。

這會對美國造成何種衝擊呢？安立奎和露德有不同的看法。安立奎表示，他要是美國公民，大概會希望禁止非法移民。他和他的許多油漆工同事，收入都屬於檯面下的收入，因此毋需繳稅，但是照樣使用美國政府所提供的服務，包括急診醫療。更何況，他有一部分收入還不是在美國境內消費，而是寄回了宏都拉斯。

但露德不同意他的看法。她說，沒錯，她女兒黛安娜是在公立醫院出生的，她自己也領取過社會救濟金。但是，她有納稅，當然有權利享受這些服務。在她看來，外勞是推動美國經濟的重要動力。有些工作，如果給付的是最低工資，又沒有提供健保福利或付薪休假，很多美國人根本不肯做。外來移民就不同了，這些工作他們不但肯做，還做得非常賣力，像她自己就是如此。露德認為，要不是有那麼多外勞願意接受低薪去做那許多讓人累得半死的粗活，今日美國的許多商品和服務的價格，哪有可能如此經濟實惠？

另一方面，許多美國人則體認到，能夠出生在美國這個遍地機會的國度，確實是很幸運的一件事；他們很樂意將這種難得的福分與他國的人分享。因此，如果美國可以為這些走投無路之人提供一線希望，讓他們有機會追求更好的生活，他們也樂觀其成。

但也有美國人認為，這一波來自拉丁美洲的移民潮，在某種程度上，是美國政府過去決策錯誤所造成的苦果。拉丁美洲的專制政權，有不少都曾經在過去幾十年間，得到美國政府的資助，甚至扶植。在這些專制政權的統治下，一批經濟上的菁英份子形成了，他們為維護既有的利益，於是抗拒改革，盡力維持原先在政治上和經濟上種種不平等的制度，造成這些國家民不聊生、內戰頻仍、經濟陷入危機，如今才會有這麼多人離鄉背井，來美國求發展。

對美國的雇主而言，外來移民還有別的好處。安立奎在北卡州的前老闆就認為，本國籍員工要求的薪水比外勞多，但是工作速度卻比較慢，比較不願意加班，又不想做最辛苦的工作。

安立奎則說，美國籍的油漆工一天要休息很多次，如果工作超時還會向雇主要求加班費。

安立奎在北卡州的一位同事同意他的說法，還說：「很多美國人會說：被開除又怎樣？我一定可以找到更好的工作。」

安立奎的這位同事還表示，由於深知自己是非法移民，因此他工作起來會更加賣力，好保住自己的飯碗。他在宏都拉斯的家人，可是靠他寄回去的錢在過活的。他不會講英語，身分又不合法，要再找到一份工作並不容易。

許多學者專家則認為，外來移民對美國經濟的成長有一定的幫助，也讓一些仰賴廉價勞工的企業不至於倒閉或出走。美國國家研究委員會（National Research Council）在一九九七年做過一項研究，就移民對美國的影響做了相當完整的評估；這項研究指出，在某些教育程度要求不高的行業當中，有四分之一至三分之一的人力，都是仰賴外籍女性。研究發現，外勞所生產的產品及服務，總產值大約在十一億到九十五億美元之間，相對於美國經濟七兆美元的總產值，比例雖然不高，卻也具一定的重要性。

不只企業，許多家庭也受益良多。根據上述研究，因為外來移民，美國家庭花費在各項產品和服務上的總開銷，降低了將近百分之五；也就是說，他們能以更低的價錢滿足食、衣兩方面的需求。也因為外來移民，某些特定服務，如托兒、園藝、洗車等等，如今也有更多美國人負擔得起。加州大學長灘分校的社會學教授尚葛拉芙（Kristine M. Zentgraf）指出，從事保母或看護的女性外勞，為美國人提供了一個很寶貴的東西——呵護與關懷；結果，她們和自己親生子女的相處時光反而遭到了犧牲。

還有人說，外來移民的最大貢獻是，他們為美國社會注入了新血、新觀點、新思維，進

而刺激創造與進步。國家研究委員會所做的研究便指出，美國有相當高比例的高成就者，比方說諾貝爾獎得主，便屬於外來移民。沒錯，外來移民往往是最肯打拚、最積極進取的一群人。否則的話，他們當初幹嘛放棄原本的一切，坐在火車頂上跨越墨西哥，來到異國重新開始？

利弊得失面面觀

一個人會反對外來移民，有時候原因是比較抽象的，譬如種族歧視、抗拒改變、不喜歡生活周遭有人講不同的語言、依循不同的風俗等等。然而，移民所造成的某些負面後果，是非常真實的；隨著越來越多的外籍女性及孩童進入美國，這些影響就顯得更加具體。

根據國家研究委員會所做的研究，整體而言，外來移民比土生土長的美國人消耗了更多政府資源。外來移民生養的孩子較多，就讀公立學校的孩子也較多。這一點在拉美裔的移民家庭尤其明顯。拉美裔的家庭，他們的家庭總人數是美國人家庭的將近兩倍之多。該研究發現，這些家庭所消耗的教育資源，是美國一般家庭的二點五倍。

此外，外來移民通常家境較窮，收入較低，可以從州政府或地方政府獲得的服務和協助也更多。比方說，女性移民於產前及生產期間所接受的醫療照護，都可以向政府申請補助。她們在美國出生的子女也有資格接受社會救濟、糧票和醫療補助（Medicaid）。相較於美國的本土家庭，來自拉丁美洲的移民家庭，接受政府救濟的比例，是前者的將近三倍之多。

外來移民由於所得較低，也比較不可能擁有房地產，繳的稅自然較少。甚至，有些外來移民從雇主手中領的是現金，他們連一毛錢的稅都沒繳過。整體而言，外來移民及他們出生在祖國的子女，所繳納的所得稅，比在美國的其他人低了三分之一。而以拉丁美洲移民為戶長的家庭，所繳納的州稅和聯邦稅，是一般美國家庭的一半。

此一現象對納稅人所造成的財政負擔，在移民密度高的州顯得特別嚴重。比方說，據估計，每四個非法移民就有一個住在加州；在加州，有半數的孩童是外來移民的子女。這些子女上公立學校所消耗的教育經費，便成了最大的一筆財政負擔——這些錢，當然是地方政府和州政府來買單。據統計，在加州，非移民家庭所繳納的州稅和地方稅，相較於他們所享用到的服務的價值，平均而言，多出一千一百七十八美元；相反的，移民家庭所繳納的州稅和地方稅，相較於他們所享用到的服務的價值，平均而言卻少了三千四百六十三美元。

過多的外來移民，也令許多公共服務——包括學校、醫院、州監獄——的品質疾速下降。譬如，教室裡的學生人數過多。譬如，醫院的急診室被迫裁撤——而部分的原因是，有太多沒有健保的窮人（其中包括外來移民），因為接受某些免費的醫療服務，而消耗掉太多醫療資源。在洛杉磯郡，監獄也因為人滿為患（一部分跟外來移民的犯罪率提高有關），而必須將某些囚犯提早釋放。亞利桑納大學在二〇〇一年做過的一份研究發現，二十八個位於美國西南部邊境，分屬於亞利桑納州、加州、新墨西哥州和德州的郡，為了逮捕、審判及監禁犯了罪的非法移民，每年要付出高達一億兩千五百萬美元的花費。鼓吹降低移民比例的移民研究中心（Center for Immigration Studies），則在研究中發現，全美國以非法移民為首的家庭，在二〇〇二年總共消耗了價值達兩百六十三億美元的政府服務，其所繳納的稅金卻只有

一百六十億美元。

在移民的大量湧入下，受到最大衝擊的，應該要算是：在美國出生、沒有高中學歷的弱勢族群，也就是非裔美國人和早些年移居到美國的拉丁美洲人。由於他們能做的都是最低階的工作，因此在職場上必須和這些新移民競爭。

在美國的本土勞工中，每十四人當中就有一人高中還沒畢業就輟學；這些人的平均工資，近年來有下滑的趨勢。根據哈佛大學所做的一項研究，從一九八〇年到二〇〇〇年，移民的大批湧入，令這些沒有高中文憑的本土勞工薪水降低了百分之七點四；也就是說，假設平均年薪為兩萬五千美元，這些人的薪水就少了一千八百美元。

拜這批新移民之賜，有些產業因此出現了人力的大換血，本土勞工幾乎完全被外籍勞工取代。舉例來說，洛杉磯在一九九三年以前，從事工友的多半是非裔美國人，這些人經過一段時間的努力，爭取到了更高的工資和健保的福利。不料，到了一九九三年，從事工友工作的拉美裔人也成立了工會，清潔公司便解散原先的工會，改僱拉美裔的外來移民——這樣一來，他們可以節省一半的工資，還不用提供任何福利。

一九九六年，我曾採訪位在洛杉磯東區的一個普通住宅區，為的是了解：為什麼加州有將近三分之一的拉美裔人，都支持第一八七號提案（Proposition 187）——該提案的目的，是希望禁止非法移民享受就學、就醫及使用大多數公共服務的權利。該項提案先是在議會中通過了，後來又在法院中遭到否決。

這條街的居民表示，他們支持提案，並不是因為排外或欺負弱勢，而是因為外來移民大大影響了他們的居住環境和生計。這波新移民對他們而言，代表的並非更便宜的保母或園丁，而是職場競爭的愈趨激烈、工資的調降、更多人使用政府的服務，以及生活品質的降低。

搬進這個地區的新移民，都是窮人。這裡的居民估計，這條街的居民人數，從一九七〇年到當時，增加了大概三倍；一間小小的灰泥屋，最多可以擠上十七個人。有些人是住在沒有裝設水管的車庫裡，要上廁所就只好到外頭的草地上去解決。住在這裡的第二、三代拉美後裔一致認為，當這群身無一技之長的貧窮外勞湧入該地，首當其衝的應該是這裡的勞動階級。由於新移民的增加速度太快，他們的就業市場明顯遭到壓縮，工資也被調降。畢竟，這批新移民不只是搶本地勞工不想做的工作來做，還會跟他們搶油漆工、技工、建築工等飯碗。

位於聖塔莫尼卡的蘭德智庫（RAND Corporation），在一九八〇年代根據研究結果指出，外來移民對美國而言是利多於弊。然而，到了一九九七年，蘭德智庫卻推翻先前一貫的結論，改口說：當前的經濟情況，未能提供足夠的新工作給高中未畢業的勞工，因此，這群人失業的比例越來越高（在當時將近一半）。該智庫認為，美國本土的某些成年勞工，就是因為外來移民的競爭才失業；於是建議，政府應該將移民的比例降低到一九七〇年代時的水準。

部分移民專家則質疑，美國目前有許多產業都需要和全球競爭，因此，需要的是高學歷、高創意和高專業知識的人才，怎麼反倒允許這麼多教育程度低的人從低度開發的貧窮國家湧入美國？據統計，從墨西哥來到美國的移民，教育程度平均只有五到九年。

有些專家則指出，美國如果每年都增加一百萬名移民，在人口快速增加的情況下，美國的公園、公路或環境都將受到嚴重的影響。一九九〇年代，美國的人口總共增加了三千三百

萬人，而其中有一半以上都是外來移民。回想二十世紀初，許多外國人也在美國政府的大力歡迎下踏上愛麗絲島（Ellis Island），移民到來美國。然而，美國目前的總人口已經將近三億，幾乎是當時的五倍之多。

從一九八〇年到一九九七年，外來移民的遽增，讓洛杉磯郡的貧窮率提高了將近一倍，達到百分之二十五的水準。這樣的現象會造成什麼影響呢？起碼就短期而言，我們可以看到的影響是：嚴重的貧富差距——只有極少數人生活在富裕當中，其他人則都屬於貧窮或勞動階級。

罹患了精神分裂症的移民政策

說到底，移民所帶來的影響，究竟利多於弊還是弊多於利，要看每個人的身分或立場而定。使用廉價勞工的企業經營者或牽涉到相關商業利益的人，是最大的得利者。畢竟，像安立奎和露德這樣的外勞，不僅成本低、聽話，而且很容易找得到。此外，僱用外勞來幫忙照顧小孩、接送小孩、整理花圃、打掃房子或洗車的家庭，也是此中的大贏家。

至於最大的輸家，是那些連高中都沒念畢業的低學歷者。住在移民密度高的地區的居民也一樣。

比方說在加州，據估計，有大約三分之一的非法移民都住在此處；這些人大量使用當地的公共服務（譬如上公立學校就讀），卻沒有付出相對的貢獻，乖乖繳納地方稅和州稅的美國本地人還得間接替他們買單。民調顯示，近年來美國人對於外來移民（尤其是非法居留者）

的態度，是越來越不歡迎。一九七〇年代中期，美國有大約一半的人認為，政府應該降低移民比例；最近幾年，已經有三分之二的民眾這樣認為。

許多移民問題觀察家都認為，美國政府在移民政策上的所作所為，彷彿得了精神分裂症。政府一方面在西南邊境加派巡邏警察，還在綿延長達一百二十公里的邊境上築起圍牆；許多政客在談起移民問題時也主張強力掃蕩。然而，從執行面來看，許多移民法令卻形同虛設。

比方說，美國在一九八六年通過一項法令，規定雇主若僱用非法移民，主管單位可處以罰鍰一個非法移民最多可處以一萬美元的罰鍰。可是，每當有關單位打算引用該法條祭出懲罰時，就算只是做做樣子，許多企業——如喬治亞州有參與工會組織的農民、中西部的肉品包裝工廠——便開始叫苦連天。

事實上，各種勞力密集產業，如農業、建築業、食品加工業、餐飲業、幫傭服務業，都希望僱用廉價外勞以提高獲利。結果，罰鍰的規定及移民單位對業主進行突擊檢查的權利，便成了表面意義大過實質意義的裝飾品。再如，美國政府曾嘗試推動一項計畫，讓雇主在外勞上門求職時可以透過電話查詢其身分合法與否；然而，這項計畫一直是非強制性的，也從未推廣至全國。

本質上，政客們在這方面的做為可以形容為：一面在前門上鎖，一面又將後門洞開。比方說，自一九九三年起，美國政府開始加強在美墨邊境的掃蕩行動，目的是為了將偷渡客趕到邊境較偏遠之處，好讓邊境巡邏隊能發揮其戰略上的優勢。然而，根據加州公共政策研究院（Pubic Policy Institute of California）在二〇〇二年所做的一份調查，自從政府加強這項掃蕩

行動以來，派駐在邊境的巡邏隊員和相關的成本，皆提高為原先的三倍，但並無證據顯示該策略確實有效；相反的，透過非法手段進入美國境內的偷渡客人數，反倒比以前增加得更快。

不只如此，這個新策略還造成了許多意料之外的後果，而且是負面的後果。例如，如今有更多非法移民仰賴人口走私者的協助（這個比例從百分之七十提高到了百分之八十九）。過去，有不少偷渡客（尤其是墨西哥來的）在美國只待一段時間，賺夠錢就回國去了。如今，由於偷渡的困難度和成本雙雙提高，有越來越多人選擇從此定居下來。

此外，很多偷渡客為了躲避邊境巡邏隊的搜捕，只好選擇更荒僻、更危險的偷渡路線；結果，如今每年都有超過三百名偷渡客在涉險的過程中不幸喪生。

近年來在墨西哥，有些教區位在鐵道附近的神父，則開始興建偷渡客收容所，因為他們認為，這波來自中美洲的移民潮可能永遠不會結束。他們相信，只要中美洲各國繼續貧窮下去，這些國家就會不斷有人前仆後繼，冒著生命危險前往美國。

在美國，不少移民專家則得出了一個結論：要想改變現狀，唯有一個方法能克竟其功，就是協助這些移民來源國振興經濟。關於這一點，宏都拉斯人提出了幾點建議。例如，美國若願意減免外債，宏都拉斯便能投入更多資源於國家建設。再如，美國政府若願意採行某些貿易政策，讓美國民眾更有意願進口這些移民來源國的商品，便可刺激特定產業的成長，如紡織業；如此一來，宏都拉斯的女性將有更多就業機會。

還有人認為，美國應該增加其對外國的捐贈——在各工業化國家當中，美國在這方面是出了名的小氣。另外，有些宏都拉斯人則指出，透過對某些民間單位的贊助，也能夠鼓勵小企業的發展，進而創造就業機會，或提高宏都拉斯學童受教育的機會——目前，該國有百分之十二的兒童從來沒上過學。

試想，有多少人願意離開故鄉，拋下自己所熟悉的一切，在不知道自己還有沒有機會回家的情況下，來到異鄉他國尋求發展？應該不多。畢竟，誰不想留在家鄉，與自己的家人和親戚一起生活呢？

到底，要如何讓更多母親願意留在家鄉，陪自己的孩子長大？答案或許很簡單，正如馬莉雅的母親伊娃所說：「要如何阻止人口不斷出走？很簡單啊，讓這些人有工作做，而且薪水還不錯，那就夠了。」

【後記】

驚喜的短暫重逢

馬莉雅搭著巴士穿過整個墨西哥。負責將她送至美國的土狼，一路上藉由賄賂墨西哥警官打通關節。旅程中，土狼甚至將她和其他十六名偷渡者藏匿在一部卡車後頭。馬莉雅很感激有土狼幫忙——一部分是因為那代表她不必搭上安立奎必須搭上的火車。

某天天將破曉前，馬莉雅正要游泳渡過格蘭德河，進入德州時，遭遇到了困難。她在河裡弄丟了背包，而她所帶女兒雅思敏唯一的照片就在裡頭。但離開宏都拉斯幾週後，她安全抵達佛羅里達，與安立奎重逢。

值此期間，每當四歲大的雅思敏聽見頭上有飛機掠過的引擎聲，總會跑到門外大喊：「再見了，媽咪！」

被托給安立奎妹妹貝琪照顧的雅思敏，也總會問姑姑：「姑姑，媽咪還會回來嗎？」

「不會，妳媽咪跟妳爸比在一起。」貝琪回應。

雅思敏堅持說：「那她不會回來了嗎？」

貝琪跟雅思敏說是的，但她父母希望有天能接她到美國。

馬莉雅想念每天起床時幫雅思敏洗澡穿衣的時光。她想念過去週末時帶她到甜甜圈店吃東西的情景。她想念每天傍晚，與女兒一同躺在床上的日子。雅思敏總是會喝一瓶溫牛奶，揉揉她媽媽的肚子，最後進入甜蜜的夢鄉。

安立奎和馬莉雅每星期會從佛羅里達，打電話給女兒一、兩次。他們總會問雅思敏是不是有乖乖聽話。雅思敏則告訴他們她那星期做的所有事情、去過的地方，還有她跟貝琪的寵物兔子都玩些什麼。她也告訴他們，她想到美國跟他們團聚，甚至也唱了她在幼稚園裡學到的童謠給安立奎聽。但是當她掛上電話，她能稱之為「爸比」的人，就成了貝琪的法定丈夫。

安立奎總是說有天存夠了錢，就要在宏都拉斯買間房子、開間小店。他總是說，總有一天，一定要回去。露德卻覺得，回去的人反倒比較可能是她的妹妹米麗安。二〇〇三年時，米麗安拋下了三個分別是九歲、七歲及兩歲的孩子，從宏都拉斯來到了美國。她兼了兩份工作，分別是旅館的清潔工跟餐廳的洗碗工。她每個月都寄二百四十元美金給在宏都拉斯的孩子。她重新整修了娘家的房子，開了間兩層樓的美容沙龍。貝琪曾修過頭髮造型課程，她將與米麗安一同經營這家沙龍。米麗安希望一、兩年後——在孩子們長大之前——就能存到足夠的錢衣錦還鄉。

露德很高興能與熱情的安立奎相聚，但她仍然非常思念貝琪。二〇〇六年的元旦，她打電話給人在宏都拉斯且懷有身孕的貝琪。貝琪即將為露德添第二個孫子，這也表示露德即將再次錯過另一個孫子的出生。露德傷心地哭了，並且告訴貝琪自己近來一直受嚴重頭疼所苦。

「我覺得自己可能活不久了，恐怕再也沒機會見到妳了。」她告訴貝琪：「看來只有等到實現在宏都拉斯養老的夢想，我才有機會再見到妳了。等妳見到我的時候，我都已經老了。」

在成長的歲月中，貝琪總是夜以繼夜、年復一年地做著相同的祈禱。她總是乞求上帝，希望能夠再見到母親。她告訴上帝，即使她只能看她母親一眼、抱她一回也好。貝琪從來沒跟露德透露自己的心願，但她最後還是放棄了每晚的祈禱。她已經不再抱著能見到她母親的願望，甚至不允許自己想像與母親重逢的畫面。

二〇〇六年七月三十一日，貝琪產下一名男嬰，取名亞歷山大・哈菲。那年夏天，最熱門的西班牙語電視節目之一「法蘭西斯可脫口秀」（Don Francisco Presenta），邀請安立奎與露德上節目。「法蘭西斯可脫口秀」在美國與拉丁美洲的收視率都相當不錯。這個節目跟另一個節目「週六大綜藝」（Sabado Gigante），讓法蘭西斯可成了西語系世界最家喻戶曉的名人之一——他可說是大衛・賴特曼與歐普拉的拉丁混合版。

二〇〇六年九月十一日，安立奎、露德與我來到有現場觀眾的攝影棚。在進行拍攝之前，法蘭西斯可問了安立奎之前與母親曾有過的問題。安立奎說，現在他們的相處情形已經好多了。每天早上上班之前，他都會先開車到母親公寓。露德會遞給他一杯咖啡，安立奎則回以露德一個熱情的擁抱。他們都深愛著彼此。安立奎也告訴法蘭西斯可，他每週工作六天，非常努力在存錢。

法蘭西斯可問安立奎是否仍在吸毒。安立奎說自己已經不吸膠了，但跟朋友在一起的時候，還是會抽點大麻菸。法蘭西斯可聽了不表認同地皺皺眉。

安立奎、露德與我穿過一道白色的旋轉門，上台坐到法蘭西斯可身旁時，全場觀眾歡聲雷動。法蘭西斯可此次訪問的焦點在於：這幾年的骨肉分離，最終是否值得？有過這種經歷的母子是怎麼看待這件事？這樣的情況還會一再上演嗎？

法蘭西斯可問現年二十三歲的安立奎，母親離開他的時候，他幾歲。安立奎回答，五歲。

「你當時很氣你媽吧？」

「是的，我跟外婆待在宏都拉斯的時候感覺很孤單。我對我母親充滿恨意。」他說。

法蘭西斯可轉頭問露德。她仍為當初做出離開孩子的決定感到痛心。

「任何得拋下子女的母親，肯定都心痛極了。但如果我留在宏都拉斯，他將永遠無法擁有某些東西，了解這一點給了我極大的勇氣和力量。」她每個月都會寄錢給安立奎以及姊姊貝琪，做為支付學費跟食物的費用。她所提供的資助，使得貝琪能在宏都拉斯建一間有一間臥房的房子。

法蘭西斯可問安立奎他為什麼想來美國。「因為我想多了解我媽。過去我只能透過照片來認識她。」他說，起初，他很高興能見到母親。然而漸漸地，他對拋下自己離去的母親的恨意卻慢慢加深。於是，他開始與她作對。

法蘭西斯可問露德這一切是否值得。

「老實說，」露德說：「就一方面來說，一開始，我覺得很值得。但另一方面而言，我又覺得不值得。我錯過了他們的成長過程。有時，想到這點就讓人難過。」她告訴脫口秀節目主持人，她很高興三個孩子當中，至少有兩人在她身邊。露德說：「我錯過的，是我另一個女兒。」自一九八九年離開宏都拉斯以後，她就沒再見過貝琪。

此時，法蘭西斯可說話的語氣變得比較柔和。「我知道此刻妳最大的心願，就是跟十七

年未曾謀面的女兒重逢。」

露德點點頭，聲音忍不住哽咽。她強自鎮定，努力忍住淚水。露德並不知道，節目私底下已幫她女兒貝琪取得赴邁阿密的簽證，並且安排了驚喜的重逢。

法蘭西斯可繼續主持節目。「這件事最讓妳感到沮喪。」露德已無法抑制自己的情感。提起貝琪的名字，讓她的內心波濤洶湧。淚水已沿著露德兩頰滑落，她趕緊拭去淚痕。

法蘭西斯可問道：「我要妳想想妳想對女兒說些什麼，以及妳想問她些什麼。我這麼問是因為，今天，妳就跟久違十七年的女兒重逢了！」

露德此時早已哭成淚人兒，眼神因為過於震驚而顯得空洞。

法蘭西斯可又追問：「妳離開她的時候，她才……」

露德哽咽說道：「七歲。」

法蘭西斯可將視線轉向我們三人不多久前才從中走進的白色旋轉門。

「妳的女兒貝琪已來到現場。」露德站了起來。她發狂似地四處張望。貝琪穿過旋轉門，朝台上走來。一見到貝琪的身影，露德差點雙腿一軟。她趕緊強迫自己站穩。接著兩人伸出雙臂，緊緊相擁。露德狂喜地尖聲喊道：「女兒，我終於見到妳了！」

露德與貝琪兩人的肩膀都因為啜泣而顫抖著。兩人緊緊抱著對方。這時安立奎也站了起來，走到她們身旁擁抱她——母子三人彼此相擁。他告訴妹妹她看起來很美。

露德轉頭對我說：「我從沒想過會有這麼一天。我實在不敢相信，索妮雅。」露德帶著充滿喜悅的淚水說。接著她又對貝琪說：「女兒，我好愛妳！」露德在美國出生的女兒也在觀眾席當中。這是露德的三個孩子第一次在同一個地方相聚。

法蘭西斯可給了他們一些時間冷靜下來。

貝琪告訴他，她才剛在宏都拉斯產下一名男嬰。寶寶現在才一個多月大。把寶寶交給丈夫一個人帶讓她覺得很難受。她之所以答應上節目，是因為她知道，這可能是她唯一能拿到美國簽證，並且見母親一面的機會。

法蘭西斯可問，相隔十七年終於與母親相擁，內心做何感想。

從貝琪的聲音中，可聽出她難掩激動之情。「這實在難以形容。」她停頓了一會兒。「實在是……我不知道。」她搖搖頭，試圖找出對的形容詞。「這麼久沒見到她，我實在很難形容內心的感受。她知道我很崇拜她，也知道我非常愛她。」露德忍不住以手帕拭淚。

這些年的骨肉分離是否值得？貝琪說，母親幫了她許多。她幫她在宏都拉斯蓋了間小房子。「但這從來就無法填滿我這些年來心中的空洞。」她用手輕拍胸口。「即使是現在我已經有了自己的孩子。母愛是你無法用任何其他東西取代的。」

八天後，貝琪為法蘭西斯可的問題做了最好的回答。二〇〇六年九月十九日，她早早就起了床。在佛羅里達的機場裡，她給了露德最後一個深深的擁抱，接著便登上飛機，回到宏都拉斯。

回到她兒子的身旁。

國家圖書館出版品預行編目（CIP）資料

被天堂遺忘的孩子：一場重現愛與勇氣的冒險之旅 / 索妮雅・納薩瑞歐(Sonia Nazario)著. ；許晉福譯.-- 典藏增訂版. -- 臺北市 : 樂果文化出版 : 紅螞蟻圖書發行, 2017.09 面 ; 公分. --(樂分享 ; 2)

ISBN 978-986-95136-3-0(平裝)

874.6　　　　106012613

樂分享 2

被天堂遺忘的孩子：一場重現愛與勇氣的冒險之旅〈典藏增訂版〉

Enrique's Journey：The Story of a boy's dangerous odyssey to reunite with his mother

作　　者 ／ 索妮雅・納薩瑞歐 (Sonia Nazario)
翻　　譯 ／ 許晉福
總 編 輯 ／ 何南輝
行銷企劃 ／ 黃文秀
封面設計 ／ 引子設計
內頁設計 ／ 沙海潛行

出　　版 ／ 樂果文化事業有限公司
讀者服務專線 ／（02）2795-3656
劃撥帳號 ／ 50118837 號　樂果文化事業有限公司
印 刷 廠 ／ 卡樂彩色製版印刷有限公司
總 經 銷 ／ 紅螞蟻圖書有限公司
地　　址 ／ 台北市內湖區舊宗路二段 121 巷 19 號（紅螞蟻資訊大樓）
電話：（02）27953656
傳真：（02）27954100

2017 年 8 月典藏增訂版　　定價／ 340 元　ISBN 978-986-95136-3-0